남자의 행복을 결정하는 여자
여자의 선택을 기다리는 남자

남자의 행복을 결정하는 **여자**
여자의 선택을 기다리는 남자

거 울 아 , 거 울 아 , 누 가 고 삐 를 쥐 고 있 니 ?

사비나 리들 · 바바라 슈베더 공저 | 배인섭 역

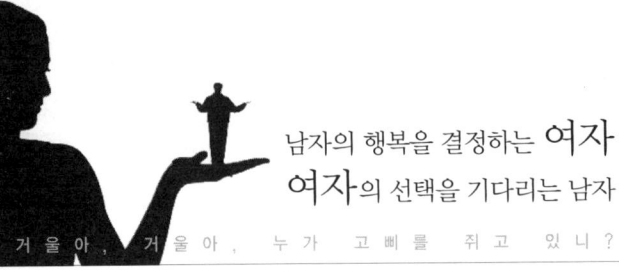

남자의 행복을 결정하는 **여자**
여자의 선택을 기다리는 남자

거울아, 거울아, 누가 고삐를 쥐고 있니?

1 여성과 남성에 대한 편견

2 여성과 남성의 균형잡기

3 남자, 선택을 기다리다

서문 | 사비나 리들 |

"여러 가지 어려운 상황 속에서도 여성들이 자신들의 삶과 다른 사람들의 삶 속에 행복한 자리를 만들어왔던 방법, 그 이야기가 이 책의 내용이다. 여성들은 사회를 따뜻하게 비추어주는 불빛이기 때문이다."

이 책 중 내가 맡은 부분은 어느 방에서 시작되었다. 그 방은 아주 특별한 이유에서 언급할 만한 가치가 있다고 생각한다. 모든 작가들이 그렇듯 나는 그곳에서 집필에 대한 불안함을 느끼며 짜증나도록 떠오르는 것 없는 순간을 보냈다. 그렇지만 그 방이 특별했던 이유는 인간관계의 본질에 대해 몰두하고 있는 사람에게 너무나 이상적인 위치를 제공했기 때문이다.

그 방은 전망이 활짝 트여 가까이 있는 길이 잘 보였다. 비엔나 13번 지역의 관청으로 이어지는 길이었다. 카페 돔마이어의 정원이 내려다보이는 부엌에서 계절이나 날씨에 관계없이 대개 오전 중에 관청과 카페의 정원 사이를 오가는 다양한 규모, 다양한 종류의 결혼식 행렬을 볼 수 있었다. 단추를 바싹 채웠든 느슨하게 풀어놓았든 결혼식을 위해 몸가짐을 단정히 하고 관청에서 돌아나오는 가벼운 발걸음들은 팔 아래 결혼증명서를 끼고서 축제 장소로 향한다. 그곳에서 사진사들을 위해 포즈를 취하고, 벌겋게 달아오른 얼굴로 연방 축배를 든다.

일부러 그런 것은 아니지만 나는 수많은 결혼식의 남모르는 하객이 되었다. 나는 신부와 친척, 친구들의 행복하게 긴장된 얼굴과 그들의 파티 의상을 보았고, 그들의 초조함도 느낄 수 있었으며, 그들의 기쁨에 함께 물들었다. 그리고 이제 막 결혼한 신혼부부들을 바라볼 때면 항상 가슴이 두근거렸고, 우리의 삶과 죽음이 갖는 의미가 이 장면 속에서 얼마나 압축되어 표현되는지 끌려들어가지 않을 수 없었다. 이 짧은 순간에 부부관계 속에서 벌어지는 길고 질긴 싸움의 시막이 숨이 있다. 행복과 성취를 둘러싸고 벌어지는 싸움, 이는 결국 모든 인간을 결혼으로 이끄는 동기가 된다. 삶의 질에 대한 모든 설문조사들이 증명해주고 있듯이 오늘날 남녀관계는 그 어느 때보다도 중요한 의미를 지닌다. 그렇지만 두 사람이 만들어가는 행복의 꿈을 성취하는 것은 이전보다 더 어려워졌다. 우리 존재의 중심 주제, 즉 생식을 둘러싸고 여성과 남성은 부분적으로 서로 상충되는 생물학적 관심과 충동을 가지고 있다. 물론 이런 차이는 극복하기 힘든 도전이다. 그러나 언제나 있어온 일이다. 우리 종족 자체만큼이나 오래된 문제인 것이다.

그런데 이 고전적인, 다시 말해 생물학적인 남녀 간의 장벽은 시대의 흐름을 타고 새로이 나타난 여러 현상들을 통해 이제까지와는 비교도 안 되는 힘으로 남녀관계를 위협하고 있다. 미친 듯 뛰어오르는 이혼율, 정자은행, 현대적인 생식 관련 기술들, 아버지의 상실, 인간성의 파괴, 직장에서의 남녀차별, 현대적 통신기술, 소비 중독 그리고 새로운 종류의 문명 스트레스들이 어울려 만들어내는 소용돌이는 남녀관계에 극단적으로 적대적인 기후를 조성하고 있다. 더욱 큰 문제는 불행하게도 우리가 그런 상황들을 위협으로 인지하지 못한다는 사실이다. 그러나 그런 상황들은 오늘날 남녀관계의 흐름 속에서 막대한 영향을 미치고 있고, 점점 더 많은 결혼이 소리없이 막을 내리고 있다.

하지만 아무리 힘든 상황이라도 우리는 끊임없이 파트너를 찾으려는 질긴 충동에 휩싸이게 된다. 많은 사람들이 성공을 거두고, 또 많은 사람들이 실패하고 만다. 우리가 이 책을 통해 알아보려는 것은 바로 그 충동의 요인이며, 성공과 실패를 결정짓는 힘이다. 또한 남녀관계의 무게를 주로 지탱하고 있는 쪽이 누구인지 하는 문제가 다루어질 것이다.

많은 저명한 과학자들이 우리의 질문에 친절하게 응답해주었고 매우 흥미롭고 새로운 지식들로 이 책의 저술에 신선한 자극이 되어주었다. 린다 밀리는 저서 『성의 차이』에서 성별에 따라 상이한 번식 전략을 다루고 있고, 헬렌 피셔는 그녀의 저서 『도취』에서 연인들의 생물학을 언급하고 있다. 제인 구달은 우리와 가장 가까운 친척인 침팬지 종족의 지배 암컷에 대해 밝히고 있으며, 인류학자인 라이온엘 타이거는 용감하게 논쟁의 불씨를 지피는 그의 저서들을 통해 사회의 가장자리에 선 남성들에 대해 보고하고 있다. 두 명의 자식을 둔 행복한 남편이자 아버지인 구이 보덴만, 그리고 안드레아스 디크만에게도 감사하지 않을 수 없다. 보덴만의 창조적인 연구와 디크만의 '이혼은 유전된다' 라는 유명한 주장은 남녀가 헤어지는 이유에 대해 깊이 있고, 놀라운 시각을 제공해주었다.

쉽고 빠르게 행복을 이룰 수 있는 방법이나 트릭을 이 책에서 찾게 되리라 기대하지 않기를 바란다. 이 책은 전혀 충고나 조언을 주고자 하는 목적이 없다. 정확히 말해 조언에 반대하는 책이며, '스스로 생각하는 사람' 을 위한 책이다. 행복한 관계를 위한 특허받은 정답은 없다고 확신하기 때문이다. 그렇지만 파트너를 찾고 짝을 짓고 하는 그 움직임과 힘에 관심 있는 사람에게는 적잖은 도움이 될 것이다. 자신의 관계를 학문적 인식의 틀 속에서 관찰해보고, 하나의 커플을 만들어내고 유지하고 또 깨뜨리는 힘을 꿰뚫어보고 싶은 사람은 생물학적, 심리적 그리고 사회적 메커니즘의 화려한 조합을 알게될 것이다. 그들 힘의 조합은 모든 관계에서, 심지어는 한 부부가 서로에게 문을 닫아거는 그 순간까지도 복합적으로 작용한다.

물론 이 책에서 완전한 결말을 제시하지는 않는다. 그러나 제3자의 조언에 운명을 맡기지 않고, 자신의 관계가 만들어내는 행복을 스스로 관리하려는 사람에게는 쓸모 있는 도구가 될 수 있다. 한 가지는 분명하기 때문이다. 행복한 파트너십은 깊은 생각과 상대에 대한 인식의 정립이 필요한 일이다. 자신의 관계에 대해 치열한 고민을 해본 사람만이 그들의 관계에 녹이 슬어갈 때 이를 방어할 수 있는 법이다.

여기서 이 책의 중심 주제가 드러난다. 여성과 남성의 관계에 대한 근본적인 인식이 바로 그것이다.

내 여동생이자 인류학자인 바바라 슈베더가 파트너의 선택에 관해 진행했던 학문적 연구는 상당한 인정을 받았다. 이 연구와 더불어 비엔나 대학에서 수년 간 강의를 하며 진행했던 남녀관계에서의 만족에 대한 연구는 한 가지 사실을 분명하게 증명했다. 남녀관계의 골격을 지탱하는 힘은 여자라는 사실이다. 여성은 남녀관계의 조형가이고 건축가이며 수호자이고 동력이다.

여성들은 처음부터 우리 종족의 사회화를 주도했다. 많은 관심을 끈 새로운 연구결과들이 진화의 이런 경향을 증명하고 있다. 누구와 후손을 낳을 것인지를 결정하면서 여성은 과거는 물론 현재까지도 인간 종족의 능동적인 조형가이며 행복의 건축가 역할을 해왔다. 모든 사람들의 행복을 위해 애쓰고 있는 것이다. 희생적이고 이타적으로가 아니라, 목표지향적으로 흔들림이 없이 그리고 창조적으로.

여러 가지 어려운 상황 속에서도 여성들이 자신들의 삶과 다른 사람들의 삶 속에 행복한 자리를 만들어왔던 방법, 그 이야기가 이 책의 내용이다. 여성들은 사회를 따뜻하게 비추어주는 불빛이기 때문이다.

여성과 남성은 서로 다른 기준을 가지고 파트너를 찾을 뿐 아니라, 파트너를 유혹하여 자기 것으로 만들기 위해 각자의 독특한 전략을 사용한다. 이 과정에서도 여성들은 '문을 여는 열쇠'를 가지고 있다. 여성은 행복한 관계를 실현하기 위해 어떤 점에 중점을 두고 관찰해야 할지를 미리부터 정확하게 알고 있다.

여성은 타고난 전략가이다. 여성들이 수동적이라는 세간의 상투적 평가와는 완전히 반대로 여성은 남성보다 더욱 능동적으로 관계를 만들어간다. 자신이 부부 혹은 연인관계를 주도하고 있다고 많은 남자들은 여전히 확신하고 있지만, 남성이 협력하든 그렇지 않든 실제로 행복한 파트너십의 꿈을 실현시키고 있는 것은 여성이다. 많은 남성들이 심지어는 그들의 의지와는 아무 상관없이 행복하게 살고 있으며 이런 남녀관계로부터 남성은 적지 않은 이득을 얻고 있다. 그들은 여성과 살지 않는 남성들에 비해 더욱 장수하며, 건강하고, 성공적인 인생을 꾸려간다.

여성은 수백만 년 전에 우리 인간 종족을 위해 그들이 타고 달리는 기차의 선로를 바꾸었다. 종착역에는 '사회적 조화'라는 표지가 붙어 있다. 그러나 그 기차가 도착하려면 아직도 한참을 기다려야 한다.

서문 | 바바라 슈베더 |

"여성은 행복의 건축가이다. 여성은 관계의 모닥불이다. 남성은 이런 행복의 소비자이며 수익자이다. 남녀관계에 있어서 여성은 기업가인 반면, 남성은 직원이다. 그리고 많은 남성들은 심지어 그들이 원하는 바와 달리, 또는 적극적으로 힘을 쏟지 않고도 행복하게 된다."

나는 여기서 작지만 중요한 관찰결과 하나를 소개하고 싶다. 이 경험은 여성과 남성이 그들의 관계 속에서 차지하는 상이한 입장을 명확하게 알려준다. 적어도 여성 독자들은 모두가 이 일상적인 현상을 매우 익숙하게 느낄 것으로 믿는다. 다만 그것에 대해 확실한 개념 정의가 되어 있지 않을 뿐이다. 나는 이 현상을 '남성 단수주의'라고 부른다.

남성들은 계획하고 있는 혹은 지나간 활동에 대해 말할 때 단수를 즐겨 사용한다. "나 휴가 간다", "나 극장에 간다", "난 아주 잘 먹었어" 등등. 그런 말들은 자칫 그 모든 일들을 남자 혼자 하는 것으로 착각하게 만들 수 있다. 그렇지만 단수로 언급된 그 일들은 실제로는 부인이나 애인 아니면 온 가족이 함께 하는 활동이다.

왜 남자들은 행복한 가족관계를 오랜 세월 유지하여 왔음에도 '우리'보다 '나'로 말하는 걸까? 왜 여자들은 자기들이 소속되어 살아가는 파트너관계 또는 가족과 자신을 동일시하고 있을까?

인간의 파트너십에 대한 과학적인 연구를 시작하기 훨씬 전부터 나는 주로 여성이 인간관계의 감성적 균형을 책임지고 있음을 친구들의 생활 속에서 경험할 수 있었다. 뿐만 아니라 여성이 파트너십이나 인간관계라는 테마에 대해 더 많은 관심을 가지고 있는 듯 보였다. 친구들과 파티를 하거나 함께 저녁식사를 하는 날이면 남편은 언제나 자기 대화상대에게서 최근의 직업적 성공과 근래 진행된 프로젝트 그리고 스포츠 활동에 대해 듣는다. 이와는 달리 나는 최근에 걸렸던 병과 실망스런 일들, 조화로운 관계 속에서 생기는 행복과 만족에 대해 모든 것을 알게 된다. 종종 내 남편은 여자들이 그렇게 짧은 시간 동안 아주 은밀한 일들에 이르기까지 서로 정보를 교환하는 것에 대해 놀라곤 한다. 그리고 조금은 실망스러운 모습으로 "나한테는 왜 아무도 그런 얘길 해주지 않는 거야"라고 말한다.

남자들은 다른 사람과 대화하면서 나타나는 섬세한 신호들을 너무 쉽게 지나쳐버리곤 한다. 어쩌면 그들에게 그런 것을 말하는 사람이 전혀 없는지도 모른다. 그들 스스로 개인적인 일들을 전혀 드러내려 하지 않기 때문이다. 주는 것이 없으면 받을 수 없다는 것은 감성적 차원에서도 마찬가지인 것이다.

후일 생물학도로서 나는 인간의 파트너 선택을 박사논문의 주제로 결정했다. 짝짓기의 역학관계를 깊이 있게 탐구하고 싶었다. 이런 연구를 통해 인간의 행복과 고통을 좌우하는 뿌리를 발견할 수 있을 것으로 믿었기 때문이다. 그렇지만 곧 내 연구를 얼굴의 역할로 한정지어야 했다. 파트너의 선택에는 무수하게 다양한 현상들이 복합적으로 작용하고 있어서 박사논문의 일반적인 틀에서 그것들 모두를 다룰 수는 없었다. 그러나 그렇게 축소된 범위에서도 여성들이 본질적인 것을 추구한다는 것을 쉽게 알 수 있었다. 관계의 행복을 위해 전혀 중요치 않은 외모상의 조건은 여성들의 파트너 선택에 영향을 미치지 못한다. 여성은 장기간의 관계 속에서 두 사람 모두의 만족에 크게 영향을 미치는 얼굴 형태를 찾는다.

그 후 나는 비엔나 대학의 인간생태학 연구소에서 강의를 맡게 되었다. 배우자 선택을 주제로 하는 인류학 강의였다. 나는 수많은 여학생들 앞에서 강의를 진행했다. 그렇다, 여학생들 앞에서였다. 인간상호관계의 생물학에 대해 내가 진행하는 강의에는 그저 가끔씩 길 잃은 남학생들만이 모습을 보였던 것이다.

어째서 그랬을까? 인간생태학 과목에는 남녀학생들 모두가 참가했다. 인간유전학이라든지 초기 인간의 진화에 대한 강의에는 두 성별의 학생들이 골고루 앉아 있었다. 그런데 왜 파트너의 선택을 문제로 다루면 남성이라는 피조물은 슬슬 꽁무니를 빼는 걸까?

아직 해결점을 찾지 못한 문제들은 구체적인 문제제기를 통해 그 문제들을 확실하게 낚아챌 수 있는 상태가 되기 전까지 오랫동안 무의식 속을 떠돌게 마련이다. 당시 ORF 방송에서 과학 관련 자유기고가로 활동하던 내 동생 사비나는 마치 회오리바람이 지나가듯 내가 힘들여 만들어놓은 사고체계를 한꺼번에 뒤흔들곤 했다. 자극적인 어법과 신경을 긁는 문제제기로 내가 공들여 쌓아올린 사고의 탑을 무너뜨려버렸다. 나의 사고가 불안정한 기존 이론들을 기초로 했기 때문이었다.

종종 수십 년 동안 한 가지 문제에 매달리는 과학자들과는 반대로, 언론인들은 전문분야까지 포함하는 완전히 새로운 상황들에 대해 단 몇 초만에도 자신의 입장을 정리해야 한다. 언니는 자주 자신의 텔레비전 프로그램에 대한 나의 생각을 듣기 위해 전화한다. 그러면서 우리는 서로가 상대방의 세계를 관찰하고 이해하는 것이 얼마나 많은 도움이 되는지 금방 알게 되었다. 그렇게 해서 우리의 첫 번째 공동작품, 『작은 차이 – 여자와 남자는 왜 다르게 생각하고 다르게 느끼나』가 탄생했다. 그 책은 사비나가 정한 주제에, 1988년 주정부 과학언론상을 수상했던 다큐멘터리 필름을 기초로 만들어졌다.

우리가 당시 참고할 수 있었던 거의 모든 연구들은 자신의 감정을 처리함에 있어서 여성과 남성 간의 현격한 차이를 지적하고 있었다. 우리는 그 다음으로 그런 차이가 남녀의 관계에 어떤 영향을 미치는가에 대해 관심을 갖게 되었다.

그리고 거기서 갑작스럽게 우리의 새 책을 위한 주제가 떠올랐다. 여성은 행복의 건축가라는 생각이었다. 여성은 관계의 모닥불이다. 남성은 이런 행복의 소비자이며 수익자이다. 남녀관계에 있어서 여성은 기업가인 반면, 남성은 직원이다. 그리고 많은 남성들은 심지어 그들이 원하는 바와 달리, 또는 적극적으로 힘을 쏟지 않고도 행복하게 된다.

나의 강의에 남학생이 그렇게 드물게 나타났던 것, 그리고 남성이 파티에서 그의 가족 문제에 대해서보다 직업적 성공에 대해 말하기를 즐기는 것은 전혀 놀랄 일이 아니다. 그들은 그런 일들에 대해 문제의식을 갖고 있지 않은 것이다. 왜냐하면 남녀관계를 만들고 유지하고 보살피고, 경우에 따라 파기하기도 하는 것은 여성이기 때문이다. 어디까지나 관계를 지배하고 결정하는 것은 여성의 몫인 것이다.

이와 같이 남녀관계의 운명을 여성이 직관적으로 조종하는 것은 비단 남녀 두 사람의 관계만이 아니라, 우리 종족 전체의 사회적 법칙을 형성하는 데 크게 기여하고 있다. 행복한 파트너십에 관한 우리의 연구를 집약해놓은 이 책을 통해 바로 그 점을 느낄 수 있을 것이다.

1
여성과 남성에 대한 **편견**

여성은 남녀관계라는 회사의 사장이다.

여성은 자기자신만이 아니라 파트너까지 행복하게 만든다.

모두가 신뢰에 가득 찬 눈빛으로 우러러보는 가족의 우두머리는 더 이상 찾아볼 수 없다.

남성은 결코 그들 스스로 믿고 싶어하는 것처럼

일상의 험난한 파도에도 끄떡 않는 고요한 섬이 아니다.

여성은 손에서 고삐를 놓은 적이 분명 없었다.

특히 장기간 지속되는 관계에서는 언제나 여성이 배를 저어가게 된다.

거울아, 거울아
누가 고삐를 쥐고 있니?

여성은 남녀관계라는 회사의 사장이다. 이 연구의 가설이 만들어지자마자, 우리는 즉시 실생활의 경험을 통해 실험하기 시작했다. 격렬한 토론이 벌어졌고, 언제나 그렇듯 같은 주장이 내세워졌다. 대개는 압도적인 지지를 받았다. 그렇지만 친구들과 어울리는 자리에서 얻는 이런 지지가 하나의 이론을 위한 토대가 될 수는 없었다. 올바른 가설이 되기 위해선 실험을 거쳐야만 했다.

이렇게 해서 이 일은 흥미로워지기 시작했다. 남녀관계라는 섬세한 메커니즘에 대한 통계적 가치를 지닌 정보를 어떻게 얻을 수 있을까? 부부 혹은 연인관계가 갖는 특징적인 요소들 중 하나가 은밀함과 배타성이다. 그리고 그 특성들은 무대 뒤의 모습을 관찰하기 힘들게 만든다. 순수한 학문적 관심

이상의 것을 전혀 묻지 않는다 하더라도, 대부분의 사람들은 원하지 않는 타인의 간섭으로부터 그들의 관계를 철저하게 보호하려 한다. 이런 은밀하고 개인적인 영역에 대해 질문을 던지기 위해서는 많은 신뢰가 필요하다.

이 자리를 빌려 '행복한 부부관계의 비밀'을 묻는 설문지에 기꺼이 응답해준 70쌍의 커플에게 감사하고 싶다. 그들의 도움이 없었다면 남녀관계의 구조에 대한 몇 가지 중심적인 시각이 지금보다 빈약한 상태에 머물렀을 것이다.

여성과 남성은 각각 한 장씩 동일한 설문지에 응답했다. 서로 바뀌는 일이 없도록 여자에게는 분홍색, 남자에게는 하늘색 설문지를 주었으며 가능한 한 혼자서 그리고 아무 간섭없이 작성하도록 했다. 여성들의 평균 나이는 39.5세, 남성들은 42.6세였으며, 동거 혹은 결혼한 지는 14.5년이 된 커플들이었다.

우리는 배우자의 선택에 결정적으로 작용하는 특성에 대해 물었다. 어떤 선택 기준이 후일의 행복과 만족에 기여할 것인가? 이런 성격들이 시간이 흐르면 어떻게 변할 수 있는지에 대해서도 물었다. 이를 통해 부부관계를 유지하고 가꾸어나가는 사람이 누구인지를 알아내고 싶었다. 물론 우리는 연구의 목적을 숨기려고 애썼다. 최대한 정직한 대답을 얻기 위해서였다. 그리고 그런 대답들은 일련의 흥미로운 사실들을 규명해주었다.

실제로 여성들은 결혼생활에 대해 일체화된 감정을 더 많이 가지고 있다. 여성은 관계의 시작을 남녀 공동의 노력에 의한 것으로 본다. 우리는 파트너십을 정착시키는 비용(약속, 선물, 경쟁 등)이 얼마나 컸는지를 물었다. 남녀응답자들은 이 질문에 대해 자신의 입장에서 그리고 배우자의 입장에서 각각 한 번씩 대답했다. 선택할 수 있는 대답은 4가지로 '아주 적다', '적다',

'크다' 그리고 '아주 크다' 였다. 여성들의 대답에서는 대체로 관계 정착을 위한 '그의 비용'과 '그녀의 비용'이 일치하고 있었다. 모든 여성응답자 중 과반수가 자신의 비용을 파트너의 비용과 밀접하게 결부시켜 관찰하고 있었다. 남성들의 경우는 아주 다른 결과가 나타났다. 파트너십의 시작을 위한 여자의 비용을 평가하면서 이들은 대체로 자신의 비용과는 거의 다른 대답을 했다. 두 대답 사이에서 연관성은 거의 찾아볼 수 없었다. 다시 말해 남성은 파트너십을 시작하기 위해 자신이 부담한 비용과 여자가 부담한 비용의 연관 관계를 거의 인식하지 못하고 있었던 것이다. 이것은 남녀 두 성별이 갖는 현격한 차이이다.

각 커플이 설문조사 과정에서 그들의 관계를 묻는 실문시에 신심으로 대답하도록 하는 것 자체부터 여성의 경우가 훨씬 쉬웠다. 많은 여성들이 기꺼이 참여하려 했지만 배우자의 반대로 실패했다. 왜일까? 그들이 잘 깨우치지 못했던 일에 대해 다시 한 번 깊이 생각해보는 것이 남자들은 두렵게 느껴지는 것일까? 많은 남자들은 감성적인 일에 관해서라면 매끄러운 얼음판 위에 서 있는 것처럼 행동한다. 격렬한 행동을 절대 삼가는 것이다.

설문지를 얼핏 훑어보기만 해도 여자들이 남자들에 비해 훨씬 세심하게 작성했음을 알 수 있었다. 남자들은 질문에 대답하는 것을 잊기 일쑤였고 한 줄씩 빼놓는 일도 많았다. 그들은 배우자와 관련된 일을 조금밖에는 알지 못했다. "당신의 파트너가 특별한 점은 무엇입니까?"라는 질문에 아무런 대답도 하지 못하는 경우가 다반사였다. 많은 남자들이 배우자가 변화했으면 하는 부분을 짚어내지 못했다. '아무 것도 없다'라고 쓰거나 아예 아무런 대답을 하지 않았다. 여성들은 아주 꼼꼼하게 그들의 마음에 들었던 것, 그들이 변화시키고 싶은 점 그리고 삶 속에서 그들에게 가장 중요한 것을 적어 넣었다.

그러나 남성들의 설문지에서도 남자들이 마음 속 깊이 담아두고 있는 여성 파트너에 대한 감정을 찾아낼 수 있었다. 자신의 배우자에 대해 거의 쓸 말이 없는 것처럼 보이는 한 남자가 작성한 하늘색 설문지를 보자 나는 짜증이 나서, '자기 파트너를 특별한 사람으로 만드는 것이 무엇인지 전혀 모르는 사람이 또 한 명 있군' 하고 생각했다. 배우자가 변화했으면 하는 부분에 대해서 그는 '없다' 라는 말조차 쓰지 않았다. 그저 빈칸이었다. 그런데 그의 삶 속에서 가장 중요한 것을 묻는 질문에 이르러서는 무엇인가 대답을 써넣었다. 딱 한 단어였다. '그녀.'

남자가 여자보다 자기 파트너를 덜 생각한다는 말은 그 반대 경우와 마찬가지로 절대 옳다고 할 수 없다. 설문에 대한 남자들의 무관심한 응답태도는 자신의 부부관계에 대해 관심이 적다는 의미가 아니라 오히려 당황스러움으로 해석된다. 남성들은 배우자에 관한 질문에 대답해야 하는 경우가 드물어 그런 상황에 익숙하지 않은 것이다. 몇 사람은 두 사람의 관계를 시작하기 위해 소모된 자신의 비용에 대해서만 대답할 뿐, 여성의 비용에 대해선 전혀 가늠하지 못했다. 명백하게 드러나는 이런 불확실한 태도는 파트너십의 구성과 관련하여 남자들은 평소에 별로 말할 기회가 없었기 때문일 것이다.

왜일까? 여자들에게 말을 걸고 데이트를 청하는 것은 이미 오래 전부터 계속해서 남자의 일이 아니었던가? 분명히 우리 부부의 경우에도 서로 알게 된 과정은 전통적인 선로를 벗어나지 않았다. 동반관계의 기간과 배우자의 나이와는 무관하게 대개는 남자가 여자에게 말을 걸고 유혹했다. 이 점에 있어서는 세대 간의 특성조차 두드러지지 않는다. 남자들은 예전처럼 오늘날에도 여기저기 데이트를 청하고, 여자들은 언제나 그렇듯 퇴짜 놓는 일을 하고 있다.

바로 여기에 아주 중요한 내용이 숨어 있다. 남자들은 온 세상을 향해 자신을 드러내려고 힘차게 외쳐대고 있지만, 대개 일정한 목표를 겨냥하고 있지 않다. 결국 그들은 아주 짧은 모험을 위해서도 정말 열심히 노를 젓는 것이다. 여성들은 더욱 선택적이고, 자신이 찾고 있는 대상을 아주 정확하게 알고 있다. 우리가 연구한 바에 따르면, 여성들은 놀랄 정도의 명중률을 보여준다. 무엇보다 후일까지 행복한 관계를 지속하기 위해 어떤 기준에 따라 상대를 평가해야 할지를 남자보다 더 잘 알고 있다. 외모는 여성들의 소망 목록에서 아주 아래쪽에 놓여 있으며, 이와는 반대로 사회성은 아주 상위에 위치한다. 네 번째 순위까지를 살펴보면 다음과 같다. 정직, 나에 대한 관심, 유머 그리고 감수성.

남성들 역시 이 4가지 판단기준을 다른 것들에 비해 선호하기는 했지만 '아주 중요함'이라고 표시한 경우는 여자들보다 훨씬 드물었다. 자신의 배우자가 어떤 개성을 가져야 할 것인가에 대해 남성 역시 일정한 느낌을 가지고 있음은 분명하지만, 그런 특성들에 대한 가치 평가의 문제에선 여자들만큼 확신을 갖지 못하고 있었다.

조사된 수치들이 그런 사실을 증명해주고 있다. 여성들은 높은 순위에 오른 개성들에 대해 언제나 남자들보다 더 높은 점수를 주었다. 각각의 특성들은 '중요하지 않음'(1점)부터 '아주 중요함'(4점)에 이르기까지 4단계로 평가되었다. '정직'은 여성들에게서 3.9점을, 남성들에게서 3.75점을 받았다. 70명의 여성 중 7명만이 '중요함'으로 대답했고, 그 외의 모두는 정직을 장기간의 파트너십을 위해 '아주 중요한' 개성으로 선택하는 데 주저함이 없었다. 남성들의 경우에는 조금 불확실한 모습을 보여준다. 17명의 남성들이 정직을 '아주 중요하다'고 생각했다. 두 명은 심지어 '덜 중요함'으로 답했다. 배우자 선택의 기준에 대한 그 밖의 상위 응답 항목들을 평가할 때도 이런 경향은 그대로 이어졌다. '나에 대한 관심'은 여성들로부터 3.88점, 남성들로부터 3.54점을 얻었다. '유머'는 분홍색 설문지에서 3.66점에 이른 반면, 하늘색 설문지에선 3.54점에 머물렀다. 그리고 '감수성'의 부분에서 여성과 남성의 평가 차이는 더욱 현격하게 나타났다(3.59/3.34).

꽃무늬

여성들은 배우자 선택의 기준이 갖는 의미를 더욱 잘 알고 있다. 여성이 더욱 선택적이고 까다로우며, 그런 이유로 파트너 선택의 결정권을 갖는다는 사실은 그리 놀랄 일은 아니다. 그렇지만 여성이 적용하는 선택 기준이 자신만이 아니라 두 사람 모두를 행복하게 만드는 조건이라는 사실은 이제까지 알려져 있지 않았다.

그것은 아주 중요한 사실이다. 여성은 자기자신만이 아니라 파트너까지 행복하게 만든다. 여성의 배우자 선택 기준은 자신의 행복만이 아니라 파트너의 행복과도 직결된다. 한 여자가 자신의 결혼생활을 행복하다고 말한다면, 이는 무엇보다 그녀가 가장 중요하다고 생각하는 배우자 선택 기준 중 두 가지와 정확하게 연결된다. 바로 '감수성'과 '사회성'이다. 부부생활에서 행복을 느끼는 모든 여자들은 배우자의 감수성에 특별한 가치를 두었고, 4분의 1은 사회성을 특히 높게 평가했다. 놀라운 것은 결혼생활에서 행복을 느끼는 남자들 역시 배우자의 사회성, 관심 혹은 감수성을 행복의 이유로 선택했다는 사실이다.

물론 행복을 원치 않는 사람은 없겠지만, 남성들은 그들의 의지와는 달리, 그들 스스로가 원하는 것과는 다른 방향으로 행복하게 되는 것이다. 말하자면 남성들의 배우자 선택 기준은 그가 행복을 느끼는 요소와 단 한 가지에서만 직접 연결되고 있다. 바로 '감수성'이다. 그나마 부부생활이 행복하다고 응답한 모든 남성의 4분의 1 정도만이 파트너 선택의 기준으로 감수성을 높게 평가하고 있었다. 그 밖에 남성들이 꼽은 배우자 선택 기준은 그들이 느끼고 있는 후일의 행복과는 아무런 관련도 없었다. 아름다운 다리나 예쁜 얼굴은 기껏해야 덤이 될 수 있을 뿐이지, 결코 행복한 파트너십의 중요한 요소는 아닌 것이다.

실제로 여성은 남성을 행복하게 만드는 것이 무엇인지를 남성 스스로보다 더 잘 알고 있는 듯하다. 그들이 중요하게 생각하는 사회싱, 관심 그리고 감수성 같은 특성들은 남자를 만족스럽게 하면서 좋은 파트너로 만드는 요소들인 것이다. 감수성과 사회성을 갖춘 남자는 자기의 여성 파트너를 행복하게 해줄 뿐 아니라, 그 스스로도 이익을 얻게 되고 결국 행복을 느끼게 된다.

여성은 어떤 남자를 선택해야 할지 결정하면서 파트너십의 장을 열고, 공동의 행복한 미래를 위해 이정표를 세운다. 이런 상황은 일상적인 부부생활에서 과연 어떻게 나타날까?

여기서 마지막 결정의 칼자루를 쥐고 있는 쪽이 남자라고 믿고 있었던 사람은 눈이 휘둥그레질 것이다. 모두가 신뢰에 가득 찬 눈빛으로 우러러보는 가족의 우두머리는 더 이상 찾아볼 수 없다. 남성은 결코 그들 스스로 믿고 싶어하는 것처럼 일상의 험난한 파도에도 끄떡 않는 고요한 섬이 아니다. 이와 관련하여 우리의 설문 결과는 상당히 충격적인 결과를 보여준다.

여성은 손에서 고삐를 놓은 적이 분명 없었다. 특히 장기간 지속되는 관계에서는 언제나 여성이 배를 저어가게 된다.

집안일, 살림살이 그리고 아이의 교육 등은 너무나 당연하게, 언제나 그랬듯 지금도 여자의 일이다. 하지만 여자의 몫은 거기가 끝이 아니다. 가정의 정서적인 영역 역시 여성이 맡고 있는 부분이다. 둘 사이의 관계와 대화 그리고 주위 사람들과의 관계를 가꾸고 유지하는 일은 일반적으로 남자보다는 여자에게 맡겨진다. 파트너십을 이루면서 상대에게 친근함을 표시하는 일 역시 여자의 책임으로 여겨진다. 여자를 1점으로, 남자를 5점으로 하여 5단계로 제시된 설문 항목에 대한 남녀응답자들의 반응을 보면 여성이 상대의 애정과 관심을 더욱 필요로 하는 것으로 나타났다(2.56점). 반면에 남성은 자기자신을 위한 시간적, 공간적 자유의 결핍을 주장했다(3.33점).

오랜 기간(15년 이상) 부부관계를 유지하고 있는 남성들은 여성이 여가활동과 투자까지 맡아야 한다고 응답했다. 여성은 한적한 자연 속 전원주택을 위해 저축하고, 휴가를 어디로 가야할지 결정한다. 결혼생활이 오래 계속될수록 남자는 힘을 잃고 지치게 되는 것일까? 결혼생활이 길어지면서 점차로 남자가 기여하는 것은 '더 많은 수입' 하나로 축소된다.

여성들은 부부싸움의 문화까지 선도한다. 남자들의 응답만이 아니라 여성들의 응답에서도 싸움을 시작하는 쪽은 주로 여자였다. 여성은 두 사람의 관계가 진행되는 동안 발생하는 문제들을 남성보다 분명하게 느끼고, 그 문제를 최우선으로 해결해야 할 과제로 여긴다. 결혼생활이 별로 행복하지 않게 되었다고 응답한 부부들에게서 여성은 남성보다 한 단계 낮게 대답하곤 했다. 남자가 '대체로 행복함'이라고 생각할 때, 부인은 이미 '행복하지도 불행하지도 않음'에 표시했다. 무언가 부부관계에 삐걱거림이 있을 때, 여성들은 분명 자신의 행복이 상처받고 있음을 더욱 심하게 느낀다. 결혼기간이 길어지면서 행복의 크기가 줄어드는 것은 남자들의 경우보다 여자의 경우가 더

욱 심한 것으로 나타났다. 15년 넘게 결혼생활을 지속해온 여성들 중 40%
이상이 별로 행복하지 않다고 말한 반면, 같은 상황의 남성들은 14%만이 덜
행복해졌다고 응답했다.

　무언가 제대로 흘러가지 않을 때, 여성들은 더 빨리 불만족을 느끼게 되
지만 그럼에도 상대와의 관계 개선을 위해 계속 더 많은 것을 투자할 자세를
가지고 있다. 말하자면 여성은 남성보다 더 지속적이다. 결혼생활이 진행되
면서 생겨나는 변화들은 결혼기간과는 크게 관계가 없다. 무엇보다 여자들의
사교적인 능력, 배려, 관심, 인내 등은 긴 안목에서 볼 때 크게 변화가 없는
편이다. 남편들의 대부분은 여성들이 결혼기간이 길어질수록 행동이 둔해지
고, 남편, 남편의 유머, 남편의 외적인 매력에 대해 관심을 잃는다고 응답하
였다. 한편 부인들의 응답에 따르면, 남성들은 목표의식, 얼굴의 매력, 대범
함, 그리고 파트너십의 필수요소인 배려하는 마음을 잃어간다. 또한 남성들
은 애착, 세심함, 성적인 능력, 육체적 매력, 유머 그리고 종종 부인에 대한
관심까지 잃어간다. 그리 즐거운 일은 아니다. 그렇다면 이러한 조사결과가
말하는 바는 무엇인가?

　일반적으로 장기간의 관계 속에서 여성들은 남성에 비해 파트너의 변화
를 더 많이 인지한다. 여성이 더욱 세심하게 관찰하기 때문이라고 말할 수도
있다. 그렇지만 남성들이 실제로 더 빨리 늙고, 더 빨리 변해간다는 사실에서
그 원인을 찾을 수도 있다. 이렇게 볼 때 "남자는 늙어서도 그대로이기 위해
결혼하고, 여자는 더 나아지기 위해 결혼한다"는 옛말은 오로지 남자 쪽의
시각에서만 옳다. 심하게 변하는 쪽이 남자이기 때문에 남자들은 부인이 계
속해서 발전을 위해 애쓰기를 기대하는 것이다. 결국 여자는 오로지 현재 상
태를 유지하기 위해 애쓰고 있는 것인지도 모른다.

여자로 하여금 장기간의 관계를 견뎌내도록 만드는 것은 무엇보다 인내와 유머라는 두 가지 특성이었다. 남성이 배우자를 선택하면서 이 두 가지 특성에 특별한 가치를 두었을 때 여자는 결혼생활에서 더욱 큰 행복을 느낀다. 인내가 배우자 선택에 있어서 특히 중요했다고 응답한 남성의 경우, 그것은 바로 부인의 행복과 연결되고 있었다. 그런 커플들 중 거의 3분의 1에게서 여성은 아주 행복한 결혼생활을 유지하고 있었다. 남자가 유머를 중요한 요소로 꼽은 경우 역시 여성의 만족에 긍정적으로 연결되고 있다.

남성이 결혼생활을 통해 사회화된다는 사실은 조사를 통해 분명하게 확인되었다. 감성적인 측면에서 여성배우자는 남성의 자기 확신, 배려심, 사회성, 그리고 감수성을 강화시켜준다는 것이 증명되었다. 70쌍 중 13명의 남성과 15명의 여성이 자기 파트너의 태도가 더욱 사회적으로 변했다고 응답했다. 이는 약 5분의 1에 해당하는 수치이다. 남자들의 응답으로 볼 때 여성 역시 결혼생활을 하면서 더욱 사회적인 태도를 갖게 된다. 여성의 사회성은 분명 자녀의 숫자에 비례하여 커진다. 남자의 경우 아이의 수는 강화된 사회성과 크게 관련이 없다. 따라서 한 여자와의 공동생활, 즉 결혼이 남자에게 더욱 커다란 사회적인 능력을 부여하는 것임을 알 수 있다. 결혼생활은 무엇보다 남자를 사회와 융화할 수 있도록 만든다. 이렇게 볼 때, 행복한 부부들이 많이 살고 있는 사회가 더욱 평화로운 것은 당연한 일이다. 대부분의 문화권에서 법 제정을 통해 결혼생활의 유지에 대한 관심을 쏟는 것 또한 놀라운 일이 아니다. 나중에 다시 언급하게 되겠지만 결혼은 보편 개념이다. 근래에는 대기업들도 책임이 큰 자리에 남자를 앉혀야 할 경우 미혼자보다 기혼자를 더욱 선호하고 있다.

어째서 그럴까? 배우자의 사회적 태도는 남자보다 여자에게 더욱 중요하다. 사회성의 의미를 묻는 질문에 '중요하지 않음'이라고 응답한 남자는 4명, 여자는 1명뿐이었다. 또한 사회성을 '아주 중요하다'고 평가한 사람은 남자 13명, 여자 27명으로 여성이 두 배나 많았다.

초등학교를 다닐 때 여선생님께서는 시내에서 길을 잃게 되면 경찰관이나 여자에게 도움을 청해야 한다고 가르치셨다. 왜 남자는 안 될까? 그 당시에 나는 전혀 이런 의문을 갖지 못했다. 실제로 그런 상황에 처하게 되면 본능적으로 남자보다는 여자에게 향했을 것이기 때문이었으리라. 여성은 더욱 사회적인 존재일 뿐만 아니라 자신의 배우자를 선택하면서도 사회성을 중요한 기준으로 생각한다. 왜일까? 어쩌면 행복한 공동의 생활을 만들어가기 위해 충분한 사회성을 갖춘 남성을 찾는 일이 쉽지 않기 때문인지도 모른다. 성숙한 사회성을 갖춘 여성의 숫자가 월등히 많아서 남자들은 배우자를 선택하면서 이 특성을 크게 중요하게 여기지 않을 수도 있다.

여성은 남성보다 더 사회적이다. 이런 이유에서 여성은 남성보다 파트너를 선택하기가 더 쉬울 수도 있다. 하나의 관계를 바탕으로 이 관계를 두 사람 모두 행복을 느낄 수 있는 관계로 만들어가는 선택인 것이다. 남성은 너무나 쉽게 포기하고 여성파트너에게 주도권을 넘겨준다. 더구나 결혼생활이 길어질수록 자신의 역할을 점점 돈벌이에만 국한시키고, 다른 모든 일은 부인 몫으로 생각하는 남자들이 많다. 이것이 현명한 결론일까? 전통적인 역할 분담을 통해서만 두 사람이 함께 행복해질 수 있는 것일까? 그렇다면 지금까지 여권운동가들이 사회적, 직업적 평등을 위해 투쟁해왔던 것은 도대체 무엇인가?

전통적인 역할 분담을 실천하고 있는 부부가 유연한 역할 조정의 가능성을 갖추고 있는 부부보다 더 행복할까? 절대 그렇지 않다. 이 조사의 여러 결과들은 전통적으로 고정된 역할분담이 더 큰 불행을 안겨준다는 사실을 명백하게 보여준다.

남성과 여성 모두 구태의연한 역할 분담을 피하게 되었을 때 오히려 행복하다고 응답했다. 여성의 4분의 1은 자신이 가정의 수입에 기여하고 있다고 느낄 때 더욱 행복하다고 느꼈다. 가정의 수입에 부인이 한몫하고 있다는 것을 남편이 알아줄 때 더욱 행복하다고 응답한 여성도 5분의 1에 이르렀다. 그러나 부인의 경제적 역할이 남성의 행복감으로 곧바로 연결되지는 않았다. 다시 말해 남자에게는 부인이 가계 수입에 기여하는 것이 크게 중요하지 않은 것으로 나타났다.

남성 중 4분의 1, 여성 중 3분의 1은 여자가 장래의 계획을 맡고 있다고 생각될 때 더욱 행복하다고 응답했다. 또한 남편들은 부인에게 자금의 투자까지 기꺼이 맡기고 있다. 남성의 5분의 1은 여자가 투자를 관리하고 있으며, 생활에 더욱 만족을 느낀다고 응답했다. 부인의 응답에서 자식들의 교육을 맡고 있는 것으로 인정받은 남성들은 보다 행복하게 느끼는 것으로 나타났다. 다시 말해서 부부 모두가 상대의 전통적 역할까지 맡을 수 있을 때 전체적으로 결혼생활에 더욱 만족하고 있는 것이다.

사랑하는 사람의 행복을 중요시하는 것은 남성도 마찬가지이다. 그렇지만 자기자신의 이익은 절대 포기하려고 하지 않는다. 남성들이 원하는 것은 더 많은 섹스와 더 많은 자유공간이다. "누가 더 많은 성관계를 원하는가?"

라는 질문에 많은 남자들은 너무나 당연하게 '남성'이라고 응답했다. 만족스런 성생활은 남성의 경우 여성보다 더욱 직접적으로 행복감과 연결되어 있다. 남성의 행복감은 부인이 자기만큼 섹스에 관심이 있을 때 더 큰 것으로 나타났다. 여성의 경우, 남자의 욕구이든 여자 자신의 욕구이든 성욕은 행복의 느낌과 전혀 관계가 없었다.

혼자 따로 행동하려고 하는 습성은 남성의 강한 자기 표현, 자아실현의 욕구가 표현되는 것으로 볼 수 있다. 여기에 여성이 이해하기 힘든 부분이 있다. 여성은 종종 테니스나 저녁 볼링시합 혹은 작은 술자리를 가족행사보다 먼저 챙기는 남자들의 행동을 이해하지 못한다. 주중에 내내 모습을 보기 힘들었는데, 도대체 왜 또 자유공간이 필요하다는 것일까? 하지만 님싱의 그린 모습은 가족과 무거운 책임에서 벗어나려는 것이라기보다는, 직업과 가족이 줄 수 없는 개인적인 인정과 동의를 얻으려는 시도인 것이다.

남성들이 순위 경쟁에서 좋은 위치를 차지하려는 욕구는 남성의 교미행위 중 일부로 볼 수 있다. 남성은 그렇게 해서 여자의 마음에 들려고 한다. 다른 사람들에게 주목받으며 경탄을 불러일으키는 것보다 좋은 광고는 없는 것이다. 따라서 남성은 여성보다 더 지위의 상징을 갈구하게 된다. 힘을 보여주는 휘장인 셈이다. 남성은 얼마나 매력적인 여자를 얻었는가를 통해 서로를 평가하기도 한다. 이로써 남성 설문응답자들의 가장 큰 관심이 부인의 매력에 있었던 점을 이해할 수 있게 된다.

이 연구에서 남성은 분명히 여성보다 외모에 더 높은 가치를 부여했다. 얼굴의 매력은 남성의 배우자 선택 기준 중 다섯 번째를 차지했다(3.21점). 4가지 가장 중요한 요소인 정직, 나에 대한 관심, 유머 그리고 감수성의 바로 뒤를 잇는 응답이었다. 육체의 매력은 일곱 번째에 랭크되었다(3.07점).

이 역시 여성응답자보다는 월등히 높은 평가였다. 여성들은 배우자 선택 기준에서 얼굴의 매력을 열두 번째(2.90점)로 꼽았고, 육체의 매력은 열일곱 번째(2.66점)에 비로소 자리를 잡았다. 운동을 잘하는 것, 직업적 성공, 애착, 예술적 능력 그리고 종교적 태도 등은 여성들에게 별로 중요하지 않은 것으로 나타났다. 여성들의 경우, 전체적으로 외적인 선택 기준들은 남자들에 비해 확실히 덜 중요하게 평가되었다.

남성은 스스로를 인정받을 수 있을 때 크게 자부심을 느낀다. 그래서 남성은 남녀관계의 기초가 그에 의해 이루어진다고 믿을 때 더욱 만족한다. "두 사람 중 누가 먼저 장기간의 동반관계를 확신했는가?"라는 질문에 '대체로 남자' 혹은 '남자'라고 응답한 남성들의 경우, 행복감을 더 많이 느끼는 것으로 나타났다. 여성의 설문지에서는 그런 관련성을 찾아볼 수 없었다. 여성들의 경우는 두 사람의 관계를 먼저 확신한 쪽이 누가 되었든 그것이 후일의 행복감과 아무런 관련이 없었다.

자기 인정과 자기 표현에 대한 이런 강렬한 욕구가 일으키는 부작용은 종종 남성의 지배욕과 소유욕으로 나타난다. 설문 참여자 중 배우자의 공격성과 성적 이기심 때문에 고통을 받았다고 응답한 사람은 모두 여성이었다. 삶에서 가장 중요한 것에 대해 여성과 남성에게 물었을 때, 여성들은 가족의 행복, 건강 그리고 서로에 대한 가치 인정 등을 중요하다고 응답함으로써 명백하게 사회지향적인 모습을 보여주었다. 여성들은 상대에 대한 관용, 친구관계, 좋지 않은 성격의 개조 등 대개 사회적 내용으로 응답했다.

가족의 행복을 가장 전면에 놓는 것은 남성의 경우에도 마찬가지였다. 그렇지만 여성보다 훨씬 자주 섹스, 스포츠 같은 개인적인 내용들을 언급했고 인생에서 가장 중요한 것을 성공이라고 응답하는 경우도 적지 않았다. 여성들은 이 3가지 요소 중 그 어느 것도 가장 중요한 것으로 평가하지 않았다. 부부 두 사람 모두 관계가 더욱 튼실해지기를 원했지만, 그것은 각각의 성별이 지닌 특성에 기초하고 있었다. 여성들은 더 많은 시간과 공동의 계획을 소망한 반면, 남성들은 더 많은 섹스를 원했다.

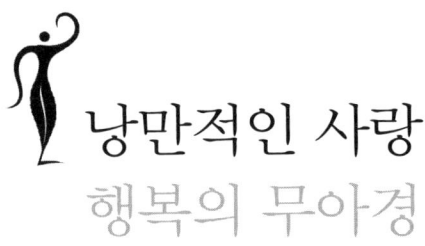

낭만적인 사랑
행복의 무아경

    대부분의 남녀관계가 시작되는 사랑의 속삭임에서부터 이야기를 풀어가 보자.

    살아가면서 경험하게 되는 수많은 사람들과의 만남, 그 수많은 만남 중 에서 아주 특별한 상황, 아주 특정한 사람만이 가슴을 두근거리게 만드는 것 은 정말 신기한 일이 아닐 수 없다. 하루 동안 얼마나 많은 사람들을 만나게 되는지 생각해보라. 직장동료들, 상사들, 빵가게 주인, 헬스클럽 코치, 버스 기사, 잡화점 주인, 친구들 그리고 친구들의 친구들, 우연히 알게 된 사람들, 신호등에서, 지하철에서, 카페에서, 스치듯 만난 사람들. 그 가능성은 거의 무한대이다. 이런 하루의 만남들, 가령 20명이라면 거기에 365를 곱하고, 여기에 또다시 약간의 행운만 있으면 도달하게 되는 나이인 50을 곱해보자.

35만을 훌쩍 넘는 수가 된다.

　우리 인간은 사회를 이루는 종족이다. 우리는 기꺼이 함께 나누고, 다른 사람에 대한 이야기를 듣기 좋아하고, 우리의 동족에 대해 호기심을 갖고 있다. 그렇지만 살아가는 동안 누군가와 커플이 될 수 있는 산술적인 모든 기회를 감안해보면 우리가 근본적으로 얼마나 까다로운 선택을 하는지 알게 된다. 손을 한 번 잡았다고 해서 바로 그 사람과 잠자리에 드는 경우는 거의 없다.

　그렇다. 우리는 우선 사랑에 빠지기를 원한다. 그렇지만 아무하고나 그렇게 되기를 바라는 것은 아니다. 우리 인간에게 낭만적인 감정은 성적인 감정과 일치하지 않는다. 그 두 가지는 서로 독립적인 그리고 아주 특별한 감정 상태이다. 그렇지만 필연적으로, 또 아주 빈번하게 함께 나타난다. 이 두 가지 감정은 삶이 알고 있는 가장 오래된 의무에 기여한다. 바로 종족 번식이다. 이런 가운데 낭만적인 사랑은 인간을 특별하게 만든다.

　사랑에 빠지는 동물이 있다면 유일하게 원숭이뿐이다. 우리의 가장 가까운 친척이다. 그렇지만 그조차도 논란이 일고 있다. 낭만적인 감정을 느끼기 위해선 그 느낌에 대해 깊이 생각할 수 있고, 그 느낌에 의미를 부여하며, 계속 반복해서 환기하고, 그럼으로써 그 느낌을 더욱 특별하게 만드는 고도로 발달된 두뇌를 소유해야 한다. 이런 극단적인 감성적 쾌감은 아마도 인간에게만 주어진 능력일 것이다.

　'사랑은 종잡을 수 없는 것'이라 말하곤 한다. 사랑이란 마음대로 고칠 수 없는 것이며, 누구에게나 일어날 수 있고 그리고 누구도 예외가 될 수 없다는 의미를 담고 있다. 옳은 말이다. 다만 부분적으로. 우린 이 말을 대개 잘 맞지 않는 연인들의 경우를 설명할 때 사용한다. 슈퍼모델과 피자 굽는 사람, 미국 대통령과 견습사원 같은 경우이다. 그럼으로써 그 누구에게도 사랑의 장벽은 있을 수 없다고 말하는 것이다. 그러나 그것이 전적으로 옳은 말은 아니다. 아무리 불가능하다고 여겨지는 커플이라도 우연하게 또는 자기 마음대로 사랑하게 되는 것은 아니다. 물론 그 사랑이 언제 어디에서 생겨나게 될지를 예상할 수는 없다.

누가 누구를 사랑하게 되고 왜 사랑하게 되는지 하는 긴장된 문제에 접근하기 전에 우리는 고귀한 감정 중에서도 여왕이라 할 수 있는 낭만적 사랑 앞에 경외심을 가지고 잠시 머물러야 한다. 큐피드의 화살에 맞고 우리가 체험하는 황홀한 감정은 그 무엇도 막을 수 없다. 젊은이들뿐 아니라 노인들 역시 사랑에 빠진다. 세상 어디서나 마찬가지다. 사랑의 열광과 도취는 세계 보편적인 것이며 강력한 힘을 가지고 있다. 아무리 저항하려고 해도 절대 벗어날 수 없다. 우리는 갑자기 누군가를 위해 불꽃 속에 서 있게 된다. 원하든 혹은 원하지 않든, 우리의 감정이 대답을 받을 수 있든 혹은 설사 대답을 얻을 기회가 아주 적든, 그것은 전혀 문제가 되지 않는다.

사랑은 수천 년이 흐른 지금에도 신비로 남아 있다. 설명할 수 없는 힘이다. 많은 사람들이 사랑 속에서 유일한 삶의 의미를 발견하고, 사랑이 주는 자극으로 매일 아침 자리에서 일어나 하루하루의 새로움을 위해 끊임없이 노력한다. 아직 사랑에 눈뜨지 못한 사람은 사랑을 찾아 헤매고, 사랑을 발견한 사람은 사랑을 위해 인생 전체를 바친다. 사랑을 위해 인간은 엄청난 바보짓, 가장 절망적인 행동도 서슴지 않는다. 로미오와 줄리엣에서부터 퐁네프의 연인들에 이르기까지 세계적인 문학작품들은 이루어지지 않는 사랑 앞에 파괴되고 몰락하는 비극적인 인물들로 가득하다.

사랑은 하늘의 힘일까? 아니면 놀라운 힘을 가진 감정의 소용돌이라고는 하나 그래도 해명이 가능한 것일까? 이미 예전부터 사람들은 사랑의 전능한 힘을 밝히기 위한 혹은 그 힘을 억누르기 위한 수단을 찾아내려고 시도했다. 그렇지만 그런 시도는 오늘날까지 그저 헛수고에 불과했다. 중세의 연금술사들이 사랑의 무시무시한 힘을 빌려 귀족이 되어보고자 사랑의 묘약을 만들려고 했던 것처럼, 오늘날 과학자들은 이 인간 감정의 최고봉을 더욱 잘 이해하기 위해 우리의 신체가 지닌 마법사의 방을 관찰하려고 한다. 뇌와 호르몬을 연구하는 학자들의 시각에서 볼 때 살아가는 동안 적어도 한 번, 거의 모든 사람을 광기의 끝자락까지 몰고가는 사랑은 우리의 이성을 잠시 꼼짝못하게 만드는 몇 가지 화학 물질의 콘서트와 다를 바 없다.

사랑에 빠진 사람은 육체와 정신이 평상시와 다른 예외적인 상태에 있게 된다. 한 번이라도 체험해본 적이 있다면, 지금 어떤 상황에 대해 말하고 있는지 이해할 수 있을 것이다. 사랑하는 사람의 곁으로 다가서면, 맥박은 계속해서 상승하고 심장은 턱밑까지 뛰어오른다. 손은 땀으로 축축해지고, 속이 더부룩하고, 동공이 확대된다. 생각은 계속 한 자리를 맴돈다. 사무실에서라면 너무나 화가 나서 분통을 터뜨리고 싶은 때의 그런 느낌이다. 하지만 화내는 대신 내면으로 침잠하고, 계속해서 그 여자 혹은 그 남자만을 생각할 수 있을 뿐이다. 뜬눈으로 밤을 지샌다. 그 남자 역시 나를 생각하고 있을까? 왜 그녀는 아직 전화하지 않는 걸까? 최근의 연구에 따르면, 사랑에 흠뻑 빠진 사람들은 스트레스와 더불어 달콤한 영혼의 고통을 겪을 뿐 아니라, 정신병의 여러 징후들까지 보인다고 한다. 사랑에 빠진 작은 새의 두뇌 속에서 신경

호르몬들이 글자 그대로 미친 듯이 활동하는 것은 놀라운 일이 아니다.

작가들만이 아니라 과학자들까지 사랑이란 무엇인가를 알아내기 위해 전력을 기울이면서, 세상 어디에서나 사람들을 감격과 도취에 빠뜨리며 그들의 이성을 앗아가 불행의 나락으로 떨어뜨리고 마는 이 생화학적 작용의 진행과 근원에 대해 몇 가지 흥미진진한 견해를 제시하였다.

⁂

도나텔라 마라찌티는 피사 대학병원의 정신과 의사이다. 기울어진 탑 덕분으로 세계적으로 유명해진 이 도시에서 마라찌티 교수는 정신병을 연구하고 있다. 그녀는 압박감에 시달리는, 더 정확하게 말하자면 강박관념에 사로잡힌 행동을 하는 환자들을 치료한다. 이 환자들은 일정한 생각이나 행동을 계속 반복한다. 손을 씻는 일, 문이 잘 닫혀 있는지 점검하는 일 등이다. 이런 신드롬을 앓는 것은 지치는 일임에 틀림없다. 계속해서 같은 일, 같은 생각을 반복하는 것에 질려서만이 아니다. 계속 압박감에 굴복할 뿐 다른 어떤 선택도 할 수 없다는 극심한 두려움이 주는 고통 때문이다.

도나텔라 마라찌티는 사랑에 빠진 사람이 그녀의 오랜 환자들과 유사한 증상을 가지고 있음을 발견했다. 그들은 욕구의 대상, 즉 사랑하게 된 사람에게서 생각을 떼어내지 못한다. 그들의 생각은 마치 오래된 LP판 위에서 튀고 있는 바늘처럼 끊임없이 한 자리를 맴돈다. 사랑에 빠지면 굳어버리게 되는 것은 누구나 알고 있는 일이다. 사랑하는 이의 모습을 한 번 또 한 번 계속해서 기억 속으로 불러내고, 연인이 말하고 행했던 모든 것을 끊임없이 반복 재생하는 것이다. 이제 막 새로운 사랑에 빠진 사람의 강박적인 태도가 자신의 환자들과 같은 원인에서 비롯되는 것일까, 여의사는 스스로에게 물었다.

그녀는 강박증 환자들에게서 세로토닌 수치가 현저하게 낮다는 것을 확인했다. 세로토닌은 뇌 속에 존재하는 일종의 전달물질로서 일반적으로 기분이 좋아지게 하는데 이를 위해서는 혈액 속에 일정량이 함유되어 있어야 한다. 세로토닌 수치가 정상 수준보다 낮게 떨어지면 정신에 타격을 주어 불쾌감, 의욕상실에서부터 심각한 우울증에 이르기까지 나쁜 결과들을 초래한다. 강박증 환자들이 고통스러워하는 심리적 두려움의 상태가 바로 이 세로토닌 수치의 저하에서 유발된다는 사실은 거의 확실하게 밝혀졌다.

이제 막 사랑에 빠진 남녀학생들의 혈액을 검사한 결과 그들의 세로토닌 수치가 강박증 환자의 수치와 놀라울 정도로 일치한다는 사실이 나타났다. 이 학생들의 세로토닌 수치는 정신적으로 건강하고 사랑에 빠져 있지 않은 그룹보다 평균 40% 낮은 것으로 나타났다. 결국 어느 언어에서나 일상적으로 사용되는 표현들, '미친 듯 사랑한다', '서로에게 미친 듯 빠져들었다', '광기어린 사랑' 등은 과학적으로도 이미 사실임이 증명된 셈이다. 이런 모든 관용적 표현들은 물론 사랑의 극단적인 성질을 나타내려는 것이지만, 병리학적 의미에서도 사랑은 '미치는 것'임을 나타내고 있다고 할 수 있다.

그러나 세로토닌이 애착에 관여하는 유일한 물질은 아니다. 아드레날린 역시 이에 못지 않은 영향을 미친다. 육체 스스로 분비해내는 이 흥분제는 높은 긴장감을 조성한다. 다시 말해 육체를 비상대기 상태로 만드는 것이다. 사랑에 빠진 사람은 시험을 앞두고 겪는 것 같은 스트레스 증상을 느끼게 된다.

손이 땀으로 흠뻑 젖고, 맥박이 빨리 뛰고, 숨쉬기조차 힘든 그 느낌을 기억해낼 수 있을 것이다. 이 모든 느낌은 호르몬 아드레날린의 작용이다. 그 밖에도 이 고성능 마약은 세포 내에서 당의 산화를 빠르게 한다. 신체의 에너지 보유량이 얼마 동안은 결코 마르지 않을 듯한 상태에 있도록 만든다. 이미 '사랑의 마라톤'을 위한 준비가 완료된다. '제발 지금만은 축 처지지 말아줘' 라는 구호 아래.

아드레날린의 화학적인 상대이며 선배격 호르몬인 노르아드레날린은 탐닉적이고 낭만적인 사랑을 위해 더욱 중요하다. 이 물질은 두뇌의 중앙사령부에 해당하며, 호르몬 생산을 관장하는 시상하부와 직접적으로 관련되어 있다. 노르아드레날린은 그곳에서 상대방에 대한 육체적 욕구를 무한대로 끌어올리는 성호르몬의 분비를 촉진시킨다. 결국 이렇게 해서 두 사람의 관계가 시작되는 초기단계에서는 도대체 멈출 수 없는, 이른바 사랑의 배고픔이 생겨나는 것이다.

그렇지만 가장 강력한 이 마약의 작용은 또 다른 무엇과 관련되지 않고는 아무 쓸모없는 것이 되고 만다. 이제 도파민이 등장한다. 도파민은 중추신경계의 가장 중요한 호르몬 중 하나이다. 이 물질은 시상하부에서 전기적 충격과 화학적 신호의 형태로 끊임없이 일어나는 감각의 자극을 안락함과 불쾌함, 흥분과 편안함, 분노, 기쁨, 걱정, 쾌락 혹은 엑스터시 등 감정과 느낌으로 해석한다. 이 호르몬은 두뇌 속에서 쾌감을 배려하는 중심기관에 직접 영향을 미친다. 도파민이 충분히 있으면 편안하고 행복한 느낌이 온몸에 넓게 퍼져나간다. 이런 최고의 쾌감이 있고 나면 두뇌는 탐욕적으로 더 많은 양을 요구한다. 코카인 같은 마약이 바로 이런 방식으로 작용하고, 그래서 이를 사용한 사람들이 중독성을 보이며 탐닉하게 되는 것이다.

사랑에 빠진 사람의 도파민 수치 역시 아주 높아진다. 그들은 잠시 그 여자 혹은 그 남자에게 중독되어 탐닉하게 된다. 그렇지만 이 짧은 여행은 아마도 건강에 해를 끼치지 않는 유일한 중독일 것이다. 대부분의 연인들에게서 이런 중독은 1년 반에서 3년이 지나고 나면 잠잠해진다. 서로에 대한 그들의 감정이 마치 조용하게 흐르는 물처럼 조절된다. 그러나 어떤 특수한 경우에는 미친 듯한, 과도하게 넘쳐흐르는 탐닉의 감정 이후에도 멈출 수 없는 욕구가 남는다. 심리학자들은 이런 사람들을 '사랑 중독자'라고 부른다. 이들은 사랑의 관계에서 '냉각기'가 시작되면 곧바로 딴 곳을 바라보게 되고, 불행한 결말 이후 다음 관계를 찾기 위해 정신없이 헤매게 된다. 사랑에 빠짐으로써 얻었던 그 미친 듯한 느낌, 탐닉에서 얻었던 그 쾌감에 또다시 푹 빠져들고 싶을 뿐이다. 그들은 마치 마약중독자들처럼 계속해서 불꽃같은 사랑을 흡입해야 한다. 이런 신드롬을 연구하는 의사들은 뇌 속의 신호전달체계에 잘못이 있기 때문이라고 추측하고 있다.

뉴욕 주립 정신병 연구소의 마이클 리보위츠를 필두로 하는 일단의 미국 정신과 의사들은 이런 환자들을 대상으로 고도의 실험적 치료를 시작했다. 그 과정에서 그들은 잘못된 사랑의 욕구를 일으키는 주범으로 의심되는 물질을 제거하려고 시도했는데, 놀랄만한 성공을 거두었다. 그들의 연구에 열쇠가 된 것은 화학적 반응에서 눈사태를 일으키는, 말하자면 번개가 치도록 만드는 그런 물질이었다.

우리가 누군가에게 반하게 되면 정확하게 어떤 일이 벌어지는가? 사랑의 호르몬들은 물론 그렇게 저절로 단번에 휘몰아치지는 않는다. 그것들은 '사랑의 공장'을 가동시킬 어떤 충격, 외부로부터의 자극을 필요로 한다. 그런 충격은 우리의 눈과 귀, 코 등 모든 감각기관을 통해 전달된다. 어떤 행동,

움직이는 방법이라든지 사랑하는 이에게만 보일 것 같은 작은 몸짓들, 이런 한 인간의 외적인 반응이 얼마나 강력한 힘으로 작용할 수 있는지 모든 사람들은 경험을 통해 이미 알고 있다. 가끔 이런 신호는 너무도 강해서 거의 시선을 돌릴 수 없는 지경에 이르게 된다. 그 사람의 눈과 손, 웃음에 완전히 묶여버리는 것이다. 이 모든 것이 가끔은 순식간에 일어나곤 한다. 이것을 우리는 첫눈에 반한다고 말한다.

향기 혹은 완전히 그 반대로 아무 냄새도 없는 소재들이 우리를 더욱 은밀하게 유혹하기도 한다. 이른바 페로몬은 성적 유혹물질로서 이미 오래 전부터 냄새를 맡는 기관으로 인정받아온 코를 뛰어넘어 뇌에까지 영향력을 확대했다. 과학자들은 오랫동안 인간의 경우 후각기능이 퇴화되어 후점막 내부에 있는 서골비기관이 주로 본능의 지배를 받아 사랑을 행하는 동물들에게만 남아 있다고 생각해왔다. 이것은 완전히 잘못된 생각임이 밝혀졌다. 우리 인간 역시 성을 자극하는 냄새를 인지하는 이 '원시적 후각'을 가지고 있으며, 이것은 상상하는 것보다 더 큰 힘을 행사하고 있다. 이런 이유로 배란기에 있는 여성은 남성의 땀방울에서 기분 좋은 향기를 느낀다. 그렇지 않을 때에는 그저 역겨운 악취일 뿐인데도 말이다. 함께 있는 사람은 서로를 냄새 맡을 수 있어야 한다. 그리고 이런 결정은 분명히 무의식적으로 이루어진다. 어떤 경우이든 냄새는 사랑을 위해 아주 중요한 역할을 한다.

그 다음엔 목소리의 차례이다. 나는 전화를 통해 이미 불멸의 사랑에 빠졌던 사람들을 많이 알고 있다. 그들은 무엇이 그 목소리에 빠져들도록 만들었는지 정확하게 말하지 못한다. 그렇지만 알지도 못하는 사람과 대화한 후에 완전히 넋이 나간 사람이 되고 말았다. 어쩌면 바로 그것이 문제의 핵심일지도 모른다. 목소리는 그 사람이 다른 쪽의 사람으로부터 얻게 되는 유일한 것이다. 이 점이 매력적인 것이다. 나머지는 환상에 맡겨지고, 머리 속에 담겨진 이상형의 모습에서 떼어낸 작은 부분들을 가지고 모습을 완성해가는 것이다.

누구나 살아가면서 일정한 성격 또는 함께 살아가는 사람들의 특성에 대한 호감을 발전시켜 나간다. 많은 과학자들은 이런 과정이 아주 일찍부터 일어난다고 믿는다. 세 살에서 여덟 살 사이에 개인적인 이상형의 틀이 만들어진다. 그리고 청소년이 되면 그 틀에 적합한 보완요소들을 찾아간다. 이런 것의 대부분은 무의식적으로 이루어진다. 그 중 많은 것들이 부모와 형제, 자매, 가족의 친구들, 다시 말해 처음부터 아주 밀접한 관계를 맺었던 사람들로부터 영향을 받아 형성된다. 엄마, 아빠가 안아주는 방법, 가족들 사이에 사용되는 유머, 아빠가 담배 피우는 모습 혹은 엄마가 이마에서 머리칼을 쓸어올리는 모습, 관심, 서로를 대하는 태도, 가정의 전통 등 이런 모든 것들이 점점 후일의 배우자를 위한 틀을 형성해나간다. 그 틀은 성인이 되어서도 여전히 유연하게 변해가며 계속해서 행복한 혹은 덜 행복한 관계들에서 얻은 경험들로 부완하고 확대해간다.

이런 설명은 마음을 빼앗기는, 이론적으론 수많은 가능성들 중에서 왜 유독 그 남자 혹은 그 여자이어야만 하는 이유를 해명해준다. 이 복합적인 그러나 한편으론 형식적인 이상형의 틀은 인간이 때때로 자기가 좋아하는 유형을 변화시키는 이유까지 설명해준다. 또한 인간이 왜 자기와 닮은 것 혹은 친숙한 것에 대해 특별한 호감을 갖고 있는지 알려준다. 사람들은 아주 자주 자신이 살고 있는 지역 내에서 결혼하고, 많은 이들이 단 몇 블록 떨어진 곳에 사는 사람을 만난다. 이는 여러 연구에서 확인된 바 있다. 비슷한 교육, 비슷한 가족관계, 직업, 비슷한 정치적 혹은 경제적 신념을 가진 사람들이 다른 경우보다 더욱 빈번하게 동반관계를 이룬다. 연인들은 서로 완전히 다른 모습이기보다는 닮은 모습인 경우가 훨씬 많다. 과학자들은 신장, 체중 등은 물론이고 얼굴이 닮았다거나 귓불 모양이 비슷한 경우까지 여러 일치점들을 연인들에게서 확인했다. 왜일까? 우리가 닮은 것에 끌리는 성질을 가지고 있기 때문이다. 실제로 닮은 것끼리는 더욱 잘 어울리게 마련이다.

우리는 뇌에 좋은 느낌을 주는 특정한 음색의 세련된 음성에 호감을 갖게 된다. 우리 뇌의 가장 오래된 부분을 지나 무의식에까지 파고드는, 몸 냄새에 대한 동물적인 호감 역시 우리로 하여금 머리가 좋아하는 사람보다 감각이 흠모하는 사람을 향하도록 만든다.

그런 자극들이 우리에게 도달될 때마다 뇌 속에서는 약 천억 개에 이르는 신경세포들이 한 신경세포에서 다른 신경세포로 이 자극을 계속 전달한다. 신호가 계속 전달되기 위해서는 뇌의 각 영역에서 전기적 충격을 화학적으로 변화시켜주는 특정한 흥분전달물질을 필요로 한다. 개개 신경세포를 이어주는 시냅스의 역할을 돕기 위한 것이다. 앞에서 언급한 '사랑의 자극'들 중 하나가 실제적인 행동이나 판단으로 나타나기 위해서는 변연피질, 간단히 말해 분노, 기쁨, 두려움 그리고 쾌락 같은 우리의 원초적인 느낌들이 생겨나는 대뇌피질의 일부에서 시작하여 일정한 감각신경의 길을 거쳐 크게 부풀어 있는 대뇌의 회백색 물질에까지 도달해야 한다. 바로 인간의 지적 능력을 대변하고, 계통발생적으로 자기보다 오래된 모든 대뇌영역들 위에서 최고의 권위로 군림하는 신피질이다. 바로 이곳에서 사고하고, 평가하고, 판단을 내리는 것이다.

벨벳처럼 부드러운 목소리, 멋지게 치켜뜨는 눈 혹은 봄 햇살처럼 빛나는 미소 같은 자극적인 신호가 본능에 의해 조종되는 우리의 뇌 깊숙이까지 도달하려면 PEA, 즉 페닐레틸알라닌이 필요하다. 이 물질은 이 문턱에서 다음 문턱으로, 세포에서 세포로, 결국 대뇌에 이르기까지 자극을 옮겨간다. 그러면 잠시 생각한 후에 "멋지군!"하고 말하게 되고, 한껏 고조된 감정이 확산된다. 이 고조된 감정은 육체 스스로 만들어낸 암페타민인 PEA의 작품이다. 암페타민은 쾌감을 주는 물질로 다른 인공 화학물질들과 마찬가지로 과량 사용하면 중독을 일으킨다. 쥐에게 이 고성능 약물을 주사하면 미친 듯 뛰어 우르며 기분 좋아 어쩔 줄 모르게 된다. 33쌍의 행복한 커플들을 조사한 결과 PEA 수치가 현저히 높게 나타났다.

바로 이 강장물질이 여러 사람들을 결코 만족하지 못하는 로맨스 중독자로 만드는 요소인 듯하다. 그렇지만 그것은 그 물질의 과다보유로 인한 것이 아니다. 오히려 그 반대이다. 로맨틱한 감정에 대한 멈출 수 없는 욕구가 PEA의 부족에서 기인한다는 이 이론은 마이클 리보위츠의 연구를 통해 확실한 증거를 얻게 되었다. 뉴욕 주립 정신병 연구소의 마이클 리보위츠는 한 환자를 항우울제로 인정된 물질로 치료하였다. PEA를 분해하여 PEA의 작용을 방해하는 효소를 차단하는 물질이었다. 결과는 깜짝 놀랄 정도로 성공적이었다. 감정을 억누르는 이 효소를 억제함으로써 환자의 PEA 수치가 올라갔다. 그때부터 그의 불행한 연애생활 역시 정상적으로 변했다. 제대로 이루어보지도 못하고 계속해서 새로운 연인관계를 찾아가는 대신에 정상적인 관계가 지속되었다. PEA는 절대 넘치게 가질 수 없다. 대뇌가 충분한 양의 PEA를 가지게 되면, 신경 말단의 수용체들이 PEA의 흥분을 일으키는 작용에 더 이상 반응하지 않기 때문이다. 미친 듯한 감정이 사라져버리는 것이다. 사랑중독자들의 예가 보여주는 것처럼, 스스로 탈출구를 찾기 위해서는 우선 대뇌에 충분한 양이 공급되어야만 한다.

뉴욕에 위치한 러트거 대학의 인류학자인 헬렌 피셔 역시 한창 사랑에 빠져 있는 13명을 대상으로 실험한 결과 세로토닌, 도파민 그리고 노르아드레날린의 작용을 증명했다. 실험대상자들의 세로토닌 수치는 도나텔라 마라찌티의 강박증 환자들에게서처럼 완전히 바닥치에 이르러 있었고, 이와 반대로 도파민과 노르아드레날린은 잔뜩 충만한 상태였다.

사랑은 수없이 많은 변주가 가능한 주제이다. 로맨틱하고 탐닉적인 사랑은 여러 가지 감각전달 물질, 성호르몬 그리고 신체가 만들어내는 마약들의 콘서트이다. 오르락내리락 하며 그 물질들이 연주를 할 때 우리는 사랑에 빠져 있다고 느낀다. 사람들은 탐닉, 욕구, 공포, 수줍음, 스트레스, 박탈감 등의 모든 지배적인 감정들로부터 벗어날 수 없다. 사랑에 빠지면서 이 엄청난 비용과 놀라운 에너지의 낭비가 왜 함께 나타나야 하는지 피셔는 의문을 품게 되었고, 결국 낭만적인 사랑의 전개에 대한 확실한 이론 하나를 제시하게 되었다.

헬렌 피셔는 이런 생화학적이고 감성적인 사치가 생물학적으로 특정한 목적을 지향하고 있다고 믿는다. 자연은 자체의 시각에서 무언가 중요한 의미가 있다고 생각될 때에만 미친 듯한 사랑 등 과격한 상태를 유발한다는 것이다. 그렇다면 그 중요한 의미는 대체 무엇일까? 피셔는 누군가에게 애착을 가지면서 느끼는 낭만적인 사랑, 이 순간적인 감정의 폭풍 뒤에 궁극적으로 각 개인을 재생산할 수 있는 기회를 확대하려는 전략이 숨어 있다고 추측한다.

인간 여성의 배란은 은밀하게 이루어진다. 어느 여자가 언제 임신이 가능한지 척 보고 알 수 있는 사람은 없다. 털이 많은 우리의 사촌들, 침팬지 혹은 피그미침팬지들과는 달리 인간 여성은 엉덩이를 눈에 띄게 붉은 색으로 부풀리지 않는다. 수컷들에게 보내는 준비 완료의 신호가 없는 것이다. 따라서 자기가 아이의 아버지임을 확신하고 싶은 남성이라면 한 여자를 선택하는 것이 가장 좋고, 그 여자가 임신할 때까지 절대 눈 밖에 두면 안 된다. 더구나 첫 번째 시도에서 임신이 되는 여자는 극히 드물다. 그러므로 일정한 간격을 두고 계속 반복해서 시도하는 커플의 성공확률이 자연히 높은 것이다. 그리고 대부분은 이 과정을 단지 자신들이 원할 때만, 다시 말해 서로 사랑하고 섹스를 원할 때만 실행한다. 따라서 성공적으로 후손을 가질 때까지는 한 여자와 한 남자가 동시에 서로에게 푹 빠져서 맺어져 있는 것이 가장 이상적인 구조가 된다.

사랑의 격한 감정과 섹스, 이는 우리 종족이 지구에 계속 남아 있도록 해주는 아주 정교한 이중통행증이다. 하지만 생기발랄한 젊은이들이 자신을 희생하는 부모가 되는 과정을 설명하기에는 이 두 가지만으론 충분치 않다. 우리 종족의 번식을 위해선 분명하게 부부관계를 유도하는 또 다른 지주가 필요하다. 그것은 바로 함께 맺어져 있다는 느낌, 즉 결속의 느낌이다. 이로부터 두 사람이 오랜 기간 함께 땀 흘리며 노력하는 내적인 감정들이 생겨난다. 연애, 섹스 그리고 결속감은 생물학적인 삼위일체이다. 우리는 이들을 아름다움을 이루는 세 여신이라 부른다. 이들은 연애, 남녀의 결합 그리고 자손의 번창에 이르는 회전목마가 영원히 돌아가도록 배려한다. 전쟁 중이든 평화로운 시절이든 행복한 때이든 불행한 때이든 인간은 언제나 사랑에 빠지고, 아이를 낳아 키운다.

우리가 다음 장에서 더 상세하게 살펴보아야 할 세 번째 여신, 즉 결속감 역시 연애감정이나 섹스와 마찬가지로 화학적으로 설명이 가능하다.

사랑에 빠진 젊은이들의 뇌와 육체에 사랑의 마약들이 마구 넘쳐흐르는 시간, 격정적이고 마치 중독에 빠진 듯한 감정들은 1년 반부터 3년 사이에 급속도로 가라앉는다. 그들의 뇌가 호르몬의 파도에 적응이 되어 이런 방식의 자극이 효력을 잃었기 때문이거나 혹은 뇌가 순순한 자기 방어의 차원에서 낭비적이고 파괴적인 호르몬들의 행태에 직접 종지부를 찍는 것일 수도 있다.

두 남녀는 첫 번째 폭풍 같은 시절이 지나고 나면 조용히 흐르는 물처럼 변한다. 소위 일체감의 시기라고 부르는 이 단계 역시 아주 특별한 호르몬과 함께 한다. 연인관계의 새로운 국면에 특유의 도장을 찍어 표시하는 물질이다. 이제 폭풍 같이 사랑하던 두 사람이 한 가정을 만들 준비가 된다면, 이 단계에서 문제되는 것은 내면성, 친밀함, 배려 그리고 종속감이다.

무엇보다 우리의 생각을 강화시켜주는 두 개의 호르몬이 있다. 출산 동안에 자궁의 이완을 지원하고, 출산 후에 다시 본래의 크기로 축소되도록 해주는 바소프레신과 놀랍도록 따스하고 사랑스런 호르몬인 옥시토신이다. 이제 막 엄마가 금방 세상에 나온 아이를 품에 안을 때 그녀의 몸 안에서 넘쳐나고, 모든 내면적인 사랑의 관계에서 충분한 양이 공급되는 물질이다.

옥시토신과 바소프레신은 이미 미국 들쥐를 대상으로 시행된 고전적인 실험을 통해 잘 알려진 바 있다. 작은 눈을 하고 있는 이 들쥐는 미국에서 두

가지 종류로 분류하고 있다. 이 두 종류는 무엇보다 성적인 그리고 새끼를 돌보는 성향으로 서로 분명하게 구분된다. 둘 중 초원 들쥐는 대개 평생 암놈한 마리와 함께 살면서 부부가 힘을 모아 새끼를 키운다. 이 놈의 사촌격인 산 들쥐는 방랑벽을 가지고 있다. 한 파트너 곁에 결코 오래 머무르지 못한다. 이런 이유로 이들 두 종류의 들쥐는 행동심리학 연구의 대상이 될 수밖에 없었다.

애틀랜타 에모리 대학의 토마스 인젤은 이 작은 동물들의 호르몬에 대해 연구했다. 그 결과 쉽게 변하는 산 들쥐에게는 옥시토신과 바소프레신이 거의 생산되지 않는 반면, 초원에 살며 가정에 충실한 그들의 친척은 혈액속에 충분한 양을 가지고 있음을 확인했다. 산 들쥐는 이 두 가지 호르몬을 받아들이는 뇌 속 수용체도 초원 들쥐에 비해 거의 없었다. 토마스 인젤은 이런 결과를 바탕으로 곧 다른 실험에 착수했다. 그는 파트너에 충실한 초원들쥐에게 옥시토신의 작용을 억제하는 약물을 주사했다. 갑자기 이 작은 동물은 일부일처의 전통을 무시하면서 쉽고 빠른 섹스만을 찾기 시작했다. 다른 한편 천성이 바람둥이였던 산 들쥐는 열정적으로 가정을 지키는 모습을 보여주었다.

물론 인간은 쥐가 아니다. 그러나 바소프레신과 옥시토신은 인간의 경우에도 걱정하고 배려하는 마음에 관여한다. 그 물질들이 선사해주는 즐거운 느낌을 통해 사람들은 함께 살아가고, 자식을 키우고, 가족을 지켜나가기 위해 지속적으로 노력하게 되는 것이다. 물론 우리는 누군가를 사랑하기 위해 마음대로 호르몬을 만들어 낼 수는 없다. 하지만 호르몬들의 강력한 힘이 발휘되도록 만드는 세 여신이 언제나 곁에 있다. 이들은 우리로 하여금 잘 맞는 사람을 찾도록 노력하게 만들고, 모든 지배적인 감정들이 우리에게 풍요롭게 나타나도록 하고, 여성과 남성이 만들어가는 파트너십에 처음부터 끝까지 동행한다. 그들은 우리에게 행복의 느낌을 선사한다. 심지어 이성의 힘을 거스르면서까지 제2의 자아, 즉 연인과 결합하는 모든 이들에게 주는 선물인 셈이다.

우리 인간이 남녀관계를 위해 소모하는 모든 비용들, 시간과 에너지 그리고 사랑의 전장에 쏟아붓는 모든 물질적 비용을 생각하면 누구와 맺어져야 할지, 누가 이상적인 반쪽일지 하는 문제가 우리의 삶 속에서 그토록 중요하게 생각되는 것은 너무도 당연한 일이라 할 것이다.

인간이 서로 맺어지는 방법, 알맞은 짝을 찾아가는 방법을 반드시 관찰해야 하는 이유가 바로 여기에 있다.

으르렁대는 곰은
춤추는 쥐를 찾는다
어떤 사람을 만날 때 행복해질까?

가끔은 은밀한 호기심을 가지고 신문에서 별점을 읽지 않는가? 분명 그것을 믿지는 않으면서도 눈길을 보내게 된다. '육감적인 시간들이 황소를 기다린다', '전갈과의 불장난은 처녀를 숨막히게 한다', '스쳐 지나가는 천칭과의 만남에서 기대하지 않은 결과를 얻는다'. 의식적이든 무의식적이든 우리는 계속해서 혼란스런 사랑의 게임에서 인정받고, 용기를 얻으려 한다. 끊임없이 변화하는 결혼 시장에서 우리 자신의 상품 가치가 더욱 높게 평가받을 수 있는 가능성을 찾고 있는 것일까?

예언가, 점술사, 손금 보는 사람 등의 모든 비법은 '나는 누구이며, 누가 나와 어울리는지, 누구와 함께 무엇이 될 수 있을지' 하는 인간의 깊은 불확실성을 토대로 이루어진 것이다.

그들은 불가해한 것, 형이상학적인 것에 대한 우리의 숙명적인 애착을 만족시켜준다. 별점을 읽고, 성격 테스트를 하고, 자아 발견의 모임을 갖는 등 현대의 호모 사피엔스들은 안개에 휩싸여 있는 듯 신비하고 또 한편으론 우스운 모양의 은밀한 여가 활동을 한다. 이는 정보시대의 진실을 찾는 행위라기보다는 석기시대 선조들이 신을 불러내는 것과 같은 일이다. 설명이 불가능하고 무시무시하고 대단히 강해 보이는 모든 것들을 선조들은 경외심을 가지고 벽과 동굴에 그려 놓았다. 더 이상 어찌할 바 모르는 무기력한 느낌으로 있지 않기 위해서였다. 천공에서 움직였던 천체들은 마치 신의 손이 조종하는 듯하였다. 많은 별들이 해와 달처럼 규칙적이고, 또 다른 많은 것들은 유성이나 초신성처럼 산발적으로 움직여 더욱 극적인 효과가 컸다. 여자들의 배가 불러오면 아이들이 태어난다. 맹수들, 홍수와 가뭄, 빙하시대, 예측할 수 없는 현상들, 인간 존재의 설명하기 힘든 기적들이 우리 선조의 정신에 깊게 각인되었다. 우리를 만들어낸 재료들은 바로 이런 시대에 한 올 한 올 짜여진 것이다. 즉, 우리는 냉혹한 시간의 자식들이다.

　　모든 정신적 계몽과 과학적 지식에도 불구하고 여전히 우리의 반쪽은 동굴 속에 남아 있으며, 그래서 우리의 운명에 작용하는 어떤 영향이라도 절망적으로 받아들이려 애쓰는 것은 그리 놀라운 일이 아니다.

　　오늘날 동굴의 곰과 호랑이를 두려워해야 하는 사람은 아무도 없다. 폭풍이나 소행성의 충돌 역시 이미 기적처럼 정확하게 예언할 수 있다. 문명에 길들여진 우리들에게 번개처럼 순식간에 벌어지는 인간 상호간의 감정 외에 더 이상 어떤 원시적 걱정이 남아 있을까? 그런 이유로 우리는 안전한 삶을 걱정하는 본능을 진화의 가장자리로 옮겨 놓았다. 다시 말해서 우리 시대에 이르러선 자기 짝을 찾는 일이 삶의 중심 문제가 되었다는 것이다. 왜 아니겠는가? 우리는 결국 사회적이고, 성적으로 선택적인 종족이다. 게다가 지금 이 순간 자신에게 딱 맞는 보완체, 즉 배우자를 찾는 문제에 집중하는 것 말고는 다른 걱정이 거의 없다.

보완은 지금 이 자리에서 사용하기 좋은 표제어이다. 이 말은 우리가 선택적일 수밖에 없음을 암시한다. 하지만 우리는 진짜 우리를 보완해주는 사람을 찾고 있을까? 아니면 우리 자신과 비슷한 누군가를 찾고 있는 것은 아닐까? 아니면 혹시 둘 다일까?

과학은 오랫동안 이 문제에 관심을 가지고 있었고, 그 사이 수많은 흔적들을 추적해왔다. 이제 이 문제에 대해 더욱 상세하게 언급하고자 한다.

꿍

인간의 파트너십을 관찰하는 새롭고도 아주 신뢰할 만한 연구 방향은 누가 누구에게 적합하며 왜 그런 것인지의 문제에 집중하고 있다. 이 과정에서 외모, 교육 혹은 출신 등 당연히 흥미롭고 또 많은 것을 해명해주는 일반적인 비교들은 문제에서 제외하였다. 또한 누가 어떤 이상형을 꿈꾸는가 하는 것도 문제로 삼지 않았다. 연구 대상은 인간의 어떤 특징들이 한 사람을 어떤 파트너에게 운명적으로 예정하는지에 대한 것이었다.

어쩌면 지금 당신은 진지하지 못한 말을 하고 있다며 화를 낼지 모르지만, 절대 그렇지 않다. 별점, 카드점, 또 다른 마술적 주문과는 아무런 관계없이, 다른 사람들보다 분명히 더 잘 어울리는 인간적 형태들이 있는 것으로 생각된다. 이는 아주 흥미로운 발견이다. 파트너 연구의 새롭고 혁명적인 출발점은 살아가는 동안 계속 변하지 않는 인간의 특질들을 이용하여 누가 누구에게 잘 맞을 것인지를 예견한다는 데 있다. 이렇게 진지하게 남녀관계를 예견하는 데 성공한 사람은 남녀관계 연구의 핵심을 찾아냈다고 할 수 있다. 대부분의 사람들은 짝을 선택하면서 적용할 수 있는 기준선을 원하고, 많은 이들이 자신의 사랑이 반복해서 불행한 상태에 빠져드는 이유를 알고 싶어 한다.

두 사람 사이의 조화를 위한 어떤 보편적인 법칙들을 찾아낸다는 것은 믿기 힘든 일로 생각된다. 우리들 각자가 얼마나 개성이 강하고, 독특한지를 생각하면 더더욱 믿기 힘들어진다. 우리의 태도와 행동은 우리 바로 곁에 있는 사람들, 심지어는 우리 자신조차 매일 매일 거의 예측불가능한 정도이다. 이런 상황에서 우리가 수많은 형태의 인간관계 중 가장 멋진 예술작품을 과연 누구와 만들 수 있을지 어느 누가 예언할 수 있겠는가?

프리부르크 소재 가족 연구소의 구이 보덴만을 위시한 스위스의 심리학자들은 그런 예언에 최소한 아주 근처까지 접근해 있다. 물론 남녀관계의 진행을 속속들이 예견할 수는 없지만 누가 누구와 맺어질 수 있는지의 진단은 이미 가능하다. 스위스의 시계 장인들이 그렇듯 세밀하고 정확하게 구이 보덴만과 그의 동료들은 인간 상호간의 관계를 움직이는 메커니즘을 관찰했고 규칙을 탐구했다.

이렇게 해서 과학자들은 인간을 이른바 결합 유형으로 분류했다. 이 목록을 이용하여 심리학자들은 학문적인 기초를 가진 일종의 '파트너 점성술'을 만들어냈다. 그것은 이렇게 진행된다. 누구든 설사 독특하고, 낯설고, 표준과는 전혀 다른 사람일지라도 각자 개별적인 결합 유형을 갖고 있다. 다른 어떤 사람과 연결되는 특정한 방법 그리고 다른 사람의 접근을 유도하거나 허용하는 특정한 형태인 것이다. 심리학자들은 사람마다 각자 다를 수 있는, 수도 없이 많은 인간 상호관계의 형태를 압축하고 정리하여, 모든 사람들에게 적용할 수 있는 서너 가지 결합 유형을 만들어냈다.

결합 유형이 만들어지기까지의 이야기는 너무도 흥미진진하며, 우리의 공동생활과 아주 밀접하게 관련되어 있다. 행복한 부부생활을 위한 기반은 어린 시절로 거슬러 올라간다. 이 현상에 대해서는 이 책에서 앞으로도 여러 번 언급될 것이다. 결합 유형의 발견이 어린이들의 관찰에서 비롯되었다는 것은 따라서 그다지 놀랄 일은 아니다. 나아가 오늘날 심리학의 한 부분으로 확실하게 자리잡은 결합 이론은 심리학과 정신분석학의 요소들이 진화론으로 편입되는 방법을 보여주는 성공적인 예이다. 이 세상을 살아가는 개개인과 문화가 아무리 다양하다 할지라도 적어도 한 가지는 공통적이다. 모든 사람은 다른 어떤 인간 존재와 묶여지려는, 즉 친밀함에 대한 욕구를 가지고 있는 것이다. 이런 욕구는 음식, 온기 그리고 성적 만족에 대한 본능적 욕구만큼이나 근본적이다. 태어나서 죽을 때까지 우리 곁을 따라다니는 욕구이다. 가장 먼저 관계를 맺는 사람은 거의가 어머니이다.

미국의 심리학자인 매리 애인스워스와 존 바울비가 관계 형성이라는 현상을 가지고 근본적인 연구를 시작한 것은 1950년대 초반이었다.

그들의 연구에 동기를 부여한 것은 그들의 동료 정신분석학자 르네 스피츠의 영화로, 이 영화는 멕시코의 여러 고아원에 있는 아이들이 엄마를 잃어버린 이후 느끼는 슬픔과 분노를 내용으로 하고 있었다. 〈슬픔: 아동기의 위험〉이라는 제목의 이 영화는 1945~46년에 제작되었다. 흑백 무성영화였지만 보는 이들에게 깊은 감명을 주었다. 영화는 아기들과 어린아이들이 완전히 맥이 빠져서 아무런 감정의 흔들림조차 없이 작은 침대에 앉아 있는 모습을 보여주었다. 버림받은 고통을 더욱 잘 견뎌내기 위해 그들은 자신의 감정을 얼려버리는 듯했다.

엄마와 아이 사이의 이런 보이지 않는 끈, 자그마한 인간이 처음 맺게 되는 내면적인 사랑의 관계, 장기적으로 계속해서 영향을 미치게 되는 이 관계에 대해 매리 애인스워스와 존 바울비는 깊이 있게 연구하고 싶었다. '낯선 상황(Strange Situation)'. 그들은 약 20분간 진행되는 실험을 이렇게 불렀다. 이 실험은 확고한 규칙에 따라 진행되었다. 가장 가까운 보호자, 물론 대개는 엄마인 그 사람이 아이를 친절하지만 낯선 어른 한 사람과 장난감이 있는 실험실로 데리고 간다. 잠시 후에 보호자가 가능한 한 눈치채지 못하게 그 공간을 떠나면 아이는 낯선 사람의 보호 하에 있게 된다. 일정한 시간 후에 보호자가 아이를 데리러 온다.

한 살 반에서 세 살 사이의 어린아이들은 이 일정한 상황에 대해 놀랄만큼 다양한 반응을 보였다. 매리 애인스워스는 모든 아이들이 이전에 원숭이 새끼를 대상으로 한 실험결과와 유사한 반응을 보이리라 추측했다. 새끼 원숭이들은 엄마를 다시 보면 기뻐하지만, 엄마가 잠시 자리를 떠나도 불안해하지는 않았다. 그렇지만 그녀가 관찰했던 아이들의 반응은 새끼 원숭이들의 반응을 통해 예측했던 것과는 달리 그다지 일치된 모습이 아니었다.

많은 아이들은 기대했던 대로 엄마와 떨어지면서 거의 특별한 반응을 보이지 않거나 친절한 낯선 사람이 달래주면 놀이에 다시 빠져들었다가 엄마가 돌아왔을 때 기뻐했다. 아이들은 엄마에게 달려가서 품에 안기려 했고 자기들이 방금 하고 있던 것을 보여주려고 했다. 다른 아이들은 이미 떨어지기 전부터 긴장하고 불안하게 느끼는 듯 보였다. 엄마가 나가자 눈물을 흘리기 시작했다. 엄마가 돌아왔을 때, 이 아이들은 엄마에게 매달려서 떨어지려 하지 않았고, 진정시키기가 힘들었다. 또 다른 아이들은 엄마가 가고 또 돌아오는 일에 대해 아주 냉담하게 혹은 상당히 공격적으로 반응했다.

매리 애인스워스와 존 바울비는 엄마 혹은 가장 가까운 사람과 맺은 결합관계의 종류가 이런 다양한 행동 유형을 해석하는 열쇠라고 생각했다. 이렇게 해서 그들은 처음으로 결합관계의 유형을 세 가지로 정리했다. 이는 오늘날 현대 심리학에서 아동 뿐 아니라 성인의 '결합 유형'을 규정하는 데 이용되고 있다.

엄마가 방에서 나가는 것을 전혀 알아채지 못했거나 잠깐 동안 떨어짐의 고통을 겪은 후 금세 진정되었다가 엄마를 다시 보았을 때 기뻐했던 아이들은 '확실한 결합'으로 분류했다. 이 아이들은 엄마가 잠시 없어진 사이에 별로 불안해하지 않았다. 엄마가 아주 오래 떠나 있거나 혹은 아예 돌아오지 않을 가능성을 아이들은 분명 염두에 두지 않았던 것이다.

떨어지기 전부터 신경질적으로 행동했던 아이들을 애인스워스와 바울비는 '불확실/애증교차형'으로 분류했다. 이 아이들은 보호자가 백퍼센트 떠나지 않을 것임을 계속 반복해서 체험해야 했다. 그래서 엄마가 돌아와 다시 품에 안았을 때에도 거의 진정하지 못했던 것이다.

엄마가 오든 가든 무관심하고 차가운 반응을 보였던 아이들은 '불확실/회피형'으로 분류되었다. 겉으로 보이는 그들의 무관심은 분명 더 이상의 걱정을 피하기 위한 그들의 전략이었다. 이 아이들이 실제로 얼마나 상처받았는지는 특별한 이유도 없이 갑자기 보호자에게 대드는 등 집에서 이들이 보여주는 태도로 쉽게 알 수 있다.

이와 같이 어린아이들이 보이는 태도의 유형들이 이후의 삶에 영향을 미치는 범위는 실로 엄청났다. '확실한 결합'으로 분류된 아이들은 '불확실한 결합' 쪽의 아이들과 비교하면 이미 취학 이전부터 더욱 커다란 사회적 경쟁력을 갖추고 있을 뿐 아니라, 후일 학교에서 선생님들과 더 나은 관계를 형성하는 것으로 나타났다.

한 번 정해진 결합 유형은 한 사람이 성인이 될 때까지 그 자신의 행동방식을 통해 사람들과 실망스러운 혹은 성공적인 체험을 계속 반복해서 쌓아가면서 마치 운명적인 것인 듯 유지된다. 과학은 이런 효과를 '강화'라고 부른다. 그러므로 좋지 않은 결과이긴 하지만 어쨌든 결합 유형은 비교적 변화하기 힘들다고 볼 수 있다.

타인과의 결합은 보편적인 것이며, 두려움의 소산이다. 버려질 수도 있다는 두려움은 젖먹이를 엄마와 단단히 맺어준다. 결합 욕구는 생존을 위해 중요하며 그래서 우리의 본성에 단단히 뿌리내리고 있다.

후일에도 그 본성은 결정적인 의미를 갖는다. 사람은 누구나 앞날을 예측하고 적응하면서 행동한다. 계획을 세우려 하고 무엇을 감안하여 행동해야 할지를 알고 싶어한다. 인간관계의 가장 미세한 영역에서부터 그러하다. 이를 위해 자신의 가장 중요한 사람, 대개는 엄마인 그 중요한 사람과의 관계가 방향타가 된다. 머릿속에서 다른 사람들로부터 기대하는 그림이 생겨난다. 같은 시대를 살아가는 사람들과의 관계를 위한 일종의 모델인 셈이다.

그렇다면 사람들은 어린 시절에 각인된 이런 기억을 평생 동안 지녀야 하는 것일까? '불확실/애증교차형'인 아이는 그 가까이 있는 사람들에게서 신뢰감을 느낄 수 없는 것일까? 수백 명의 취학 전 아동을 성인이 될 때까지 추적하는 많은 장기적인 연구들은 특정한 조건과 영향 하에서 결합 유형, 즉 내면에 지니고 있는 모델을 변경하는 것이 가능함을 보여주었다.

독일 심리학자인 클라우스 그로스만은 생후 12개월부터 여섯 살 사이의 아이들이 그들의 결합 유형을 거의 90% 그대로 지니고 있음을 확신했다. 말하자면 어린 시절에는 결합 유형의 변화를 거의 찾아볼 수 없는 것이다. 사람의 성장과정 중에서 아주 결정적인 분기점은 사춘기에 나타난다.

또 다른 연구결과가 이 주장을 뒷받침해준다. 한 살이었던 아이의 결합 유형을 열여섯 살이 되었을 때의 결합 유형과 비교했다. 그리고 이렇게 해서 얻은 결과는 어떤 결합 유형도 계속 진행된다고 말할 수 없다는 것이었다. '확실한 결합'으로 분류된 아이들이 커서는 '불확실한 결합 유형'으로 변화되었고, 그 반대의 경우도 있었다. 이는 아주 중요한 발견이었다. 한 번 각인된 결합 유형은 평생 지속된다는 바울비의 가설을 정면으로 반박하는 혹은 최소한 제한적인 주장으로 만드는 발견이기 때문이다. 이것은 좋은 소식이다. 최근까지만 해도 바울비의 이론은 진리처럼 받아들여지며 일하는 엄마들에게 결정타를 날리고 있었다. 1960년대만 해도 자식들의 결합 유형을 책임져야 하는 사람은 주로 엄마들이었던 것이다. 하지만 아주 최근의 발견들을 통해 이제 이런 상황은 뒤집어지는 듯 보인다. 특히 16세의 청소년들에게서 결합 유형의 변화가 생겨나는 이유들을 알게 된다면 역전의 상황은 더욱 분명해진다.

양친 중 한 쪽의 죽음, 질병, 이혼 등 마음의 상처를 입게 되는 체험들을 제외하면, 아버지와 그의 결합 유형은 아이에게 저울의 바늘과 같은 역할을 한다. 아버지는 관계의 정글에서 청소년기의 자녀들이 어떤 길을 가야할지 결정하는 데 지대한 영향을 미친다. 아버지가 제 역할을 하지 않는다면 이는 결정적인 타격이 되며 심각한 결과를 초래한다. 아버지가 '확실한 결합형' 이면 아이도 후일 마찬가지로 '확실한 결합형'이 될 개연성이 높다. 그가 부모와 맺은 관계의 질 그리고 부모 사이의 관계의 질은 엄마라는 인간관계를 위한 모델과 마찬가지로 이 시기에 갑자기 중요한 역할을 맡게 된다. 말하자면 아이들이 성인의 문턱에 가까이 접근하면 할수록, 아버지 그리고 행복한 부모를 필요로 하게 된다는 것이다. 부모가 가졌던 매혹적인 첫사랑의 경험들, 열정적인 탐닉 그리고 사랑의 고뇌는 이제 별 의미가 없다.

한 인간의 결합 유형에 미치는 영향이 이렇게 다양하다는 것을 생각하면 사람의 만남이 얼마나 복잡한지를 상상할 수 있다. 두 사람이 알게 되고 사랑에 빠진다. 이는 각자의 경험과 기대를 지닌 두 개의 우주가 만나는 것이다. 결국 고민하지 않을 수 없다. 잘 될까? 이제 누가 누구와 만나야 할까? 누가 결국 누구와 행복하게 될까?

'낯선 상황'이라는 실험을 통해 결합 유형이 밝혀진 수백 명의 아이들 중에서 70%는 '확실한 결합형'이었다. 23%는 '불확실/회피형'이었고, 13%는 '불확실/애증교차형'에 속했다. 성인에 있어서의 결합 유형의 분류도 어느 정도 유사하게 나타났다. 미국의 심리학자들인 해잔과 새버는 60%를 '확실한 결합형'으로, 20% 조금 넘는 정도를 '회피형'으로 그리고 20% 조금 못 되는 사람들을 '불확실/애증교차형'으로 분석했다. 결합 유형은 각 연령별로 그리고 성별에 관계없이 균일하게 분포되어 있다.

성인의 결합 유형은 표준화된 면담을 통해 비교적 쉽게 확인할 수 있다. 현재이든 과거이든 자신의 인간관계에 대해 어떻게 말하는지가 판단의 기준이 된다. 프리부르크 가족 연구소의 스위스 심리학자 안네테 키나는 세 가지 결합 유형의 성인들이 자기자신에 대해 말한 내용을 다음과 같이 정리하고 있다. 누구나 이 세 가지 자기 묘사 중 하나에 속하리라 확신한다.

"나는 사람들에게 접근하는 것을 비교적 쉽게 생각한다"라고 '확실한 결합' 유형의 사람들은 말한다. "내가 다른 사람에게 의지하고, 또 다른 사람이 내게 기대는 것을 좋아한다. 다른 사람이 나를 떠나는 것에 대해 전혀 걱정하지 않는다."

'확실한 결합형'의 사람들은 인간관계에 대한 자신의 욕구를 표현할 줄 알고, 자기의 욕구를 충족시키는 방법을 알고 있다. 자신을 다른 사람들이 원하고 사랑하는 경쟁력 있는 사람으로 평가한다. 이들의 동반자 역시 이들을 도움이 되는 인물로 인정한다. 이들은 자기자신과 주변 사람들을 긍정적인 시각으로 본다.

'회피적 결합형'의 사람들은 이렇게 말한다. "나는 다른 사람들이 아주 가까이 접근하는 것이 싫다. 다른 사람들을 완전히 신뢰하고 다른 사람에게 의지하는 것을 어렵다고 느낀다. 누군가가 내게 너무 가까이 접근하거나 내가 좋다고 느끼는 정도보다 더욱 친밀한 관계를 원하면 나는 신경이 예민해진다."

'불확실/회피형'은 성인의 경우 두 그룹으로 구분된다. '냉정함/회피적' 그리고 '두려움/회피적' 유형이다. 둘 모두가 타인에 대해 부정적이다. 다시 말해 그들은 부모에게서 따스한 온기를 체험하지 못했고, 그들의 욕구가 충족될 것을 믿지 못한다. '두려움/회피적' 유형은 그들의 욕구를 알기는 하지만 상처받을 수도 있다는 두려움에서 아주 가까운 관계는 피한다. 그들은 자신과 타인 양쪽 모두에 대해 부정적인 생각을 가지고 있다. '냉정함/회피적' 유형은 이와 반대로 그들의 관계 욕구를 부정하고 자신이 아무도 필요로 하지 않는다는 데 가치를 부여한다. 이들은 다른 사람들에 대해 부정적인 상을 지니고 있기는 하지만 그래도 자기자신은 긍정적으로 본다. 스스로를 강하고 상처를 입지 않는 존재로 느끼기 때문이다.

'불확실/애증교차형'은 이와 달리 자기자신을 이렇게 표현한다. "다른 사람들이 내가 원하는 만큼 내게 가까이 오기를 꺼리는 것 같다. 애인이 정말 나를 사랑하고 있는지 또는 내 곁에 머무를 것인지 자주 걱정하게 된다. 나는 다른 어떤 사람과 완전히 하나로 녹아들고 싶지만 이런 소망은 오히려 사람들을 밀쳐내버리게 된다."

'불확실/애증교차형'인 사람들은 친밀한 관계를 아주 중요하게 생각한다. 그렇지만 부모의 행동이 변화가 심했던 탓에 그들은 계속해서 보호를 받기에는 자신이 그만큼 사랑스럽지 않다는 생각을 하게 되었다. 이런 사람들은 언제나 받고 있는 것보다 더 많은 사랑을 원한다. 이들이 자기가치에 대한 확신을 유지하기 위해서는 다른 누군가가 힘을 북돋아주어야 한다. 이들은 자기자신과 타인에 대해 부정적인 상을 지니고 있다.

이제 누가 누구와 잘 어울리는지 관찰하는 흥미로운 일이 남았다. 우선 같은 결합 유형을 선호하는 특성이 나타난다. 그렇지만 이런 결합이 언제나 장점으로 작용하는 것은 아니다. '확실한 결합형'은 주로 '확실한 결합형'을, '애증교차형'은 그들대로 동일 유형을 선택하려고 한다. 다른 유형들 역시 마찬가지다. '끼리끼리 더욱 잘 어울린다'는 주장에는 잘 맞지만, 그것이 꼭 행복한 결합을 위한 열쇠라고 말할 수는 없다. 부부관계를 연구하는 학자들은 관계의 상태를 '안정'과 '불안정'으로 구분하여 관찰하고, '행복'과 '행복하지 않음'을 기준으로 실패를 판단한다. 남녀 각각의 관계 유형 역시 파트너십을 평가할 때 중요한 요소로 작용한다.

가장 좋은 결합으로서 '확실한 결합형'의 두 사람이 만나는 것을 꼽는 것은 전혀 놀라운 일이 아니다. 이 상태는 가장 자주 행복하고 또 안정된 관계로 나타난다. 여러 결합 가능성들 중 기피대상 1호, 다시 말해 누구도 원하지 않는 결합 상태는 '안정'된 상태이면서 동시에 '행복하지 않은' 관계이다. 끔찍한 고통처럼 느껴지는 불행에도 불구하고 절대 벗어날 수 없을 정도로 견고한 관계인 것이다. 이런 불행한 상황은 '회피적'인 남성과 '불확실/애증교차형'의 여자가 결합되있을 때 만들어진다. 즉, 무뚝뚝하게 감정이 굳어버린 막대기 같은 회피형 남자가 자신감이 결여된 상태로 충분한 사랑을 원하는 애증교차형의 여자를 만난 경우이다.

이런 달갑지 않은 성별 배분의 원인에 대한 유일한 설명으로 과학자들은 보수적, 전통적 성역할을 지목한다. 고통을 알지 못하는 자는 다른 어떤 감정도 느낄 수 없다. 예전 세대의 여자들은 비자주적이고, 물질적으로나 심리적으로나 종속된 사람으로 교육되었다. 남자 없이 여자는 아무런 가치도 없다는 내용이 계속 머릿속에 주입되었다. 다행히 이런 관계는 앞으로 점점 줄어들 것이다. 그런 식의 관계가 소멸하여 가는 중이기 때문이다. 이와 반대로 결합하는 경우에는 행복도 찾기 힘들고, 관계를 유지하는 기간도 길지 않다. '불확실/애증교차형'의 남자와 '회피적'인 여자의 관계는, 구이 보덴만과 그의 동료연구자들에 따르면, 설사 생겨난다 하더라도 오래 지속되기 힘든 것으로 나타났다.

마찬가지로 '불안정'하면서 '행복'한 결합 혹은 '불안정'하면서 '행복하지도 않은' 결합은 장기간의 관계를 원하는 사람에게는 썩 좋지 않은 관계이다. 하지만 후자는 최소한의 좋은 점을 가지고 있다. '끝이 없는 놀라움보다는 놀라더라도 끝이 있는 편이 낫다'는 옛말이 있다. 부부관계 전문치료사가 할 법한 권유의 말이다. 전자의 관계에서 우리는 남녀관계라는 울퉁불퉁한 대지 위에 성숙하지 못한 첫발을 내딛으려 시도했던 추억을 떠올리게 된다. 다음과 같은 말들이 그런 상황을 잘 표현해준다. '그녀는 여름 한철에만 춤을 추었다', '대지 위엔 그 흔적조차 남기지 못하지만, 격하게 타오르는 밀짚의 불'.

남녀관계의 모든 계산에서 절대 반박할 수 없는, 또한 희망의 불씨가 되는 숫자가 있다. 모든 결혼의 80%가 '확실한 결합형'으로 분류된다는 사실이다. 이는 많은 신뢰할 수 없는 사람들이 '확실한 결합형'의 파트너와 관계를 맺으면서 이 유형으로 변화됨을 의미한다. 앞에서 언급했던 해잔과 새버의 성인에 대한 연구에서 대상자의 60%만이 '확실한 결합형'으로 분류되었다는 사실을 기억할 것이다. 결국 각각의 사람이 커플이 되면서 유형의 분포가 '확실한 결합' 쪽으로 이동했다는 말이다. 이는 '확실한 결합형'인 한 파트너가 마치 강력한 자석처럼, 불확실하게 동요하는 다른 한 쪽 파트너의 안테나를 더 이상 흔들리지 않도록 꽉 잡아끌었음을 의미한다.

이것은 두 사람이 관계를 형성하면서 생겨나는 아름다움이다. 어린 시절 얻었던 개인적인 경험들, 살아온 상황에 따라 강화된 유전적 프로그램으로, 커플을 만들어내는 세 여신 중 세 번째 여신의 영역이다. 세 번째 여신은 상당히 유연한 입장을 가지고 있다. 온 힘을 다해 남녀관계의 세계에 첫발을 내딛는 사람, 세상 속에서 자신의 존재를 이제 막 체험해야 하는 사람, 사랑을 믿지 않는 사람, 이들 모두가 행복한 관계를 이끄는 법을 배울 수 있다. '확실한 결합형'은 학습 가능한 것으로 결코 행복한 부부의 자녀들만 가질 수 있는 선물이 아니다. 물론 '확실한 결합형'의 사람들이 근본적으로 훨씬 더 나은 조건을 갖추고 인간관계를 시작한다. 그러나 드넓은 감정의 세계에서는 모든 일이 가능하다.

'확실한 결합형'의 흡인력이 의심할 바 없이 강하고 많은 수의 결혼한 커플들이 '확실한 결합형'으로 변모한다면, 이제 한 가지 의문이 제기된다. 그 사이 우리 세상에선 세 쌍 중 한 쌍이 결혼생활의 실패를 선언했다. 빽빽하게 모여사는 대도시에선 심지어 두 쌍 중 하나가 이혼을 결정한다. 그렇게 엄청난 이혼율은 도대체 무엇 때문일까?

언제나 그렇듯 인간의 상호관계는 각 개인의 특성, 사회적 현상 그리고 우리의 생물학적 장비가 아주 특정한 방법으로 혼합되어 형성된다. 이것이 그 의문에 대한 그런 대로 쓸 만한 대답이 될 것이다.

영원히 속박당하며 사는 사람이 있을까?
이별은 고통스럽다

　우리 불완전한 피조물들은 과거로부터 충분한 유산을 물려받지 못했을 뿐 아니라, 도덕적 규범 역시 여전히 납처럼 무겁게 우리를 잡아매고 있다. 도덕규범은 부부관계가 유지되도록 돕는 측면이 있기도 하다. 하지만 그것은 개인의 행복과 만족을 희생할 것을 요구한다. 오늘날 서구의 여러 대도시에서는 이혼을 더 이상 비도덕적인 일로 생각하지 않는다. 그래서인지 근간에는 이른바 '죄인'의 숫자가 엄청나게 증가하고 있다. 한 번 혹은 여러 번 결혼에 실패한 사람들도 새로운 관계를 통해 자신의 행복을 계속 다시 시험한다. 근심에 빠진 모습도 아니고, 그들이 겪은 장미의 전쟁을 통해 새로 짊어진 짐도 없어 보인다.

　얼핏 보기에도 우리 인간은 두 사람이 함께 존재하도록 만들어졌다. 둘만의 관계가 영원히 진행되지도 않고, 둘만의 세상이 계속 유지되지도 않는다. 그럼에도 불구하고 우리는 몽유병에 걸린 사람처럼 밤을 지새우며 둘만의 행복, 그것도 진짜 나의 짝과 함께 하는 그 행복을 찾아 헤맨다. 본능이 우리를 이런 비이성적인 행태로 몰아가는 것일까? 아니면 우리는 속물적으로 주입된 관념의 희생자일까? 자유연애의 기치를 높이 들었던 사람들, 1960년대의 그 바람잡이들은 어디로 간 것일까? 그들은 "같은 사람과 두 번 잠자리를 함께 하면 이미 속박당하게 된다"고 했었다. 그러나 지금 그들은 모두 결혼하지 않았을까? 카톨릭 신자들이 심각하게 감소하고 있는 상황에도 불구하고, 카톨릭 교단은 왜 그렇게 결혼을 고집하는 것일까? 왜 그렇게 많은 결혼들이 이혼담당 판사 앞에서 종지부를 찍는 것일까?

곧바로 그 대답을 내놓으라면 이렇게 답할 수 있다. 그렇다, 우리는 일부일처주의자들이다. 그러나 살면서 내내 그런 것은 아니다. 그렇다, 우리는 짝을 짓는다. 그렇지만 유일한 한 사람만이 아니라, 이번엔 이 사람 그 다음엔 다른 사람 하는 식이다. 우리는 연속 방식의 일부일처주의자들이다. 어쨌든 우리 중 대부분은 그렇다. 이런 테마가 언급될 때 어김없이 등장하는 낭만적인 모든 요소들을 일단 벗어던지고 이성적인 눈으로 관찰해보자.

인간은 섹스를 하고 자식을 얻는다. 이를 위해 짝을 이룬다. 그렇지만 섹스가 언제나 둘 사이에만 이루어지는 것은 아니고, 생이 끝나는 날까지 두 사람의 결합이 유지되는 일은 거의 드문 일이다. 그럼에도 불구하고 언제나 아름답게 둘씩 서로 손잡고 살아가는 노아의 방주 형식의 짝짓기는 남성과 여성이 공동생활을 이루는 방식 중 가장 일반적인 형태이다. 일부다처주의를 표방하는, 즉 남자들에게 여러 여자와 결혼하는 것을 허용하는 문화, 전세계 모든 문화의 84%에 이르는 이런 문화권에서조차 90%의 남자들은 각각의 결혼생활 동안 한 명의 부인과 살아간다.

짝을 이루는 것과 결혼은 말하자면 보편타당한 것이다. 사람이 사는 곳이면 어디나 이런 저런 형태들로 결혼이 존재한다. 더불어 이혼도 존재한다. 사람들은 이성끼리 결합을 시작하고, 다시 결합을 중단하고, 새로운 결합을 시작했다가 또다시 헤어진다. 한 번 주위를 둘러보라. 당신의 친척, 친구들 세계에선 어떤 그림이 그려지고 있는가. 그러면 문제는 어디 있을까? 우리가 이렇게 파트너를 변화시켜가는 영원한 윤무에 만족한다면, 우리 모두 행복하게 살아갈 수 있지 않을까? 그런데도 일생을 이어가는 단 하나의 결합을 갈망하는 이유는 대체 무엇일까? 우리 사회 규범의 엄격한 명령 때문만은 아닐 것이다. 카톨릭 교회는 오랜 전통의 힘을 빌려 스스로 선택한 고통과 극기의 정신을 그런 갈망의 이유로 설명한다. 그런데 우리는 왜 자꾸 의심을 증폭시키게 되는 것일까? 칼라하리의 돌사막, 눈 덮인 북극, 베를린 한 가운데, 세상 어디에서 헤어지게 되든지, 이혼은 고통스럽다. 그리고 그 고통에는 분명한 이유들이 있다.

이미 앞에서 상세하게 소개했던 세 여신에 대해 기억하고 있을 것이다. 연애, 섹스 그리고 결속감. 남녀관계를 만들어내고, 그 관계를 우리 식으로 유지할 수 있게 해주는 세 가지 힘이다. 영원히 반복되어 나타나는 세 가지 에피소드들, 자연이 드라마 작가가 되어 빚어내는 전형적인 결혼의 과정이다. 연애는 자석처럼 작용한다. 사람들을 서로의 가슴에 안기게 만드는 것이다. 섹스는 후손이 세상에 나타나겠다는 신호를 보낼 때까지 두 사람이 하나가 되도록 배려해준다. 그리고 결속감은 두 사람 공동의 아이가 어느 정도 독립할 때까지 신뢰와 확신 등 보다 성숙하고 지속적인 감정을 유지하게 해준다.

이미 말했듯이 결속감은 가장 깊은 생물학적 욕구이다. 결코 밀쳐낼 수 없는 미소와 가련한 울음소리로 엄마를 감동시키거나 엄마의 관심을 끌기 위해 매달리는 등 모든 수단을 동원하여 자신을 지켜내는 데 실패한 아이는 결코 우리 조상이 될 수 없었다. 배려해주는 사람을 갖는 것은 생존의 문제이다. 누군가를 그렇게 긴 시간 동안 책임지기 위해서는 아주 강한 감정이 필요하다. 바로 결속감, 하나로 느끼는 감정이다. 이런 감정은 우리 가슴 속 깊이 자리잡고 있으며 따라서 이 주제가 가장 인간적인 것들 중 하나임은 오히려 당연한 일이다.

드라마, 영화, 코미디, 발라드, 콩트에서부터 여자들, 친지들과의 대화에 이르기까지 '누가 누구와 어떻고, 왜 되는지 혹은 왜 안 되는지'에 대한 이야기는 문턱이 닳아 없어지도록 등장했다. 많은 인류학자들이 언어가 이런 종류의 속닥임을 통해 발전할 수 있었다고 추정할 정도이다. 이 주제는 인류 형성의 아주 결정적인 요소임이 확실하며 최소한 인간 존재의 한 기둥임에 틀림없다. 따라서 결합의 와해가 심각한 고통을 안겨주는 것은 놀라운 일이 아니다.

그런 고통에도 불구하고 인간의 결합은 점점 더 자주 위기에 처하게 되었고, 결국 사람들은 이혼법정에 서는 일이 빈번해졌다. 더불어 그런 파경의 고통에도 불구하고 대부분의 우리 인간은 평생을 위한 파트너를 갈망한다. 왜일까? 앞으로 자세히 살펴볼 이 문제들에 대한 대답을 잠깐 미리 말하자면 이렇다. 오랫동안 지속되고 있는 일부일처의 상황은 기회주의자인 우리 인간들이 그렇게 열심히 노력해서 얻을 만큼 확실한 장점이 있는 것이다.

우선 숫자에 대해 말해보자. 유럽에서는 족히 3분의 1에 이르는 결혼이 파경을 맞았고, 또 3분의 1은 불행한 상태이거나 거의 파경 직전의 위기상태에 있다. 심지어 보수적인 스위스에서도 1998년의 통계에 따르면 42%의 결혼이 파경에 이르렀다. 전년에 비해 약 1% 증가한 수치이다. 지난 수십 년을 거치면서 점점 심해지는 이런 경향은 비단 스위스에만 국한된 것이 아니다. 독일과 오스트리아의 통계 역시 정확하게 같은 모습을 보이고 있다. 오스트리아에서는 2002년 46%의 결혼이 이별로 이어졌다. 슬픈 신기록이다. 도대체 무엇이 서로 행복하게 열렬히 사랑하면서 시작했던 많은 부부들을 몇 년도 지나지 않아 각자의 길로 떠나게 만드는 것일까?

이혼은 자체적인 역동성을 만들어낸다. 점점 더 많은 이혼을 유도하는 강한 흡인력을 가지고 있다. 이혼이 두 사람에게만 해당되는 것은 아주 드문 일이다. 대부분의 이혼은 두 가족 사이에 깊은 수렁을 파놓는다. 혼돈에 빠진 아이들, 서로 적이 된 할머니들, 무슨 말을 해야 할지 모르는 친구들, 잔고가 빠져나간 은행통장들……. 부자가 되는 변호사들만이 그 뒤에 남는다. 실제로 대부분의 이혼은 광범위하게 황폐한 흔적을 남긴다. 부부관계의 끝을 연구하는 사람들은 '영원히 스스로 움직이는 이혼의 태엽'에 대해 말하곤 한다. 풀리는 태엽을 보면 저절로 태풍을 떠올리게 된다. 바로 그 파괴적인 태풍이 그렇듯 이혼이 생겨나는 데에는 점점 더 많은 현상들이 관여하게 된다.

언젠가 이혼이라는 이름의 허리케인을 불러일으킨 기상상태가 있었다.

그 자체로 볼 때는 아직 그렇게 나쁘게 보이지 않았다. 아니 완전히 그 반대였다. 60년대 자유화의 물결은 의심할 바 없이 여자들에게 해방을 알리는 종소리였다. 여자들이 독립하고 직접 돈을 벌게 되자, 곧 자신의 삶이 어떤 모습이어야 할지를 스스로 결정했다. 재정적으로 독립적이고, 같은 권한을 가진 두 파트너가 서로 다른 견해를 가지고 있고, 이 상황이 지속되면서 계속 말싸움이 벌어진다면 언젠가 이혼은 피할 수 없는 것이 되고 만다. 예전엔 가정에서 돈을 버는 유일한 사람, 즉 남자의 말은 막대한 권위를 갖고 있었다. 그렇지만 현대의 결혼생활에서는 더 이상 그렇지 않다. 여성이 더 독립적이고 자의식이 강해질수록, 이혼의 태엽은 더 빨리 돌아간다.

재정적 상태 역시 이혼에 한몫하고 있다. 예를 들면, 어려운 시기에는 재정적 호황을 누리는 시절보다 이혼하는 경우가 더 적다. 이혼을 통해 두 사람이 각자 짊어지게 될 무게가 적지 않기 때문이다.

이혼의 경향은 현대의 남녀관계를 불신의 눈으로 보게 만든다. 혼인서약이나 그 비슷한 것들은 오늘날 '네' 라고 대답하는 사람의 기대감을 보여줄 뿐이다. 결합의 실패는 아주 사실적인 시나리오가 되었다. 누구도 사랑의 음악이 멈추게 될 때 어쩔 줄 모르고 멍청하게 서 있는 사람이 되려고 하지 않는다. 그래서 점점 더 많은 여성들이 경제적으로 자립의 의지를 불태우고 있고, 가계수입의 일정 부분을 확보하려고 한다. 파트너를 잃게 되었을 때 그나마 자기의 재산지분이라도 갖고 있다면, 아주 불행한 사건이지만 그래도 이혼의 고통을 조금이나마 덜 수 있다는 생각이다. 결국 이혼을 통해서 재정적인 곤란을 겪게 되는 쪽은 여성들, 대개 아이가 있는 여성들이었고 그것은 지금도 마찬가지이다.

그렇지만 이렇게 미리 이혼에 대비하는 것은 부부관계를 위한 투자를 제한하는 듯 보이기도 한다. 아주 논리적인 말이다. 몇 년 지나지 않아 무너질 집에 누가 새로 페인트칠을 하겠는가. "누가 영원히 속박당하며 살겠어." 오늘날 유행하는 말이다. 이런 말을 하기도 한다. "얻을 수 있는 것보다 절대 더 많이 투자하지 말라." 이런 새롭고 냉정한 판단들 역시 이혼의 태엽을 활기차게 움직이도록 만든다. 가정에 대한 감정이 그리 깊지 않을 때 당연히 조금 더 쉽게 이혼을 결정할 수 있는 것이다.

예전에 불행한 부부들이 계속 함께 살아간 데에는 또 다른 이유도 있었다. 따가운 사회의 시선이 두려웠던 것이다. 다행히 오늘날 이런 상황은 사라지고 있다. 이혼자의 수가 지속적으로 증가 추세를 나타내면서부터 새로운 상대를 찾아 두 번째, 세 번째 결혼을 시도하는 것도 그리 어렵지 않은 일이 되었다. 왜 안 되겠는가. 이미 말했듯 우리는 기본적으로 연속식 일부일처주의자이며, 이혼과 재혼은 우리가 처한 상황에서 선택 가능한 가장 이성적인 방안일 것이다.

여기 또 중요한 사실을 보여주는 숫자가 있다. 이혼자의 70~80%가 재혼한다는 사실이다. 나쁠 것 없는 이야기이다. 그런데 두 번째, 세 번째 결혼이 첫 번째보다 더 불안정한 것으로 증명되었다는 점이 문제이다. 당연히 우리의 태엽은 더 큰 힘을 얻는다. 여기서 이혼연구가들을 잔뜩 걱정하게 만드는 일이 시작된다. 이혼의 위험이 대개 결혼을 거듭할수록 커지기 때문에, 그것이 다음 세대에까지 연결될 수도 있다는 것이다. 말하자면 부모로부터 자식에게 유산으로 남겨지는 것이다.

많은 사회학자들과 심리학자들은 눈덩이 효과를 두려워한다. 잘 살아가는 부부들이 점점 적어질수록, 부모 곁에서 결혼생활의 문제점과 갈등을 어떻게 해결하고, 어떻게 견뎌나가는지 실제로 보고 자라는 아이들의 숫자도 줄어든다. 여러 연구들이 일치된 목소리로 지적하는 것처럼 대화와 논쟁의 문화가 축소되고 있다. 이 문제는 가장 흔한 이혼 사유 중 하나이다. 어느 정도로 이혼의 위험이 아이에게 상속될까? 물론 여기서 상속은 사회적 유산의 의미에서 말한 것이다.

독일의 사회학자 안드레아스 디크만은 아주 정확한 근거를 제시하는 연구결과의 발표로 크게 인정을 받았다. 그는 구서독 출신의 독일인 1만 43명과 인터뷰하여 그 내용을 정확하게 분석했고 결국 놀라운 결과를 확인했다. 그의 연구에 따르면, 부모의 이혼 이후 편모 혹은 편부와 함께 자라난 아이들은 부모 두 사람과 함께 자라난 아이들보다 후일 이혼할 확률이 두 배나 더 높다. 그러나 흥미롭게도 병이나 사고 때문에 부모 중 한 쪽을 잃은 경우 등 다른 마음의 상처는 아이들의 후일 이혼 확률에 전혀 영향을 미치지 않았다. 즉, 아이에게 심각한 영향을 주는 것은 부모 중 한 사람의 결손이 아니라, 이혼 그 자체인 것이다. 부부관계에 대한 믿음이 흔들린다면 그것은 이미 이혼의 시작으로 이해할 수 있다. 안드레아스 디크만은 그의 연구결과를 성별에 따라 해석하면서 가장 커다란 놀라움을 느꼈다. 이혼에 따른 결손 가정에서 자란 남자와 여자의 경우가 뚜렷하게 큰 차이를 보였던 것이다. 남편이 이혼 가정 출신인 경우 부인이 그런 경우보다 이혼담당 판사를 찾게 될 확률이 두 배나 높았다. 결손 가정에서 자라난 남자와 정상 가정 출신 남자의 결혼을 비교한 숫자는 더욱 놀랍다. 결손 가정 출신의 남성들은 그렇지 않은 남자들보다 세 배나 높은 이혼율을 보이고 있는 것이다.

이런 사실은 무엇을 의미할까? 남자아이들이 부모의 이혼에 대해 더욱 민감한 걸까? 이런 불균형의 원인을 과학자들은 여전히 밝혀내지 못하고 있다. 편부, 편모슬하에서 자라나는 이혼 가정의 아이들이 대개 필연적으로 처하게 되는 경제적인 궁핍에서 그 원인을 찾는 것은 별로 타당성이 없다. 만일 그렇다면 이혼이 아닌 다른 이유, 예를 들면 진짜 홀어버이 슬하에서 자라난 아이들 역시 같은 결과를 보여야 한다. 편친 가정의 재정적 궁핍에서 해답을 찾을 수 없는 이유가 또 하나 있다. 이혼 가정의 여자아이들이 같은 운명에 처한 남자아이들보다 부모의 이혼에 대해서 더 굳세게 반응하고, 자신의 이혼 가능성도 훨씬 적게 넘겨받는 원인을 설명할 수 없는 것이다. 한 가지 가능한 설명은 동성의 편친과 사는 것이 이성의 편친과 사는 것보다 더 쉽다는 것이다. 언제나 그랬듯이 홀어버이의 역할을 맡는 쪽은 주로 여성들이었다. 아이들이 부모로부터 성역할을 배운다는 것을 생각하면, 이혼 가정의 아이들이 주로 엄마 곁에 남는다는 것을 생각하면, 남자아이들은 여자아이들보다 훨씬 불리하다.

그러나 결손 가정의 아이에 대한 미국의 여러 연구는 또 다른 견해를 보여준다. 남자아이는 부모의 이혼과 같은 정신적 스트레스를 여자아이보다 잘 견뎌내지 못한다는 것이다. 이는 결국 결손 가정 출신의 남성이 같은 입장의 여성보다 성인이 되어 자기자신의 부부관계에 적극적으로 투자할 자세를 갖추지 못하는 결과로 이어진다. 그런 남성들은 공동의 자기 집을 소유하는 경우가 드물고, 아이도 적게 낳고, 얼마 지나지 않아 이혼하게 된다. 그렇다면 남성은 부모의 이혼을 견뎌내는 장비를 여성보다 덜 갖추고 있는 것일까? 그들이 그렇게 쉽게 상처를 입는 것이 어쩌면 그들의 생물학적 장비 탓은 아닐까? 이 연구의 결과가 오로지 안정된 여성인자를 통해서만 무언가 편안하고 안정된 상태로 있게 되는 불안정하고 중성적인 남성들에 대한 우리의 이론을 뒷받침해주는 것은 아닐까?

공동 사회를 위한 프로그램은 남성과 여성 모두에게 확실하게 입력되어 있다. 그러나 여성은 어떻게 진행되는지를 더 잘 알고 있는 듯하다. 그렇지 않고서는 부모의 이혼을 체험해야 했던 여자아이가 같은 운명을 겪은 남자아이보다 후일 행복한 결혼생활을 이끌어가는 능력이 뛰어난 이유를 어떻게 해명할 수 있겠는가?

✦

여기에서 이단적인 질문을 하나 던지도록 하겠다. 도대체 왜 결혼을 그렇게 고집하는가? 왜 우리는 하나의 관계가 잘 진행되도록 혹은 나쁘게 진행되도록 그렇게 끝도 없이 애를 태우는가? 우리는 이미 독립적이고 자기 확신에 가득 차 있음에도 불구하고, 어떤 이유에서 무조건 한 사람과 묶이려 하는 것일까? 열렬한 대부분의 관계가 곧 종점에 이르게 될 것임을 알고 있음에도 불구하고 왜 우리는 용감하게 진실을 바라보지 못하고 결혼이란 형식에 만족하고 있는 것일까?

헬렌 피셔는 결혼의 만료기한을 연구하여 여러 상이한 문화권에서 놀라운 일치점을 찾아냈다. 우랄 산맥에서 뉴욕에 이르기까지 결혼은 마법적인 숫자인 7년이 아니라, 단 4년만에 깨지는 경우가 가장 많았다.

헬렌 피셔는 유엔 전체 회원국의 가족연감을 이용하여 수십 년간의 이혼통계 자료를 비교하는 힘든 일을 해냈다. 그녀가 말했던 4년은 그 사이 명문화된 사실로서 자리잡았다. 그 이유의 해명 역시 상당한 신빙성을 가지고 있다. 부부들에게 주어지는 4년의 평균 '존속기간'은 우리의 두뇌에 입력된 프로그램과 관련지을 수 있다. 4년은 대략 힘없는 신생아가 하루 종일 엄마에게 매달리지 않아도 될 만큼 삶에 익숙한 꼬마가 될 때까지의 시간이다. 한 파트너에 대한 강한 결속감은 그러므로 4년이 지나면서 점차 사라질 가능성이 크다. '세 여신' 중 다른 둘 역시 시간적인 제한을 가지고 있다. 2년간 한 여인에게 구애해야 했던 어느 남자는 1년 반 후에 죽고 말았다. 모든 관계의 시작 단계를 지배하는 성욕 역시도 양쪽 모두가 부모의 삶으로 접어드는 순간 필연적으로 수그러들게 된다.

번식을 위해서는 희생이 뒤따르는 법이다. 지속적인 에너지 소비가 요구된다. 따라서 연애, 섹스 그리고 결합을 지탱해주는 프로그램은 단지 일정 시간 동안만 작동한다. 꼭 필요한 시간까지만 지속되는 것이다. 우리 다윈의 똑똑한 자손들이 고상하게 진화의 혜택을 그저 즐기고 있는 반면에, 어떤 이는 은밀한 사원에서 그런 생물학적 프로그램에 대해 혐오감을 느끼고 있을지 모른다. 번식의 사회! 그들은 사랑하는 사람들이 결국엔 기회주의자일 뿐이라고 폭로한다. 열렬하게 사랑하는 사람의 진짜 모습은 쩨지는 소리를 질러가면서 다른 사람의 유전자 창고 주변을 맴도는 탐욕스런 대머리 독수리에 불과하다. 얼마나 역겨운 상상인가!

그렇지만 영원한 사랑을 믿는 이들 모두에게 위로가 되는 말이 있다. 영원한 사랑은 진짜로 있다는 것이다. 물론 아주 특수한 조건 하에서만 그럴 수 있다. 또는 많은 행복한 노부부들이 우리에게 확언하고 있는 것처럼 완전히 운이 좋아서인지도 모른다. '식지 않는 사랑' 의 현상을 이해할 수 없는 사람은 우리에게 도움이 되지 않는다. 그들의 행운을 끈질기게 찾아내려고 했던 사람들은 당연히 도움이 된다. '싸움을 한 채로 절대 잠자리에 들지 말라' 는 말은 매우 자주 언급되는 전래의 가정 비방이다. 그리고 실제로 상당히 효과가 있다.

강력한 이혼의 태엽은 마침내 이혼을 예언하기 위해 애쓰는 과학자들의 숫자를 증가시켰다. 다행히 상당한 성과가 있었다. 그래서 구이 보덴만을 위시한 스위스의 심리학자들과 이혼 연구가들은 결혼생활이 깨져가는 상황을 알기 위한, 다시 말해 이혼의 조기 경보를 찾아냈다.

어떤 요인들이 결혼생활에 좋은 기회가 되고, 어떤 것들이 결혼을 괴로운 운명으로 만들어가는가. 부부가 비슷하고 이념적으로 같은 입장에 있다면, 다시 말해 비슷한 교육 수준, 유사한 사회적 위치 등을 가지고 있다면, 행복하고 만족스런 부부생활을 위해 유리한 조건을 갖춘 편이다. 그럼에도 불구하고 모든 민간의 지혜는 정반대의 것들이 서로에게 끌린다는 점을 지적한다. 파경의 가장 큰 원인은 부족한 대화와 갈등이다. 대부분의 결혼은 부부가더 이상 서로에게 말하지 않거나 싸우는 방법을 잘못 배운 경우 파경으로 치닫는다. 특히 구조적인 싸움에 주의해야 한다. 무조건 비방하려는 파괴적인 비판들, 멸시하는 말, 완전히 벽을 치고 자신을 방어하는 일, 대화의 거부 등은 결혼의 끝에 드리우는 그림자이다. 종종 두 사람 사이의 친밀함이 오히려 관계의 파국을 유인하는 악마의 손길이 되는 것은 정말 아이러니가 아닐 수 없다. 긴 세월을 함께 해온 부부가 무심결에 내뱉기 쉬운, 상대를 무시하고 상대에게 상처를 주는 말들은 친근함이라는 동전의 뒷면과 같다. 독일 프라이부르크에 위치한 가족 연구소가 부부싸움의 경향들을 아주 성공적으로 제시한 반면, 보덴만의 한 저명한 동료학자는 이혼 내지는 결혼생활의 문제들을 예견하기 위해 노력했다.

시애틀에 위치한 워싱턴 대학의 존 가트맨은 124명의 젊은 부부들이 논쟁을 벌이는 모습을 비디오로 촬영했다. 그는 실험참가자들에게 가장 자주 싸우게 되는 문제들을 선택해 그 문제에 대해 토론하도록 부탁했다. 모든 부부들이 하나 혹은 여러 개의 분명한 핵심 동기를 가지고 있었다. 그렇지만 가트맨 연구의 핵심은 그 부부들이 어떻게 싸우는가 하는 싸움의 방식이었다. 연구결과는 싸움을 시작하는 특성이 그때그때의 토론의 종결에 결정적인 역할을 하는 것도 사실이지만, 무엇보다 결혼생활 전체의 진행에 대한 신뢰도 높은 진단을 가능케 한다는 것이다. 연구가 종결될 때는 이미 17쌍의 갓 결혼한 부부들이 이혼한 상태였다. 무슨 일이 벌어진 것일까?

논쟁을 벌이는 장면은 남녀관계의 미래를 아주 분명하게 보여준다. 일반적으로 논쟁이 벌어지면 남자는 여자보다 자제심을 잃는 경우가 더 많았다. 그렇지만 연구가 시작되고 얼마 지나지 않아 이혼한 모든 부부의 남성들은 다른 남자들보다 더욱 빨리 분노했고, 조금 더 공격적으로 변했다. 이혼여성들 역시 그들의 남편처럼 그렇게 공격적이지는 않았지만 싸움이 진행되면서 점점 부정적으로 변했다. 그들은 15분간의 싸우는 자리에서 아주 빠르게 자기 파트너를 멸시하고 경시하기 시작했다. 그들은 눈을 돌렸고, 하품을 하거나 자신의 남편을 조롱했다. 여자가 그렇게 대응하는 시간이 빠르면 빠를수록, 부부관계에 빨리 금이 간다는 사실을 가트맨은 발견했다.

여성은 관계를 형성할 때만이 아니라, 천막을 거둬야 할 때도 더 적극적인 것처럼 보인다. 현재의 이혼 통계가 이런 주장을 뒷받침해준다.

오스트리아에서는 이혼의 80%가 사실상 여성에 의해 이루어졌다. 이는 얼핏 가정의 행복을 건설해가는 여성의 이미지와 모순된다. 그러나 여자들이 남편을 떠나는 이유를 살펴보면, 여성이 자신의 관계에서 무엇을 가장 중요하게 여기는지, 다시 말해 결코 흥정할 수 없는 것이 무엇인지를 쉽게 알 수 있다. 오스트리아 빈의 저명한 이혼 변호사 알프레드 보란 박사는 여자들이 이혼을 원하는 원인을 대개 이런 경우에서 찾는다. 그들이 감정적으로 소홀한 대접을 받는다고 느꼈을 때, 혹은 그녀와 남편이 더 이상 대화를 나누지 않을 때이다. 이와 반대로 남자들은 대개 '더 어린 여성'을 발견하면 탈선을 생각한다.

여성이 불행한 결혼에서 탈출하기로 결심할 때는 여성 특유의 감정적 기초를 갖는다. 여성은 차갑게 식어버린 사랑을 견뎌내면서 남편의 탈선이나 애인까지도 관대히 용서한다. 이런 상황은 자주 잘못 해석된다. 나이든 여자는 젊은 남자를 찾아낼 수 없고, 그래서 이혼 대신에 탈선을 선택하는 것은 남자들에게나 가능하다는 해석이다. 바보 같은 말이다. 여성들이 관계의 유지에 힘을 쏟는 것은 그저 강하게 결합을 추구하는 피조물이기 때문이다. 몇 년을 쌓아온 행복하고 만족스런 가정, 즉 스스로 창조한 삶의 작품을 그렇게 간단하게 위험에 빠뜨리려고 하지 않는 것이다. 사랑의 불길이 더 이상 되살릴 수 없이 꺼져버리고, 회복의 모든 희망이 사라지게 되면 비로소 여성들은 스스로 마침표를 찍게 된다.

역설적으로 들릴 수 있지만 이혼율이 급속한 증가세를 보이는 데에도 여성이 한몫하고 있다. 오늘날엔 그 누구도 삶이 끝나는 날까지 의무적으로 불행한 결혼을 참고 견디지 않는다. 예전에 그렇게 참고 견뎌야 했던 사람은 대개 여성이었다. 이제 적어도 서양문화권에서는 원하기만 하면 언제든 새로 시작할 수 있다. 이런 상황은 어찌됐든 기분 좋은 일이다. 다만 두 사람이 너무 빨리 헤어지는 그것이 아쉬울 뿐이다. 그런 이별은 짧지 않은 시간 동안 그들이 어떤 보석을 소유하고 있었는지 제대로 알지 못한 때문일 수도 있다. 종종 몇 년 넘게 연습하고 서서히 성장한 관계들이 가족과 친지들 눈 앞에서 순식간에 박살나기도 한다. 이 사람들 이러면 안 되는데, 모두가 고개를 설레설레 젓는다. 모든 부부가 백년해로하기를 기대하는 것이 아니라, 바로 이런 커플을 보면서 우리는 '이 사람들 헤어지지 말았으면' 하고 바라게 되는 것이다.

스위스의 이혼연구가들은 일련의 설문조사를 통해 아주 믿을 수 없는 숫자를 공개했다. 40%, 즉 이혼자들 중 거의 2분의 1이 다시 기회가 주어진다면 예전의 파트너와 다시 한 번 결혼하고 싶어한다는 결과였다. 이는 깊이 생각해보아야 할 문제이다. 이 숫자는 근본적으로 전체 이혼의 거의 반이 피할 수 있었던 것임을 의미하기 때문이다.

어떻게 하면 더 잘해볼 수 있을까? 부부들은 부부로서 더욱 열심히 노력해야 한다. 당연한 말이다. 하지만 무엇보다 중요한 것은 배우자의 가치를 계속 자기의 의식 속에 환기시키는 일이다. 이는 장기간 지속된 관계일수록 더욱 필요한 일이다. 한 파트너와의 이별을 초래한 문제들은 종종 새로운 파트너와의 관계에서 그대로 다시 반복되곤 한다. 절대 드물지 않은 이런 경우에 문제는 부부관계에 있는 것이 아니라 자기자신에게 있는 것이다.

이혼을 막기 위한 노력은 장기간의 관계를 시작하기 이전에 이미 시작되어야 한다. 결혼 혹은 파트너십에 거는 완전히 비이성적이고 과도한 기대감은 관계를 아주 간단하게 실패로 이끌기 때문이다. 결국 부부란 두 사람이 함께 만들어가는 관계이다. 한 여자와 한 남자가 있을 뿐, 요정과 마법사, 동화 속 공주와 왕자는 등장하지 않는다. 자기의 인생을 함께 만들어가고, 최소한 인생의 일부를 함께 보내야 할 이성에 대해 남녀 모두가 그토록 무지하다는 것에 대해 우리는 웃지 않을 수 없을 것이다. 그러나 그 무지의 결과는 웃음을 짓기에는 너무도 극적이고 또 비극적이다.

그런 이유에서 다음 장에서는 남녀가 각각 이성에 대해 지니고 있는 비극적인 엄청난 오해들을 다루어보겠다.

정열의 전설
여성과 남성에 대한
일반적인 오해

남자들이 그들의 정복 스토리를 어떻게 떠벌리는지 들어본 적이 있는가? 대략 이런 이야기를 들을 수 있다. "그 여자애, 그 귀여운 토끼 말이야", "그 애가 홀딱 넘어갔다", "쫙 열리더군", "자극을 받았어" 등등. 이런 종류의 허풍선이 말을 사실로 받아들이는 사람은 여자들이 단지 수동적으로 명령만 따르는 로봇, 아무 생각도 할 수 없는 플라스틱 인형 정도라고 생각할 것임에 틀림없다. 도저히 거부할 수 없는 동화 속 왕자에게 푹 빠져버린 다음부터 자기 주위에서 일어나는 모든 일에 그저 쫓아가기만 하는 역할이다. 그나마 약한 의지마저 깨지고 나면, 그녀는 그저 '다리를 활짝 벌리기'만 하면 되는 것이다. 당신이 이런 종류의 저속한 말을 정말 증오하고 결코 입에 올려본 적이 없다고 주장한다손 치더라도, 그래도 한 가지는 분명히 부인할 수 없을 것이다. 질문을 받은 거의 모든 사람들의 일치된 대답이다. 즉, 여성은 남성보다 성적으로 덜 능동적이라는 것이다.

✦

수동적인 여자의 동화는 우리가 가장 좋아하는 이야기 중 하나이다. 그래서 이 이야기를 곧바로 첫 번째 주제로 선택하려 한다. 과학이 배우자 선택 과정에서 여성이 행하는 역할을 억지로 무시해버린 이래로, 이는 아주 일반적인 상식이 되고 말았다. '여자들은 섹스에 관심이 없다', '여자들은 섹스에서 재미를 느끼지 않는다', '여자들은 천성적으로 충실하고, 겁이 많고, 수동적이다', '성적인 접근은 남성의 전유물이다', '성생활에서 남자가 주도권을 갖고 지배하며, 여자들은 기다리고 참는 성질을 가지고 있다', '여자들은 당하고, 남자는 갖는다'. 여성의 성적 특성에 대한 이런 오해들은 얼마든지 길어질 수 있다. 물론 과학이 여성의 성적 행위에 관심을 가진 이래로 자그마한 혁명이 진행되고 있다. 그 중 하나가 여성에 대한 가장 커다란 오해들을 불식시키는 일이다. 그런 오해들은 남자와 여자가 함께 행복으로 향하는 길을 아주 쉽게 가로막기 때문에, 가장 중요한 문제들 중 하나가 된다.

우선 서로 알게 되는 시점으로 가보자. 관계의 진행을 위해 필연적으로 있어야 하는 개막행사이다. 미국 미주리 대학의 여성 심리학자인 모니카 모어의 연구는 1980년대 중반 센세이션을 일으켰고, 그 사이 고전으로 인정받았다. 그녀는 싱글 바, 대학 카페 등지에서 18세부터 35세 사이의 여성 200명을 관찰했다. 이 여자들은 여성의 성적 접근행위에 대한 최초의 폭넓은 연구를 위해 자신이 관찰되고 있음을 알지 못했다. 일행이 없는 여자들이었고, 그들이 찾은 술집에서 남자를 알게 되는 것에 대해 거부감을 갖고 있지 않았다. 그들이 한 남자의 관심을 끌려고 할 때, 무의식중에 언제나 같은 순서대로 보여주는 그리고 각각의 여자가 사용하는 수없이 다양한 움직임과 몸짓들이 있었다. 모어의 연구는 담장에 피어 있는 수줍은 작은 꽃을 동화의 세계로 가도록 명령하는 것이었다.

처음 알게 될 때 먼저 신호를 보낼 뿐 아니라, 만남의 첫 순간 전체를 연출하고 있는 쪽이 여성임이 이 연구에서 밝혀졌다. 그들은 접근하는 사람에 대해 어떤 방식으로, 어떤 속도로 진행할 것인지 등을 결정한다. 여성은 남성들에게 시선을 요구하고, 그들을 유혹하고, 또 그들을 밀쳐낸다. 인형극에서 인형을 움직이는 사람처럼. 그 과정에서 그들은 거의 한 마디도 하지 않는다. 다만 그녀의 관심을 일깨운 남자에게 눈길과 또 다른 육체적 신호를 보낸다. 모니카 모어는 계속 반복되는 규칙적인 여자의 행동과 남자들의 반응을 통해서 그런 결론을 얻었다. 은밀하게 관찰된 여성들의 육체적 신호의 순서는 놀라울 정도로 유사했다. 마치 남자친구 사귀기 교본에 따라 행동하는 듯했다. 모어는 특수한 현장 연구를 진행하면서 남자에게 접근하기 위한 여자들의 전략적인 몸짓, 눈길 그리고 움직임들을 총 52가지로 정리했다. 그것들은 각각 특정한 의미를 가지고 있었고, 또 아주 놀라운 작용을 불러일으켰다.

모어와 그녀의 동료들이 관찰하고 정리한 내용은 대략 이러하다.

한 여자가 되도록 사람이 꽉 들어찬 카페로 들어서서 한 번 쭉 둘러본다. 자기 주변을 돌아보는 데는 약 10초가 걸린다. 처음에 그녀의 시선은 어느 누구에게도 고정되지 않는다. 자리에 앉거나 바 앞에 자리를 잡고 선다. 그리고는 이제 목표를 선택한다. 그녀는 마음에 드는 남자를 바라본다. 아주 잠깐, 길어야 3초이다. 모니카 모어는 이 시선을 '던지는 눈길'이라고 불렀다. 그 눈길이 빠르고 정확하게 목표를 향해 던져진 창과 같기 때문이다. 그 눈길은 결국 목표에게 표시를 남기려는 목적을 가지고 있다. 이런 눈길은 각각 3초 정도씩 몇 번 더 반복된다. 그리고는 잠시 시간이 지나고 나면 완전히 응시하는 '고정 시선'이 뒤따른다. 이 시선은 조금 더 길게, 선택된 남자에게 머무른다. 이 시선 역시 몇 번 반복된다.

이때 두 사람, 즉 성적 접근을 시도하는 '발신인' 여자와 그녀의 목표물인 '수신인' 남자의 시선이 처음으로 마주치게 된다. 이 만남은 아주 잠시 2초도 안 되는 시간 동안 이어지고, 이때 여자는 눈썹을 위로 치켜 뜬다. 이 시선은 종종 매력적인 미소로 장식되기도 한다. 얼음이 깨지는 순간이다. 발신인에게 말을 걸기를 여전히 주저하는 남성들에겐 고개를 젖히는 동작을 통해 또 한번의 작업이 이어진다. 이때 시선은 몇 초간 위를 향한다. 이 행동이 몇 번 이어지고 나면 이제 머리칼이 이용된다. 여자들은 손가락으로 머리를 빗고, 긴 머리칼을 흔들거나 요염하게 얼굴 앞에 내려온 머리칼을 쓸어올린다. 관계를 시작하기 위한 최고의 몸짓으로 대부분의 여성들이 택하는 것은 목덜미를 드러내 보여주는 것이다. 대부분의 남자들은 늦어도 이때가 되면 미끼를 물고 가까이 다가와 여자에게 말을 걸게 된다. 이 상황에서 여자는 남자가 더 가까이 접근하도록 허용할지 결정한다. 그가 말한 내용, 그의 목소리, 가까이서 본 그의 외모가 여전히 마음에 들면 대화를 나누는 동안 여자는 몇 번 고개를 끄덕인다.

여자의 몸짓과 표정이 강하게 나타나면, 새로운 만남이 마음에 든다는 의미이다. 자신의 담뱃갑이나 포도주잔 혹은 라이터를 부드럽게 매만진다면,

그것은 남자에게 자신이 얼마나 친절하고 좋은 여자인지를 보여주려는 행동이다. 최초의 신체적 접촉 역시 여자가 주도한다. 대개는 여자가 우연인 듯 남자에게 몸을 스친다. 남자는 여기서 용기를 얻는다. 여자의 신호가 없다면 남자는 대개 자신감을 얻지 못한다. 여자는 이 첫 만남에서 폭풍과 나쁜 시계를 뚫고 항공모함에 어렵사리 착륙하는 파일럿에게 길을 알려주듯 남자를 유도하는 것이다.

여성이 주도하는 첫 만남의 의식은 네 단계로 진행된다. 여자가 남자의 관심을 자극한다. 자기가 흥미를 가지고 있다는 사실을 눈치채도록 만든다. 만남을 가능하게 만든다. 그리고 마지막으로 신체접촉을 배려해주거나 혹은 차단시킨다. 모니카 모어가 관찰했던 하나 하나의 제스처는 머리를 뒤로 젖힌다거나 머리칼을 흔들고 어떤 물건을 어루만지거나 또는 많은 의미를 담은 시선을 던지는 것 등 별로 새로울 것이 없다. 그런데도 모어의 연구가 발표 당시 어마어마한 정도의 혁명적인 반향을 불러일으킨 것은 남녀가 사귀기 시작하는 과정에서 여성이 능동적인 역할을 맡는다는 내용 때문이었다. 사실 여성은 인간의 전 번식과정을 통하여 이런 역할을 수행해왔으나 사람들은 이를 숨기고 정반대되는 사실을 가르쳐왔을 뿐이다.

꽃

이제까지의 이야기가 암시하는 바가 무엇인지 이미 알고 있을 것이다. 아마 당신은 생물시간에 호모 사피엔스의 짝짓기에 대해 다음과 같이 배웠을 것이다. 우리 종의 남자는 매번 성행위에서 수억 개의 정자를 풀어놓는 반면,

여성의 몸 안에선 아주 고요하고 차분하게 단 하나의 움직임 없는 난자가 열매맺기를 기다리고 있다. 목표에 도달하면, 가장 빠른 최고의 정자가 마지막 남은 온 힘을 기울여 난자의 질긴 보호막을 뚫고 결합을 완성한다. 공상과학 작가라 해도 이런 과정을 더 잘 생각해내지 못했을 것이다. 그렇다면 실제로는 어떤 일을 벌어지는가?

수억 개라는 숫자는 실제로 큰 의미가 없다. 약 수억 개의 정자들 중 몇 개가 난자 가까이 접근할 수 있는가 하는 것은 의식적이든 무의식적이든 전체적으로 여성에 의해 조종되는 몇 가지 요소들이 결정하게 된다. 여성의 질은 월경주기 사이의 임신 가능 기간을 제외하고는 산성을 띠고 있어서 주로 단백질로 구성되어 있는 정자들을 즉시 분해해버린다. 게임 오버다. 정자들은 가뜩이나 점막으로 굳게 닫혀 있는 자궁에는 가까이 가보지도 못한다. 배란기 동안에는 이미 말했듯이 평화로운 분위기가 지배하고 있고, 그래서 정자들은 바로 죽지 않는다. 물론 그래봐야 수억 개의 정자 중 약 200개만이 난자 주변에 도착한다. 정자들은 짧은 생존기간 동안 불필요한 시간낭비를 피하기 위해 어디에도 머물러 쉴 수 없다. 그리고 접근해도 좋다는 화학적인 신호가 떨어질 때까지는 난자 근처로 접근하거나 정착할 수도 없다.

싱글 바에서 어떤 일이 벌어졌는지 기억해보자. 여자가 남자를 유혹하는 그런 방식으로 난자는, 정확히 말해서 난자를 둘러싸고 있는 여포액은 별 볼일 없이 헤매는 생각없는 정자들을 유인물질을 이용하여 유혹한다. 드디어 능동적인 남자와 수동적인 여자의 마지막 신화는 난자의 피막에 다다르며 끝을 맺는다. 슈퍼터보정자가 미사일처럼 돌진하는 것이 아니다. 난자는 어쩔 줄 모르고 허우적거리는 정자들 중 어떤 것에게 문을 열어줄지 결정한다. 그리고 이 과정은 논리적으로 설명될 수도 있다. 퓰리처상을 수상했던 나탈리

앤저는 그녀의 저서 『여인-여체의 비밀지도』에서 난자가 파티장의 문을 닫아도 정자들은 그저 다가올 수밖에 없다고 썼다. 너무나 정확한 표현이다. 난자를 가득 채우고 있는 영양소 덕분에 수정된 태아는 인생의 첫 시기를 견뎌낼 수 있다. 자궁 안에 보금자리를 만들어 어머니로부터 직접 보살핌을 받게 될 때까지 무려 7일부터 10일간의 짧지 않은 시간이다. 또 한 가지 중요한 사실을 간과할 수 없다. 결국 파티를 주최하는 사람이 누구를 초대할지도 결정한다는 것이다.

이제까지 언급했던 모든 요인들은 '무의식'의 영역에 속하는 것들이다. 의식과 무의식 사이의 아주 흥미로운 경계에 해당하는 것이 여성의 오르가즘이다. 이제 곧 언급하게 되겠지만, 이것 역시 꾸며진 이야기로 칭칭 감겨진 왜곡 덩어리이다. 더불어 여전히 가부장적으로 움직이는 우리 사회가 여성들에게 얼토당토않게 '수줍은' 혹은 '수동적인'이라는 꼬리표를 붙이게 되는 요소이다.

1960년대 매스터스와 존슨이 발표했던 유명한 연구들은 성적 해방을 주장하고 장려하는 몇 안 되는 학문적 작업이다. 이 연구들은 오르가즘 동안 혹은 바로 후에 자궁이 마치 말미잘처럼 정자들을 빨아들인다는 것을 보여주었다. 수축이 격렬할수록 흡입의 움직임 역시 강해진다. 후일의 연구들이 증명했듯이 멀티 오르가즘을 체험하는 여성들은 더 많은 정자들을 자궁으로 받아들인다. 이런 사실은 여성의 오르가즘이 종의 재생산을 성사시키는 데에도 중요한 의미를 갖는다는 것을 의미한다. 물론 오르가즘 없이 임신이 될 수도 있고, 오르가즘에도 불구하고 임신이 되지 않을 수도 있다. 하지만 종의 번식을 위해서 필요한 것은 아니라든지, 생물학적 견해에서 무가치한 것이라는 여성의 오르가즘에 대한 허황된 이야기들은 이제 완전히 불식되어야 한다.

마음만 먹으면 여성들은 사랑의 밀회가 끝나고 나서 대부분의 정자를 다시 방출할 수도 있다. 그저 바로 일어나 뛰어다니기만 하면 된다. 나머지는 중력이 알아서 해결해준다.

여전히 섹스를 남성의 제국이라고 믿고 있는 사람의 생각을 완전히 뒤바꾸어놓을 연구들이 있다. 여성의 성적 제한을 단적으로 보여주는 것이라 생각되는 월경 역시 새로운 이론에 따르면 정반대의 사실로 증명된다. 워싱턴 대학의 진화생물학자인 마거릿 프로핏은 월경이 정화와 소독의 작용을 한다는 것을 발견했다. 몸 안에서 성행위가 이루어진 후부터, 여성의 육체는 오물과 질병유발인자로부터 자신을 지키는 방법을 발견해냈음에 틀림없다. 즐거운 시간을 떠올리면 함께 생각나곤 하는 불쾌감. 자연의 시각으로 볼 때 월경은 상당한 비용을 지불하는 일이다. 자궁 안에 열매를 맺을 수 있도록 공을 들여 만든 보금자리를 4주마다 폐기한다. 그리고 그 규칙적인 출혈은 모든 이물질과 잠재적인 염증유발인자를 함께 배출해버린다. 모든 시스템이 정화된다. 우리 인류의 발전사에서 이런 에너지와 자원의 낭비는 결코 용납될 수 없는 것이었을 테고, 따라서 그런 낭비의 장점들 역시 분명하게 증명될 수 없었을 것이다. 그러나 이것 한 가지는 분명하다. 규칙적인 이 정화과정 덕분에 우리의 여성 선조들은 비교적 안전하게 난혼을 즐길 수 있었다.

'여성은 섹스의 영역에서 아무런 재미도 느끼지 않는다' 는 말은 아직까지도 많은 추종자를 가지고 있으며 이들은 여전히 강력한 영향력을 행사하고 있다. 과학이 수백 년 동안 여성에 대해 밝혀 놓은 모든 것이 정말 진실에 상응하기보다는 오히려 가부장주의자들이 기꺼이 듣고 싶어하는 내용에 가깝다는 것은 명백하다. 그래서 성을 터부시하도록 했을 뿐 아니라, 성생활에서 드러나는 너무도 분명한 남녀 간의 차이와 그 차이로 인해 나타나는 당연한 결과까지 그렇게 긴 세월을 볼 수 없게 감추고 있었다. 우리는 이른바 '무반응의 시간'을 말하고 있는 것이다. 남자가 한 번 오르가즘이 지나고 모든 시스템이 다시 작동되기 시작할 때까지 필요로 하는 시간 간격이다. 여성들에게는 그런 것이 전혀 없다. 여성은 매스터스와 존슨이 언급한 바와 같이 한 번의 오르가즘 이후에 곧바로 다음 번 오르가즘을 가질 수 있다. 에로틱한 느낌의 최고봉이라 할 수 있는 멀티 오르가즘은 오로지 여자들에게만 허용된 것이다. 언제나 준비 완료된 성별이 있다면 그것은 바로 여성이다.

❧

　　몇 년 전에 한 연구는 수줍은 여성의 신화에 다시 생명을 불어넣는 듯했다. 비록 짧은 시간이었지만. 그러나 이 연구로 인해 섹스에 대한 남자들과 여자들의 입장 차이를 두고 격렬한 토론이 벌어졌다.

　　노스텍사스 대학의 심리학자인 러셀 클라크와 하와이 대학의 일레인 해트필드는 독특한 실험을 실시하기 위해 외모가 출중한 남녀대학생들을 고용했다. 그들은 매력적인 이들 학생들에게 대학캠퍼스에서 이성에게 접근하여 말을 거는 임무를 주었다. 이 학생들에게 상대방을 벌써 오랫동안 마음에 두고 있었다며 말을 걸고, 관계를 즉시 진행시키기 위해 다음의 세 가지 질문을 하도록 했다.

　　"오늘 나와 데이트 할래?"

　　"오늘 저녁 내 아파트에 와 줄래?"

　　"오늘밤에 나하고 같이 잘까?"

갑자기 이런 말을 듣게 된 남녀학생들 중 양쪽 모두 정확히 50%가 저녁 초대를 받아들였지만, 성급한 섹스에 대해서는 완전히 다른 결과를 보였다. 여기서 남자들의 75%가 관대한 섹스 제안을 받아들이려고 했다. 반면에 여자들은 0%였다. 남녀응답자들이 그 뜻밖의 제안에 대해 반응하는 방식 역시 흥미로웠다. 여성들은 "무슨 그런 농담을 해요!"라면서 믿지 못하는 모습을 보이는가 하면 화를 내기도 했다. 그 제안을 거절하는 남성들은 이와 달리 거의 모두 일종의 미안함을 표시했다. 벌써 약속이 있다든지, 미안하지만 뭐가 어떻다느니 등등, 여하튼 이들은 전혀 인상을 쓰지 않았다.

이 연구의 결과는 당연히 전통적인 의미로 해석되었다. 진화심리학자들의 모임에서 들려오는 말과 결과는 분명 그랬다. 남자는 항상 섹스를 원하고 여성은 소극적이라는 말이었다. 그렇지만 몇몇 학자들은 이 결과에서 완전히 다른 내용을 보았다. 메러디스 스몰은 무려 50%의 여성이 완전히 낯선 남자와 저녁 약속을 했다는 사실을 특별하게 받아들였다. 여성의 섹스 욕구가 남성에 비해 결코 적지 않다는 자신의 이론을 이 숫자가 증명해준다고 생각했다. 그녀는 이 연구자가 결정적인 요인을 고려하지 못했다고 판단했다. 낯선 남자의 초대를 즉흥적으로 받아들이는 여성은 남성보다 더욱 커다란 위험을 감수해야 하는 것이다. 첫 번째 만남에서 강간이나 폭행을 당한 여성들의 숫자를 생각해보면 당연히 옳은 말이다. 그런 초대를 받은 여성들은 받아들여야 할지 거절할지를 결정하면서 언제나 육체적인 폭력의 위험을 감안하지 않을 수 없다. 이런 상황에서 전체의 절반이 즉흥적인 데이트를 받아들이기로 결정했다는 것은 실제로 놀라운 일이 아닐 수 없다.

다음 이야기는 남녀 간의 여러 가지 오해들 중 가장 불쾌한 측면이 아닐 수 없다. 여자가 싫다고 말하면, 그것이 좋다는 뜻일까? 아니다! 성폭력으로 법정에 서게 된 성적 공격성향이 강한 남성들에 대한 한 연구는 이 인간말종들이 여자에 대해 어떤 오해를 하고 있는지 보여주었다. 이들은 여자들이 자기의 생각을 말하지 않고, 진실을 의도적으로 감추고 일부러 모호한 표현을 사용해 남자들을 갈팡질팡하게 만든다고 생각했다.

남자들이 여성의 보통 신호를 성적인 신호로 혼동하는 경향이 있다는 것은 분명한 사실이다. 친절하게 웃는 여자가 모두 남자와 침대로 가지는 않는다. 우연히 살을 스치는 것이 언제나 성적인 요구가 될 수는 없는 것이고 남자와 우연히 마주치는 여자의 눈길이 항상 "네가 내 마음에 들어"라는 의미는 아니다. 그럼에도 성폭력이 그렇게 자주 발생하는 원인 중 하나는 여자가 기꺼이 남자의 지배를 받고 싶어한다는 널리 퍼진 오해 때문이다. 완전히 잘못된 생각이다. 여자들은 폭력적인 남자를 원하지 않는다. 완전히 그 반대이다. 인류발생사의 가장 불쾌한 시기 중 하나가 우리에게 그 점을 가르쳐주었다. 미국의 인류학자인 사라 블래퍼의 연구는 여성 쪽을 분명하게 특징짓는 한 가지 현상을 해명하는 데 결정적으로 기여했다. 이 이야기는 유아살해에 대한 것이다. 아직 젖먹이에 불과한 어린 동물을 집단의 우두머리가 죽이는 내용이다.

사라 블래퍼는 이 충격적인 행태를 인도의 랑구렌에서 한 원숭이 집단을 통해 관찰했다. 그 집단에 새로운 우두머리가 등장할 때마다 볼 수 있는 장면이었다. 그 모습이 너무도 끔찍하여 언제나 냉정함을 잃지 않는 학자들조차 피가 얼어붙는 듯 몸서리를 쳤다. 수놈 서열의 맨 꼭대기에 올라선 새로운 우두머리는 절망적인 몸짓으로 서성거리는 젊은 암놈으로부터 젖먹이 새끼를 빼앗아 죽일 때까지 물어뜯었다. 아주 짧은 시간 동안 귀청이 찢어질 듯한 비명이 여기저기 울렸으며, 적어도 인간의 기준으로 볼 때는 이루 형언할 수 없는 포악함과 잔인함이 그 자리를 지배하고 있었다. 이 행태를 블래퍼는 이렇게 해석하고 있다. 암놈이 젖먹이를 보살피고 있는 한 새로 임신할 수는 없다. 그래서 새로운 우두머리는 전임자의 새끼들을 모두 순식간에 없애버린다. 자기의 후손을 위한 자리를 만들려는 것이다. 사라 블래퍼가 특히 놀랐던 것은 죽은 새끼의 엄마가 그 끔찍한 살해 이후 곧바로 새로운 우두머리와 짝짓기를 한다는 사실이다.

인간은 더 이상 후궁을 가지고 있지도 않고, 독립하기까지 아이들을 장기간 보살펴야 하므로 일부일처의 방식으로 발전해왔다. 그래서 이런 어두운 역사는 한참이 지난 일이다. 그럼에도 불구하고 여자들과 아이들이 언젠가 한 번은 그와 유사한 남성의 폭력 앞에 놓였던 직이 있으리라 짐작게 하는 몇 가지 특별한 점을 우리의 행동 속에서 찾을 수 있다. 여자들은 과격한 남성을 싫어한다. 자기 아이들에게 접근하는 낯선 남자들에 대해 깊은 불신감을 가지고 있다. 그리고 엄마를 벗어나 혼자 힘으로 움직이면서 낯선 사람을 두려워하기 시작하는, 즉 낯을 가리기 시작하는 어린아이들은 낯선 여성들보다는 낯선 남성을 보면 더욱 심하게 저항한다. 이런 모든 상황은 잠재적인 위험을 경고하는 일종의 원천적인 본능이 우리 몸 속에 틀림없이 존재하고 있다는 것을 의미한다. 그리고 어린아이들에게 그 위험은 여전히 낯선 남자들이다.

사라 블래퍼는 자신의 저서 『어머니 자연』에서 그 내용을 거의 믿을 수 없는 한 연구에 대해 보고하고 있다. 그녀가 인용한 통계에 따르면 폭력으로 어린아이들을 살해한 끔찍한 범인들은 대부분 의붓아버지 혹은 엄마의 남자친구였다. 이 통계는 아주 깊은 어둠 속을 들여다볼 수 있게 하여, 결국 그 속에서 폭력으로 얼룩진 우리의 과거를 발견할 수 있게 해준다. 여성이 무엇보다 이런 남성의 폭력성을 방지하는 방향으로 발전해왔음은 당연한 일이다. 지금부터 보게 될 아주 섬세하고 다양한 방법으로 말이다.

* * *

그렇다면 여자가 거친 남자를 좋아한다는 말도 안 되는 오해는 어떻게 생겨날 수 있었을까? 아마도 여성이 강력한 지배력을 지닌 남성을 좋아하기 때문일 것이다. 그러나 여기에서 지배한다는 말은 과연 무슨 의미일까?

두 명의 동명 심리학자인 바이스펠트와 바이스펠트는 결혼생활에서의 만족에 대해 연구하면서 여성이 지배라는 말을 어떻게 이해하고 있는지 알아내려 시도했고, 결국 상당한 성과를 거두었다. 그들은 여성들에게 남편이 결정권을 갖고 있는 것이 싫지 않느냐고 물었다. 여성들 대부분은 긍정적으로 대답했다. 물론 언제나 보호자처럼 행세하고 끊임없이 참견하려고 하는 남자는 별로 도움이 되지 않는 사람으로 느끼고 있었다. 정확히 말해서 짜증스럽게 여기고 있었다. 이를 통해 이들 학자들은 이런 결론을 내렸다. 여자들이 남자에게서 원하는 것은 결단력과 책임감이다. 우유부단하여 머뭇거리는 사람을 싫어하듯 잘난 척하며 나서기 좋아하는 사람도 반기지 않는다. 유치하게 자기를 주장하는 모습이 아니라 리더십, 즉 지도력이 요구되는 것이다.

여성들은 지배력을 갖춘 남자를 원한다. 이 말은 원칙적으로 옳다. 수백 수천의 연구논문들에서 이 사실이 확인되었다. 그러나 아주 중요한 전제가 있다. 여성들은 그녀 자신을 지배하는 남성이 아니라, 다른 남자들을 지배하는 남성을 원한다는 것이다. 그들은 남성들의 서열과 힘의 다툼이 혼란스럽게 뒤엉킨 세상에서 꿋꿋하게 자기 위치를 확보할 수 있는 남성을 매력적으로 여긴다. 지배력은 종종 폭력성과 혼동된다. 이는 두 가지 모두가 남성호르몬인 테스토스테론에 기초하기 때문일 것이다. 이 호르몬은 온갖 종류의 능력들을 사람들 앞에서 과시하기 좋아하는 남성들의 원초적 특성과 관련이 있다. 학자들은 관객들 앞에서 차력을 보이는 것 같은 이런 행동을 '사회적 전시'라고 부른다. 남자들은 근육운동을 한다. 힘자랑도 한다. 정치적, 사회적으로 지도력을 인정받아도 거기에 예술적 능력이나 손기술 아니면 운동선수 같은 다른 실력들을 더 보여주려 한다. 이런 능력들은 여성으로부터 대섭받고, '시배적'이라는 형용사로 집약된다. 그리고 그런 광고행위는 분명 높은 테스토스테론 수치와 관련되어 있다.

물론 남성호르몬은 상당히 불안정한 물질이다. 테스토스테론 수치는 일정 정도까지 유전된다. 하지만 그 수치는 각 남자마다 또 상황에 따라서 아주 크게 변동한다. 매일 매일의 몸 상태, 업무상 성공의 경험, 멋진 여성의 퇴짜나 인정이 그런 경우다. 예를 들면, 사무실에서 펼쳐지는 작은 전투와 경쟁에서 선두에 나서게 된 남성들의 테스토스테론 수치는 폭발적인 속도로 증가한다. 이때 남성들은 적어도 잠깐은 모두를 압도하고 있다는 무적의 느낌을 갖게 되며 주변의 부러움을 사기도 한다. 그런 모습은 당연히 여성들의 눈에 매력적으로 보인다. 진짜 아무 것도 아닌 일로 번번이 서로 힘을 겨루고, 치고 받고, 토론을 벌이고, 말다툼을 벌이는 남자들을 볼 때마다 왜 그럴까 궁금해하는 사람들에게 들려줄 수 있는 적당한 대답이 있다. 남자들이 계속해서 다른 남자들과 겨루려는 것은 그들의 장점을 더욱 부각시켜 제대로 과시하게끔 만들어주는 높은 테스토스테론 수치에 도달하기 위해서이다.

다시 말해서 남자들에게는 계급을 다투는 습성이 있다. 계속해서 평가가 이루어진다. 누구는 올라서고, 누구는 밑에 깔리고. 이런 습성은 단 한 가지 목적을 가지고 있다. 여성관객에게 깊은 인상을 심어주어 자신의 시장 가치를 높이려는 것이다. 그 남자들이 감동시키려는 목표 대상은 여성들이다. 누가 계급구조 속에서 올라서고 밀려내려가는지 직접 결정하는 것이 바로 여성이라는 사실은 상당히 주목할 가치가 있다.

남성호르몬의 세계에 미치는 여성의 영향력이 이보다 더 커질 수는 없다고 생각하는 사람들이 있다. 완전히 틀린 생각이다. 모든 재주를 다 부렸고, 모든 세레나데를 다 불렀고, 모든 과시용 화약을 벌써 옛날에 다 터뜨려버리고, 서서히 부부관계가 후반기로 접어들면서 남자의 권력 장악 능력은 현저히 저하된다. 이 상태에 이르게 되면 이제 남자를 가정에 충실하면서 살아가도록 만드는 일이 남는다.

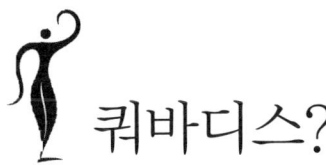

쿼바디스?
남성이여, 어디로 가야 하나

이제 누가 고삐를 쥐고 있는지가 분명해졌는가? 여성은 남편의 뒤에 감춰진 잿빛 그림자가 아니다. 여성은 자신의 목소리를 내고, 가야 할 방향을 결정한다. 그렇다면 여성은 어떻게 지배하는가?

부부관계에서 여성들이 맡는 상위의 역할은 우리 사회의 많은 부분에서 그냥 당연한 것으로 인정되기도 한다. 이런 현실 속에서 많은 남자들이 너무 쉽게 포기하고 공동으로 해야 할 일을 여자에게 맡겨버린다. 많은 여자들은 그 책임의 무게와 남편의 비참여적인 태도 때문에 힘겨워하고 있다. 과학은 아직 이런 현상의 증거를 확실하게 포착하지 못하고 있다.

과학이 증거를 찾지 못하는 원인은 아주 다양하다. 부부관계의 무대 뒤를 들여다보는 것이 어렵다는 것도 그 한 이유이다. 이 문제에 대한 통계적인 작업을 뒷받침할 만한 데이터 추출에 어려움이 있는 것이다. 또한 관심 자체가 적었다. 점점 더 분명하게 여성의 영역임이 확인되어가는 마당에 이 일에 그렇게 많은 관심을 기울이며 주목할 이유를 찾지 못하는 것이다. 과거에 남자를 전면으로 내세우는 것이 일반적이었던 데에는 그럴 만한 이유들이 있었다. 그때에는 많은 위험들이 도사리고 있었다. 따라서 남자가 가족의 수장으로 인정되어야 했다.

남자와 여자 사이에는 갖추고 있는 장비 상의 커다란 차이가 있다. 이는 남자로 하여금 자기의 주장을 내세우고, '근본적으로 열등한 여성배우자를 조종하고 이끌도록' 운명지웠다. 학자들은 이런 원천적인 차이를 발견하기 위해 많은 노력을 기울였다. 가장 먼저 유전학이 남자의 이런 우월함이 어디에 기인하고 있는가를 설명하려 시도했다.

여성들은 근본적으로 남성보다 더 많은 유전물질을 갖고 있다. 여성은 두 개의 커다란 X-염색체를 가지고 있다. 이와 달리 남성에게는 한 개만이 주어진다. 학자들은 이 사실에서 여성이 유전정보의 홍수로 인해 오히려 제약을 받는다는 가설을 전개해냈다. 이 가설에 따르면 남성의 유전자는 여성의 경우와 달리 남성에게 변화의 가능성을 마련해준다. 이런 이유에서 여성에 비해 평균 이하의 재능을 가진 남성들이 많기도 하지만, 다른 한편으로 아주 뛰어난 재능을 지닌 남성도 많다는 것이다. 선수가 퇴장을 당해 숫자가 적은 상황에서 특별한 능력을 보이는 아이스하키팀과 마찬가지로 비록 더 적은 유전자를 가지고 있더라도 여성들보다 유전적으로 더욱 우월한 남성들이 있다는 주장이다. 이 예를 그대로 적용해 말해보면 여성들은 남성팀과 반대로 얼음판 위에 너무 많은 선수가 있는 것이다. 결국 유전자들끼리 서로 방해하고 부딪히는 것이다.

아주 많이 노력하고 깊은 생각을 거치기는 했지만 그런 주장들은 대개 그들의 정신적 뿌리를 우습게 만드는 수준을 벗어나지 못했다. 남자가 소수이면서도 우월한 유전적 환경을 가지고 있다는 이런 가설은 오래 유지될 수 없었다. 말하자면 얼마 되지 않아 여성의 어떤 세포 속에서도 두 개의 X-염색체가 동시에 활성화되지 않는다는 사실이 확인된 것이다. 하나가 활성화되면 언제나 다른 하나는 비활성화 상태로 전환된다. 비활성화된 성염색체는 세포핵을 둘러싸고 있는 막에 위치하게 되고 신진대사에 관여하지 않는다. 이중의 X-염색체는 다만 색맹 혹은 혈액질환과 같은 몇 가지 유전적 결함을 보완해줌으로써 여자에게 도움이 된다. 그래서 여자보다는 남자에게서 색맹이나 혈액질환이 잘 나타나는 것이다. 남성의 유선적 우월성은 이세까지 발견된 바가 없다.

남성우월주의를 신봉하는 사람들은 사회구조에서 그 증거를 찾기도 한다. 사회의 모든 중요한 자리를 거의 남성이 차지하고 있다는 사실이 남성의 우월성을 간접적으로 증명한다는 주장이다. 과거에는 분명 경제, 학문, 정치 및 예술에 이르기까지 사회의 거의 모든 중요 영역에서 남성들의 활동이 지배적이었다.

남성이 그렇게 많은 문화권에서 가족의 수장을 맡는다는 사실만으로도 얼마나 여성보다 압도적인 위치를 차지하고 있는지를 알 수 있었다. 이런 규칙은 일반적인 합의와 오랜 전통을 통해 굳어져 왔다. 결혼생활에서 남성의 우위는 가족과 사회의 행복을 위해 이성적이고 논리적으로 깊이 생각한 끝에 발생한 전통이라는 것이다.

그렇지만 이런 사회적 구조에 근거하는 이론들 역시 오래 지속되지 못했다. 여성들이 지난 세월 동안 남성과 같은 교육을 받아왔던가? 여성들이 창작했던 것들은 어떠한가? 그 작품들이 과연 있는 그대로 인정받은 적이 있었던가? 많은 여류작가들과 화가들이 오늘날에 이르러서야 비로소 발견되고 있지 않은가? 조지 엘리엇은 자신의 작품이 있는 그대로 진지하게 받아들여지게 하기 위해 남자 이름으로 작품을 쓰는 기발한 생각을 떠올리지 않을 수 없었다.

여성학자들의 수가 점점 늘어감으로써 문제인식 자체가 변화되었고, 관찰 시각과 사고방식의 변화로 인해 이제까지 잘 나가던 많은 주장들은 근거를 잃어버리고 좌초하게 되었다. 오늘날 남자의 근본적인 우월성을 진지하게 받아들이는 사람은 아무도 없다. 반대로 점점 더 많은 연구들이 남자가 약한 종족임을 제시하고 있다. 우리의 첫 번째 책인 『작은 차이』에서 우리는 이른바 '강한' 종족이 얼마나 서글픈 처지인가를 분명하게 서술했다. 지배하려고 하는 남성들은 무엇보다 관계를 구성하는 데 필요한 적합한 장비를 선사받지 못했다. 그렇게 단순한 감성은 폭력으로 세력을 확장하는 것 이외에는 어떤 탈출구도 찾을 수 없는 것이다.

반면에 여성들은 접근하여 관계를 시작할 뿐 아니라, 유지와 관리에 이르기까지 그 관계 전체를 지배한다. 심지어 남성을 여성의 호르몬이 내리는 명령에 복종하도록 만들기도 한다. 우습게 들리기도 하지만 한 여자와 함께 사는 남자는 여자의 호르몬 분비 정도에 맞추어 산다. 아주 특정한 시간, 즉 임신기간 동안에는 더욱더.

헐리우드의 액션 영웅 아놀드 슈왈츠제너거와 천박한 독일 2류영화의 코미디 영웅인 미하엘 크뤼거, 이 두 사람의 공통점은 무엇일까? 이들 두 사람은 모두 남성세계의 악몽인 임신한 남성의 역할을 했다. 아놀드와 미하엘 두 사람 모두 잘 울고, 동료들과 상대 여자들이 무뚝뚝하고 감정이 메말랐다고 느낀다. 그들은 살이 찌는 만큼 식욕이 더 왕성해지고, 출산일이 다가오자 감정이 격하게 동요한다. 결국 모든 일이 잘 해결되는 것으로 이야기는 끝이 난다. 그러면 꿈이 끝나고, 누려움에 흘린 식은땀과 함께 임신한 여자가 얼마나 힘든가에 대한 인식이 남아 있다.

모든 것이 그저 지어낸 얘기일 뿐인가? 한 남자가 체중 증가와 변비로 고통을 겪고, 다른 한 남자는 불면증, 어지럼증 그리고 두통을 호소한다. 또 한 남성은 자주 구토하는데다가, 특정한 음식에 대해 좋아하는 정도를 넘어 불 같은 식욕을 느끼게 된다. 이 남자들은 모두 동일한 임상질환의 여러 가지 증상에 시달리고 있다. 바로 쿠바드이다. 이러한 것의 원인은 유행성 독감도 아니요, 과로에 지친 남자의 일 중독증이 유발하는 탈진 신드롬도 아니다. 의학은 이 질환을 아버지가 되어가는 과정으로 이해하고 있다.

증상은 여러 가지로 나타난다. 식욕의 심한 변동, 체중 증가, 메스꺼움, 불면증, 소화장애, 설사, 변비, 두통, 치아문제, 감정의 동요, 요통, 피부 가려움증, 특정 음식에 대한 강한 식욕 등이다. 모든 증상이 임신의 특징적인 신호처럼 들린다. 다만 다른 것은 고통을 겪는 사람이 남자라는 사실이다.

쿠바드는 아내가 임신과 출산과정에서 지켜야 할 금기를 남편이 아내와 함께 지키거나 분만의 고통을 함께 겪는 민속에서 유래한 용어이다. 오늘날에도 신생아의 아버지는 특정한 행동규칙을 지키고, 아기엄마는 일상적인 일과를 벗어나 대개는 아이를 보살피는 일에 전념하는 것이 일반적이다. 남아메리카의 인디언들에게서 특히 두드러지고, 북아메리카 인디언도 그런 경향이 있다. 아프리카의 여러 부족들, 인도, 바스크족, 중국 그리고 파푸아뉴기니 등에서도 이러한 쿠바드의 흔적을 찾아볼 수 있다.

예를 들면, 파푸아뉴기니에서는 부인이 임신한 것이 확인되면 남자는 곧바로 오두막을 짓는다. 그리고 옷과 음식을 그리로 가져다 놓는다. 임신기간 동안 그는 오두막에서 사회와의 접촉을 완전히 끊고 홀로 지낸다. 출산할 동안에 남편은 오두막에 누워 출산의 고통을 그대로 따라한다. 이런 행동은 부인이 그의 오두막에 나타나 새로 태어난 아기를 넘겨줄 때까지 계속된다.

스페인 북부 그리고 프랑스 남서부에 분포한 바스크족 남자들은 부인이 출산할 동안에 침대에 누워 경련과 고통에 시달린다. 출산 이후 곧바로 남자는 이웃들의 축하방문을 맞기 위해 신생아와 함께 침대에 눕는다. 반면에 산모는 일어서서 곧바로 일상적인 일로 복귀한다. 볼리비아 북서부의 모체테나 인디언들 역시 유사한 전통을 가지고 있다. 남자들은 출산 이후 바로 젖먹이를 돌보는 일을 맡고, 여자는 음식준비에 매달리게 된다.

이런 종류의 의식과 전통이 상당히 퇴색한 이른바 문명 사회에서도 쿠바드 현상을 찾아볼 수 있다.

많은 남편들이 부인의 임신기간 동안 겪은 경험을 말하고 있고, 인터넷에서도 쉽게 그런 내용을 발견할 수 있다. "3개월째에 아침마다 헛구역질이 나기 시작했다", 다섯 달 된 아이의 아버지인 조가 말한다. 부인의 임신기간 동안 조는 약 13kg이나 체중이 불어났고, 특정한 음식을 미친 듯이 좋아했으며, 메스꺼움과 불면증에 시달렸다.

숫자를 통해 보면 더욱 분명하다. 학자들은 아버지가 되어가면서 전체의 약 12~65%의 남자들이 쿠바드를 체험한다고 밝히고 있다. 다양한 전통과 문화를 가진 사람들에게 쿠바드라는 현상에 대해 설명해주면, 대개는 아주 당연하다는 반응을 보인다. 그들은 전형적인 남성의 일과가 아이를 해칠 수도 있다고 생각한다. 물론 전형적인 남성의 행동이라는 것이 문화영역에 따라 상이하기는 하지만 그럼에도 많은 사회에서 남성들의 행동은 아기 탄생의 과정과 조화되기 힘든 것처럼 보인다.

많은 미개종족들은 출산과정에서 남편이 산모보다 더 크게 소리를 시르면 사악한 귀신들이 남자 쪽으로 끌려간다고 생각한다. 게다가 남편이 산모 대신에 몇 주일을 침대에 누워 있으면, 그 귀신들은 아이가 아직 태어나지 않았다고 믿는다는 것이다. 남아메리카 인디언들은 아버지가 아이에 대해 엄마보다 더 강한 관계를 가지고 있어서, 의식을 거행함으로써 아이가 더욱 쉽게 세상에 첫발을 딛도록 도와주는 역할을 하게 된다고 믿는다.

인터넷에 글을 올린 아버지 조는 그 자신과 부인 사이에 공생적인 결합이 있다고 믿는다. 더불어 이제 그 결합이 영적으로 아이에게까지 확대되었다고 말한다.

사회학, 심리학, 인류학, 인종학 등의 학문은 원시종족들이 행하는 쿠바드 의식에 대한 일련의 설명을 내놓는다. 아버지와 자식 사이의 관계 강화가 그 이유 중 하나이다. 의식을 통해서 아버지가 아이와의 친밀감을 확신하게 되면, 아버지로서의 역할을 더욱 잘 준비하게 된다. 무엇보다 아버지의 권리가 법적으로 분명하게 정해져 있지 않은 문화권에서는 아버지의 권리를 머릿

속에 분명하게 심기 위해 쿠바드 의식을 이용한다. 그 밖에도 아버지가 되는 사람이 두려움을 떨치는 수단이 되기도 한다. 이 경우 쿠바드 의식은 출산에 대한 두려움을 육체적으로 표현하는 것이라 볼 수 있다.

다른 한편으로는 부인과의 관계를 더욱 굳게 다지는 것을 쿠바드의 중심 의미로 이해하기도 한다. 남편이 부인의 고통을 느껴보려 애쓰면서 부인의 입장을 더욱 잘 이해하게 된다는 것이다. 부인이 느끼는 고통에 대해 남편의 책임이 없지 않다는, 즉 부인에 대한 죄책감에서 쿠바드의 이유를 찾기도 한다.

많은 학자들은 그 의식의 이유를 단순하게 부인의 출산체험에 대한 시기심, 아이를 낳는 부인의 육체에 대한 시기심으로 생각하기도 한다. 또한 많은 심리분석가들은 자식을 열망하는 마음이라고 추측한다.

그렇지만 고도로 발달한 현대의 기술 사회를 살아가는 아버지가 되어가는 수많은 남성들에게 어째서 그런 일이 생겨나는 것일까? 그들에겐 귀신이라든지, 의식을 위한 공간이 전혀 남아 있지 않다. 1990년 초 일단의 이탈리아 과학자들은 현대 남성의 쿠바드가 원시종족이 의식을 치르기 위해 사용하는 심리적, 육체적 액세서리와 다를 바 없다는 견해를 밝혔다. 현대 산업 사회는 심리적, 생리적 기본욕구들을 해소하기 위해 필요한 그 수많은 그리고 중요한 문화전통들을 더 이상 제공해주지 않는다. 따라서 현대 남성들이 느끼는 임신의 증상들은 원시종족들의 남성이 출산의 고통을 흉내내는 것과 유사하다고 볼 수 있다.

여러 다양한 문화권 속에서 쿠바드의 모습을 해석하려고 시도하다 보면 한 가지 신비한 점이 남는다. 아이의 탄생을 둘러싼 이러한 의식과 증상들이 지리적으로나 인종적으로 아주 멀리 떨어진, 공통된 전통적 뿌리를 찾을 수 없는 많은 종족에게서 발견된다는 사실이다. 만일 이런 유사한 풍습들이 서로 완전히 독자적으로 발전한 것이라면, 결국 그 풍습은 아주 원천적인 욕구의 문화적 표현이라는 추측을 가능케 한다. 원천적인 욕구라 함은 언제나 생물학적인 뿌리를 갖고 있다.

계통발생학 어디엔가 암컷만이 아니라 수컷 역시 새끼의 탄생을 준비하는 것이 종의 유지를 위해 꼭 필요했다는 언급이 있다. 이 경우 문화적인 행동규칙과 규율로 덧입혀진 이면에서 생물학적 프로그램을 기대할 수 있게 된다. 새로운 밀레니엄에 들어서던 바로 그때 두 명의 캐나다 과학자는 실제로 그런 종류의 프로그램을 분명하게 증명하는 데 성공했다. 캐나다 온타리오 주에 위치한 퀸즈 대학의 생물학자 캐트린 윈느 에드워즈는 메모리얼 대학의 심리학 교수인 앤 스토리와 함께 임신 중인 아내가 있는 남편들의 혈액을 출산 전, 출산 후로 나누어 연구했다. 그들은 세 가지 호르몬의 농도를 조사했다. 사람의 육체에서 스트레스 호르몬으로 작용하는 코르티솔, 남성호르몬이며 공격적인 행태와 연관이 있는 테스토스테론, 유즙분비에 관여하며 어머니로서의 그리고 아버지로서의 행동과 연결되는 호르몬 프로락틴이었다. 남성들은 부인과 함께 출산 준비과정에 참가했다. 대상자 중 일부는 출산 전에 그리고 다른 일부는 출산 후에 집으로 찾아가 만났다. 30분의 간격을 두고 두 번에 걸쳐 바로 그 자리에서 채혈을 실시했다. 이 30분 동안 남성들은 신생아실에서 사용되는 포대기로 감싼 부드러운 인형을 안고 있도록 했다. 부인과 함께 수유 모습이 담긴 비디오 테잎을 보게 했고, 신생아실에서 들리는 아기 울음소리를 들려주기도 했다.'

이 두 학자의 본래 의도는 여러 가지 의미에서 출산과 유사한 환경에 놓이게 되면, 아버지가 되는 남자들의 혈액 속에서 호르몬의 비중이 변화되는가를 확인하는 것이었다. 개개 실험대상자의 호르몬 수치 변화는 인형, 아기포대기, 비디오 그리고 아기의 울음소리를 이용한 실험 이전과 이후에 상이하게 나타났다. 여기에 큰 영향을 미치는 것은 그 실험의 실시 시기였다. 아기의 출산 훨씬 전, 바로 전 아니면 이후인지에 따라 수치가 달라졌다. 실험이 진행되는 동안 출산 전에는 코르티솔 수치가 증가했고, 출산 후에는 테스토스테론 수치가 증가했다. 이는 출산과 관련된 환경에 대해 남성이 호르몬 관련 반응을 한다는 분명한 증거가 될 수 있었다.

혈액표본의 평가는 완전히 다른 종류의 놀라움을 선사해주었다. 호르몬의 변화는 실험 전후에만이 아니라, 부인의 전체 임신기간 동안 확인될 수 있었다. 임신기간이 진행될수록, 다시 말해 출산예정일이 가까워질수록 남성의 혈액 속에서 두 가지 호르몬의 농도가 계속 증가했다. 코르티솔과 프로락틴이었다. 출산 후에는 특히 테스토스테론 수치가 급격하게 감소했다.

이들 두 학자의 해석에 따르면, 산모의 남편들에게서 분명하게 드러나는 이러한 호르몬의 변화는 임신한 여자의 육체에서 나타나는 호르몬 상태를 떠오르게 하는 변화이다. 이들 학자는 이런 호르몬 상태의 변화를 앞서 실시된 동물실험의 결과와 비교했고, 그 동일함에 놀랐다. 새끼를 낳은 암수의 호르몬 변화는 그들을 부모로서 행동하도록 만드는 것과 관련이 있음이 밝혀졌다.

많은 남성들 혹은 임신한 아내의 남편들이 실제로 겪는 임신과 유사한 상태의 호르몬 변화가 단지 인형이라든지, 냄새, 소리 그리고 시각적인 자극을 통해서만 영향을 받게 되는 것일까? 이런 문제에 답하기 위해 또 다른 실험이 실시되었다.

이번에는 여성호르몬인 에스트라디올의 농도까지 조사했다. 실험대상자들은 이런 종류의 일에 대해 민감하게 반응하지 않는 남자들을 선발하였다. 임신 3개월에서 시작해서 출산 후 3개월까지 남편들의 타액 표본을 매주 수집했다. 그 표본을 이용하여 에스트라디올, 테스토스테론, 코르티솔 그리고 프로락틴, 이 네 가지 호르몬의 농도를 조사했다.

자식을 기다리는 남성들은 임신기간 동안 실제로 심한 호르몬의 변화를 겪고 있는 것으로 나타났다. 에스트라디올은 다른 비교 그룹들에서보다 실험 대상자들에게서 훨씬 빈번하게 검출되었다. 혈액 속에 에스트라디올이 있는 것으로 확인된 남성들의 타액 표본에 있어서도 아버지가 아닌 사람들보다 아버지가 되어가는 사람들에게서 더욱 높은 농도로 나타났다. 특히 아이의 탄생 이후 아기 아빠들에게선 에스트라디올의 수치가 더욱 증가한다. 이와 반대로 테스토스테론과 코리티솔의 농도는 확연하게 낮아진다. 아기 아버지들의 이들 호르몬 수치는 아이가 없는 사람들과 비교해서 확실히 낮은 상태였다.

이는 무엇을 의미하는가? 에스트라디올은 가장 중요한 여성호르몬 중 하나이다. 이것의 농도가 높아지면 남자의 여성화가 시작된다고 할 수 있다. 이 호르몬의 남성 대응파트너라고 말할 수 있는 테스토스테론은 이와 동시에 감소한다. 신참아버지들은 이를 통해 덜 공격적으로 변모한다. 인간의 육체에서 스트레스 호르몬으로 작용하는 코르티솔 혹은 코르티손은 스트레스를 느낄 수 있는 선 아래에 확실하게 묶여 있다. 이를 통해 곧 아기와 함께 하게 될 아버지들은 스트레스에 대해 더 높은 저항력을 갖게 된다. 프로락틴이라는 호르몬은 어머니 내지는 아버지로서의 행동과 관련이 있다. 프로락틴의 혈중농도 증가는 포근하고 사랑스러운 느낌을 키우고 아기를 돌보기 위한 준비를 진행하도록 만든다.

윈느 에드워즈는 이 연구결과의 해석과 관련하여 아직 조심스러운 입장이다. 그녀의 생각은 프로락틴과 관련된 연구결과의 생리학적 의미가 밝혀지지 않았다는 것이다. 그렇지만 그녀는 이 호르몬이 어머니처럼 행동하도록 여자와 남자에게 영향을 미친다는 사실을 조심스럽게 인정하고 있다.

아무런 힘도 없는, 그래서 보호를 필요로 하는 신생아들의 첫 번째 세상 나들이를 아버지가 함께 준비하는 것은 많은 의미가 있다. 무엇보다 일부일처의 방식으로 쌍을 이루어 살아가는 우리 인간에게 어머니만이 아니라 부모 양쪽의 감정을 통해 정서적 기초가 다져지는 것은 매우 중요한 일이다.

남성의 호르몬이 여성적으로 변화되는 이런 현상은 엄청난 쓸모가 있다. 신생아에 대한 남성의 공격성이 효과적으로 차단된다. 그리스 신화에서 타이탄족인 레아는 그녀의 아이들이 태어나자마자 곧바로 아이들 아버지인 크로노스에게 넘겨야 했다. 그러면 그는 강보에 싸인 아이를 삼켜버렸다. 제우스가 태어났을 때 레아는 한 가지 계책을 떠올린다. 그녀의 어머니인 대지의 여신 가이아가 충고한 대로 제우스를 크레타 섬의 한 동굴에 감춘다. 새로 태어난 아기 대신에 배내옷에 돌을 넣어 크로노스에게 넘겨주자 그는 그것이 아기라고 생각하고 삼켜버린다. 만일 아기를 분만하기 전에 효과적으로 배합한 호르몬 칵테일로 크로노스를 부드럽게 만들었다면, 레아는 훨씬 편한 삶을 살았을 것이다.

우리가 철저하게 폭력적인 조상의 자손들이라는 사실은 이제 자꾸 잊혀지고 있다. 공격적인 부모, 특히 아버지를 부드럽게 만들 수 있느냐 없느냐의 능력이 신생아에게는 곧 삶과 죽음의 경계가 되는 경우가 적지 않다.

여성은 아기 아버지가 될 남편을 그 역할에 맞추어 변화하게 만드는 자연 프로그램에서 크게 도움을 받았음에 틀림없다. 쿠바드 의식은 모든 인간에게 공통인 오랜 생물학적 유산이 문화에 따라 서로 다른 모습으로 구현된 것으로 볼 수 있다. 그런 프로그램이 존재한다는 것은 일부일처의 전통 역시 마찬가지로 오래되었음을 암시한다. 장기간 이어지는 두 사람의 관계일 때에야 비로소 아버지가 될 남자가 호르몬의 혈중농도를 부인에게 맞추어가는 것이 의미를 갖기 때문이다. 고정된 짝이 형성되지 않은 일부다처제나 난혼의 경우 그런 프로그램은 아무런 소용도 없을 것이다.

여성의 재생산 기능은 후궁 시스템, 즉 일부다처의 형태에서 특히 불리하다.
세습이 높은 남성들은 그린 상태에서 이익을 보는 반면, 여성들은 너무 적게 받는다.
여성들과 그들의 아이들은 한 남자가 가진 자원을 놓고 서로 경쟁하지 않을 수 없다.
따라서 일부일처제의 도입으로 이익을 보는 쪽은 무엇보다 여성이다.
그런데 이런 여성의 이익이 종 전체가 일부일처제 형태를 지향하게 되는
엄청난 사회적 변화를 야기한 충분한 이유가 될 수 있을까?
만일 그렇다면 남성들은 왜 여성적으로 변화해야 했을까?

페이스 밸류
얼굴의 시장 가치

　벌써 일 년 전의 일이다. 나는 오랜만에 아이들과 남편의 곁을 떠나 특별히 할 일도 없이 비엔나의 멋진 쇼핑거리인 캐르트너 가를 따라 걷고 있었다. 거리는 많은 사람들로 붐볐다. 바야흐로 관광의 계절이었다. 각양각색의 사람들이 서로를 그저 스쳐지나는 그런 보통 날이었다. 나 역시 인파에 파묻혀 어떤 물건이 나와 있나 구경하는 재미에 빠져 있었다. 그때 멀리서 척 보기에 아주 흥미로운 모양새가 눈에 들어왔다. 넓은 어깨, 바른 자세, 전체적으로 남자다운 인상이었다. 가까이 가서 봐야지, 나는 가만히 생각했다. 물론 나를 우습게 만들 수는 없었으니 조심스러웠다. 자, 거의 잡혔군, 이제 곧 멋진 청년을 보게 되는 순간이었다. 그러나 그 매력적인 형상은 다시 군중 속으로 사라졌다. 하지만 또 다시 나타났다. 나의 본능적인 사냥감각이 이제 번쩍 되살아났다. 내가 가까이서 보기도 전에 그 예쁜이가 도망갈 수 있는지 한 번 볼까. 목표 발견. 접근. 나는 그를 겨냥하려 시도한다. 좋아! 앗, 사라졌잖아, 어디로 간 거야? 한 번 좀 보여줘봐라. 저기 또 나타났군. 아, 또 놓쳤어. 이제 곧 그의 얼굴을 정확히 볼 수 있겠지. 그때 갑자기 그가 내 앞에 서 있었고, 나는 벼락에 맞은 사람마냥 놀랐다. 내가 수천 명의 사람들 틈에서 찾아 헤맸던 그 얼굴은 다른 어떤 사람도 아닌 바로 내 남편이었던 것이다.

나는 오랜 시간 이 체험에 대해 생각했다. 그것이 남자든 여자든 개개인의 행복하고 충만한 삶에 중대한 의미가 되는 많은 문제들을 제기했기 때문이다. 동시에 그것은 인간 존재의 핵심, 즉 우리 인간 종족의 진행 방향이라는 문제와 연관되어 있다. 인생이라는 큰 놀이판에서 나는 어떻게 진정한 상대를 발견할 것인가? 이는 결국 우리의 재생산이 성공인지의 여부를 결정짓는 문제이기도 하다. 다음 판에선 누가 올라서고 누가 떨어질 것인가? 다른 말로 하자면 이렇다. 누가 다음 세상에 후계자로 남겨지고, 누가 멸종할 것인가?

우리의 후계자를 같이 만들게 될 바로 그 사람, 인생의 동반자를 선택하는 데 있어서 우리는 어떤 외적인 기준을 사용하고 있을까? 우리는 어떻게 결정하고 어떤 특징들을 매력적이라 생각하고, 또 무엇을 보기조차 싫어하는 것일까? 그렇다면 인간의 매력이 가장 먼저 표현되는 얼굴은 어떤 역할을 하고 있는 것일까?

누가 그것을 모르겠는가. 얼굴 하나가 멀리서부터 다가온다. 그 얼굴은 매력적이라고 평가된다. 일단 관심을 갖게 되고, 조금 더 자세히 본다. 갑자기 기분 좋은 놀라움. 그 사람은 지금까지 찾고 있던 바로 그 사람이다. 마치 우리는 보이는 얼굴마다 한 번씩 올려놓고 속으로 원하는 바와 맞춰보는 검열 스크린을 머릿속에 지니고 있는 듯하다. 거기에 맞지 않는 사람은 전혀 마음에 들지 않는다. 따라서 머릿속에 머물지 못하고 우리 내면의 검열기계에 의해 지워져 버린다. 그렇지만 형태가 일치하는 사람은 순간 폭발적으로 우리의 관심을 자극한다. 같은 성별의 사람을 평가할 때에도 얼굴은 항상 중요한 요소가 된다. 기준에 맞지 않으면 설사 그 이외의 부분이 좋아도 외면하게 된다.

사람은 어떻게 그런 개인적인 판단 기준을 갖게 되는 것일까? 그리고 그런 검열의 틀이 성공적인 부부관계를 위해 어떤 의미를 갖고 있을까? 파트너의 선택이라는 아주 복잡한 구조 속에서 그런 외모에 대한 기준은 선천적인 것일까, 외부의 영향일까? 아니면 우리의 미적 감각 저 밑바탕에 우리 송속이 어떤 까다로운 선택의 힘을 형성해왔는지 밝혀주는 무언가 근원적인 것이 놓여 있는 것일까?

이런 문제들에 대한 답을 찾기 위해 인류학자로서 나는 많은 노력을 기울였고, 몇 년간 수백 쌍의 부부들과 많은 시간을 보냈다. 인간의 파트너 선택에 있어서 그 얼굴이 갖는 의미에 대한 기존의 연구가 거의 없었던 상황에서 1986년 나는 이 미답의 영역을 개척하기로 결정했다.

얼굴은 당연히 우리의 신체 중에서 가장 흥미로운 부분 중 하나이다. 우리의 선조들은 얼굴 속에 그들의 흔적을 남겨놓았다. 얼굴은 감정상태를 표현해주는 매개체이고, 우리들 각각을 타인과 뒤바뀔 수 없게 만드는 요소이다. 그렇지만 무엇보다 중요한 것은 오늘날 우리가 계속 무언가로 가리지 않고 내놓고 다니는(물론 정치적 혹은 종교적 이유로 가리기도 하지만), 우리 각자가 생물학적으로 자신임을 증명할 수 있는 유일한 것이다. 화려한 의상들과 값비싼 장신구들로 풍채와 지위를 빛나게 만드는 것은 너무나 쉬운 일이다. 그렇지만 얼굴은 여전히 벌거벗고 있다. 물론 입술을 그리고, 주름살을 펴고, 코를 똑바로 세우기도 한다. 그렇지만 몸뚱이처럼 그렇게 간단하게 얼굴을 고칠 수는 없다. 그런 이유에서 얼굴은 '정직한 신호'로 인정된다.

'정직한 신호'라는 표현은 인류학자들이 파트너를 선택하는 과정에서 조작하기 아주 어렵거나 혹은 조작이 전혀 불가능한 선택 기준을 지칭할 때 사용하며 앞으로 이 책에서 많이 사용하게 될 개념이다. 정직한 신호는 누가 내 곁에서 오랜 시간을 함께 할 것인지 결정하는 데 중요한 역할을 한다. 미용이나 연예잡지들이 연일 떠벌리는 것과는 달리 남성들은 여인이 가지고 있는 얼굴 모습 중에서 화장하지 않은 진실을 더 좋아한다. 덧칠한 입술과 두껍게 화장한 피부가 아닌 것이다. 사람들이 정직한 신호에 얼마나 많은 가치를 두고 있는지를 보여주는 증거라 할 수 있다. 아름다움은 갖고 싶은 것이긴 하지만, 오로지 진짜 아름다운 것만이 유효하다.

인간이 파트너를 선택하면서 사용하는 미의 기준을 밝혀야겠다는 나의 결정은 확고했다. 깊이 생각한 끝에 한 가지 연구 방법도 생각해냈다. 결혼했거나 완전한 동거상태에 있는 여성과 남성들이 말하는 이상형과 그들의 실제 파트너를 비교하는 것이었다. 그렇지만 곧바로 중대한 문제에 부딪히게 되었다. 특별히 미술교육을 받지 않은 사람들이 어떻게 그들의 이상형을 그려낼 수 있을까?

1980년대 중반, 매력을 연구할 때 보편적으로 사용되었던 몽타주 방법을 이용해볼까 생각하기도 했다. 하지만 이것은 너무나 부정확했다. 학교에서 신문을 오려서 콜라주를 해본 사람은 조각조각 오린 사진으로 만든 얼굴이 어떤 모습인지 알고 있을 것이다. 너무 작은 입술 위에 커다란 눈이 걸려 있고, 그 옆엔 거대한 귀가 달렸다. 한 마디로 그로테스크하고 우스꽝스런 모습이다. 무언가를 떠올려 보기에는 전혀 도움이 되지 않았다. 그 밖에도 콜라주를 위해 사용된 사진들은 이미 각 개인의 특징들을 담고 있다. 눈, 잔주름, 땀구멍 하나까지도 각각 그 소유자의 개성을 전달해준다. 바로 그것이 내가 피하고 싶었던 것이다. 나는 실험에 참여한 사람들에게 그들의 이상적 파트너를 아주 작은 부분까지 스스로 형상화할 수 있게 해주고 싶었다.

이때 나는 큰 행운을 입었다. 당시로는 초현대석인 컴퓨터 프로그램 하나가 연구에 투입될 수 있었는데 그것은 내무부의 주문으로 두 명의 IBM 기술자가 개발한 범죄 수사용 프로그램이었다. 상당히 의미심장한 이름 (AFRAID : 두려움)을 가지고 있었지만, 그 이름은 'A Face Recognition Aid(얼굴인식 보조기)'의 약자였다. 실제로 이 프로그램은 도주 중인 범죄자들에게 두려운 존재였다. 이제까지와는 비교도 안 될 정도로 정확한 얼굴 모습을 만들어냈기 때문이다. 눈, 귀, 코, 턱, 눈썹, 턱수염, 헤어스타일, 얼굴윤곽, 주름살 등등 수백 가지의 특징들이 저장되어 있었다. 특히 혁신적이었던 것은 그 모든 특징들을 비율에 따라 임의대로 변경할 수 있었다는 것이다.

그 프로그램을 제작한 컴퓨터 회사는 시내에 단말기가 설치된 방 하나를 제공해줄 정도로 내 연구에 아주 큰 관심을 보였다. 나는 연구에 참여한 부부들을 그곳으로 초대했다. 모두가 40세 이하였고, 최소한 2년 이상 결혼생활을 하고 있는 사람들이었다. 두 사람을 따로따로 떼어놓고 각자 컴퓨터로 자신의 이상형을 그려내도록 한 다음, 비로소 그들에게 나의 진짜 의도를 알려주었다.

그들이 얼굴윤곽, 헤어스타일, 눈 그리고 입술을 뚫어지게 쳐다보고 시험해보고 결국 선택할 때까지 여성과 남성 각각의 실험참가자 곁에서 한 시간 이상을 보내면서 나는 여성들의 놀라운 목표지향성에 놀라게 되었다. 남성들이 여러 가지 유형들에 대해 매력을 느껴, 아주 힘들게 한 가지 형태를 결정했던 반면, 여성들의 결정은 훨씬 신속했다. 그들은 자신들이 원하는 형상이 무엇인지 이미 알고 있는 듯했다.

나는 각 파트너의 얼굴을 촬영하여 컴퓨터에 입력했다. 그리고 그들이 컴퓨터에 만들어놓은 이상형의 얼굴과 비교했다.

그 결과는 놀라운 것이었다. 애초에 나는 여성참가자들의 얼굴이 남자들이 만든 꿈의 여성과 어느 정도 일치할 것으로 기대했었다. 남자가 여자보다 자기 파트너의 외모에 대해 훨씬 더 많이 따진다고 기록한 연구들은 수없이 많다. 하지만 이 연구는 그것과는 조금 다른 상황이다. 파트너의 얼굴을 아주 세밀할 정도로 이상형의 얼굴에 반영했던 쪽은 여성들이었다. 남성참가자들이 그려낸 이상형의 모습은 실제 파트너와 판이하게 다른 경우가 많았다. 이는 무엇을 의미하는 것일까?

전체적인 상황을 더욱 분명히 하기 위해 나는 가상세계에서 구성한 이상형 수백 가지로부터 모델로 사용할 여성과 남성의 얼굴 하나씩을 만들기로 했다. 이를 위해 남녀참가자들이 가장 빈번하게 선택한 이상적 얼굴의 특징들을 컴퓨터에 입력하여 가장 이상적인 여성과 남성의 얼굴을 계산해내도록 했다.

마찬가지 방법으로 실험참가자들의 실제 사진도 네 개의 가장 일반적인 얼굴로 압축해갔고, 결국 이들을 이용하여 남녀 각각 하나씩 실제 모습의 평균 형태를 만들어냈다. 이미 예상하고 있었던 경향이 아주 정확하게 증명되었다. 여성들은 실제 남성들의 얼굴을 종합한 형태와 단지 세세한 부분에서만 차이가 있는, 완전히 평균적인 형태를 이상적인 얼굴로 선택했다. 남성들은 반대로 앵두 같은 입술, 왕방울만한 눈 그리고 풍성한 웨이브의 윤기 나는 머릿결을 이상형으로 꼽았지만, 이 모습은 실제 부인들의 평균적인 모습과는 비슷한 구석조차 없었다. 여자들이 남자보다 상대의 외모를 더 따지기 때문에 자신의 이상형과 비슷한 남자들을 선택한 것일까?

나는 그렇다고 생각하지 않는다. 어쩌면 이런 경향은 근본적인 것이 아니라, 영향을 받은 결과였을지 모른다. 배우자를 선택함에 있어서 외모를 그렇게까지 중요하게 생각하지 않기 때문에 여성들은 자기 파트너의 얼굴을 이상적이라고 느끼는 것일 수도 있다. 여성이 일단 남성 파트너를 결정하고 나면, 그 남자의 얼굴은 여자의 이상형이 된다. 나는 이런 의문 뒤에서 여성들이 감추고 있는 한 가지 현명한 전략을 추측해본다. 여자들은 배우자가 될 수도 있는 사람을 보면서 외모 말고도 아주 많은 옵션을 열어놓는 것처럼 보인다. 그럼으로써 성격적 특성 같은 더욱 중요한 정보들에 대해 냉정한 판단 능력을 유지하는 것이다.

남성들은 비록 자신이 선택한 여성이 자기의 이상형과 맞지 않는다 하더라도, 그가 지닌 특정한 미적 기준을 분명하게 유지한다 커다랗고 순결한 눈을 가진 귀여운 소녀, 이런 형상에 대한 남자들의 거의 상투적인 사랑은 어디에 기인하는 것일까? 내가 우연하게 성별 간에 나타나는 파트너 선택의 근본적인 차이에 대한 해답을 찾은 것일까?

자료들을 살펴보면 이는 상당한 근거를 가지고 있는 듯 보인다. 여성들이 다른 남성을 관찰할 때면, 그들은 무의식 중에 자기 파트너의 얼굴을 기준으로 그 틀에 맞추어보게 된다. 맞지 않는 사람은 이른바 탈락하게 되는 것이다. 마인츠 출신의 독일 인류학자인 랄프 파우스는 그의 박사논문에서 여성과 남성이 각자의 이상적 얼굴을 만들어내는 방법을 연구했다. 그가 내린 결론은 여성들이 자기 파트너의 얼굴을 이상화하는 경향이 있고, 나아가 이 '사랑하는 최고의 얼굴'을 매력의 척도로서 '스쳐 지나는 사람들'에게 적용한다는 것이다. 나는 그것을 자기의 욕구를 억제하는 것으로 평가하고 싶지 않다. 그것은 두 사람의 관계를 지키려는 의도된 기여행위인 것이다. 물론 이런 것은 결혼생활이 행복한 혹은 흠뻑 사랑받는 여자에게 해당되는 이야기이다. 이런 여성들조차도 그들의 파트너가 아닌 매력적인 남성을 보면서 즐거워한다. 다만 나타난 바와 같이 여성들은 남성을 평가하면서 까다로운 모드와 융통성이 큰 모드 양쪽을 활성화하거나 비활성화할 수 있다. 그리고 그것은 오로지 현재의 관계가 지킬 만한 가치가 있는지 없는지에 달려 있다.

결혼한 남자들은 조금 다른 전략을 구사하고 있는 듯하다. 짝짓기 시장에서 그들이 가질 수 있는 모든 기회를 망가뜨리지 않으려는 전략이다. 자기가 선택한 사람의 얼굴이 사랑스럽고 가치가 있다 해도 근본적인 것을 향한 시선을 가리지는 않는다. 근본적인 것이란 아직도 쳐다볼 가치가 있는 많은 미녀들이다.

나 자신의 경험으로도 그것은 확실한 일이다. 그렇다면 여성의 아름다움을 그토록 중요하게 생각하는 대부분의 남성들이 그런 그들의 미적 기준에도 불구하고 어떻게 결혼생활이라는 생생한 현실 속에 머무를 수 있을까? 외모와 관련해서 여자들은 유연한 자세를 보인다. '무엇이 진정한 행복인가는 나

스스로 결정한다.' 바로 이런 그들의 행동강령에 따른 것이다. 그렇다면 그들이 원했던 것을 갖지 못한 그 모든 남성들은 어떤가? 그들은 자기의 이상형이 여기저기 광고판에 붙어 있다는 것만으로 만족하는 것일까?

4년 후 나는 추가 조사를 실시하기로 결정했다. 배우자의 얼굴에 대한 만족이 부부관계를 지켜나가는 데 영향을 미치는지를 확인하기 위해서였다 지난 번 실험에 참가했던 부부들의 현황을 파악했다. 과연 남자든 여자든 실제 파트너의 얼굴이 이상형의 얼굴과 가까운 경우에 더 좋은 결과를 보였을까?

실험참가자들의 이혼율은 당시 사회의 이혼율과 깜짝 놀랄 정도로 일치했다. 삼분의 일은 결별한 상태였고, 나머지는 여전히 부부관계를 유지하고 있었다. 그리고 실제로 여성의 아름다움과 부부관계의 안정은 관련성이 있었다. 남자가 구성한 이상적인 여성의 얼굴이 실제 부인의 얼굴과 상당히 일치하는 편인 부부들은 4년 후에까지 좋은 관계를 유지하고 있는 경우가 그렇지 않은 경우보다 훨씬 많았다. 파트너 선택 기준에서 얼굴이 차지하는 비중이 여성보다는 남성에게서 더욱 크다는 것을 보여주는 것이다. 내 애초의 추측이 옳았던 것이다. 이런 결과는 후에 저명한 미국의 심리학자 두 사람에 의해 재차 확인되었다.

부부의 만족에 대한 연구에서, 이 두 학자는 부인의 외모가 현재 모습보다 더욱 매력적일 것이라는 느낌을 가졌을 때 남자들이 특히 만족했음을 확인했다. 마치 자기에게 과분한 전리품을 획득했다는 느낌을 갖는 것이다. 어쨌든 이런 소유에 대한 자부심은 부부관계를 단단하게 유지하는 데 기여한다.

이런 인식은 미에 대한 보편적인 관념이 분명히 있다는 것을 보여준다. 그렇지 않고서야 '선녀 같은 여인'과 만리장성을 쌓았다고 말할 수 없을 것이다. 또 수백만 부가 팔리는 화려한 표지의 잡지들이며, 그 많은 화장품 회사, 휘트니스 센터들이 존재할 리도 없다. 결정적인 의문은 바로 여기에 있다. 우리의 공통적인 미의 개념에 어떤 생물학적 기초가 있을까? 아니면 보편적인 미의 개념이 오로지 그때그때 시대와 유행이 만들어내는 현상에 불과한 것일까?

인간에게 보편적인 그리고 타고나는 미에 대한 관념이 있는지, 이런 문제를 쫓는 연구들이 최근에 적지 않게 선보이고 있다.

오스틴 소재 텍사스 대학의 쥬디스 랭글로이스는 1990년 외모에 대한 인간의 미적 감각을 주제로 연구논문을 썼다. 그 연구의 핵심적인 주장은 평균이 승리한다는 것이다. 연구를 위해 그녀는 여러 인종의 남녀 96명의 얼굴을 자세히 조사하여 컴퓨터에 입력했다. 이어서 그 얼굴들을 무작위로 각각 서른 두 명씩 세 그룹으로 나누었고, 각각의 그룹에서 여러 개의 디지털 합성을 시도했다. 두 개의 얼굴을 합성하여 하나를 만들고, 다음은 네 개의 얼굴에서, 다음은 여덟, 열여섯 그리고 마지막으로 서른 둘 모두를 합성한 얼굴을 만들어냈다. 이 가상의 얼굴들을 수많은 사람들에게 보여주면서, 얼굴의 매력을 나름대로 평가하도록 했다. 절대 다수가 서른 두 명의 얼굴 모두를 합성한 얼굴을 가장 매력적이라고 꼽았다. 이렇게 해서 쥬디스 랭글로이스가 얻은 결론은 평균이 아름답다는 것이다. 그렇다면 우리가 평균으로 충분히 만족할 수 있다는 뜻일까? 스코틀랜드의 성 앤드류 대학에 얼굴 연구소를 세운 데이빗 페렛은 이런 질문에 결코 그렇지 않다고 단호하게 대답한다.

페렛은 아주 특정한 미의 속성을 판단하는 과정에서는 사람들이 극단을 선택하기 좋아한다고 말했다. 그 역시 컴퓨터를 이용하여 여러 여성의 얼굴로부터 평균의 얼굴을 구성했다. 합성된 얼굴들은 남녀 실험참가자들이 선택한 가장 아름다운 열다섯 명의 얼굴이었다. 그리고서 그는 열다섯 명의 아름다운 얼굴 각각을 합성된 평균의 얼굴과 비교했다. 페렛은 이제 평균의 얼굴이 특히 아름답게 느껴지는 얼굴들과 두드러지게 다른 특징들을 고쳐나갔다. 이렇게 만들어진 새로운 얼굴은 평균적인 특징들을 넘어서서 특별히 매력적이라 여겨지는 각 얼굴의 특징까지도 담게 되었다. 그리고서 페렛은 이런 개인적 특징들을 더욱 과장하여 묘사한 얼굴을 만들어냈다. 그는 이 세 가지 실험용 얼굴들을 남녀 실험참가자들에게 보여주며, 매력적으로 느껴지는 순서대로 배열해줄 것을 부탁했다. 가장 많은 표를 얻은 것은 단연 개인적인 특징들을 한층 더 과장하여 묘사한 얼굴이었다. 남녀 모두가 일치된 결과를 보였다. 그 다음 자리는 평균적인 아름다움을 누르고 개성이 포함된 얼굴이 차지했다.

이런 결과는 크게 놀라운 것은 아닐 것이다. 그렇다면 그 많은 얼굴들을 엄청나게 매력적으로 보이게 만드는 양념은 대체 무엇일까? 페렛의 이 유명한 연구에서 아주 분명한 사실 하나를 찾아볼 수 있다. 과장해서 표현한 모든 특징들이 아름다운 얼굴을 더 아름답게 해주지는 않는다는 것이다.

수많은 연구를 통해 과학자들은 평균의 얼굴에 특별한 무언가가 더해진다고 보았다. 그렇다면 실험참가자들이 컴퓨터 앞에서 창조자 역할을 할 수 있도록 해준다면 어떤 결과가 나타날까? 여성이든 남성이든 비슷하게 '비정상적'으로 보이는 얼굴을 만들어냈다. 비교적 높은 콧대에 코와 입술 그리고 턱 사이의 간격은 정상보다 더 짧고, 눈은 다른 부분들에 비해 유난히 크고, 입술은 도톰하다.

어떤 얼굴을 상상하고 있는가. 사슴 밤비의 둥근 이마와 오똑한 코, 그리고 긴 속눈썹? 파트너의 선택은 마치 디즈니랜드라도 되는 양 실제로 아이들의 기준이 지배하고 있다. 원하는 대로 할 수 있다면 우리는 백설공주나 매력이 철철 넘치는 왕자를 파트너로 선택하려고 할 것이다. 이상적인 여인의 얼굴이 심지어 아홉 살 소녀의 모습을 하고 있지는 않은가?

그렇다면 남성의 경우에는 어떠한가? 진짜 멋진 남자의 모습은? 거칠고 각진 턱과 짙은 눈썹 아래서 쏘는 듯한 눈길에 몸 달아 해야 한다고 여자들에게 계속해서 주입되어 오지 않았는가? 그럴 수도 있다. 그러나 여자들이 실제로 원하는 것은 완전히 다른 모습이었다. 여자들 역시 '여성적인' 남성의 얼굴을 선호하고 있다. 브래드 피트, 조니 뎁과 같은 귀엽고 사랑스러운 헐리우드 배우들의 얼굴에 여러 가지 방법으로 변화를 주어보았다. 그러자 그들 모두에게서 한 가지 공통점을 발견했다. 루즈를 좀 바르고 가발만 씌우면 정말 아름다운 여자로 변한다는 점이다.

페렛은 이상적인 남성의 얼굴에 대한 연구에서 이런 현상을 확인하는 것으로 그치지 않았다. 여성이 헐크 호간 타입의 우락부락한 남성에게 마음을 빼앗기는 일이 적다는 것도 밝혀냈다. 여러 남성의 얼굴에서 합성해낸 평균의 얼굴에 변화를 주어 남성적인 특징들을 과장한 얼굴과 약화시킨 얼굴을 만들어냈다. 결국 평균의 얼굴 외에 두 가지 얼굴이 더 생겨난 것이다. 하나는 각지고 강한 턱, 튀어나온 광대뼈를 가진 남성의 얼굴이고, 다른 하나는 상당히 여성적으로 보이는 모습이다. 턱과 눈썹 부분이 평균 얼굴에서보다 더욱 가냘프고, 광대뼈는 거의 튀어나오지 않았으며, 턱은 동그스름하다. 이 세 가지 모델들을 여성들에게 보여주고 평가하도록 했을 때, 그들 대부분이 가장 여성적인 형태의 얼굴을 선호했다.

놀라운 일이 아닌가. 이른바 남성의 대명사인 '마초맨'들은 우리의 폭력적인 과거를 보여주는 전시관에서 잔뜩 먼지를 뒤집어쓰고 잠자고 있는 것일까? 이젠 아무도 테스토스테론이 줄줄 흐르는 그 폭군들을 집에 두고 싶어하지 않는 것일까? 아마도 그런 것 같다. 여성들에게 각각의 얼굴에 걸맞은 특징적인 말을 써보라고 부탁했을 때, 가장 남성적인 얼굴에는 주로 나쁜 표현들이 부여되었다. 지배하려는 행동, 불성실 그리고 폭력적인 말들이다. 여성이라면 누구나 기꺼이 포기할 수 있는 특성들이다.

이와 달리 부드러운 인상의 얼굴은 신뢰감과 다정함 같은 말들로 빛을 발했다. 실제로 남성적인 얼굴 모습과 테스토스테론 사이에는 상관관계가 있다. 여성들 마음대로 하라고 한다면 그런 호르몬쯤이야 조금 적어도 좋을 것이다.

언젠가 한 남자가 불만 섞인 목소리로 내게 이렇게 말했다. "너희 여자들은 우리 남자들을 언제나 너희 생각에 맞게 바꾸려고 해." 그는 무의식중에 핵심을 찌르는 말을 한 것이다. 물론 아주 작은 오차가 있다. 여성은 어떤 한 사람을 똑바로 만들어가는 것이 아니다. 완전히 다른 종류의 기호를 사용하여 어떤 남성이 다음 세대까지 이어질 수 있는지를 결정한다. 말하자면 여성들은 진화의 중심에 있다. 이미 오래 전부터 그래왔던 일이다. 여성은 누구의 아기를 낳을 것인지를 결정하면서 궁극적으로 전체 종족이 어디로 향하게 될지를 결정한다.

따라서 우리는 사람이 점점 어린이처럼 되어가는 경향인 이른바 네오테니, 즉 유태성숙(幼態成熟)의 이유를 더 정확하게 이해할 수 있게 된다. 그런 현상을 유발하는 힘은 특정한 외모에 대한 선호만이 아니다. 여성의 선택, 다시 말해 우리 종족을 지금처럼 특별하게 만들었고, 지금도 그 역할을 다하고 있는 원천적인 힘이 빚어낸 부산물일 뿐이다. 오히려 중요한 것은 그런 포장의 내용물이다. 우리 종족의 미래가 어떻게 될는지는 바로 그 내용물에 달려 있다. 기차는 여전히 계속 달리고 있고, 우리는 이미 예감하고 있다. 어디로 향할 것인지.

육체
형태와 기능 사이에서

　인간이 파트너를 선택하면서 처음 만나는 순간, 육체는 얼굴에 비해 부차적인 역할에 머무른다. 우리가 연구한 바에 따르면 남녀 모두 육체보다는 얼굴을 더 많이 본다.

　육체적인 특징들은 쉽게 감춰질 수 있다는 것이 한 가지 이유일 것이다. 다시 말해 쉽게 속일 수 있다는 것이다. 좋은 양복은 빼빼 마른 수탉을 레슬링 챔피언으로 만들 수 있고, 코르셋을 졸라매면 자연적으로는 결코 있을 수 없는 가는 허리가 생겨난다. 옷장 속에 손을 한 번 넣었다 빼면 벌써 변신이 완료된다. 얼굴의 경우와는 달리 벌거벗은 진실은 옷 속에 감추어져 있게 된다. 그래서 육체는 얼굴처럼 정직한 신호가 될 수는 없다.

　또 다른 이유는 신체의 형태가 기능과 관련되어 있다는 것이다. 육체는 다른 이의 마음에 드는 것보다는 기능을 더 우선시한다. 육체는 환경과 하나가 되어 있고, 자연의 선택은 육체가 기능을 다하도록 배려한다. 자연은 냉엄한 재판관이다. 필요없는 것은 가차없이 퇴출시켜버린다. 우리 육체의 형태는 적응의 산물이고, 조립재료, 조립계획, 기능 그리고 환경 조건들이 상호작용하며 섬세하게 조화된 작품인 셈이다.

이런 적응의 결과물, 즉 오늘날 우리의 신체구조는 수많은 조건과 요구의 타협점인 것이다. 인간의 골반은 직립보행을 위해 적응하는 과정에서 한편으론 내장을 담고 있기 위해 바구니 모양으로, 다른 한편으론 달리기 쉽도록 좁은 모양을 취하게 되었다. 그렇지만 여성의 골반은 좁지 않다. 출산 시, 신생아의 작은 머리가 통과할 수 있어야 하기 때문이다. 여성의 골반 형태는 자연의 선택이 이루어놓은 진정한 걸작으로 형태와 기능이 완벽하게 조화되었다고 할 수 있다.

이러한 자연의 선택이 우리 신체의 형태를 만들어낸 유일한 힘이었다면, 신체는 파트너의 선택에 있어서 우리 내장들이 갖는 의미보다 더 큰 역할을 할 수 없을 것이다. 그렇지만 우리의 신체가 구성되기까지는 두 번째로 강력한 힘이 작용한다. 바로 성적인 선택이다. 이 힘은 적어도 자기 자매인 자연만큼의 강력한 힘을 지니고 있다. 이성의 마음에 들도록 형태를 만들어가기 때문이다. 표면적으로 관찰해보면 지방층이나 모발이 어떻게 분배되고 있는지 정도의 아주 작은 기여를 하는 듯하다. 그러나 우리가 첫눈에 보이는 이런 흐릿한 흔적을 쫓다 보면 어느새 파트너 선택의 메커니즘과 짝짓기 뒤에 감춰진 전략을 통찰할 수 있는 시야가 열린다.

성적인 선택은 자연의 선택과는 완전히 다른 방향으로 진행된다. 종종 그 두 힘은 서로 대립하기까지 한다. 말하자면 파트너의 마음에 드는 것이 무조건 기능성의 의미에서 좋은 것만은 아니라는 것이다. 성적인 선택이 우세해지면 그것은 상황에 따라서 위험해질 수도 있다. 그것은 한 종에게 혹은 그 종의 각 개체들에게 상당한 짐을 지워준다. 그 짐은 비효율적일 뿐 아니라, 심지어는 목숨을 담보로 하기도 한다.

그 대표적인 예가 공작의 깃이다. 수컷의 꽁지에 달린 거대한 공작의 깃은 암컷에게 이렇게 신호한다. '나는 이런 거추장스러운 짐이 달려 있어도 아직 잡아먹히지 않았다. 나는 건강하다. 그리고 너에게 튼실한 자식들을 선사해줄 거야.' 이 경우에 두 가지 선택의 기능이 분명하게 충돌하고 있다. 암컷 공작은 화려한 깃을 처다보게 될 것이다. 결국 공작 수컷의 짝짓기 확률은 증가하지만, 동시에 천적에게 먹히는 희생자가 될 위험성도 그만큼 높아지는 것이다.

적지 않은 동물들이 성적으로 과장된 치장 때문에 멸종하고 말았다. 송곳니호랑이는 먹이를 잡아먹을 수 없을 정도로 크게 자란 송곳니를 갖고 있었다. 대형 노루는 그의 엄청나게 큰 뿔이 나뭇가지에 걸려 결국 멸종의 길을 걷게 되었다. 암컷의 눈에 들기 위하여 그런 무거운 짐을 이고 다녀야 하는 수컷들은 지금 세상에도 얼마든지 있다. 암컷은 첫 번째 시선에서 우선 누구와 더불어 생식을 시도할 것인지를 측정한다. 그런 엄청난 장애에도 불구하고 과연 생존할 수 있을지는 두 번째 시선에서 비로소 감안하는 문제일 뿐이다.

성적인 선택의 무게는 사람의 어느 곳을 짓누르고 있을까? 우리 인간들에게도 남성의 건강을 측정하는 잣대가 존재한다. 남성을 남성답게 만드는 물질, 바로 테스토스테론이다. 이 남성호르몬은 공작의 깃과도 같다. 다시 말하면 남성에게 방해가 되는 물질이라는 말이다. 테스토스테론은 남성에게 성적 성숙과 생식 능력을 만들어줄 뿐만 아니라, 남성적 외모까지 만들어낸다. 넓은 어깨, 단단한 근육, 수염 그리고 몸에 털이 나게 한다. 이런 것들이 여성들의 시선을 끄는 신호들이 아닐까? 물론 그렇다. 하지만 동시에 높은 테스토스테론 수치는 신체의 면역체계에 불리하게 작용한다. 남성의 육체에서 명백한 이권다툼이 생겨나는 것이다. 한편에선 자신을 과시하기 위해 더 많은 테스토스테론을 허용하려 하고, 다른 한편으론 콧물감기 때문에 무덤으로 직행하는 일이 없도록 충분한 방어 능력을 유지하려 한다.

이런 미묘한 균형잡기는 도대체 무슨 의미일까? 왜 남성은 이런 과정에 몸을 사리지 않고 달려드는 것일까? 엄청난 어려움에도 불구하고 지금까지 살아남았다는 것 외에는 자신의 튼실함을 보여줄 수 있는 분명한 기호가 없기 때문이다. 안 된 일이다. 그렇지만 여성들은 그것을 매력적이라고 느낀다.

좀 더 솔직하게 말해보자. 남성의 자기 표현 모두가 결국엔 같은 모습을 보여주는 것이 아닐까? 영원히 똑같은 주제, 즉 죽음까지 감수하는 위험을 이렇게 저렇게 변주하고 있는 것이 아닐까? 고속도로나 스키 코스에서 시속 200km를 넘나들면서, 다리에 매어놓은 번지점프 줄에 매달려서, 공기도 희박한 높은 하늘에 둥둥 떠다니는 하이테크 풍선 속에서, 달 위에서, 전투기 안에서, 미사일 발사 스위치에 손가락을 올려놓는 모습에서, 적의 조준경에 포착된 모습에서. 술내기에서 이기는 것도, 줄담배를 피워대는 것도 결국은 남성의 가장 일상적인 모습 속에서 찾아볼 수 있는 남성 과시 현상들이다. 비록 누구나 할 수 있는 것처럼 보이지만 그래도 아주 위험한 일들이다. 잔뜩 충혈된 눈으로 술집 카운터에 기대서 남자는 마지막 남은 힘으로 웅얼댄다. "여길 봐, 여자들아. 내가 끝까지 넘어지지 않고 여기 이렇게 버티고 있잖아! 그 모든 것을 견뎌내는 체질은 분명 그렇게 나쁘지는 않을 거야."

자기를 파괴하는 이런 전략은 어느 정도 보상받는다. 여성은 실제로 남성의 저항 능력과 활력을 빛나게 하는 이런 육체적인 신호들을 신뢰한다. 우리는 여기서 다시 한 번 정직한 신호라는 말을 떠올리게 된다. 물론 이는 여성의 육체에도 해당되는 말이다. 남성들 역시 여성들의 정직한 신호를 보고 날아드는 것이다. 그렇지만 여성들의 경우에서 문제되는 것은 위험요소의 감수가 아니라 생산 능력이다.

여성의 육체를 남성의 육체와 뚜렷하게 차이나도록 장식해주는 피하지방은 아름다울 뿐 아니라 생산 능력을 보여주는 믿을 만한 지표 역할을 한다. 팽팽하고 알맞게 부풀어 오른 여성 특유의 체형은 처녀성과 생산 능력을 동시에 전달하는 신호이다. 그런 몸매는 이렇게 말한다. "나는 순결해. 그리고 당신의 아이들을 낳을 정도로 성숙했지."

남성들이 지치지도 않고 눈이 빠져라 쳐다보는 것은 당연한 일이다. 텔레비전 화면에, 거리의 광고판에, 남성용 제품의 광고물에, 남성 잡지에, 곰팡내 나는 스포츠클럽 사물함의 문에, 털이 더부룩한 팔뚝에 새긴 문신에, 그런 몸매의 여성 그림은 어디든지 자리를 잡고 있다.

실험한 결과, 남자들은 비교적 풍만한 여성을 선호하는 것으로 나타났다. 학자들은 남성이 아주 마른 여자와 아주 뚱뚱한 여자 양쪽 모두를 좋아하지 않음을 증명할 수 있었다. 한 실험에서 남자들에게 총 열두 가지 여성의 체형을 표 형식으로 보여주었다. 네 가지 가냘픈 체형이 윗줄에 배치되었고,

평균 체형이 두 번째 열을 이루고, 강한 느낌의 체형 네 가지는 가장 아래 줄에 놓였다. 각 줄의 왼쪽에는 그 중 마른 체형을 배치했다. 즉, 가장 오른쪽 그림이 그 줄에서 가장 뚱뚱한 체형인 것이다.

　남자들은 가운데 줄 왼쪽의 체형을 가장 아름다운 실루엣으로 뽑았다. 가장 많은 표를 획득한 모형은 평균 22세의 몸매에 해당했다. 생식 능력이 최고조에 달한 젊은 여성이다. 이는 의미가 있다. 한 가정을 이루려는 남성은 가능한 한 젊고 생산 능력이 있는 여자를 찾아야 한다. 강연에서 여성 체형의 기준을 제시했던 미국의 심리학자 린다 밀리는 남녀학생들에게 가장 좋다고 판단되는 여성 체형에 대해 질문했다. 그리고 여기서 아주 놀라운 성별 간의 차이가 드러났다. 여학생들은 주로 표의 윗줄에서 골랐다. 즉, 상대적으로 마른 체형이었다.

　그렇다면 왜 여자들은 생식 능력이 덜한 여성동료를 선호하는 것일까? 경쟁심이 그 원인일 것이라고 린다는 생각한다. 그리고 또 우리 사회에서 날씬함을 광적으로 동경하는 것도 여성들 사이의 경쟁심에서 기인하는 것이라고 주장한다. 인기 좋은 여성은 생식 능력을 잃을 정도까지 마른 체형이 되고, 편안한 몸 상태를 가진 동성의 친구들로부터 찬사를 듣게 되는 것이다. 여기에는 과거부터 전해 내려오는 오랜 메커니즘이 작용한다. 상황이 좋지 않으면 자연스럽게 생식을 제한하는 것이다. 여성들은 사람이 편안함을 느낄 수 있는 적당한 인구밀도 상황에서 자식을 낳으려는 자연적인 경계선을 만들어놓는다. 생식의 제한은 심리적인 압박을 통해 작용한다. 여성은 주변상황이 좋지 않은 때에는 편안한 느낌을 갖지 못하고, 후손을 가지려는 의욕을 보이지 않는다. 임신을 조절하는 가장 간단한 방법은 육체가 생식 능력의 휴지기(기능적 무월경)에 빠질 만큼 체중을 잃는 것이다.

모든 종류의 불쾌한 상황들이 심리적 압박을 야기한다. 과도한 인구는 물론이고, 그 때문에 발생하는 자원의 부족, 직업적인 스트레스 혹은 정신적 부담, 이런 모든 것들이 젊은 여성으로 하여금 자신의 육체를 조절하여 체중을 줄이고 싶은 욕구를 갖게 할 수 있다. 바싹 마르게 체중을 줄이려는 병적 욕망은 특징적으로 배란기의 시작 혹은 한창 배란기에 있을 때 젊은 여자들이 앓는 질병이다. 나이든 여자들이 그런 병을 앓는 것은 드문 일이고, 남자들에게선 거의 나타나지 않는다.

뚱뚱해지려는 욕망 역시 불쾌한 상황에서 도피하려는 행동일 수 있다. 욕구불만으로 먹어대는 여자들은 살을 빼려고 애쓰는 여자들과 마찬가지로 견딜 수 없는 상황에서 벗어나려는 의도이다. 남성들이 그리도 애타게 열망하는 '모래시계형 여성'에 비해 아주 뚱뚱한 여자들은 심하게 마른 여자들과 마찬가지로 생식 능력이 떨어지는 것으로 증명되었다.

이렇게 남자들이 고르는 파트너의 모습에서 그들이 찾고 있는 것이 결국 생식 능력임을 알 수 있다. 그 가운데 가는 허리는 정직한 신호로서 작용한다. 즉, 임신상태가 아니라는 것을 증명하는 것이다. 그래서 여자들은 신체 중에서도 이 부분에 특히 가치를 둔다. 예전에는 코르셋을 착용하였고, 현재는 헬스클럽에서 제공하는 여러 가지 훈련 프로그램에 따라 중요 부분들을 관리하고 있다. 날씬한 배와 탄탄한 엉덩이, 탱탱한 가슴 등등. 집에서 사용하는 가정용 트레이너도 있다. 원하지 않는 비곗덩어리를 확실하게 빼준다는 다이어트 프로그램들이 수두룩하다.

남성의 시선은 정직한 신호에 무언가 기여하도록 많은 여자들을 자극한다. 첨단과학으로 디자인된 여성의 속옷은 가슴이 반구모양으로 더 멋지게 보이도록 만든다. 저명한 영국의 행동연구학자이자, 동물원 원장이고, 동시에 예술애호가인 데스몬드 모리스는 이 아름다운 모습에서 다소 재미있는 견해를 이끌어내기도 하였다. 자신의 저서 『벌거벗은 원숭이』에서 그는 여성의 가슴이 전략적으로 더욱 유리한 위치에 자리잡은 엉덩이의 복사판일 뿐이라고 주장한다. 우리의 털북숭이 사촌들은 짝짓기할 준비가 되면 엉덩이에 풍선 크기의 살색 경피를 갖게 된다. 이런 모습은 수백만 년 넘게 수컷을 성적으로 자극하는 역할을 충실하게 수행했다. 혼동이 불가능할 정도로 강력한 암컷의 성기 냄새는 수컷의 성적 욕구를 걷잡을 수 없도록 폭발시키는 뇌관인 것이다. 그렇다면 이제 더 이상 엉덩이의 경피를 갖지 못할 뿐 아니라, 두 다리로 똑바로 서서 걷고, 걸핏하면 엉덩이를 대고 앉아 있어야 하는 진화된 원숭이 종족은 어떻게 해야 할까? 그렇다. 그 매혹적인 신호를 어딘가 다른 곳으로 옮겨야 한다. 남성을 결코 견딜 수 없게 자극하는 그 장밋빛 유혹은 신체의 전면으로 퍼져갔다. 남성의 관심을 끌 수 있는 위치로.

그곳에서 유혹의 결정체는 오늘날까지 역할을 다하고 있다. 여성의 가슴 형태에는 오로지 미적 의미만을 부여할 수 있는 것이다. 이 신체기관의 기본적인 기능이라 할 수 있는 수유를 위해서라면 여성의 가슴에 피하지방은 전혀 필요치 않다. 반대로 젖샘과 피하조직은 경쟁이라도 하는 듯 보인다. 그렇다고 큰 가슴을 가진 여성들이 작은 가슴의 여성보다 더 많은 모유를 갖고 있는 것도 아니다.

여성과 남성의 육체가 오늘날 가지고 있는 모든 특징들은 자연의 선택과

성적인 선택이 빚어내는 팽팽한 긴장 속에서 생겨났다. 생물학적인 사건들, 삶의 환경이 요구하는 조건들 그리고 이성이 원하는 모습들로부터 우리는 두 가지 서로 다른 형태를 갖추게 되었다. 남성과 여성의 신체적인 차이, 학자들이 성별에 따른 동종이형이라고 부르는 이 차이는 우리가 진화의 과정에서 어떤 형태적, 기능적 제한을 받아왔는지를 밝혀줄 뿐 아니라, 우리의 사회적 삶에 대한 정보들을 제공해주기도 한다.

성별에 따른 형태의 차이는 우리 인간들의 경우 지난 수백만 년 동안 점점 감소해왔다. 오늘날의 남성과 여성은 우리의 조상들에 비해서 훨씬 더 비슷해져 있다. 남자는 여자와 비교할 때 상대적으로 더 작아졌다. 형태 차이의 감소가 신체 크기에만 해당되는 것은 아니다. 눈썹 부위의 융기된 강력한 뼈, 긴 송곳니 그리고 예전에는 더욱 강했던 저작근(씹는 근육)의 첫 부분인 두개골 정수리 중앙부의 돌기 등이 사라졌다.

남자는 오늘날 더욱 여성적으로 변하고 있다. 그리고 이는 우리의 선조들이 사용했던 짝짓기의 전략에 대해 아주 많은 것을 알려준다. 과학자들은 어느 한 종의 짝짓기행태와 암수 신체구조의 차이 사이에서 흥미로운 연관관계를 발견했다.

수컷이 암컷에 비해 크면 클수록 수컷은 더욱 많은 부인을 갖게 된다. 거대한 바다코끼리는 짝짓기 철이 되면 300마리의 암컷을 차지하려고 싸운다. 힘센 수컷들은 서열싸움에 참가하기 위해 암컷들보다 훨씬 앞서서 바닷가로

온다. 가장 좋은 해변은 가장 강한 수컷의 차지가 된다. 암컷들은 해변에 도착하면, 자식을 낳아 기르기 좋은 해변을 선택한다. 그곳에서는 물론 가장 강한 수컷이 기다리고 있다. 그는 앞선 싸움에서 가장 좋은 해변을 차지했을 뿐 아니라, 수많은 짝짓기의 기회까지 보장받은 것이다.

수컷들이 싸우는 자리에 암컷들이 함께 있지 않는 것은 다행한 일이다. 자리를 차지한 수컷과 그 주변의 수컷들 사이에 뒤늦게 싸움이 벌어지면 그 사이에서 아직 어린 동물들이 눌려 죽는 경우가 빈번하게 일어난다. 암컷을 둘러싸고 수컷들이 서로 싸우는 것은 일부다처의 형태로 살아가는 동물들에게서 나타나는 전형적인 현상이다. 또한 암수의 체격이 크게 차이 나는 동물들의 전형적인 현상이기도 하다. 거대한 바다코끼리 수컷은 암컷보다 몇 배나 무겁다.

반대로 많은 종류의 조류들이 그렇듯 한 쌍씩 짝을 짓는 종류들은 암컷과 수컷의 크기가 비슷하다. 암컷을 둘러싼 싸움은 긴 교미의식으로 대체되었다. 이를 통해 파트너 간의 결합이 더욱 공고해진다. 결국 파트너십은 일생 동안 이어진다.

이런 법칙은 우리가 속한 영장류에게도 적용된다. 긴팔원숭이 수컷과 암컷은 비슷한 크기이며, 영장류 중에서 아주 모범적으로 완벽한 부부관계를 형성한다. 죽음만이 그들을 떼어놓을 수 있다. 그래서 이들은 약간 비사회적인 행태를 보인다. 부부 이외의 다른 동족들이 자기들 영역에 접근하면 암수가 공동으로 내쫓는다.

고릴라의 경우는 조금 다르다. 등이 은회색인 이 동물의 수컷은 암컷보다 훨씬 크며, 송곳니도 더욱 단단하다. 압도적인 육체적 능력을 바탕으로 수컷은 여러 마리의 암컷을 처첩으로 거느릴 수 있다. 힘이 닿는 마지막 순간까지 그는 모든 다른 수컷들로부터 이 암컷들을 지켜낸다.

인간 남성들은 신체적으로 계속해서 여성에 가까워지고 있기 때문에 과학자들은 우리 인간이 근본적으로 고릴라와 유사한 일부다처식 집단으로 살아오다가 점차로 한 쌍씩 짝을 짓는 형태로 발전해왔다고 믿고 있다. 신체의 크기에 여전히 남아 있는 작은 차이는 우리가 새로운 짝짓기체계에 아직 완전히 적응하지 못하고 있음을 보여주는 것이다.

성별에 따른 체격의 차이가 어느 한 종의 짝짓기 전략을 보여주는 지표라면, 수컷 고환의 상대적인 무게는 암컷의 부부생활에 대한 충실성을 알려주는 지표라 할 수 있다. 영장류의 고환이 체중과 비교하여 작으면 작을수록 부부관계는 더욱더 안정된다.

고릴라는 비교적 작은 고환을 가지고 있다. 수컷은 자신이 힘을 가지고 있는 한 경쟁을 두려워하지 않는다. 그의 암컷들은 집단을 떠나지 않는다. 부부관계를 형성하는 긴팔원숭이 역시 비교적 작은 고환을 가지고 있다.

이와는 달리 침팬지들은 그들의 몸무게에 비해서 아주 커다란 고환을 가지고 있다. 수컷들은 생식 능력이 있는 암컷을 먼저 차지하기 위하여 높은 서열을 차지하려고 다투지만 정작 암컷들은 서열은 낮지만 마음에 드는 수컷들과 언제든지 수풀 속으로 뛰어들 태세를 하고 있다. 침팬지 수컷은 높은 서열만으로는 아버지가 될 것을 확신할 수 없는 것이다. 이런 불확실한 상황에서 수컷들은 언제나 준비자세를 갖출 필요가 있고, 결국 커다란 씨앗 보유창고를 확보하고 있어야 하는 것이다.

현대의 인간 남성은 이 두 극단 사이에 위치하고 있다. 남성의 체중 대비 고환의 크기는 고릴라보다는 크지만 침팬지보다는 훨씬 작다. 이런 고환의 크기는 남성들이 주로 자기 배우자와 안정된 관계를 만들어가는 편이지만 언제나 그런 것은 아니라는 사실을 보여준다. 남성의 고환은 아직 서로 투쟁하는 상황에 맞추어져 있다. 자연은 남성에게 경쟁하는 데 필요한 장비들을 세심하게 배려해주었다. 1회의 사정액 속에 들어 있는 정자들 중 대다수가 '킬러정자' 종족에 속한다. 그 이유는 단 한 가지, 경쟁에서 살아남기 위해서이다.

줄어들기는 했지만 여전히 뚜렷한 성별에 따른 신체적 차이, 크지도 작지도 않은 고환의 크기, 그리고 킬러정자는 인간이 일부일처 형식의 종으로 진행하고 있음을 보여준다. 인간의 진화는 여전히 진행되고 있는 것이다. 인류학은 수많은 뼈 화석표본에 근거하여 이런 경향이 이미 수백만 년 전에 시작되었음을 증명했다. 어떤 이유에서 영장류는 그들이 오랫동안 지켜왔던 짝짓기의 전략을 바꾸게 되었을까? 고릴라와 침팬지 역시 최소한 우리 인간만큼 오래 살아왔지만 그런 종류의 사회적 혁명은 겪지 않았다. 기후는 누구에게나 마찬가지로 변했고, 기후의 변화와 함께 증식의 방법, 영양공급, 천적에 의한 위협도 마찬가지로 변했다. 왜 우리는 한 쌍이 되어 살아가는 방법을 택하게 되었을까?

개개 남성들이 이런 변화에서 얻을 수 있는 장점은 분명하다. 남성적 특징들을 유지하는 데에는 상당한 희생이 따른다. 심지어 생명 자체를 잃는 수도 있다. 처첩을 많이 거느리는 후궁체제에선 여복이 많은 대장 수컷을 제외하고는 얼마나 많은 수컷들이 살아남는지가 별 의미가 없다. 남는 수컷들은 종족 유지에 아무런 역할도 하지 못한 채 병에 걸려 죽기도 하고, 적에게 잡아먹히기도 한다. 일부일처로 짝을 지어 살아가는 종의 경우에 그렇게 많은 수컷의 죽음은 엄청난 낭비가 된다. 가족을 구성하는 데 참여하는 개체 수가 가능한 한 많아야 하는 것이다. 전체 종을 위해서도 짝을 지어 살아가는 편이 이익이 많을 것임에 틀림없다.

키일의 크리스티안 알브레히트 대학에서 강의하는 독일 인류학자 잉게 슈뢰더는 수컷들의 상호협력을 일부일처제의 열쇠로 생각하고 있다. 암컷들을 둘러싼 지속적인 경쟁과 투쟁은 수컷들이 함께 협조하는 데 아주 불리한 조건이 된다. 그런 이유에서 대장의 권력이 점차 은밀하게 약화되었다. 무리 중의 수컷 모두가 성교를 나눌 수 있기 위해서는 교합이 공개적으로 행해져서는 안 되었다. 결국 섹스는 비밀스런 일이 되었고, 우두머리를 자극하지 않기 위해서 외떨어진 곳에서만 행해졌다.

물론 수컷들의 협력에 그렇게 큰 의미를 두려고 한다면, 그것은 너무나 이전인수격의 이론이다. 수컷들의 공동작업이 몇몇 군주들의 독자적인 노력보다 종족 번식에 더욱 크게 기여했다면, 이 새로운 가족구조는 분명 몇 세대 만에 성공적으로 자리잡았을 것이다.

지난 수백 년의 남성지배 사회를 통하여 우리는 발전의 의미를 담고 있는 진화를 남성의 시각에서, 다시 말해 수컷에 유리한 시각에서 관찰하는 데 익숙해져 있다. 그래서 우리는 새롭게 형성된 짝짓기 형태에서 여성들이 얻은 이익은 무엇인지 생각해보지 않았다. 심하게 남성 편향적인 인류학은 진화의 흐름을 여성의 선택이라는 측면에서 관찰하려 하지 않는 것이다.

여성의 재생산 기능은 후궁 시스템, 즉 일부다처의 형태에서 특히 불리하다. 계급이 높은 남성들은 그런 상태에서 이익을 보는 반면, 여성들은 너무 적게 받는다. 그런 여성들과 그들의 아이들은 한 남자가 가진 자원을 놓고 서로 경쟁하지 않을 수 없다. 일부다처의 상황에서 각 여성이 아이를 낳을 확률은 일부일처의 형태로 살아가는 여성들과 비교하면 현격하게 떨어진다.

따라서 일부일처제의 도입으로 이익을 보는 쪽은 무엇보다 여성이다. 그런데 이런 여성의 이익이 종 전체가 일부일처의 형태를 지향하게 되는 엄청난 사회적 변화를 야기한 충분한 이유가 될 수 있을까? 만일 그렇다면 남성들은 왜 여성적으로 변화해야 했을까?

파트너 선택의 디즈니랜드
진화론적 관찰

남성이 진화의 진행 속에서 오로지 여성의 짝짓기 전략에 맞추기 위해 온갖 깃털을 달아야 했는지, 아니면 다른 어떤 힘들이 거기에 가세했는지를 알아보기 위해 우리는 시선을 과거로 돌려보아야 한다. 선조들의 역사 속에서 인간의 얼굴과 육체가 겪어왔던 변화를 아주 자세하게 관찰해보면 몇 가지 놀라운 사실들을 발견할 수 있다.

우선 뒷머리가 엄청나게 커졌다. 인간의 두뇌는 날카로운 이성을 이용한 훌륭한 선택의 능력을 우리 종에게 선물하면서 커져갔다. 후두부의 확장은 이렇게 커져가는 인간의 두뇌가 더 많은 자리를 차지했기 때문이라고 생각할 수 있다. 그렇지만 두뇌의 크기라는 것은 대체로 공처럼 둥근 뒷머리뿐 아니라 이마의 융기로도 나타난다. 우리의 가까운 친척들 중 하나인 네안데르탈인은 우리보다 약 4분의 1리터나 많은 두뇌 공간을 가지고 있었다. 그렇지만 우리와 비교하여 그들의 두개골은 원시적이며, 원숭이의 형태를 취하고 있다. 납작한 이마는 유인원들의 경우와 마찬가지로 뒤로 기울어 있다. 네안데르탈인의 여자와 아이들은 남자들의 두개골보다 현대인에 가깝기는 하지만 오늘날의 아이들 모습과는 큰 차이를 보이고 있다. 물론 네안데르탈인의 아이들 두개골에서 발견되는 얼굴 형태가 현대 성인들의 얼굴과 비교적 유사하다는 점은 주목할 만한 사실이다.

네안데르탈인의 눈으로 관찰한다면 우리의 얼굴은 마치 풍자만화처럼 보일 것이다. 귀여운 아기의 특징들을 그로테스크하게, 각 부분을 마구 과장해서 모아놓은 모습이다. 눈썹과 턱 사이의 부분들이 이도 나지 않은 젖먹이의 얼굴처럼 우스꽝스럽게 위축되어 있다. 연약하고 작은 턱은 치아를 위한 자리조차 충분하게 갖고 있지 않다. 골격구조의 발달 이면에 숨어 있는 부조화인 셈이다. 이런 불리함을 보상하기라도 하는 듯, 우리의 턱은 대담하게 앞으로 튀어나와 있다. 뺨에 있는 작은 지방덩이들은 둥근 모습을 완성해준다. 그것들은 본래 신생아들이 젖을 빨아먹을 수 있게 해주는 부분이었다. 그렇지만 우리는 볼에 붙은 이 지방덩이들을 평생 지니고 산다.

입술은 또 어떤가! 우리는 쉼없이 입술을 비죽거리는 침팬지 새끼들처럼 보인다. 솔직하게 말해보자. 유인원 혹은 원숭이 비슷한 우리의 선조들과 비교하면 우리의 모습은 우스꽝스러울 만치, 말할 수 없을 정도로 귀엽지 않은가! 우리는 노벨 생리의학상을 수상한 콘라트 로렌츠가 과도하게 이상적인 행동유발인자(역주: 같은 종에 속하는 다른 개체의 특정한 행동을 유발하는 자극)라고 불렀던 것, 즉 성적으로 성숙한 어린아이의 모습을 하고 있는 것이다. 우리 종족의 외모는 벌써 멀리서부터 이렇게 외치고 있는 듯하다. "사랑해 주세요!"

얼굴보다 훨씬 더 기능상의 요구들에 밑돌고 있는 신체 역시 귀여움을 위해 몇 가지 양보를 감수하고 있다. 인간은 오늘날 보호해줄 털이 없는 모습과 지방을 덧입는 능력으로 자신을 뽐내고 있다. 비교적 마른 체형의 인간 역시 지방덩이를 가지고 있고, 특히 그런 지방덩이들은 주로 다른 성별의 관심을 끌어야 하는 위치에 자리잡는다. 실제로 아이의 엉덩이를 사랑하지 않는 사람은 없다. 세상 그 무엇을 준다 해도 우리 인간은 이 빛나는 보물을 우리의 성성이과 조상들이 갖고 있는 평평하고 꺼칠꺼칠한 엉덩이와 바꾸려하지 않을 것이다.

이런 아기이 특성들이 왜 성인이 되서도 나타나는 것일끼? 보통 불필요한 장식이라면 가차없이 없애버리고 마는 어머니 자연의 제거용 가위는 어디에 있는 것일까?

우리가 옛날 발전단계의 모든 특징들을 계속 가지고 내려왔다면, 오늘날 우리의 모습은 어떨까? 우선 아가미를 가지고 있을 것이다. 귀 뒤에 뚫린 작고 얌전한 구멍들이다. 또 수비대 군복 상의에 달린 단추처럼 많은 수의 젖꼭지가 달려 있을 것이다. 우리의 몸 전체는 갓난아기의 솜털이 그렇듯 부드러운 검은 색 모피로 덮여 있을 것이고, 당연히 꼬리가 달려 있을 것이다. 모든 이런 특징들은 우리의 태아가 자라나는 모습에서 찾아볼 수 있다. 그 특징들이 우리 종족의 발전사 어느 때엔가 유용하게 사용되었기 때문이다. 오늘날 아가미, 많은 수의 젖꼭지, 빽빽한 체모(體毛) 그리고 꼬리는 더 이상 아무런 소용이 없다. 그런 이유에서 그것들은 우리가 세상에 나오기 전에 모습을 감추게 된다. 그것들을 완전하게 갖추고 성인이 되어서까지 유지하고 있는 것은 불필요한 에너지 낭비일 것이다. 그렇지만 이것 역시 오늘날의 우리 모습을 완전하게 해명해줄 수는 없다.

왜 우리는 성인이 되어서도 커다란 아기처럼 보일까? 어떤 점이 좋은 것일까?

자연은 어떤 이유로든 필요하게 되면 예전에 유용했던 것들에 다시 생명을 불어넣을 가능성을 유보해놓고 있다. 소년기의 특징을 나중까지 계속 지니는 개체가 정상적으로 성체에 이른 개체에 비해 생식을 위한 선택과정에서 조금이라도 이점을 가지고 있다면, 이 '아기얼굴'은 바로 다음 세대에 벌써 더욱 빈번하게 나타나게 된다.

아이처럼 되어가는, 즉 아동화(兒童化)의 이런 현상들은 동물들에게서도 역시 관찰이 가능하다. 태아단계의 특징들을 성숙한 상태 이후에도 유지하기 때문에, 이 현상은 그리스어 'teinein(긴장, 확장)'에서 유래하는 네오테니라는 아름다운 이름으로 불린다. 네오테니의 정수는 누가 뭐라 해도 도저히 믿기 힘든 신비한 생물 악솔로틀이라 할 수 있다.

중부 아메리카 늪지에 서식하는 이 미끌미끌한 도롱뇽은 양서류의 피터팬이다. 우리가 알고 있는 바에 따르면, 이 동물은 자기 종의 필요에 따라 새끼 때의 특징을 고스란히 지닐 수 있다. 악솔로틀은 놀랍게도 새끼 모습 그대로 성숙기에 들어가 자손을 번식시킨다. 일반적으로 도롱뇽은 성체가 되면 뭍으로 올라가고, 폐호흡을 하게 된다. 이에 따라 아가미는 소멸되고, 이들은 물 속에서 숨 쉬는 능력을 잃게 된다. 그러나 악솔로틀은 어릴 적 모습을 그대로 유지하기 때문에 아가미 역시 잃지 않는다. 이렇게 해서 결국 악솔로틀은 축축하고 시원한 환경을 좋아하는 자신의 습성에 어긋나지 않게 계속 물속에서 살 수 있는 것이다.

그렇다면 우리에게 아직 아기 때의 모습이 남아 있는 것은 어떻게 설명할 수 있을까? 우리 종을 위해 어떤 장점을 숨기고 있는 것일까? 생존을 위해 필수적인 것은 분명 아니다. 악솔로틀이 그렇듯 기후에 적응하기 위해서도 분명 아니다. 하지만 어린아이 같은 몸체 위에 우리 선조의 강건한 원숭이 머리를 옮겨놓기 위해서는 우리 인간들에게 아주 강한 선택의 힘이 작용했을 것임에 틀림없다. 그리고 모든 것을 감안할 때 이런 힘들은 여전히 작용하고 있다.

천적이나 질병 혹은 먹이 경쟁을 통한 자연의 선별작업 역시 인간에게 나타나는 아주 특수한 아동화의 흐름에 대한 답을 제공해주지는 못한다. 그렇다면 이제 성적인 선택에서 답을 찾는 것이 가장 타당할 것이다. 만일 그렇다면, 그리고 현재 지배적인 이론들에 따르면 결국 이런 진화의 배경에는 이미 남성들이 버티고 서 있다. 누구나 그렇게 알고 있듯이 여성들이 이렇게 귀여운 아이처럼 된 것은 남자들이 그러기를 원했기 때문이라는 것이다. 그러나 그런 주장이 정말 사실이라 하더라도 그것은 기껏해야 절반의 진실에 불과하다. 예쁜 얼굴을 향한 욕망은 우리가 이미 수백만 년 전부터 알고 있었고, 오늘날에도 증명할 수 있는 것처럼 남자만큼이나 여자 자신의 것이었다. 인간의 아동화와 같은 하나의 흐름이 놀랄 만큼 긴 시간에 걸쳐서 줄곧 일어나고 있다면, 두 성별이 이런 발전에 똑같이 관여하고 있다고 생각하는 것이 타당하다. 그러나 삶의 장난인 듯 남성과 여성은 항상 같은 것을 원하지는 않는다. 그리고 그들이 같은 것을 원한다면 거기에는 여러 가지 이유가 있다.

왜 남자들이 아이 같은 여자를 매력적으로 느끼는지, 과학자들은 이미 충분히 설명하고 있다. 남자들은 어린아이 같은 얼굴을 가진 여자를 좋아한다. 남자들이 그리는 이상적인 얼굴이 아홉 살 소녀의 모습을 하고 있다는 내용을 기억할 것이다. 그러나 그런 어린아이 얼굴의 여자가 남자에게 어떤 좋은 점이 있을까? 이미 아이가 하나 있다든지, 아니면 얼굴에서 성숙함이 확연하게 드러나는, 말하자면 생산력이 확실하게 증명되는 여자를 선택하는 것이 더 낫지 않을까? 우리의 가장 가까운 친척인 침팬지들 역시 이미 몇 번의 임신과 출산의 경력이 있는 암컷을 최고로 꼽는다. 젊고 경험이 없는 암컷이 수컷의 관심을 끌어보기라도 하려면, 전력을 다해 능력을 선보여야 한다.

그런데 우리 인간은 왜 그렇지 않을까? 그것은 우리가 일부일처제 성격의 종이기 때문이다. 우리 아이들은 미성숙한 상태로 세상에 나오고, 오랜 시간 부모에게 의존한다. 다시 말해 부모는 아이들이 성장하여 언제가 독립해야 하는 그 순간까지 강력하게 배후를 지켜야 하는 것이다. 자식이 요구하는 그 수많은 일들을 해내면서 남성은 최소한 그 아이가 진짜 자기자신의 아이라는 것을 분명히 하고 싶어한다. 어머니의 저작권이야 말하지 않아도 분명한 것이 아닌가. 그렇다면 남성들은 옆 남자의 것이 아니라 자기자신의 유전자가 전달된 것임을 분명히 하기 위해 무엇을 할 것인가? 그들은 대체로 한 명의 자기 여자에게 매달린다. 그것도 가능한 한 젊고, 처녀성이 느껴지는 여자에게. 이제 재생산의 시기에 막 돌입했을 만큼 젊고, 아이를 낳아 기를 수 있을 만큼 나이를 먹은 여자이다. 이런 상태에서는 자기가 아버지라는 사실을 가장 확실하게 보증할 수 있다. 거의 틀림없이 그녀의 아이가 자신의 아이이기도 한 상태가 되는 것이다.

여자가 충분히 젊다면, 남성은 많은 수의 후손을 생각해볼 수 있다. 결혼이라는 관습과 혼외정사라는 사회적 터부를 통해 부인을 오로지 자신과 함께할 수 있게 한다면, 남성은 부인이 낳은 모든 아이들의 생물학적 아버지일 확률이 대단히 높아진다. 그럼으로써 그는 자신이 지닌 모든 자원을 자신의 유전자에 투자할 수 있게 되는 것이다. 그런 번식전략을 따르는 남성은 유전적으로 다음 세대에도 역시 등장하게 된다.

이런 의미에서 남성들이 일반적으로 젊고 순결한 배우자에게 특별한 가치를 두는 것은 당연한 일이라고 볼 수 있다.

한 독일 인류학자의 연구는 이런 주장의 타당성을 아주 인상적인 방법으로 인정하고 있다. 괴팅엔 소재 인류학 연구소의 엑카르트 폴란트는 19세기에 오스트프리지아 지방의 농민들을 대상으로 결혼행태를 연구했다. 그 지역의 작은 마을인 크룸회른의 사람들은 특히 그의 작업에 적합한 대상이었다. 고립되어 살아오면서 전통적인 농업 사회의 모든 특징들을 그대로 유지하고 있었기 때문이다. 폴란트는 신랑, 신부의 결혼할 때의 나이와 그들의 사회적 위치를 조사했다. 크룸회른에서 사회적 위치는 주로 소유한 토지의 넓이에 따르고 있었는데, 그는 흥미롭게도 신부의 나이가 신랑이 소유한 토지의 넓이와 반비례 관계에 있다는 것을 확인했다. 다시 말해 신랑이 부자면 부자일수록, 신부는 더 젊다는 것이다. 아예 땅이 없거나 조금밖에 없는 남자들은 완숙한 나이의 여자와 결혼했다.

폴란트는 이 조사를 통해 남자들의 가치가 높아질수록 더욱 눈이 까다로워지는 것이라고 결론지었다. 유복하고 부자인 남자들, 즉 농민들 사이에서 상류층인 남성들은 유전자의 명령에 따랐다. 그들은 실제로 순결한 처녀들을 찾았다. 더 가난한 혹은 가진 것이 전혀 없는 남자들은 30대의 더 나이든 여자들로 만족하거나 아예 결혼을 하지 않았다. 여자들 역시 그들의 시장 가치에 따라 자기 후손을 위해 가장 많은 것을 줄 수 있는 사람을 선택했다. 젊고 예쁜 여자는 가장 상류층만 상대하려 했다. 나이가 들면 들수록 좋은 상대를 얻을 가능성은 점점 적어졌다. 결국 재산이 적은 신랑으로 만족하게 됐다.

그렇다면 오늘날 다른 세상에선 어떤 모습이 나타날까? 오스트프리지아의 크룸회른과는 전혀 다른 모습일까?

〈보그〉, 〈에스콰이어〉 같은 유명 패션지의 사회면, 심지어 엘리트 주간지인 〈뉴요커〉의 사회면 역시 보는 사람을 어쩐지 당혹스럽게 만든다. 부유하고, 남녀가 평등하다는 서구 사회의 최고 중의 최고 상류층들 역시 시골마을에서와 같은 규칙에 따라 움직이고 있는 것처럼 보이기 때문이다. 실업계의 거물, 팝스타, 정치가, 최고의 운동선수들, 저명인사들, 이들 모두가 자기 곁에 서 있는 젊고 아름다운 여자를 자랑하고 있다. 나중엔 마지막 남은 재산까지 다 빼앗으려 달려드는 여자들이다. 남자가 여자를 이용해서 자신을 과시하려는 형태는 언제 어디서나 나타난다. 암소 시장이 존재하는 이유가 바로 여기에 있다. 사회적 위치는 아름다움을 필요로 하고 아름다움은 지위를 필요로 한다. 여자들이 처음부터 힘을 가진 남자를 원하는 것은 아니다. 여자는 힘을 원한다. 그 힘에 남자가 붙어 있든 아니든. 그런데 그 힘이 단지 남자와 함께 한다면, 그럼 어쩔 수 없는 일 아닌가! 힘과 소유가 지금처럼 불평등하게 배분되는 한, 자신의 아름답고 젊은 피부를 결혼 시장에서 돈, 권력과 교환하는 여자들은 언제나 존재할 것이다.

지금 언급하고 있는 상황이 정말 인간에게 보편적인 것일까? 남자라면 누구나 젊은 여자를 더 좋아할까? 그리고 여자들은 파트너를 선택하면서 오로지 지갑으로 살그머니 눈을 돌리고 있는 것일까? 미국의 생물학자 데이빗 부스는 이렇게 답한다. "네, 맞습니다."

미시건 대학의 진화심리학자인 데이빗 부스는 많은 관심을 끌었으며, 여전히 많이 인용되고 있는 그의 한 논문에서 37개 다양한 문화권의 남녀들이 지닌 배우자 선택의 기준에 대해 연구했다. 아프리카 4개, 아시아 8개, 유럽 16개, 북미 4개, 오세아니아 2개 그리고 남미 3개 등 6개 대륙의 33개국과 다섯 개의 섬에서 골라낸 37개 문화였다. 실험은 어디서나 완전히 같은 결과를 보여주었다.

남자들은 비교적 젊은 여자들을 좋아했다. 여성배우자의 매력은 그들에게 특히 중요한 요소였다. 모든 문화에서 신부의 나이는 대개 신랑보다 더 적었다. 각 문화가 가지고 있는 매력의 관념은 천차만별이었지만, 남자들은 철저하게 매력에 가치를 두고 있었다.

여자들은 남편의 높은 사회적 위치를 가장 중요하게 여겼다. 여자들은 장래 남편의 경제적인 능력, 노력, 야망들에 높은 가치를 두었다. 이런 특성들이 한 가정을 유지하는 데 필요한 자원을 만들어내기 때문이다. 모든 문화에서 여자들은 외모에 많은 노력을 기울였다. 마찬가지로 모든 문화권의 남자들이 힘과 영향력 등 눈에 보이는 표지, 즉 지위의 상징을 얻으려고 무진 애쓰고 있다. 이렇게 해서 결국은 젊은 여자 자체가 지위의 상징이 되었다고 생각할 수 있다.

미국의 심리학자인 시갈과 랜디는 남녀 실험참가자들로 하여금 여러 남자들의 사진을 평가해보도록 했다. 사진 속의 남자는 어떤 인물이며 어떤 개성을 가지고 있을까? 평가에 도움이 되도록 남자의 사진 곁에 가공의 부인을 세워주었다. 한 번은 아주 매력적인 여인의 사진을, 또 한 번은 덜 매력적인 여자의 사진을 함께 배치했다.

아름다운 가공의 부인과 함께 할 때 그 남자에 대한 실험참가자들의 평가는 덜 매력적인 여자와 함께 있을 때와는 전혀 다르게 나타났다. 아름다운 여자가 그를 배우자로 결정했다는 사실이 그의 인물과 개성을 더욱 좋게 평가하도록 했던 것이다. 덜 매력적인 여자와 연관지어졌을 때 그에 대한 평가는 훨씬 나빠졌다.

누구나 알고 있는 시나리오 하나를 살펴보자. 40대 말의 기혼남자는 가족 내의 서열이 한참 최고조이다. 이때 그는 어느 젊은 미녀로부터 자극을 받는다. 이런 상황은 최소한 남성들 사이에서는 그의 계급적 지위를 해치는 것이 아니다. 중년의 부인은 자신의 청춘과 경력을 희생하면서, 아무도 고마워하지도 않지만 하지 않을 수도 없는 일상의 일에 시달리면서 남편이 현재의 위치에 이르도록 도와주었던 여자다. 그러나 갑자기 그녀가 별로 마음에 차지 않는다. 불공평하고 뻔뻔스럽다는 오명을 계속해서 듣고 있을 사람은 없다. 그래서 이런 행태에 생물학적인 설명을 붙여가며 합리화하려는 시도가 빠르게 진행된다. 남자는 자기의 이기주의적인 유전자의 희생자이며, 그가 느끼는 공허함이 그를 그렇게 만든다는 설명이다.

어린아이 같은 모습을 좋아하는 이유를 남성의 관점에서 설명하려는 모든 과도한 열의 때문에 본질적인 요소들이 무시되었다. 물론 남성의 시각에서 본다고 해도 여자를 승리자의 트로피로 만든 것은 불평등한 소유의 분배였다.

이런 일들을 한 번 여성의 눈으로 관찰해보자. 여성이 한 남자에게서 찾고 있는 것, 우리의 여성 선조들이 원했던 것, 도대체 그것은 무엇일까? 농업의 시작으로 농부가 된 남자가 토지와 가축 그리고 한 여자를 소유하게 되기 훨씬 전에, 여자는 남자에게서 무엇을 원했을까?

그런 시나리오에서 여자는 인간이라는 종족의 비할 바 없이 놀라운 성공 스토리에는 아무런 영향도 미칠 수 없었던, 항상 인내하는 희생양으로 묘사될 뿐이었다. 그렇지만 남자의 발전에서 드러나는 여성의 영향력은 결코 무시될 수 없다. 남자의 아동화가 단지 신화의 부수적 효과였을까? 귀여운 아이 모습의 여자들이 인형 같은 자기 얼굴을 어쩌다보니 아들에게도 전해주었기 때문일까? 절대 타당한 이야기가 아니다. 진화의 역사 속에서 아이 같은 모습을 갖게 된 정도가 여자들보다 오히려 남자들에게서 더욱 크기 때문이다. 왜 그랬을까?

너무나 당연한 일이다. 여자들 역시 아이의 모습을 지닌 남성을 더 좋아했기 때문이다. 여성의 얼굴 특징을 지닌 남성들이 더욱 생산력이 강해서일까? 그들이 더욱 성공할 수 있고, 똑똑하고, 날렵하고 심지어 더 현명해서일까? 모두 아니다. 단지 그들이 더 사회적이기 때문이다.

낮은 목소리와 새까만 눈썹을 만들고, 이두박근을 튀어나오게 하는 남성 호르몬은 불행하게도 공격성, 지나치게 활기찬 행동, 거친 대인관계, 결속감의 부족 등 비사회적인 행동방식과 관련되어 있다. 높은 테스토스테론 수치가 평생을 함께 하는 부부관계와 어울리지 않는다는 것은 동물 세계의 관찰을 통해 예전부터 익히 알려진 사실이다.

여러 측면에서 다른 포유동물들보다는 조류의 짝짓기 시스템이 인간의 파트너 선택방식과 유사하다. 새들이 짝을 부르는 것과 인간이 이성에게 자신을 광고하는 행동은 아주 비슷하고, 이를 통해 확실한 남녀관계가 만들어진다. 아주 화목하게 살아가는 부부를 비둘기에 비유하는 것은 자연스런 일이다. 이런 이유로 많은 과학자들은 부부관계의 메커니즘을 밝혀내기 위해 조류의 세계에 집중하고 있다.

참새의 수컷은 아주 충실하고 배려심이 많은 남편이다. 무엇보다 새끼를 부화시키고 있는 동안엔 더더욱 그러하다. 이 시기에 그들의 테스토스테론 수치는 짝짓기 철과 비교해 상당히 낮다. 왜일까? 자연이 그저 위험할 수 있다는 이유로 다음 번 짝짓기 시기까지 수컷의 호르몬 시스템을 꺼놓는 것일까? 재미가 없으면 위험도 없을 테니 말이다. 아니면 여기에 또 다른 이유가 숨어 있는 것일까?

이것을 연구하기 위해 과학자들은 이 충실한 참새 남편들에게 약간의 테스토스테론을 주사했다. 무슨 일이 일어났을까? 남편 참새는 즉시 정든 둥지와 그 속에 살고 있는 자기 부인을 떠나 다른 암컷에게 열정적으로 구애하기 시작했다. 높은 혈중 테스토스테론의 수치가 가족에 대한 의무감에 좋지 않은 영향을 미친 것임에 틀림없는 것이다.

새가 사람하고 무슨 관계가 있느냐고 물을 수도 있다. 하지만 미혼남이나 막 이혼한 남자들의 테스토스테론 수치가 행복한 부부생활을 하고 있는 남자보다 훨씬 높다는 사실로 보아 새의 실험결과가 사람에게도 마찬가지로 적용될 수 있다고 볼 수 있다.

확실한 짝이 없이 자기를 광고하고 있는 남성은 마음에 둔 상대에게 자신의 장점을 증명하기 위해 그가 지닌 모든 에너지를 쏟아부어야 한다. 여성들은 남자들의 이런 알랑거리는 노력이 일단 목표에 도달하고 나면 순식간에 사라져버리는 것에 실망하곤 한다. 꽃을 들고오는 것을 잊지 않고, 외투를 벗어 어깨에 걸쳐주려고 애쓰고, 문을 열고 기다리며, 맨어깨와 가슴이 깊게 패인 옷을 촉촉한 눈빛으로 바라보던 열정적이고 친절한 기사는 어디로 간 것일까? 바로 그 남자가 이제 저기 앉아서 신문을 들여다보며 탁 풀어진 눈빛으로 씻지도 않은 목을 벅벅 긁으며 이렇게 묻는다. "맥주 더 없어?"

무슨 일이 생긴 것일까? 아주 간단하다. 테스토스테론 수치가 원인이다. 수치가 추락한 것이다. 일단 목적을 달성하고 나면 즉시 비용이 소요되는 프로그램들을 최소한으로 축소하는 것이 자연의 법칙이다. 여자를 일단 정복하고 배우자로서 책임을 갖게 만들고 나면, 구애 프로그램은 '절약모드'로 전환된다. 이제 더 이상 구애할 필요가 없어졌으므로 생겨나는 당연한 현상이다. 남자의 테스토스테론 수도꼭지가 잠겨지면서 이제 충실함이 제 소리를 내기 시작한다. 이런 현상은 우리 인간 종족의 역사에 있어서 종족 보존의 의미를 갖는다. 남자들 역시 둥지에서 일할 수 있게 만드는 것이다. 이는 오로지 일부일처의 형식을 가진 종에게서만 나타난다.

여성들은 높은 테스토스테론 수치를 가진 남성들이 훌륭한 아버지로 어울리지 않는다는 것을 본능적으로 알고 있다. 그래서 여자들은 여성적인 얼굴 형태를 가진 남성들을 장기간의 파트너로 선호하는 것이다. 이미 여러 실험을 통해 증명된 바와 같이 테스토스테론의 수치가 비교적 낮은 남성들이다.

어린 여성을 선호하는 남성의 짝짓기 전략은 분명 남성 개개인의 자손 번식을 위해 유용한 일이었다. 그리고 그런 경향은 의심할 바 없이 인간이 대대로 아이 같은 모습을 갖게 되는 데 큰 역할을 했다. 하지만 더 이상의 발전을 가져오지는 못했다. 반면 아이 같은 얼굴의 남성을 사회적 행동방식의 증거로 인식하여 이를 선호하는 여성의 짝짓기 전략은 인간 종족을 위한 돌파구를 열었다.

여기에서 우리 인간이라는 종의 성공적인 역사를 휘감고 있는 안개가 걷히기 시작한다. 바로 사회적인 행동방식이다. 여자들의 마음을 끄는 어린아이 같은 남성의 얼굴은 사교성, 결속의 능력, 충실함, 헌신적인 자세를 의미한다. 초기 인간 사회에서 생존을 위해 필수적이었던 특성들이다.

이 털 없는 원숭이들을 한 번 면밀하게 관찰해보자. 지구 전체의 기후로 인해 그들은 그들을 보호해주었던 숲을 벗어나 태양과 독사 그리고 맹수들이 있는 초원으로 쫓겨났다. 우리의 선조들은 가젤처럼 빨리 달리지도, 원숭이처럼 나무를 잘 타지도, 물고기처럼 수영을 잘 하지도 못했다. 그들은 자신을 방어하기 위한 날카로운 이빨이나 발톱, 독이나 가시를 가지고 있지도 않았다. 또한 그들은 유인원들처럼 새끼를 감싸줄 만한 털도 갖고 있지 않았다. 가지고 있는 것조차도 그리 소용이 되지 않았다. 새끼들의 발은 더 이상 아무 것도 쥘 수 없었고, 어른들의 발처럼 직립보행을 위한 모양이 되어 있었다. 결국 어른들은 아이들을 언제나 꼭 안고 있어야 했다. 직립보행으로 자유로워진 팔이 있기는 했지만, 어떻게 아이를 안고 동시에 방어용 막대기나 땅을 파기 위한 도구를 들 수 있었겠는가. 채집한 물건들이 가득한 통은 전혀 생각하지 않는다 해도 말이다. 우리 선조들이 얻은 최고의 선물은 엄청난 속도로 커진 두뇌였다. 그들은 똑똑하고 교활하여 서로를 포용했다. 단체를 형성했던 것이다. 이 초기 인간들의 유일한 기회는 서로서로 공동체를 만드는 것이었다.

파트너를 선택할 때 사회적인 자세를 갖춘 남성을 선호함으로써 우리의 여자 조상들은 결국 호모 사피엔스의 역사, 그 긴 성공사를 위한 초석을 놓았다.

남자들에 의해 굳어진 부부의 질서 중 하나는 약한 자들 앞에서 무력을 행사하는 것이었다. 그렇지만 근육질 하나만으로는 호모 사피엔스가 오늘날의 자리에 있을 수 없었을 것이다. 여성에게 선택을 맡기면서 남자들 역시 인간 역사의 발전을 위해 그들의 능력을 사용하는 기회를 가질 수 있었다. 현명함, 창의력, 감수성, 아이 사랑, 배려하는 마음, 친절함, 이 모든 특성들이 여자와 함께 발휘된다면 좋은 아버지가 될 수 있다. 이를 통해 더 많은 변화 가능성이 생겨난다. 빠르게 변화하는 생활환경에 많은 도움이 되는 장점이랄 수 있다. 특히 소속 구성원들의 사회적 성격은 사회에 많은 이익을 가져다준다. 그 점에서 여성은 남자보다 한 발 앞서 나가고 있었다.

아이에 대한 결속감이 배우자에 대한 결속감으로, 결국은 한 그룹에 대한 결속감으로 이어진다. 사회성은 한 번 일깨워지면 쉽게 임의의 대상으로 확대될 수 있다. 그렇지만 남성의 경우에는 달랐다. 맹수나 공격적인 동족에 맞서 싸우는 돌로 무장한 방어부대가 필요했다는 것이 한 가지 이유였다. 다른 한편으론 자기 집단의 구성원에 대해 사회적인 행동을 취하는 것이 당장 급한 규율이었기 때문이다. 아이들을 사랑하고, 자기보다 약한 집단구성원을 존중하는 것, 우리가 지닌 최고의 가장 고귀한 특성이 태동하는 순간이었다.

사회적인 태도는 결국 남성 자신에게 좋은 일이 되었다. 그가 보살펴줌으로써 아이들이 살아남는 확률이 높아졌을 뿐 아니라, 어려운 시기에 소속 집단이 그의 편이 되어주었다. 강하고, 지배적인 위치의 남성이라 하더라도 다치거나 병들면 도움의 손길에 의존해야 하는 것이다.

✦

파트너 선택에 있어서 사회성이 갖는 매력은 오늘날까지 변함없이 이어지고 있다. 오늘날에는 사회성 대신 감성적 지성이라는 말을 더 자주 사용하는 것이 달라졌다면 달라진 것이다. 여성이 남성의 보호와 음식조달에 의존하는 경향이 점점 더 사라지고 있는 현대 사회에서는 특히 사회성이라는 카드가 남성들이 써먹을 수 있는 유일한 수단이 되었다. 사랑에 빠진 청년은 오늘날 어떻게 자신을 표현하는가? 그들은 인내하고, 감수성이 예민하고, 섬세한 느낌을 갖고 있으며, 재미있고, 상냥하면서도 귀엽고, 배려심이 깊게 행동한다. 어두웠던 과거에 그랬듯 오늘날에도 여성들은 장래의 파트너를 사회성을 기준으로 평가하고 있다. 한 가족만이 아니라 전체 사회를 위해서도 좋은 선택 기준이 아닐 수 없다.

그렇다면 사회성을 갖춘 남성을 좋아하는 여성의 마음은 지위와 명망을 가진 남성을 좋아하는 여성의 마음과 어떻게 연결되어 있는 것일까? 이 두 기준은 생각하는 것처럼 그렇게 모순적인 것이 아니다.

여성들이 자기의 배우자를 선택하면서 사용하는 기준은 사장이나 헤드헌터가 인물을 평가하면서 가장 상위에 놓는 바로 그 기준들, 즉 감수성, 사회성, 신뢰성 그리고 성실성이다. 이런 특성들은 사람을 좋은 파트너로만이 아니라 좋은 사업파트너로 만든다. 다시 말하면 배우자 선택의 장에서 많은 점수를 받는 남자는 회사에서도 쉽게 승진하게 될 것이다. 믿고 밀어주는 사람들의 네트워크에 참여하고, 그 네트워크에 기여해야 최고의 자리에 오를 수 있다.

아직 털이 북실북실한 모습으로 웅크리고 앉아 이제 막 똑바로 서보려 애쓰는 피조물이었던 그때부터 벌써 여성이 전체 종족의 복된 미래를 눈앞에 그리고 있었다고 주장하는 것은 아니다. 파트너를 선택하는 여성의 기준에 그렇게 폭넓게 진화된 시야를 부여하고 싶지는 않다. 그렇지만 인간이 동물의 세계에서 현재의 특수한 위치를 차지하게 된 것이 인간의 인식 능력만이 아니라, 사회적 능력에 힘입은 바 크다는 것을 분명하게 언급하지 않을 수 없다. 그리고 이 능력의 신장은 절대적으로 여성의 덕택이었다.

여성들이 이미 수백만 년 전부터 자기 아들에게 낮은 테스토스테론 수치를 물려주게 될 여성적인 얼굴형의 남성을 선호했다는 것은 분명한 사실이다. 그렇다면 우락부락한 황소 같은 남자들이 여전히 우리들 중에 있는 것은 무슨 이유일까? 여성들이 사회에 도움이 되는 기준에 따라 배우자를 선택한다 하더라도 개인적인 장점까지 항상 무시할 수는 없다. 여성들은 자식을 키우는 데 기꺼이 도움이 될 파트너를 찾기는 하지만, 그 남자가 꼭 아이들의 생물학적인 아버지여야 한다는 의미는 아니다.

이런 이유에서 여성들은 가끔 테스토스테론이 넘쳐나는 남성들에게서 매력을 느낀다. 물론 삶의 동반자가 아니라, 짧은 성적인 모험을 위해서이다. 그런데 이런 욕구가 대개 배란기에 발생한다는 점이 문제이다. 일명 '섹시한 아들'이라는 가설은 이 문제에 대해 타당한 설명을 제공하고 있다. 비교적 낮은 테스토스테론 수치를 지닌 부드러운 남성들은 장기간의 관계에 적합하기는 하지만 아들에게 물려주는 성적 공격성의 수치는 낮을 수밖에 없다.

그래서 여성은 이중작전을 편다. 한편으론 최소한 여성이 하고 있는 일의 반을 떠맡는 성실하고 가정적인 남편을 원한다. 다른 한편으론 다음 세대쪽으로 슬그머니 눈길을 돌린다. 내 아들이 성실하고 배려심 깊은 남편이 되면 내 유전자에는 무슨 일이 생기는 걸까? 며느리가 아들 몰래 바람을 피우고, 아들은 다른 남자의 유전자를 애지중지 보살피게 되는 것은 아닐까? 가정일과 관련하여 남자들이 자주 품게 되는 갈등은 자기 자식의 아빠가 어떤 사람이어야 할지를 생각하는 여성의 갈등이 빚어낸 그림자일지도 모른다. 감미롭고 부드러운 남성이어야 할까, 테스토스테론에 취한 섹스광이어야 할까? 여성의 유전자는 최상의 전략을 찾아낸다. 충실하고 가정적인 남편은 분명히 좋다. 하지만 과연 그가 꼭 그녀가 낳은 아이들의 아버지여야 하는 걸까? 아무도 알아채지 못하는 작은 바람이 불고 그리고 카드는 새로 섞인다. 그러면 사려가 깊지 않은 방탕한 사내의 아들은 같은 상황 하에서 그의 아버지와 마찬가지인 아버지가 될 것이다. 그 뻐꾸기의 알을 부화시키도록 도와주고 새끼를 키우기 위해 함께 힘써줄 사람만 있어준다면, 누가 싫어할 것인가? 여성들은 분명 마다하지 않는다.

남자들이 자기들의 재생산 기회를 놓고 쉽게 속아 넘어가지 않기 위해 진흙탕 속에서 일부일처주의와 결혼을 만들어낸 것은 자연스런 일이다. 남성이 오늘날 결혼을 앞두고 점잔을 빼면서 여자들이 얼마나 결혼을 원하는지 확신에 차 말하는 모습을 보면, 그저 가볍게 웃음이 나올 뿐이다. 결혼은 남자가 자기 후손을 남기는 데 성공하는 중요한, 아니 그냥 중요한 정도가 아니라 꼭 필요한 보증이기 때문이다. 근본적으로 결혼은 남성을 위한 보호 장치인 것이다.

노아의 방주 원칙
어째서 둘씩 짝을 지을까?

결혼은 남녀관계만큼이나 보편적이다. 말하자면 결혼은 세상 어디에나, 모든 문화에 걸쳐 존재한다. 현재 지구상의 많은 사람들이 일부다처 혹은 일처다부를 허용하는 사회에서 살아가고 있지만, 그럼에도 두 명의 이성끼리 부부관계를 구성하는 것이 남자와 여자가 함께 살아가는 가장 일반적인 형태이다. 그렇게 많은 사람들이 이런 형태의 삶을 선호한다면, 이는 아주 오랜 전통을 가지고 있거나 심지어는 우리의 삶을 구성하는 고정된 요소로서 원천적으로 사람들의 습성에 배어 있는 것임에 틀림없다.

결혼이 한 남자에게 한 여자에 대한 독점권의 행사를 가능하게 만들어주고, 경쟁자들로부터 그녀를 보호할 수 있게 해준다는 사실은 이미 앞에서 언급한 바 있다. 그렇지만 그런 사실만으로는 왜 하필이면 두 사람이 맺어진 부부관계가 다른 모든 형태들을 제치고 절대다수를 차지하고 있는지 해명할 수 없다. 둘만의 부부관계를 대체할 수 있는 전략들은 너무도 다양해서 언제나 같은 형태의 짝짓기에 빠져드는 것이 오히려 상상력 부족의 결과로 보이기도 한다. 장기적인 관계를 위해 노력을 기울이지 않고도 종족 유지에 참여할 수 있는 기회는 얼마든지 있다.

동물의 세계에서 암컷들이 먹이로 꾀임을 당하고 알을 품을 보금자리에 현혹되면, 전시용 전투가 벌어진다. 많은 암컷들이 브룬힐데(독일의 영웅서사시 〈니벨룽겐의 반지〉에 등장하는 왕비. 자신과의 결투에서 이기는 남자만을 남편으로 맞아들이기로 함)처럼 정복되고 싶어한다. 수컷들은 온갖 종류의 계략으로 그들에게 너무나 위험할 수도 있는 서열 다툼을 피하려 한다. 많은 수가 몸을 움츠리고 있고, 안테나 노릇을 해가며 지배자 수컷들에게 기대고 있다. 결국 그들은 성적으로 미성숙하게 보이기 때문에 우두머리들에 의해 용인된다. 많은 수컷들은 심지어 암컷 흉내를 내서 우두머리 수컷을 속이기도 한다.

인간 남성과 여성은 고집스럽게 일부일처를 유지하고 있다. 그것은 오로지 단 한 가지, 양쪽 모두가 일부일처제, 즉 단혼제에서 어떤 방식으로든 이익을 얻고 있기 때문이다. 그러면 이제 미국의 뉴욕에서 러시아의 상트페테르부르크까지, 호주의 시드니에서 아이슬란드의 레이캬비크까지 한 남자와 한 여자가 서로 사랑에 빠지고, 결혼하여 자식을 키워내도록 만들어주는 가장 일반적인 형태의 생물학적, 심리학적 비밀과 타당성을 추적해보도록 하자.

선택할 수 있다면, 인간은 언제나 자기자신만을 위한 한 명의 파트너를 가지려고 한다. 그럼에도 불구하고 다수와의 결혼을 결정한다면, 그것은 오로지 돈과 재산의 문제와 결부된다. 단지 아주 적은, 아주 부유한 남자들만이 부인을 여럿 거느리는 사치를 누릴 수 있다. 어쨌든 여러 부인을 거느린 사람은 최고의 명성을 누린다. 일반적으로 여성들은 남편을 나누어야 하는 것에 대해 불만을 갖는다. 그러나 일부다처의 상황에서 여자가 결혼하기로 작정했다면, 그것은 경제적으로 얻는 것이 잃는 것에 비해 훨씬 크기 때문이다. 여러 부인들 중 한 명이 되어서 한 남자의 유일한 아내인 것보다 더욱 잘 대섭받고 더욱 커다란 재생산의 기회를 갖는다면, 피할 수 없는 부인들 간의 암투와 질시까지도 기꺼이 감수할 수 있을 것이다. 그런 분위기는 어느 후궁체제에서나 마찬가지로 나타난다.

이스탄불의 궁전에 가본 사람이라면, 그 당시에 한 여자가 농부의 아내 혹은 소상인의 아내로 반쯤 죽어 틀어박혀 지내는 대신에 모든 것이 넘쳐나는 삶을 선택하는 데 그리 길게 고민할 필요가 없었으리라는 것을 쉽게 짐작할 수 있다. 보스포러스 해협과 콘스탄티노플의 스카이라인 위로 황금새장 같은 창문이 솟아 있다. 그 창으로 보석을 휘감고 비단 양탄자 위에 누워 있는 술탄 후궁들의 모습이 보인다. 그들의 모습은 썩 행복하게 보이지는 않았을지 몰라도 사회적으로 확고한 안전이 보장된 위치였다.

그러나 물질적 풍요와 안전만으로는 결혼생활을 향유하고 싶다는 여자의 욕구를 완전하게 충족시킬 수는 없다. 나이지리아 계통의 이보족과 요루

바족의 여자는 남편이 두 번째 부인을 얻지 않으면 그것을 수치스럽게 느낀다. 이 두 부족들의 경우 두 번째 부인은 하녀보다 조금 나은 위치를 갖는다. 다시 말해 남편이 두 번째 부인을 얻지 않는 일로 이보족 여인이 힘들어하는 것은, 서유럽의 여자가 자기 친구들 앞에서 자신이 모든 집안일을 혼자 떠맡는다는 것에 대해 부끄럽게 느끼는 것과 다를 바 없는 것이다.

한 부인이 여러 남자들과 결혼하는 형태, 즉 일처다부 뒤에도 역시 분명한 경제적 득실이 숨어 있다. 예를 들어, 서티벳의 한 변경 지역에서는 여러 명의 형제들이 한 여자와 함께 사는 경우가 많다. 왜일까? 작은 규모의 농업을 각각의 형제들이 나눠가지고선 살아갈 수 없기 때문이다. 그들의 소유를 공동으로 관리하기 위해 그들은 다 함께 한 명의 부인만을 맞아들이는 것이다. 이런 방식을 통해 또한 아이들의 숫자 역시 토지가 부양할 수 있는 정도의 적정 규모로 유지된다. 그러나 후궁체제에서와 마찬가지로 이 한 여자의 남편들 역시 편치 않은 감정을 갖게 된다. 농장의 수입을 통해 동생들에게 어느 정도 재산이 확보된다고 해도, 모든 결정권은 형제들 중 장남의 수중에 있는 것이다. 그는 가정의 수장이며 남편들의 우두머리이다. 이런 임무 분담은 결코 그저 임의대로 결정된 것이 아니다. 장남은 대부분 가장 성숙하며, 따라서 부인에게 가장 매력적으로 다가서는 반면에, 막내는 대개 여전히 미소 띤 소년에 불과한 것이다. 마찬가지로 이런 형태의 결혼이 행해지는 인도에서는 나이 어린 형제들이 자기자신의 부인을 얻기 위해 돈을 모아 결국 신부를 살 돈이 모이면 새로운 부인을 사들여 가족으로 맞이한다. 그러나 이런 형태의 복혼은 아주 드물다.

남편이 여럿이든, 부인이 여럿이든 복혼의 상황에서는 결국 갈등이 생겨나는 것을 피할 수 없다. 이런 갈등은 문화가 달라도 크게 차이가 없다. 오히려 호모 사피엔스의 감정세계에서 자연스럽게 분출하는 것이라 볼 수 있다. 결국 짝짓기와 관련해서 발생하는 일들은 세계 어디에서나 공통의 법칙에 따르고 있는 것 같다.

사유 실험을 해보자. 모든 여자들이 모든 남자들과 결혼한 하나의 결혼 공동체, 다시 말해 집단결혼체제 속에 우리가 살고 있다고 가정해보자. 여러 공동생활체에서 찾아볼 수 있는, 누구나 자신의 섹스 파트너를 고를 수 있다는 자유연애의 개념이 아니라, 누구와도 바로 성관계를 맺을 수 있는 상황을 가정하는 것이다. 그렇게 할 수 있을까? 그런 상황에서 행복할 수 있을까? 여자로서 모든 남자에게 동시에 좋은 부인, 좋은 연인 그리고 좋은 어머니가 될 수 있을까? 모든 남자들과 비슷한 정도로 친밀한 관계를 맺을 수 있을까? 남자로서 모든 여자들을 똑같이 원하고, 누구와도 성관계를 맺고, 그들 모두를 행복하게 만들어주고 싶을까? 아닐 것이다. 아마 지금 이렇게 말할 것이다. "도대체 뭘 물어보는 건데? 그런 사회는 있지도 않고, 앞으로도 없을 거야." 그렇지만 분명 그런 사회가 있었다. 그리고 그것이 잔인하고 인간성을 해치는 실험이기는 했지만, 우리는 인간의 애정생활에 대한 핵심적인 인식을 얻을 수 있었다.

"내가 어떤 한 남자의 열정적인 사랑으로 완전히 치유되지 않았다면, 나는 계속해서 노이스 씨의 말을 믿었을 것이다"라고 1874년 31세의 티르자 밀러는 그녀의 일기에 이렇게 털어놓았다. 그녀는 유토피아를 꿈꾸는 오네이다 교단의 회원이었다. 이 공산촌(共産村)은 존 험프리 노이스가 1844년 기초하여 1848년부터 1880년 해체될 때까지 캐나다 국경에서 멀지 않은 미국 뉴욕주의 작은 도시 오네이다에 자리잡고 있었다. 노이스는 지상에 파라다이스를 건설하겠다는 생각에 사로잡혀 있었다. 누구도 다른 사람보다 많이 소유해서는 안 되었다. 모든 것이 공평하게 분배되어야 했다. 여성과 남성 모두 절대적으로 평등해야 했다. 아이들은 후일 사회에서 똑같은 기회를 가질 수 있도록 공동으로 양육되었다. 거기까지는 그런 대로 좋았다. 이른바 '완전론자들'이 쟁취하려는 일종의 종교적 공산주의였다. 그 자체만으로는 별다른 충격을 야기하지 않았을 것이다. 그렇지만 노이스는 자유연애주의자의 척도로 본다 해도 놀라지 않을 수 없는 행동강령을 그의 남녀 추종자들에게 따르라고 하였다.

노이스는 이른바 집단결혼을 법으로 정하려 했다. 그것은 단체의 모든 남자들과 모든 여자들이 결혼한 상태가 되어 모두 함께 잠자야 한다는 것을 의미했다. 하지만 사랑에 빠지는 것은 엄금되었다. 그것은 신을 모독하는 우상숭배로 치부되어, 이기적이고 해악적인 행동으로 여겨졌다. 노이스는 누가 누구와 언제 아이를 가질 것인지를 자신이 결정할 수 있도록 하기 위해 남자들에게 사정을 금지시켰다. 이런 방법으로 노이스 스스로가 수많은 아이들의 아버지가 되었다는 사실은 구태여 언급하지 않아도 뻔한 일이다. 젊은 남자들은 이미 폐경기가 지난 늙은 여자들과 성생활을 하도록 했다. 원하지 않은 임신을 피하기 위해서였다. 그러면서 젊은 여자들은 노이스 자신과 같은 늙은 남성들에게만 허용되었다. 당연히 어떤 두 사람이 눈에 띄게 가까워지는 일들이 지속적으로 생겨났다. 그런 일이 생기면, 노이스는 특정한 사람에 대한 열정적인 감정을 싹부터 잘라내기 위해 두 사람을 떼어놓았다. 이런 실험이 결국 실패로 막을 내린 것은 너무나 당연한 일이다.

티자르 밀러의 심금을 울리는 일기는 오네이다 교단의 추종자들이 존 험프리 노이스에 대한 충성심과 의무수행 그리고 자기가 사랑하는 한 사람에 대한 폭발적인 감정들 사이에서 얼마나 고통을 받았는지를 보여준다. "규칙을 어기지 않도록 나를 이렇게 비참하고 고통스런 상태에 빠뜨리는 것이 과연 신의 뜻일런지." 노이스가 연인을 다시 만나는 것을 완전히 금지시키고 난 후에 티자르 밀러는 이렇게 적고 있다. "우리가 아무런 희망도 없이 서로를 사랑했던 긴 시간 동안, 내가 그에게 품었던 그런 감정을 그 역시 나에 대해 품고 있었음을 알게 되어 조금은 진정이 된다."

이런 비징싱적인 움직임은 자연히 오랜 기간 유지될 수 없었다. 도덕적으로 엄격한 외부세계가 이 충격적인 실험을 끝내기 위해 거센 압력을 행사했기 때문만은 아니다. 그 사회 내부에서도 그런 압력은 금세 폭발할 지경에 이르렀다. 특히 젊은 남자들에게는 거룩한 노이스의 규칙에 복종하는 것이 어려운 일이었고, 결국 실망한 추종자들이 '외부'에서 결혼하여 '정상적'인 삶을 살기 위해 교단을 떠나는 일이 점점 늘어만 갔다. 왜였을까?

완전론자들은 그들의 행동규칙을 통해 말도 안 되는 방법으로 인간의 본성을 거슬렀던 것이다. 두 사람이 짝을 짓는 것은 먹고 마시는 일과 마찬가지로 인간의 기본 욕구이다. 이미 하나의 관계 속에서 살고 있지 않은 거의 모든 사람이 살아가면서 언젠가 자신의 배우자를 찾게 되기를 소망한다. 이미 사랑에 대해 말하며 자세하게 언급했듯이, 큐피드의 화살에 한 번 맞으면 아무도 상대에 대한 감정을 억제할 수 없다. 설사 누가 금지한다 해도 사람들은 사랑에 빠진다. 사랑이라는 프로그램은 너무나 강하다. 그것도 좋은 이유에서. 인간 종족의 성공을 위해 가장 중요한 전제조건은 바로 사랑이었다. 누가 누구와 아이를 가질 것인가의 결정이 오로지 이성적 계산의 문제였다면, 인간 유전자의 조화로운 상태는 결코 이루어내지 못했을 것이다.

현재 인간이 지닌 유전 설비는 바로 즉흥적이고 순간적인 사랑의 감정 덕택인 것이다. 이런 방법으로 우리는 우리를 질병으로부터 지켜주고, 우리에게 추위와 가뭄 그리고 배고픔에 대한 저항력을 길러준 유전적 다양성에 이르게 되었다. 또한 이런 방법으로 우리는 지구 어느 곳에나 거주하는 것이 가능하게 되었다. 만일 사람이 즉흥적으로 어떤 타인과 친해지고 그들의 아이들을 세상에 내놓을 수 없었다면, 이런 모든 일은 불가능했을 것이다. 지구상의 모든 피조물들 중에 짝짓기의 모범사례가 있다면 그것은 바로 우리 인간이다.

이런 상황을 가능케 한 열쇠는 아이들의 생존이다. 오랫동안 의존하며 살아야 하는 모든 어린이들이 성적 성숙을 체험할 수 있을 때까지는 부모 두 사람이 완전히 투입되어야 했다. 사람의 아이들은 이런 점과 관련하여 최고 기록을 세우고 있을 것이다. 어떤 다른 동물도 자기 아이를 20년 넘게 보호하고 감싸주지는 않는다. 이는 정말 극단적인 것이다. 그렇지만 종족 번식은 극단적인 조건에도 불구하고 후손을 키워낼 때 비로소 가능한 일이다. 이를 증명해주는 사례들은 동물의 세계에서도 얼마든지 있다. 사람들이 극단적인 환경조건을 이겨내기 위해 긴 시간에 걸쳐 고도로 복잡한 뇌를 발달시킨 것과 마찬가지이다.

예를 들면, 펭귄은 새끼를 키우기 위해 믿기 힘든 노력을 기울인다. 영하 70도가 넘는 온도와 남극의 폭풍우에도 불구하고 수컷 펭귄은 알을 품고 암컷 펭귄은 먹이를 찾는다. 이런 생활은 새끼가 나올 때까지 몇 개월 간 지속된다. 이 기간 동안 수컷 펭귄은 체중의 3분의 1을 잃는다. 분명 지구상에서 그다지 사회적인 부류에 속하지는 않는 피조물들에겐 엄청난 희생이 아닐 수 없다.

어떤 종에게 있어서 짝짓기가 중요하면 중요할수록 구애의 시간도 길어지게 마련이다. 인간은 이와 관련해서도 유별나다. 인간의 사촌인 침팬지는 부부관계를 이루지 않으므로 구애도 짧고 단순하다. 가지를 흔들거나 자기 성기를 내보이는 것으로 벌써 로맨스가 시작된다. 우리 인간들의 힘들고 긴 구애 기간은 결코 우연이 아니다. 구애하느라 쏟아부은 노력은 후일 아무런 생각도 하지 않고 관계를 파괴한다든지, 그런 모든 노력을 헛수고로 만드는 것을 힘들게 한다. 남성의 구애행동은 우리의 가까운 친척인 유인원들에게서가 아니라 조류의 세계에서 비로소 비슷한 경우를 발견할 수 있다.

여성의 마음에 들어보려 하는 이런 의식을 통해 남자들은 앞으로의 보호자이자 후손을 위한 영양공급책으로서 자신의 능력을 증명할 기회를 얻게 된다. 여자들은 아이를 키우는 일을 기꺼이 도와줄 파트너를 찾는다. 그렇지만 그 남자가 자기 아이의 생물학적 아버지여야만 하는 것은 아니다. 남자들에게는 물론 다른 무엇보다도 중요한 요소인데도 말이다.

또 한 번 새들의 세계에 잠시 들러보자. 여기서도 역시 아버지의 지위가 불분명한 것이 둥지에서 열심히 일하려는 수컷의 마음을 어둡게 만든다. 새끼의 양육에 노력을 기울이려는 수컷의 마음은 자기가 아기새의 아버지일 가능성에 비례하여 커진다. 자기가 진짜 아비라는 믿음이 크면 클수록, 아기새를 향한 아비새의 사랑도 커지는 것이다.

새들 사이에서의 이런 관계는 여러 번에 걸쳐 증명된 바 있다. 서로 다른 많은 수컷들과 짝을 짓는 암컷들은 혼자서 새끼들을 키운다. 오로지 한 수컷과만 짝을 짓는 암컷은 둥지에 글자 그대로 좋은 조력자를 갖게 된다. 바늘꼬리칼새의 암컷은 남편이 둥지에 있을 때에만 정조를 지킨다. 수컷이 둥지를 떠난 동안 기회가 생기면 암컷은 곧바로 다른 수컷과 짝을 이룬다. 암컷의 파렴치한 행동이 파트너에 의해 발각되면, 암컷은 새끼들을 혼자 키워야만 한다.

부정은 그 값을 치르게 된다. 그러나 꼭 그런 것만은 아니다. 남편이 가정의 행복을 위해 기여하는 데 있어 결정적으로 작용하는 것은 자식이 자신의 피를 물려받았을 거라는 개연성이다. 심지어 조부모의 투자 역시도 손자, 손녀가 자신의 혈족일 것이라는 개연성에 좌우된다. 그렇지 않고서야 외할머니가 손자, 손녀를 위해 시간과 돈을 아낌없이 투자하는 데 반해 친할아버지는 가장 적게 투자한다는 사실을 어떻게 설명할 수 있겠는가?

그리도 복잡하고, 고도로 발달하고, 기회주의적이고, 뒤늦게 성숙한 피조물인 우리 인간들이 아무런 적당한 이유도 없이 일부일처의 형식으로 살아가고 있다는 것은 사리에 맞지 않는다. 일부일처 형식의 짝짓기는 이제까지 생각해왔던 것보다 인간이라는 종의 성공 스토리에 훨씬 크게 관여하고 있다.

동물의 세계와 비교한 내용을 믿지 않는 사람은 어떤 이유에서 이 세상의 다양한 문화들 그리고 사회체계들이 생물학적 기본욕구들을 법과 가치관 그리고 전통을 내세우며 전적으로 뒷받침하고 있는지 생각해보아야 할 것이다.

남녀관계의 역사는 두 사람이 완전히 평등하게 같은 가치를 지니고 마주하는 파트너십의 형태로 진행될 수밖에 없었던 상호의존성에 대해 설명해주고 있다. 아직까지도 두 파트너는 번식 사회에서 전력을 기울이도록 요구받고 있으며, 이 과정에서 서로의 힘을 하나로 녹여 발휘하면서 서로 비슷하게 이득을 얻고 있는 것이다.

그렇다면 지난 수천 년 동안 여자와 남자 사이에 존재했던 힘의 불균형은 어떻게 가능했을까? 왜 가장은 그 평등했던 원초적인 관계, 평등한 두 사람이 만드는 파트너십을 그토록 강하게 억눌렀을까? 그 이유들은 아주 다양한 여러 차원에서 기인하며, 더 정확하게 관찰할 가치가 있는 점진적인 발전의 결과이다.

우리의 선조들이 어떻게 살았는지를 알아내는 것이 왜 그렇게 어려운 일일까? 우리는 그들의 유골을 재구성하고 동아프리카에서 출토된 뼈의 잔해를 관찰하여, 인류가 이미 7백만 년 전부터 직립보행했다는 사실을 알아냈다. 언제 최초의 도구가 생산되었는지도 알아냈다. 최초로 석기가 사용된 시기는 거의 직립보행 시기의 중간쯤까지 거슬러 올라간다. 그리고 우리는 이런 석기의 사용을 근거로 우리 종이 언제 말하기 시작했는지를 생각해볼 수 있다. 이와 관련해 언어학자들은 '돌의 개념'이 지표가 될 수 있다고 말한다. 다시 말해 도구 생산의 전통을 후대에 전달할 수 있었다면, 그 문화는 이미 언어를 가지고 있었음에 틀림없다는 생각이다. 그렇지만 우리 선조들의 사회적 삶에 대해서는 말할 수 있는 것이 거의 전무한 상태이다. 왜 그럴까?

　문자가 없었기 때문이다. 최초의 문자라야 단지 수천 년밖에 되지 않았다. 그 문자를 통해 비로소 역사시대가 시작되었다. 원시시대는 어둠 속에 묻혀 있다. 따라서 우리의 사회체계들이 발전해온 과정에 대해선 오로지 추측만이 있을 뿐이다. 과학은 추측의 여러 가지 실마리를 제공한다. 과학에서 흔히 그러하듯 서로 간에 배타적인 출발점들이다. 현재 자연 속에서 원시적으로 살아가고 있는 부족들이 비교대상으로 빈번히 이용되곤 한다. 인간이 처음으로 농사를 시작하고 한 곳에 정주하게 되는 '신석기시대' 이전에 우리의 선조들은 유랑생활을 했다. 오늘날 남아프리카에서 살아가는 부시맨들과 유사하게 채집과 사냥으로 살아갔을 것이다. 10명에서 40명씩 집단을 이루어 초원지대를 이리저리 이동하면서, 자연으로부터 그들이 살아가는 데 필요한 것을 얻었을 것이다. 그들에게 유리한 그런 기후에선 저장은 아무런 의미도 없는 일이었다. 정반대로 소유는 오히려 짐이 되었다. 들고 날라야 하는 것이다. 이른바 평등 사회를 상상해 볼 수 있다. 물론 몇몇 사람, 대개는 나이 대접을 받는 집단구성원의 말에 조금이라도 더 무게가 실릴 수는 있었겠지만, 누가 누구를 지배하는 일은 없다.

　그런 사냥과 채집의 사회에서 여자는 남자와 평등한 위치에 있었다. 20세기 초의 인류학자들이 생각했던 것과는 반대로 그 당시에 가족들을 먹여 살렸던 것은 여성의 채집 능력이었다. 언제 그리고 어느 시기에 그것들이 자라나고, 어떻게 먹어야 하고, 어떤 영양적 가치를 가지고 있는지, 식물에 대한 여성들의 지식이 중요한 역할을 했다. 오늘날의 유목민들 역시 거의 대부분 여성들이 장만하는 식물성 식사를 주식으로 살아가고 있다. 남자들이 사냥하여 숙영지로 가지고 오는 것들은 오늘날의 사냥대회에서의 트로피와 비교할 수 있다. 한 집단의 축제이자, 기분 좋은 사건이며, 무엇보다 솜씨 좋은 사냥꾼을 위한 '많은 찬사'가 뒤따랐을 것이다. 다시 말해 생크림을 수북하게 얹은 딸기일 수는 있었어도, 영양공급의 근본적인 토대는 분명 아니었던 것이다.

남자를 생계 유지자 그리고 원시의 가장으로 보는 신화가 그렇게 오랫동안 끈질기게 유지되고 있는 이유는 무엇일까? 아마도 우리 시대에 원시시대를 연구하는 학자들 그리고 인류학자들이 남자였고, 원시시대의 한가운데에서도 그들과 마찬가지의 역할을 찾아보고 싶어했기 때문이었을 것이다. 어쩌면 그들이 유골의 잔해는 발견했으되, 식물의 잔해는 화석화된 흔적을 남기지 않는다는 것을 생각하지 못했기 때문일 수도 있다.

남성과 평등한 여성의 사회적 위치는 여자가 주요 영양공급자라는 점 그리고 또 한 가지 중요한 역할, 즉 아이를 낳는 능력 덕분이었다. 이런 사실을 증명하는 데는 화석이나 현존하는 원시부족들과의 비교조차 필요치 않다. 아이를 임신하고, 품고 다니며, 출산하는 것은 여성이다. 임신과 출산 사이의 상관관계가 항상 명확하지는 않았을 것이다. 사람의 경우 그 사이에 9개월의 시간이 놓여 있는 것이다. 온갖 수많은 일이 생길 수 있는 긴 시간이다. 도구를 만들어내고, 자기 행동을 말로 표현하기 시작했던 초기 인간들에게는 출산이 특별한 힘을 가진 신비의 현상으로 보였을 것이다. 마치 어떤 정령이 여성을 스쳐가기라도 한 것처럼, 여성의 육체가 부풀어오르고 새로운 생명이 태어났던 것이다.

저명한 폴란드계 미국인 인류학자 말리노브스키는 1920년대에 트로브리안트 섬의 원주민인 인디언들을 관찰했다. 그들은 임신과 출산 사이의 상관관계를 아직 모르고 있었다. 그들은 여자의 출산을 사망 이후에 줄곧 이웃한 섬에 살고 있었던 그들의 조상을 다시 데려오는 것으로 믿었다. 그 섬사람들은 밤에 한 조상이 젊은 여자의 머리로 들어온다고 믿고 있었다. 여자가 그를 낳는 것에 동의하면 그는 여자의 육체에 몸을 깃들일 수 있게 되고 여자는 그에게 새로 삶을 선사하는 것이다. 여자가 동의하지 않으면 그는 그녀의 육체를 통해 다시 밖으로 나와야 한다. 이런 경우 여자는 피를 흘리게 된다. 영혼이 떠났다는 증거인 것이다. 그의 저서 『원시 심리학에서 본 아버지』에서 말리노브스키는 아버지의 역할을 '어머니의 연인'으로 기술했다. 사회는 그에게 임신에 관한 어떤 역할도 인정해주지 않았다. 그래서 어머니의 남자 형제는 아이들 문제를 함께 결정할 권한이 있었지만, 생물학적인 아버지는 그렇지 못했다.

트로브리안트 섬의 원주민들은 눈으로 보고 귀로 듣지 않고서는, 즉 경험하지 않은 사실은 아무 것도 인정하지 않으려 했다. 말리노브스키는 그 '야생의 사람들'을 계몽해보려 시도했다가 엄청난 웃음거리가 되었다. 섬사람들 중 하나가 그를 옆으로 끌어당기며, 그에게 틸라포이라는 한 여자에 대해 설명했다. 그 여자는 기괴하다 할만치 너무나 못 생겨서 "틸라포이와 섹스 해"라는 말이 누구나 아는 욕이 될 정도였다. 그 섬사람이 말했다. "아무도 이 여자와 함께 하려 하지 않았지만 그녀는 아이를 낳았다. 네 이론은 그러니까 말도 안 되는 것이다."

말리노브스키는 그런 주장을 들으면서 더 이상 아무 말도 할 수 없었다. 하지만 이 이야기는 남자의 씨가 임신에 필요하다는 인식이 그렇게 당연하게 받아들여졌던 것이 아니었음을 우리에게 보여준다. 초기 시대의 인간들 대부분이 여자만이 죽음과 삶을 관장하는 힘을 지니고 있을 것이라고 믿었다는 것을 충분히 상상할 수 있다. 바흐오펜을 포함하여 많은 정신과학자들은 초기 인간 사회 전체가 여자의 막강한 권력에 의해 지배되었다고 판단한다. 바흐오펜은 그의 유명한 저서 『모권(母權)』에서 수백만 년 넘게 여성이 지배한 시대가 지속되었음을 확실하게 제시하고 있다. 오늘날 원주민 부족들의 여성을 관찰하면서 알 수 있는 것처럼, 생명을 탄생시키는 여성의 신비한 능력은 남녀평등의 단계를 넘어서서 믿기 힘든 사회적 위치를 여성에게 부여해주었던 것이다.

그렇지만 여자는 남자와는 다르게 지배했다. 그들은 아무도 노예로 만들지 않았고, 그들을 섬기도록 강요하지 않았다. 나이가 많은 현명한 여성이 집단을 이끌어가는 책임을 맡았다. 그녀는 모든 것을 '모권'에 따라 조정했다. 이런 상황은 계속해서 역사와 신화의 형태로 전해졌다. 현명한 여자 노인의 권리는 이렇게 전해내려오며 자연적인 법으로 인정되었다. 그 권리는 집단의 구성원들에게 너무나 당연한 것으로 받아들여졌기 때문에, 아무도 그것을 어떻게든 글로 남기려 생각하지 않았다. 이것이 또한 노부인이 리더가 되는 여가장제가 오늘날 그저 신화로만 되어버린 이유이다. 언젠가 여자가 지배했던 사회가 있었다면, 그 사회에선 법으로 정할 필요도 없이 피지배자들이 존중을 받으며 제대로 대우받는다고 느꼈던 것이다.

원시시대로부터 전해지는 수많은 유물들은 최소한 여성이 우월한 위치에 있었다는 증거들을 제공하고 있다. 선사시대의 동굴을 연구하는 마리 쾨니히는 대단히 세밀한 작업을 통해 동굴의 벽에 그려진 석기시대 인간들의 그림들을 해석하는 데 성공했다. 여기에서도 여성의 중심적인 위치를 제시하는 증거들이 발견되었다. 간단하게 교차하여 그어진 선들에서부터 남프랑스 라스코 동굴벽화에 표현된 황소의 머리에 붙은 달의 상징에 이르기까지 상상할 수 없이 많은 상징들이 그것이다. 비록 문외한이라고 해도 4만 년 전 제작된 빌렌도르프 비너스상 같은 후기 구석기시대의 예술품들에서 여성의 육체와 그 육체가 지니는 근원적인 능력에 대한 초기 사회의 존경심을 분명하게 확인할 수 있다.

그런 모든 것들이 어떻게 잊혀질 수 있었을까? 어째서 수백만 년을 지켜온 상좌로부터 여성이 밀려날 수 있었을까? 남성들이 여성의 출산을 부러워했을까? 재생산이란 자동차에서 다섯 번째 바퀴가 되어 생명을 선사하는 여자들의 그림자에 파묻히고 감춰지는 것이 슬펐을까? 그래서 남성이 모든 공적인 자리들을 자기 것으로 빼앗아버리고, 종교들을 만들고, 그 종교들 속에서 여성에게 특히 천하고 낮은 역할을 부여했던 것일까?

＊

무엇이 이유였든, 약 만 년 전에 남성들은 신분상승의 기회를 가지게 되었다. 신석기시대 초반 무렵 사냥꾼들, 채집자들의 삶이 변화되었다. 북부 전역에서는 나쁜 기후로 인해 물품을 저장해야 했다. 농사와 동물의 사육이 시작되었다. 인간과 동물을 위한 거주공간을 짓고, 경작용 토지를 개간하였다. 침입자들로부터 소유재산을 보호해야 했다. 그러면서 여성의 노예화가 시작되었다. 이제 남성이 자신의 위치를 소유자이며 재산의 방어자로서 인식했었던 것일까?

그것도 한 가지 이유였을 것이다. 더 중요한 다른 이유는 이별이 아예 불가능하거나 훨씬 어려워졌다는 점이다. 토지와 집은 나눌 수가 없다. 싸움이 있을 때 과연 누가 떠나야 하는가? 떠나는 사람은 모든 것을 잃는다. 혼자서 새로 시작하는 것은 거의 불가능하다. 채집자 시절의 여성은 자신의 길을 개척할 수 있었다. 소유라는 짐을 지고 있지 않았던 것이다. 또한 그녀는 자신이 데리고 다닐 수 있을 만큼의 아이만을 낳았다.

그러나 새로운 농촌 여성은 그렇지 않았다. 머리 위에 튼튼한 지붕을 이고 있는 집에 살았고, 우리에는 가축들이 있으며, 겨울 동안 먹을 수 있는 음식이 창고에 그득하여 한 번에 여러 명의 아이들을 키울 수 있었다. 아이들은 더 이상 채집생활에 방해가 되지 않았고 오히려 그 집단이 더욱 융성하는 데 도움이 되었다. 아이들은 집과 농장에서 값싼 노동력을 제공하였다. 키워놓기만 하면 재산을 지키고 농사일을 하는 데 도움이 되었으며, 부모의 노후를 돌보아주기도 했다. 출산 간격이 점점 짧아졌다.

이로써 여성들은 종속과 의존이라는 숙명적인 고리에 빠져들었다. 여성에게 있어 더 많은 아이들은 체력의 약화를 의미했다. 더 많이 가정에 매어야 하고, 재산의 수확을 담당하는 남편의 친절에 몸을 맡겨야 했다. 그 밖에도 여성은 가족의 영양공급책이라는 위치를 포기했다. 여자의 채집 활동으로는 가족들의 배를 부르게 할 수 없었다. 그 역할은 이제 남자의 농장에서 자라나는 작물들에게 넘겨졌다. 이제 그것은 남자의 일이 되었다. 남자는 쟁기를 끌고 소를 부릴 수 있을 만큼 힘이 셌고, 그의 손은 집과 창고를 지었으며, 그의 근육은 작물을 수확하여 옮겨올 수 있었다. 남자가 여자처럼 자기보다 약한 그리고 의존하는 존재의 욕구들을 세심하게 배려할 줄 알았다면, 이 신석기 혁명은 여성에게 그렇게 비참하게 진행되지는 않았을 것이다.

계급투쟁에 완전히 전력투구하면서 남자들은 여성을 딛고 올라섰다. 계속해서 여성은 남성의 하위계급이 되었고 남성은 여성과 자식들에게 큰 소리를 쳤다. 여성은 순종해야 했다. 남성에게 충성의 의무를 지고 있었고, 아이들을 키워야 했으며, 남편의 생활이 가능한 한 편안하도록 힘써야 했다. 남자들 간의 서열구조는 새로운 사회구조를 건립하는 데 기여했다. 남성적인 법, 남성적 사회질서 그리고 모든 것을 신의 뜻이라고 단단히 못박아 써놓은 남성적인 종교가 생겼다.

여성들은 왜 이런 흐름에 저항하지 않았을까? 무엇 때문에 여성들은 자기들의 법대로 살기 위해 단결하지 않았을까? 여성이 남성보다 육체적으로 약하다는 사실, 그것이 유일한 이유일까?

아마 아닐 것이다. 여자들이 남성적 질서 속에서 스스로를 약자로서 인식하게 될 때까지는 아마도 긴 시간이 걸렸을 것이다. 전통 사회에서 남자들은 뒤죽박죽으로 계급투쟁을 벌였다. 그들은 여성이 판정을 하는 데 도움이 된다고 생각했고, 그래서 여성을 무시하지 않았다. 남성적 계급구조는 여자들에게 단지 극히 미세한 영향을 끼쳤을 뿐이었다.

또한 새로운 생활 형태는 여성들에게도 역시 엄청난 장점을 가져다주었다. 그녀의 아이들은 자기 소유의 네 벽 안에서 안전하게, 집 안에 놓인 화덕 곁에서 따뜻하게 자라났으며, 겨울 동안에도 저장한 음식 덕분에 충분한 영양을 얻을 수 있었다. 여성들은 짧은 시간 동안 많은 수의 아이들을 낳을 수 있었고 유랑민의 아이들보다 생존의 가능성은 훨씬 커졌다.

남성의 주도적 위치 역시 짧은 기간에 금세 만들어진 것이 아니다. 다른 사람을 지배하려는 남자의 본성은 남성과 여성 사이의 관계에서 점점 더 많은 의미를 갖게 되었다. 남성은 가축을 관리하고 농작물을 수확하듯 여성의 출산까지 조종하고 관리했으며, 점차 신석기시대의 사회에서 자기자신의 위치를 굳혀나갔다.

그것은 부부 사이의 평등관계가 끝나는 순간이었다. 최소한 겉으로 드러나는 부분에서는 그랬다. 그렇지만 모든 남녀관계의 내부에서는 자기들이 스스로 부여한 힘의 위치보다 훨씬 오래되고 강력한 힘들이 작용하고 있다.

질투
사랑의 그림자

이들은 동전의 양면처럼 하나에 속한다. 그리고 이들은 야누스의 두 얼굴처럼 서로 다르다. 어느 것도 다른 하나 없이는 생각조차 할 수 없고, 그렇지만 어느 쪽이든 한 쪽은 기꺼이 침묵하기도 한다. 이들은 매일의 일상적인 관계를 지배하는 위태로운 긴장이다. 이들을 남녀관계의 지킬 박사와 하이드라고 불러도 좋을 것이다. 바로 사랑과 질투이다.

우리의 문화에서 이것들은 선과 악으로 평가받는다. 사랑은 사람들을 하나로 만드는 긍정적이고 따스한 감정이다. 사랑에 빠진 사람들은 행복하고, 사랑은 그 자체가 그들에게 항상 선물이 된다. 이에 반해 질투는 파괴적인 힘으로 받아들여진다. 배우자의 애정과 신실함에 대한 괴로운 의심은 이제까지 긍정적이었던 모든 것을 완전히 파괴하여, 배우자를 불신하고 그들의 사랑이 실망으로 그치게 될 것이라는 두려움에 이르도록 만든다. 이때부터 사랑이 그 순수함을 잃고, 다시는 되돌릴 수 없다는 고통이 생겨난다. 무조건 믿는 것이 사랑의 본질일까? 아니면 그 반대로 좋지 않은 감정들을 가지고 서로 다투고 부딪히는 것이, 일단 한 번 극복하기만 하면, 마치 불사조가 잿더미에서 새로 탄생하는 것처럼 진정한 사랑이 되는 것일까?

대부분의 문화에서 질투는 그렇게 부정적으로 생각되지 않는다. 오히려 일상적이고 필연적인 것으로 여겨진다. 질투 같은 조종 불가능한 감정들을 특히 부정적으로 보고 있는 것은 구교 등의 천지창조론들이다. 기독교문화권에서는 이런 부정적 입장을 그대로 받아들였다. 여기에는 분명한 이유가 있다. 남자와 여자 사이의 결합은 어떻게든 평생 유지되어야 하는 것이다. 그렇지민 죽음이 그들을 갈라놓으려 하기도 전에, 이미 분열을 조장하는 박테리아는 작업을 시작한다. 그리고 그 분열균의 힘은 너무나 막강해서 어떻게 해도 막을 수 없다.

처음 몇 주 혹은 몇 달 동안의 감미로운 사랑의 시간이 지나고 나면, 의심이 서서히 날카로운 이빨을 드러내기 시작한다. 이 남자는 일을 마치고 밤이 되면 어디로 갈까? 정말 그저 친구나 동료들끼리 술 한 잔 하러 모이는 것일까? 진짜 이 여자가 오전 내내 자기 여자 친구들과 함께 있는 걸까? 나머지 시간엔 과연 뭘 할까? 왜 월말이 되면 통장에 돈이 바싹 말라 버릴까? 이 남자는 그 돈을 어디에 썼을까? 이 여자는 사무실에서 꼭 속이 훤히 들여다뵈는 블라우스를 입고 있어야 할까?

열띤 기도를 하다가 아멘이란 말로 분위기를 가라앉히듯 처음의 넘치는 흥분 뒤에는 곧바로 냉각기가 찾아온다. 꼭 그래야 하는 걸까? 오스틴 소재 텍사스 대학의 심리학자 데이빗 부스를 포함한 학자들은 그렇다고 말한다.

그저 스쳐 지나는 관계라 하더라도 모든 남녀관계는 질투로 인해 위기에 빠질 수 있다. 사랑하는 상대를 무대에 세우고 그를 찬양하는 것은 몇 주 혹은 몇 달이 지나지 않아 결국 끝이 난다. 둘이 하나가 되는가 싶으면 곧바로 자신이 획득한 보배를 지킬 수 있을지 하는 걱정이 시작된다. 특히 매력이나 사회적 위치가 크게 차이나는 부부의 경우, 그들의 관계가 계속 제대로 유지될 수 있을지 걱정하게 된다.

그렇지만 외적으로나 사회적으로나 조화가 잘 이루어지는 부부라 하더라도 다가오는 불확실성으로부터 자유로울 수는 없다. 질투는 아주 낮은 단계의 무계획적 사랑이 더 고귀하고 합리적인 차원에 도달하기 위해 모든 남녀관계가 꼭 거쳐야만 하는 자연적이고 필연적인 과정인 듯 느껴진다. 그렇지만 여기엔 모순이 있다. 파트너를 지키기 위한 수단과 방법을 찾는 것이 본래의 목적인 이 질투가 대개는 남녀관계를 맨 처음 폭발시키는 뇌관이 된다는 점이다. 이런 폭발과 함께 처음으로 두 사람의 뾰족한 모서리들이 둥글게 다듬어지기 시작한다. 완전히 하나인 시기와 공동의 관계를 위해 개성을 포기하는 시기가 지나고 나면, 두 사람의 개성이 다시 단단한 결정이 되어 나타나기 시작한다.

아마도 시작할 때 과도할 정도로 마구 고조되었던 사랑의 감정에 강하게 대비되는 프로그램으로 볼 수 있는 질투의 시기에는 크든 작든 무엇이든 부정적인 것으로 비쳐지는 것 같다. 이전에는 편안하고 즐겁게 느껴졌던 내면적 가까움이 갑자기 너무 좁은 것으로 다가온다. 자유롭지 못하고 조종받고 있다는 느낌, 상대의 불신에 상처를 입은 느낌을 갖기도 한다.

많은 부부들이 질투의 시기를 체험한다. 많은 이들이 격렬하게, 또 많은 이들은 그저 약하게, 말하자면 연인이 파티에서 옛 친구들과 잡담을 나눌 때처럼 강렬하게, 또 결혼하고 한 달 동안 뜨거운 사랑의 밤을 보내던 그녀 혹은 그가 어느 날 갑자기 텔레비전 앞에서 잠이 들 때 느끼게 되는 느슨한 감정처럼 약하게 말이다.

꽃무늬장식

그렇다면 이제까지 오로지 밝은 빛만 비추던 관계에 그림자처럼 어둠을 드리우는 이런 감정은 도대체 무엇일까? 과학은 오랜 동안 이 감정을 진지하게 받아들이지 않았다. 이런 감정이 인간의 보편적인 현상, 즉 모든 사람이 지니고 있는 감정임을 믿지 않았던 것이다. 만일 그것이 인간의 보편적인 감정이라면 당연히 어떤 쓸모가 있을 것이다. 그렇지 않았다면 벌써 우리의 어머니 자연에 의해 퇴출되었을 테니까 말이다. 떠올릴 수 있는 모든 설명들이 이용되었다. 그 하나는 질투가 사회에 의해 정해진 역할 행동 중 하나라는 생각이었다. 여성과 남성은 성별에 따른 아주 특수한 방식으로 질투심을 발휘할 것이라 기대했던 것이다. 실제로 모든 사회는 이 강력한 충동을 우회하기 위한 자체적인 규칙과 전통을 가지고 있다. 그렇지만 더불어 사회구성원들이 어떤 방식으로든 그들의 질투심을 발휘하는 것을 허용하고 있기도 하다.

파라과이 동부의 인디오인 아체족의 경우엔 라이벌들이 곤봉싸움 의식을 통해 그들의 질투심을 표출하는 것이 일반화되어 있다. 킵지기스족의 경우 남편이 결혼생활을 하다가 힘들어지면 신부를 데려올 때 치른 돈을 돌려달라고 요구할 수 있다. 마가렛 미디가 자신의 연구에서 성적으로 개방되어 있고 대단히 평화적이라고 묘사했던 사모아의 원주민조차도 질투라는 감정을 너무나 잘 알고 있다. 그들은 질투에 해당하는 단어를 가지고 있기도 하다. 바로 'fua'라는 말이다. 질투심에 가득 찬 남자들이 다른 남자 혹은 자기의 배우자를 해치는 것이 너무나 당연한 일로 여겨진다. 질투심을 느끼는 사모아의 여성들 역시 자기 파트너의 배신에 대해 종종 폭력적으로 대응한다. 그들 중 많은 이들이 자기 남편과 성관계를 맺은 라이벌을 찾아내서, 그녀의 미모를 영원히 망그러뜨리기에 충분할 만큼 코를 세게 물어뜯는다.

과학이 질투라는 감정과 완전히 동떨어진 사회를 어디서도 발견할 수 없었기 때문에, 질투는 일종의 병적인 증상으로 인식되었다. 단지 심한 문제가 있는 사람들만 이 부정적인 감정을 제어하지 못하는 상태에 빠지게 된다는 설명이었다. 몇십 년 전부터 비로소 질투는 제 모습 그대로 관찰되기 시작했다. 즉, 우리의 행동 목록을 구성하는 필수적인 요소로서 받아들여진 것이다.

이 영역의 개척자 중 한 사람인 진화심리학자 데이빗 부스는 이 강력한 감정에 특히 큰 관심을 보였다. 그는 누가 어떤 상황에서 질투심을 가지고 반응했으며, 왜 그랬는지를 100쌍의 부부에게 질문했다. 무엇보다 병적으로 질투심이 강하게 나타난 남녀들이 이 심리학자의 관심을 끌었다. 그들 중 많은 수가 질투에 의한 공격적 행동에 대해 특정한 이유를 찾지 못했다. 그들은 그 상황에서 많은 고통을 겪었고 그들의 관계가 위험해질 수도 있다고 보았기 때문에, 상당수가 심리치료사를 찾았다. 그러나 이 치료과정에서 만들어진 자료는 상당히 다른 결과를 보여주고 있었다. 대다수의 경우에 분명히 질투를 느끼게 된 이유가 있었던 것이다. 질투로 괴로워하는 남녀의 배우자들은 실제로 떠나갔거나 지속적으로 혼외관계를 즐기고 있었다.

부스는 그가 로버트와 앤이라고 지칭한 한 남녀에 대해 서술했다. 두 사람은 아주 독립적인 사람들이다. 교양이 있고, 지적이고, 직업적으로 성공을 거뒀다. 그들이 처음 관계를 시작했을 때, 그 관계는 상당히 자유로운 형태였다. 앤은 또 다른 애인이 있었고, 로버트도 그 사실을 알고 있었다. 앤이 다른 남자들과 저녁시간을 함께 보내는 날이면, 그는 평소보다 술을 더 많이 마시기는 했지만 앤의 생활을 그냥 그대로 받아들였다. 몇 달이 흐르면서 로버트와 앤의 관계는 변화되었다. 그들의 관계가 더욱 강화되면서, 앤은 다른 모든 관계를 정리했다. 매일 여러 시간을 로버트와 함께 보내며 노래나 춤과 같은 숨겨졌던 재능들을 발견하기도 했다.

이 변화의 시기에 앤은 질투심을 갖기 시작했다. 그녀는 로버트가 어떤 여자와 함께 있는 것을 보기만 하면, 로버트에게 그 여자들에 대해 꼬치꼬치 캐물었다. 한 레스토랑에서 로버트가 다른 여자와 나눈 별 문제 없는 대화가 눈물과 감정의 폭발이 함께 하는 장장 세 시간에 걸친 말싸움을 일으켰다. 단 몇 주만에 앤은 이성적인 인간에서 눈물이 많고 질투심에 가득 차 의심하는 여자로 변하고 말았다. 앤의 친구들은 그런 변화를 이해할 수 없었으며 그녀 스스로도 믿을 수 없었고 그저 생리로 인한 호르몬 변화 탓으로 돌릴 따름이었다. 그렇지만 앤 스스로가 자기의 질투에 아무런 근거가 없다고 확신하고자 노력할 때, 로버트가 폭탄을 던지고 말았다.

실제로 그는 다른 여자와 관계를 가지고 있었다. 그가 그녀에게 모든 것을 고백했을 때, 이미 그는 다른 여자와 잠자리까지 함께 하고 있었다. 앤의 감정은 그녀를 속인 것이 아니었다. 그녀가 자신의 감정을 진지하게 받아들이고, 그녀 내면의 목소리를 비정상적이라거나 병적인 것으로 폄하하려 하지 않았다면 그녀는 몇 주일 동안 고통과 두려움에 떨지 않을 수 있었던 것이다.

데이빗 부스의 연구 덕분에 과학은 이제 한 걸음을 더 내딛었다. 과학은 한 관계에서 이런 질투의 단계는 피할 수도 없을 뿐더러, 심지어 유용하기까지 하다고 본다. 질투가 완전히 긍정적인 의미로 관찰되고 있는 것이다. 이 복잡한 감정이 인류의 생존에 기여해왔음은 분명한 사실이다. 오늘날 이 땅에 살고 있는 사람이라면 누구나 모든 성공을 함께 하며 이어내려온 선조들을 가지고 있다. 우리의 선조들은 누구나 어린 시절과 청소년 시절의 모든 어려움들, 질병과 배고픔, 전쟁 그리고 모든 종류의 궁핍을 이겨내고 성인이 될 때까지 살아남는 데 성공한 사람들이다. 그들 모두가 짝을 찾는 데 성공하고, 그 짝과 함께 은밀한 관계로 발전하여 후손을 낳을 수 있었던 사람들이다. 우리 선조들은 모두 그들의 아이들이 스스로 짝을 찾을 때까지 키워줄 수 있었던 사람들이다.

어떤 이유에서든 자기 짝을 찾을 수 없었거나 아이를 키우는 데 실패했던, 즉 삶의 요구에 제대로 반응하지 못했던 사람들은 모두 우리 선조가 되지 못했다. 우리가 가지고 있는 모든 장치는 수많은 세대를 거치면서 선별된 것들이다. 이런 이유로 질투는 특별히 주목을 받을 만한 가치가 있다. 질투심에 가득 찬 개개인이 갖게 되는 부정적인 감정들을 제외한다면, 두려움, 절망, 불신, 악의 그리고 신중함이 합쳐진 이 복잡한 감정은 각 개인이 더욱 잘 번식하는 데 기여해왔음에 틀림없는 것이다. 이 이야기와 관련하여 결코 가볍게 보아넘길 수 없는 성별 간의 차이를 언급할 필요가 있다. 남성들은 여성과는 완전히 다른 방식으로 질투하기 때문이다.

여자들은 무엇보다 애정을 잃는 것을 두려워한다. 여성은 자기 남자가 다른 여자들과 함께 있는 시간에 대해 질투한다. 자기 파트너와 다른 여자 사이에 감정적 교류가 생겨나, 자기가 어떻게 해볼 수 없을 정도로 발전할 수도 있다는 가능성을 두려워한다. 그래서 여자들은 경쟁상대들을 자기 남자의 영역 밖으로 내쫓으려 애쓴다. 이런 일은 대개 남자는 끌어들이지 않고 물밑에서 조용하게 진행된다.

여자들은 주로 심리적 영역에서 능력을 발휘한다. 여기저기서 작은 말다툼을 벌이고, 여자 친구들과 연합하여 섬세한 사회적 그물망을 형성한다. 외모와 차림새 역시 아주 중요한 역할을 한다. 많은 여자들은 얄미운 경쟁자보다 더 많은 관심을 끌 수 있을 때 느끼는 상쾌하고 즐거운 기분을 알고 있다. 반대로 자기가 화장도 하지 않고, 헐렁한 조깅 바지를 입은 상태로 고급 의상실에서 맞춘 새 옷을 입고 있는 경쟁자와 마주쳤을 때를 떠올리면서 창피한 감정을 갖지 않는 여자는 거의 없다.

그런 마음 뒤에는 무엇이 감춰져 있을까? 왜 여자들에겐 남편의 사랑은 오직 자기 하나뿐이라는 사실이 그리도 중요한 것일까? 힘든 시절을 살았던 우리의 여자 조상들에게 남편의 자유분방한 애정을 지켜내는 것이 왜 그렇게 중요했을까? 말할 필요도 없이 그것은 아이들을 키우는 데 필요했기 때문이다. 우리가 그런 이유로 부부관계를 형성하는 종이 되었던 것처럼, 남편의 애정을 질투를 통해서 지켜내는 여자는 자기 아이들을 위해 더 나은 생존의 기회를 얻을 수 있는 것이다. 애들 아버지가 자기 자리를 굳게 지키도록 만드는 데는 최소한 무감각한 여자보다는 질투심이 강한 여자가 유리하다. 여성은 이런 감각적이고 동시에 상당히 정확한 느낌을 통해 무언가 심상치 않은 상태, 그 전조들을 제때에 알아채면서 제대로 반응할 수 있다. 자기 남편이 다른 관계에 빠져들어가 거기서 책임져야 할 일을 만들지 않도록 적절한 시기에 조치를 취할 수 있게 되는 것이다.

라이벌들을 자기 영역에서 내쫓는 일에 성공하지 못하면 여자는 자기 남편의 애정과 관심을 다른 여자, 그 여자의 아이들과 함께 나누어야만 한다. 그런데 그렇게 되면 또 무엇이 그리 나쁜 것일까? 충분히 소비할 수 없다는 것을 생활환경에서 발생하는 유일한 위협으로 느끼고 있는 현재 우리 사회의 인간들에게 그 대답은 분명해보인다. 더 적은 애정은 더 적은 자원을 의미하는 것이다. 우리 사회에서 더 적은 돈이란 석기시대로 보면 부족한 보호, 모자란 음식을 의미한다. 농지와 가축에서 얻을 것이 없는 궁핍한 시기, 그 험난한 겨울에 한 줌의 음식은 삶과 죽음을 결정하는 것이 된다.

숙련된 사냥꾼이자 채집가인 여성은 비록 어린아이들을 거느리고 있어도 혼자 힘으로 먹을 것을 해결할 수 있었다. 하지만 야수의 위협을 막아내는 일부터 이미 남편의 진심어린 노력이 필요했다. 그들은 할 일이 없어 손이 자유로운데다가 힘도 셌다. 우리 선조들을 위협했던 가장 커다란 위험에 대해서는 보통 크게 언급하지 않는다. 같은 종인 우리 인간에 의한 위협이다. 다른 무리, 특히 약탈하는 남성들의 무리에 의한 공격은 우리 종족사에 있어서 결코 무시할 수 없는 위험요소였다. 따라서 아이들의 행복에 대해서 자기와 마찬가지로 책임을 느끼는 남자를 곁에 두는 것이 훨씬 안전했다.

그러나 자기가 속한 집단조차도 치명적인 위험을 내포하고 있었다. 오늘날과 마찬가지로 그 당시에도 서열이 높은 남성을 짝으로 맞는 것은 자기자신의 위치까지 높이는 결과로 이어졌다. 설사 작은 집단이라 하더라도 사회적으로 높은 위치는 후손들에게 더 유리한 상황을 제공해준다. 높은 위치의 부모를 가진 아이들은 주위로부터 특별한 대접을 받는다. 그들이 더 훌륭한 보살핌을 받는 것은 다른 이들이 높은 서열에 있는 아이들의 부모들과 잘 지내길 원하기 때문이다. 낮은 서열의 혼자 살아가는 여자와 그녀의 아이들은 사방에서 위협을 받았다.

제인 구달은 소아마비가 있는 암컷 침팬지 질카의 슬픈 이야기를 들려준다. 이 침팬지는 팔을 사용할 수 없었다. 질카는 패션과 폼이라는 두 마리의 암컷 원숭이들로부터 공격을 받곤 했다. 낮은 서열 때문에 아무런 보호도 받을 수 없었다. 모녀지간인 패션과 폼은 악명이 높았다. 계속해서 다른 암컷들이 낳은 아기들을 죽을 때까지 물어뜯기 때문이었다. 오로지 낮은 계급의 암컷에게만 그렇게 잔인하게 굴었다. 질카는 자기가 낳은 아기들을 모두 잃었다. 아기들 중 두 마리는 패션과 폼에 의해 잃게 되었다. 한 팔로만 살아가는 질카가 그 두 마리의 '살인 원숭이'로부터 아기를 보호한다는 것은 도저히 불가능한 일이었다. 질카가 안전하게 공격을 피할 수 있는 유일한 상황이 있었다. 수컷들이 가까이 있을 때였다. 이들은 질카의 근처에서 패션과 폼을 쫓아냈다. 그러나 불행하게도 침팬지 수컷들은 대개 암컷이 발정했을 때에만 근처에 있을 뿐이다. 임신이 가능한 시기 동안 수컷들의 무리가 해당 암컷을 둘러싸고 있어서 다른 암컷들이 그 암컷을 공격하는 것은 불가능했다. 그렇지만 아무 힘도 없는 아기를 키우는 암컷들은 오히려 혼자 방치되었다.

한 남자에게 아버지로서 의무감을 느끼도록 만드는 것은 우리 인간의 초기 시대에도 역시 한 아기의 삶과 죽음을 결정짓는 중요한 의미를 가지고 있었다. 따라서 파트너의 감정이 위협적으로 멀어지는 데 대한 여자의 질투는 이성이나 합리적인 주장들로 조종될 수 없는 오랜 유산인 것이다. 질투는 객관적으로 볼 때 별로 위험하지 않은 상황에서도 커다란 거미나 뱀에 대해 우리가 섬뜩하게 느끼는 두려움처럼 내면 깊숙이 자리잡고 있다.

인류의 요람은 아프리카에 놓여 있다. 그러나 이 대륙에서 거미 그리고 뱀과 걱정없이 지냈던 초기 인간들은 우리의 선조에 속하지 않는다. 아이를 지켜야 한다는 자신의 의무를 남편이 진심으로 받아들이고 있는지에 대해 무관심했던 여자들은 주어진 모든 수단을 사용하여 이 남자를 자기 것으로 만들려는 다른 여자에 의해 쫓겨날 위험을 감수해야 했다. 놀랍게도 남성들은 질투가 심한 여자들의 감정 폭발에 대해 대개는 상당히 무기력하고 믿지 못하겠다는 듯한 자세를 보인다. 우리 사회에서 공격적인 행동이란 남성들의 일이지 않은가.

　남자의 질투는 절대 여성들의 질투보다 덜 공격적이지 않다. 아니 더 강하다고 말할 수 있다. 그러나 그것은 완전히 다른 출발점을 갖고 있다. 남성의 질투는 부인의 애정을 잃어버리는 것 때문이 아니다. 남자들에게는 실제로 자기 여자의 성적인 불성실이 커다란 위협이 된다. 이것은 오로지 일부일처 형식의 종에게만 해당되는 이야기로, 그런 종은 대개 후손을 키우기 위해 두 부모가 완전히 힘을 쏟아부어야 한다.

꽃무늬

　"Mama's baby, Papa's maybe(엄마의 아기, 아빠는 어쩌면……)"이라는 영국의 속담은 남성들이 빠져 있는 갈등을 가장 잘 표현해준다. 어떤 여자도 자신의 품안에 있는 아이가 자기 아이가 아니라는 의심을 품지 않는다. 그러나 남자들은 이와 관련하여 커다란 문제가 있다. 보통 아기가 태어나면 무엇보다 아버지와 닮았다는 것을 강조하는 경우가 많다. 실제로 아이들은 생후 첫 해에는 아버지와 꼭 닮은 것처럼 보인다. 그렇지만 DNA 분석이 가능한 시대에도 여전히 적지 않은 불확실성이 남아 있다.

자기 여자의 성적 충실에 대해 질투심을 가지고 지키지 않는 남자는 옆집 남자의 후손을 기르기 위해 전력을 다하게 될 위험을 갖게 된다. 학문적 연구들은 갑자기 낯설게 느껴지는 여성들의 행동이 배란과 관련되어 있다는 결과를 보여주었다. 계산된 행동이 아니라, 생산력이 강한 날 섹스에 대해 더 많은 흥미를 가진다는 단순한 이유 때문이다. 이 주장은 방대한 규모로 진행된 한 실험을 통해 증명될 수 있었다.

수천 명의 여성들에게 24개월 동안 성적 욕구가 있는 날마다 달력에 표시를 하도록 했다. 동시에 아침마다 체온을 재도록 했다. 실험결과, 임신이 안 되는 날에 표시를 한 여자들이 극히 적다는 것이 밝혀졌다. 대부분의 표시가 배란기 수변에 십중뇌어 있었다. 생리 중에 성욕을 느낀 여성은 한 사람도 없었다. 배란기가 가까워질수록, 분위기가 조성되었다는 표시가 더욱 잦아졌다. 많은 원숭이들은 음부가 부풀어오르는 것으로 임신 가능기를 보여준다. 인간 여성은 그런 특별한 신호를 가지고 있지 않다. 그러나 그런 주기가 완전히 감추어진 것은 남성뿐이다. 많은 여자들이 언제가 가임기인지를 모를 수도 있지만, 그들의 무의식은 그것을 정확하게 알고 있다.

혼외정사를 갖는 여자들은 임신 가능기에 성적 분위기가 고조된다는 점 때문에 어느 날이든 관계없이 행해지는 남편과의 성생활에서보다 오히려 바람을 피우면서 임신할 확률이 높다. 남자들은 이런 일을 걱정하지 않을 수 없다. 그들의 육체는 벌써 그 점을 배려하고 있다. 임신을 가능하게 하는 정충들 외에도 오로지 경쟁자의 정충을 없애는 데 필요한 '킬러정자' 들이 있다. 정충 세계의 스페셜리스트라 할 수 있는 이들은 휘어진 꼬리를 감추고 있다. 이 꼬리로 이방인의 정충을 휘감아 이들의 전진을 저지한다. 적들을 치명적으로 휘감으면서 자살 공격을 하는 것이다. 정액의 양 역시 생물학적으로 볼 때 남자가 여자의 성적인 충실함을 믿지 않는다는 것과 관련되어 있다. 일부 일처 형식의 다른 종들과 비교해보면, 여성을 효과적으로 임신하게 만들기 위해 이처럼 많은 정액은 필요치 않다.

아주 창의적인 한 연구에서는 기혼 남성과 미혼 남성 모두에게 여자와 성행위를 하면서 콘돔을 이용하도록 했다. 성교 이후 그들은 콘돔을 연구실에 제출했다. 그 결과 여러 여자와 관계하는 남성의 정액은 한 여자에게 충실한 기혼자의 정액보다 더 많은 정충을 가지고 있었다. 남자의 육체는 생물학적으로 잡혼의 상황에 전략적으로 대응하고 있는 것이다. 한 마디로 전투에 더 많은 군인을 보내는 것으로 볼 수 있다.

정서적인 차원에서 이런 타고난 불신은 질투의 형태로 폭발한다. 다른 남자의 팔에 안긴 자기 부인을 발견하면 대부분의 남자들은 이성을 잃는다. 많은 살인사건이 부인의 부정으로 야기된, 질투에 불타는 남편들의 소행이다. 수많은 연구들을 통해 질투는 부부 사이에 폭력적인 충돌을 일으키는 주요 원인으로 밝혀졌다. '여성의 집'에서 도피처를 찾은 여성들 중 상당수가 남편들이 극단적으로 강한 질투심을 가지고 있다고 말한다. 그들은 부인에게 정조가 없다고 비난하거나 다른 남자들에게 격하고 선동적인 행동을 한다.

맥매스터 대학의 마티 댈리와 마고 윌슨은 8천 명의 실험대상자가 참여한 방대한 규모의 연구를 통해 여성이 남성에게 폭력을 당하게 되는 형태를 밝혀줄 수 있는 하나의 진술 목록을 만들어냈다. 그 진술 중 하나를 보면 다음과 같다. "그는 질투심이 강했고, 내가 다른 남자와 말을 하는 것을 싫어했다." 이 진술이 자기 남편에게 해당된다고 인정한 여자들 중 39%가 남편에 의해 심하게 학대받았다. 육체적으로 학대를 받은 여자들 중 단 4%만이 이 진술이 자기 남편과 맞지 않는다고 응답했다. 남자들은 부인의 부정을 통해 구석에 몰리는 듯한 느낌에 빠져든다. 그래서 폭력을 행사하고 나면, 더 잘하겠다고 맹세를 하고 절망감과 질투심을 가진 아이처럼 행동하게 되는 것이다.

교도소에서 저술한『마이너스 맨』이라는 책으로 비극적인 명성을 얻은 하인츠 소보타는 그의 부인 콘스탄체 엘즈너와 부부관계를 지속하면서 여러 번에 걸쳐 심한 신체적 폭력을 행사했다. 콘스탄체는 그녀의 책『이제 그만!』에서 소보타가 분노가 폭발하여 그녀를 잔인하게 때리고 난 이후 흐느끼면서 어쩔 줄 몰라 하는 모습을 묘사하고 있다. 질투라는 감정의 여러 다양한 모습은 많은 여자들이 긴 시간 동안 그런 폭력적인 남자들을 견뎌내는 이유가 된다. 그들은 언제나 모든 상황을 다시 좋게 되돌릴 가능성이 아직 있다고 생각했던 것이다.

나의 한 친구는 절대 비밀을 지키겠다는 약속 하에 자기 애인이 말싸움을 하다가 그녀를 육체적으로 심하게 때릴 뻔했던 일에 대해 말했다. 방바닥에 쓰러져 있는 그녀를 거의 짓밟으려 했다는 것이다. 나는 너무도 놀랐다. 그녀의 남자 친구는 전혀 여자에게 폭력을 행사할 사람으로 보이지 않았기 때문이었다. 내가 알고 있는 그는 너무나 사랑스럽고 섬세하고 교양 있는 사람이었던 것이다.

불행하게도 생물학적인 이유로 인한 이런 행동들은 어쩔 수 없는 일이라며 면죄부를 받곤 한다. 인간이 타고난 생물학적 장치, 즉 자기의 육체와 본능을 마음대로 조절할 수 없다는 생각이다. 그러나 인간들은 자신의 행동을 스스로 만들어가는 능력없이 본능에 의해 조종되는 자동기계가 아니다. 우리는 벌써 어려서부터 사회적으로 용인된 방법으로 용도에 적합하게 마련된 폐

쇄된 공간에서 해결할 수 있을 때까지 잔뜩 부푼 방광과 대장에서 느껴지는 강렬한 자극들을 참아내는 것을 배운다. 그렇지만 질투와 같은 강한 감정들이 위의 경우와 마찬가지로 사회적으로 용인된 길로 유도되는 것을 기대하기는 힘들다. 우리 사회 같은 익명 사회에서는 질투처럼 강력한 부정적 감정들을 억제하는 일종의 조절판 역할을 했던 전통이 더 이상 존재하지 않는다. 이런 사회에서는 각 개인이 자신의 어려움과 두려움을 혼자 힘으로 해결해야만 하기 때문에 아주 위험하다. 부정적인 감정들은 약점으로 인정되기 때문에 여러 겹으로 억누르게 된다. 무엇보다 남성들은 상황을 말로 표현하는 능력이 근본적으로 여자보다 뒤떨어지므로 대개 육체적인 방법으로 자신의 감정을 진정시키려고 하는 것이다.

얼핏 보면 남자들의 경우 너무나 깊숙이 감춰진 질투라는 감정은 큰 피해가 될 뿐 자손을 번식시키는 데는 아무런 소용도 없어 보인다. 그렇지만 과거에나 현재에나 질투심이 강한 남성은 자식을 잘 키우기 위해 애쓰는 제대로 된 아버지이다. 실제로 조금의 질투도 없다면 장기간의 사랑 역시 없을 것이라 생각된다.

서부 일리노이 대학의 심리학자 유진 마테스는 일련의 연인들을 대상으로 질투 테스트를 실시했다. 이들은 아직 결혼하지는 않았지만 깊이 사랑하는 사이였다. 7년 후 마테스는 이들 실험대상자들을 다시 만났다. 그들 중 25%가 그 사이 결혼했고, 75%는 완전히 헤어진 상태였다. 마테스는 결혼에 성공한 연인들의 질투테스트 결과를 이별한 연인들의 질투 수치와 비교했다. 그 결과 흥미로운 점이 발견되었다. 후일 결혼에 이른 연인들은 그 사이 헤어진 연인들보다 훨씬 질투가 강한 것으로 나타났던 것이다.

이 연구는 비록 표본 규모가 작기는 했지만, 그 결과를 통해 남녀관계를 장기적으로 유지하기 위해서는 질투가 필요하다는 사실을 보여주었다. 자신의 감정에 귀를 기울이는 것은 병도 아니고 심약한 것도 아니다. 질투는 합리적인 사고에 파묻혀 저 깊숙이 감춰져 있는 것이 아니며, 지금까지 살펴보았듯 우리가 서로를 신뢰하는 데 기여하고 있다.

사랑의 연금술
언제나 코가 향하는 곳으로

인간에게 여섯 번째 감각이 실제로 있는지, 만일 있다면 그것이 사랑을 위해, 그리고 올바른 연애 상대의 선택을 위해 어떤 역할을 할 수 있는지에 대해 많은 말들이 있었다. 만약 인간에게 '여섯 번째 감각'이라는 말에 해당하는 무엇인가가 있다면, 그것은 후각일 것이다. 향기의 감각은 무의식의 영역이므로 당연히 아무런 거리낌도 없이 파트너 선택의 줄을 잡아당긴다. 그리고 이 선택은 개개 부부의 운명만이 아니라, 나아가 우리 인류 전체의 운명이 가야 할 길을 결정한다.

이미 언급하였듯이, 우리가 이성 파트너를 유혹하는 데 이용하는 상품광고식 디스플레이는 재론의 여지가 없는 가치와 영향력을 지니고 있다. 모래시계 몸매나 부풀어 오른 근육 등은 자신을 널리 알리기 위한 간판이자 광고

판이다. 별 관심도 끌지 못하는 모습을 이럭저럭 끌어가기 위한 것이 결코 아니다. 그것들은 벌써 멀리서부터 눈에 확 들어온다. 광고와 마찬가지로 영향을 미치기 위한 것이다. 무슨 수를 쓰더라도 관심을 끌어야 한다. 글래머 몸매, 멋진 머릿결, 섹시한 목소리 등은 받아들이는 사람의 의식이 작용하여 인식된다. 우리는 말하자면 시각적 동물이다. 우리의 시신경은 멋진 모습이 관찰되었음을 알린다. 그러면 대뇌는 내용을 접수한 다음, 그 대상이 실제로 얼마나 멋진가를 결정한다. 그리고 나면 이제 비로소 흥분된 감정이 생겨나기 시작한다.

냄새의 경우엔 조금 다르게 진행된다. 코를 통한 정보는 의식의 차원을 벗이나 곧바로 대뇌변연계로 향한다. 이것은 두뇌에서 우리의 삼성을 관리하는 부분이자, 아주 강력한 또는 무엇이든 통과해 스며들어오는 냄새들에 관한 정보를 전달하는 곳이다.

어떤 사람이 말 그대로 스컹크 냄새를 풍긴다면, 우리는 구역질을 하며 완전히 의식적으로 그리고 절대 무시할 수 없는 이유 때문에 그를 외면하게 된다. 몸에서 나는 냄새는 그 사람의 보편적인 건강상태에 대해 많은 정보를 담고 있는 것이다. 이는 배우자가 될 수도 있는 어떤 사람에 대한 중요한 정보가 된다. 특히 썩은 치아 하나가 사람을 죽음으로 이끌 수도 있었던 초기 사회에서는 더욱 그러했다. 당뇨병처럼 냄새로 어렵지 않게 알아낼 수 있는 신진대사질환이 무수히 많다. 많은 병들은 아예 그것의 특징적인 냄새를 명칭으로 사용한다. 아이들도 별것 아닌 상처가 곪기 시작하면 마치 페스트처럼 악취가 난다는 것을 알고 있다. 그리고 입 냄새는 치아가 좋지 않거나 영양섭취의 문제 혹은 위장병에 기인한다. 세 가지 모두 딱 맞는 짝을 구하려고 나서는 사람에겐 절대로 매력적인 개성이 될 수 없는 것들이다. 냄새는 균형잡힌 몸매, 이목구비가 똑바른 얼굴과 마찬가지로 '정직한 신호'이다. 즉, 건강과 생산 능력을 보여주는 중요한 지표인 것이다. 냄새가 나는 사람은 그에 따른 분명한 이유가 있는 법이다. 질병의 냄새는 감각의 제국 안에서 날카롭게 울리며 죽음과 부패를 알리는 경고 신호이다.

이런 이유로 많은 냄새연구가들은 향수가 초기 인간들의 자연 치료법에서 유래했다고 추측하고 있다. 우리의 선조들은 끊임없는 시도와 실패를 통해 어떤 약초와 식물 그리고 향료가 상처 소독과 치유, 통증 완화의 효과를 가지고 있는지 배웠다. 이런 초기 치료제의 냄새는 건강, 체력 등의 덕목과 아주 빠르게 결합되었다. 그래서 그것을 몸에 바른 사람은 영원한 젊음과 아름다움이라는 멋진 분위기에 휩싸이게 되었다. 이런 의미에서 오늘날 생산되는 향수들이 기본적으로 과거에 사용된 향기들인 용연향, 사향, 레몬, 바닐라 등과 마찬가지 성분으로 구성되어 있다는 것은 흥미로운 일이 아닐 수 없다. 그리고 그 향료들은 그것들이 지닌 문화적인 의미를 아직 조금도 잃지 않은 듯 보인다. 실험에 참여한 사람들이 그 향기들을 아주 분명하게 신선함, 젊음, 여성적, 남성적으로 구분하고 있는 것이다.

우리 사회에서는 모든 종류의 체취가 터부시되고 있다. 우리는 위생 산업의 명령에 완전히 복종하면서 아침부터 밤까지 우리의 자연적인 냄새를 비누, 향수, 구취제거용 스프레이, 방향 스프레이 등으로 포장하려고 애쓰고 있다. 그렇지만 그것이 좋게만 보이지는 않는다. 이미 밝혔듯이 한 사람의 개인적인 특색은 잠재적인 파트너를 향한 일종의 유혹 소재로서 작용하기 때문이다. 한 인간의 냄새는 일종의 화학적인 인식 코드를 발산한다. 그것은 어떤 특정 사람들에 의해 그들 자신을 유전적으로 완전하게 보완해줄 수 있는 무언가 특별한 것으로 받아들여지고, 따라서 그 사람을 매력적으로 느끼게 만드는 것이다. 이에 대해서는 뒤에 더 자세하게 언급할 것이다. 어쨌든 몇몇 새로운 연구에서 볼 수 있듯이 인간 육체의 자연적인 향기는 우리의 엄격한 위생 기준보다 기본적으로 더욱 에로틱하게 느껴진다.

우리 인간들은 어떤 냄새를 풍길까? 각 개인이 발산하는 냄새 전체는 여러 가지 소재들의 혼합으로 조성된다. 우리는 한선, 타액선 등 여러 종류의 선을 가지고 있다. 그 선들이 피부 위에 만들어낸 것들이 대기 중으로 날아간다. 우선 피부 표면에 골고루 분포하면서 체온을 조절하는 데 기여하는 땀샘이 그들 중 하나이다. 땀샘에서는 용액을 분비하는데, 이 용액은 바로 얼마 전에 많은 양의 마늘, 양파 혹은 술을 섭취하지 않았다면 거의 아무런 냄새를 풍기지 않고 희석된 형태의 혈장을 함유하고 있다.

땀샘의 한 종류로 향기샘이라고 불리는 아포크린샘이 있다. 이것들은 주로 우리가 마치 원숭이처럼 털을 가지고 있는 부분, 즉 겨드랑이와 음부 주변에만 분포되어 있다. 이 샘의 분비물에는 농도 짙은 화학물질들이 함유되어 있어 배고픈 박테리아들을 유혹한다. 이 박테리아들의 잔치에서 나온 쓰레기는 우리가 탈의실 혹은 체육관에서 맡게 되는 강한 악취를 발산한다. 이런 먹음직스런 박테리아 먹이의 생산을 조종하는 것은 성호르몬인 안드로겐이다. 이런 생산은 사춘기와 함께 시작되며 여성의 경우 폐경기와 더불어 끝난다. 남성들 역시 노인이 되면 어느 순간 분비를 멈추지만 여자처럼 그렇게 갑작스럽지는 않다. 우리가 성적으로 완전히 촉촉한 상태에 있는 한, 우리는 이 아주 개성적이고 성적 의미를 지닌 냄새를 언제나 지니고 살아야 하는 것이다.

모든 인간은 마치 지문처럼 혼동될 수 없는, 자기자신만의 독자적인 향기 구성을 가지고 있다. 그러므로 샤넬 No.5의 향기를 왜 여자마다 각기 다르게 느끼느냐에 대한 대답은 이미 손 안에 있는 셈이다. 우리가 흡입하는 향수의 양과는 무관하게, 그 향기는 우리의 체취와 합쳐져서 어떤 때는 아주 성공적인 조화를 이루고 또 다른 때는 왠지 부족한 느낌을 주게 되는 것이다.

도대체 왜 그런지를 두 동물학자의 흥미진진한 연구가 밝혀주고 있다. 만프레드 밀린스키와 클라우스 베데킨트는 인간이 자기 육체의 향기 칵테일, 더 자세히 말하면 개개인의 저항력의 상태를 보여주는 그 체취에 가장 잘 어울리는 향기들을 고르고 있음을 발견했다. 이런 화학신호는 짝이 될 수 있는 사람들에게 그 사람의 면역상태에 대한 정보를 주는 것이며, 앞으로 언급하게 될 것처럼 올바른 짝의 선택을 위한 키포인트 역할을 하고 있는 것이다.

베른의 연구에 참여한 137명의 대상자들은 아홉 가지 면역 시스템 유형에 전형적인 사람들이었다. 다시 말하면 서로 유사한 아홉 가지의 체취 유형이었던 것이다. 연구를 진행했던 베른의 두 과학자는 실험대상자들로 하여금 자스민, 바닐라, 미르라, 사향 등 현재 사용되는 36가지의 향수 재료들을 냄새 맡게 하고, 그것들 중 무엇을 그들 자신의 체취와 조화시키고 싶은지 기록하도록 했다. 그 결과는 놀라웠다. 면역체계가 유사하게 분류된 사람들은 정확하게 같은 향기를 선호했던 것이다. 이런 현상은 면역체계와 관련되어 있다고 알려진 화학적 상태가 특정 향수 성분의 화학적 형식과 특히 잘 맞아 떨어지기 때문에 생겨나는 것일 수도 있다. 그러나 이 두 학자는 또 다른 설명이 더욱 진실에 가깝다고 생각했다. 인간이 배우자를 선택하는 과정에 대해 신선한 시각을 제공했던 일련의 명망 있는 연구들의 이론적 배경이 된 설명이었다.

모든 인간은 질병이나 박테리아의 침입에 대해 저항을 책임지는 유전자를 대략 100개 가량 가지고 있으며, 우리의 면역체계는 이것들의 협력작용으로 만들어지는 것이다. 보통 이들 유전 단백질을 짧게 줄여 MHC로 부른다. 설명하기 힘든 개념인 'Major Histocompatibility Complex(주조직적합성 복합물)' 가 본래의 용어이다. 인간에겐 다양한 MHC들이 있으며, 이들은 여러 가지 질병유발인지에 대해 특화되어 있다. 즉, 각각 상섬과 약점을 가지고 있는 것이다. 이미 1970년대 중반, 뉴욕 소재 슬론 케터링 암 연구소의 과학자들은 쥐가 짝짓기를 하면서 자신을 보완할 수 있는 MHC를 가진 파트너를 고른다는 사실을 발견했다. 왜 그런지를 궁금하게 생각했지만, 몇 주가 지나자 의문은 곧 풀렸다. 실험용 쥐의 새끼들이 바로 그 대답이었다. 그들은 부모가 서로 유사한 혹은 같은 MHC를 가지고 있었던 새끼 쥐들보다 더 오래 그리고 더 건강하게 살았던 것이다. 다시 말해서 쥐들은 새끼들의 면역 스펙트럼을 최고의 상태로 보완하기 위해 가능한 한 서로 다른 유전적 저항 형식을 가진 짝을 선택하는 것이다.

인간이 연인을 선택할 때도 무의식적으로 이와 유사한 판단기준을 따르고 있는 것은 아닐까? 클라우스 베데킨트는 이 점을 추적했다. 그는 여성들에게 남성 실험참가자들이 입었던 티셔츠의 냄새를 맡게 하고, 그 냄새를 기분 좋음에서 불쾌함까지의 항목으로 기록하도록 했다. 냄새를 제공하는 사람들은 이런 목적에 맞도록 이틀 내내 면 티셔츠를 입고 있어야 했다. 이 기간 동안 그들은 비누, 향수, 스킨로션 등을 사용하지 못하였다. 다른 냄새가 섞이지 않은 순수한 체취를 얻기 위해서였다. 실험에 참여한 여성들은 실제로 대부분 자신의 면역 유전자를 가장 훌륭하게 보완하고 있는 남성의 체취에 끌리고 있었다. 그러나 그것으론 충분치 않았다. 실험 동안에 피임약을 복용한 여성들은 정확히 반대로 반응했다. 그들은 면역 형상이 자신과 비슷한 남성의 체취를 선호했다.

왜일까? 다시 한 번 뉴욕의 연구실로 돌아가보자. 실험용 쥐는 또 한 가지 대답을 준비해놓고 있다. 쥐들은 새끼를 배고 있을 때 자신과 유사한 면역 복합체를 가진 짝과 함께 하기를 좋아했다. 새끼에게 아무래도 친척인 듯한 쪽이 덜 위험할 것이라 생각하는 어머니의 오랜 지혜가 아니겠는가. 경구용 피임약은 알려진 바와 같이 에스트로겐 수치를 높이고, 그럼으로써 신체가 임신을 했다고 믿게 만든다. 그러므로 피임약을 복용하는 여자는 그들 자신의 것과 가장 유사한 냄새들을 선택했던 것이다. 이런 이유로 인해, 심지어 많은 과학자들은 경구 피임약이 파트너 선택과정에서의 판단 능력에 악영향을 미친다고까지 말한다.

그러면 이런 현상이 남자들에게선 어떻게 나타날까? 남성은 여자를 판단하면서 자신의 코를 얼마나 믿을까? 물론 여성은 냄새를 더욱 잘 맡는다. 여성은 잠재적인 파트너를 판단하면서 냄새에 남성보다 더 많은 가치를 둔다.

비엔나 소재 도시인성학 연구소의 안야 리코브스키는 여자의 향기가 매력과 관계가 있는지, 즉 아름다운 여성이 더 좋은 냄새가 나는지를 밝혀보고 싶었다. 이를 위해 그녀는 남자들에게 여성들의 티셔츠 냄새를 맡도록 했다. 실험에 참가한 여성들은 베른의 실험에서 남자들이 그랬던 것과 비슷한 방법으로 그들 자신의 체취가 티셔츠에 배도록 하였다. 비싼 향료라도 되는 것처럼 여성은 땀에 절은 옷가지를 꼭 밀폐한 커다란 병에 넣고, 기록표를 붙여 평가를 위해 남성 실험참가자들에게 전했다. 한 번 잠깐 흔들고, 뚜껑을 열고, 깊게 호흡을 한 다음 병을 다시 닫는다. 값비싼 향기의 손실을 가능한 한 줄이기 위해서였다.

안야 리코브스키는 남성들의 반응들이 아주 즉흥적이고 대단히 정직했다고 보고한다. "아휴", "와!"에서부터 "이 냄새 멋진데!"까지 다양한 반응과 함께 평가표에는 전화번호를 묻는 말도 적혀 있었다. 이 젊은 학자는 남성들이 땀에 절은 여성의 티셔츠를 얼마나 열정적으로 탐닉하는지를 보고 놀랐다. 그러나 진짜 놀라웠던 일은 평가를 마친 남성들에게 냄새를 제공한 여성들의 사진을 보고 얼마나 매력저으로 느끼는지 기록해달라고 부탁했을 때였다. 물론 어떤 얼굴이 어떤 냄새의 주인인지는 밝히지 않았다. 그 결과, 가장 매력적인 얼굴로 뽑힌 여성이 체취에서도 가장 높은 점수를 받은 여성인 것으로 나타났다. 이 실험을 통해 안야 리코브스키는 여성의 체취가 실제로 정직한 신호라는 증거를 얻었다.

그 밖에도 그녀의 연구는 흥미로운 사실 한 가지를 보여주었다. 모든 남성 실험참가자들이 같은 여자의 체취에 가장 높은 점수를 주었다는 것이다. 그 의미는 아직 완전히 명확하게 밝혀지지 않았다. 『여인의 향기』라는 영화에서 눈먼 퇴역장교를 연기했던 알 파치노처럼 남성들이 여자의 아름다움을 냄새로 알 수 있었다거나 아니면 남성들이 눈으로 볼 때 그런 것처럼 체취에 있어서도 통일된, 즉 여자보다 단순한 취향을 가지고 있는 것이라 볼 수도 있다. 그러나 그건 어떻든 간에 안야 리코브스키를 가장 놀라게 한 것은 다른 것이었다. 위장하지 않은, 다시 말해 동물적인 인간의 냄새가 우리가 일반적으로 생각하는 것보다 그렇게 싫지 않게 받아들여진다는 점이다. 전쟁터에서 자신의 사랑하는 여인 조세핀에게 편지를 띄었던 나폴레옹은 이미 그 사실을 알고 있었다. 그 편지에서 나폴레옹은 조세핀에게 지금부터 목욕을 하지 말라고 했다. 2주 후에 그가 돌아갈 것이기 때문이었다. 이를 반대로 해석하는 남성들을 위해 안야 리코브스키는 이렇게 덧붙이고 있다. "물론 점점 농도가 짙어지는 남성들의 체취는 여성들에게 불쾌감을 야기시킨다는 것을 염두에 두어야 할 것이다."

이미 고전으로 인정받고 있는 비교적 최근에 나온 냄새에 관한 연구논문에서도 이 점을 다루고 있다. 이 연구는 여성들이 자기 짝을 선택하면서 수행하는 '테스토스테론-균형-행위'의 좋은 예가 되고 있다. 과학자들은 남성들이 24시간 동안 겨드랑이에 붙이고 다녔던 솜뭉치를 여성들로 하여금 냄새를 맡도록 했다. 남성의 땀에 흠뻑 젖은 솜뭉치는 냄새 실험에 참가한 여성들의 콧속으로 농축된 남성호르몬 안드로스테론을 내뿜었다. 그것은 남성의 겨드랑이에 있는 강력한 땀샘을 통해 화학적으로 변화되어 여러 가지 형태로 발산된다. 농축된 상태의 냄새는 역겨우면서도, 시큼하다. 조금 더 알기 쉽게 표현하자면, 바로 오줌 냄새이다.

여성들은 그 냄새에 대해 뭐라고 말할까? 대부분은 인상을 찌푸린다. 어떤 사람은 심하게, 또 어떤 사람은 조금은 덜 심하게, 그리고 몇 명은 그 악취를 심지어 기분 좋은 냄새로 혹은 자극적이라고 평가하기도 한다. 대체 어찌된 일일까? 정도의 차이는 있지만 좋은 쪽의 평가들은 결코 우연한 것이 아니라, 여성의 월경주기와 관련하여 현재 어떤 단계에 있는가와 관련되어 있는 것으로 나타났다. 월경주기의 중간 단계에 있는 여성들은 솜뭉치에 묻어 있는 땀냄새에 대해 가장 적은 불쾌감, 심지어는 상당수가 기분 좋은 냄새로까지 느꼈다. 그 밖의 실험참가자들은 절대 이런 긍정적인 반응을 보이지 않왔다. 주어진 냄새를 맡으며 구역질을 일으킬 정도였다. 왜일까? 분명히 여성들은 배란기, 즉 임신이 가능한 시기 동안 나머지 기간과는 달리 남성의 농축된 땀냄새를 견디는, 심지어는 자극적으로 느끼는 상태에 있는 것이다.

앞에서 여성들에게 남성의 얼굴을 매력적인 순서대로 배열하도록 했던 실험을 기억하고 있을 것이다. 그 실험에서도 과도할 정도로 남성미가 넘쳐나는 사람을 좋아하는 그룹이 있었다. 물론 냄새 실험에서처럼 단지 주기의 한 가운데 있을 때뿐이었다. 분명 여성들은 과다한 테스토스테론을 불쾌하게 느낀다. 그렇지만 위와 같은 상황들 때문에 여성들은 남성미 넘쳐나는 사내, 이른바 히맨을 완전히 멸종시키지 않는 것이다.

⁂

정말 놀랍지 않은가! 엄청난 정신 능력과 높은 지성에도 불구하고 섹스 상대와 관련해서는 인간이 그런 상당히 원시적인 신호들에 매달리게 된다는 것을 의미하고 있는 것일까? 적어도 상당한 신빙성을 갖춘 주장으로 보인다. 그러나 그 정도로는 충분치 않다. 공기 중에 떠도는 감춰진 화학적 신호들은 사람들에 의해 인지될 수 있는 정도가 아니라, 우리의 행동에 거의 과도할 정도로 영향을 미치는 것으로 점차 드러나고 있다.

"인간은 거대한 것, 끔찍한 것, 아름다운 것 앞에서 눈을 감을 수 있고, 멋진 선율과 매혹적인 속삭임 앞에서는 귀를 막을 수 있다. 그러나 향기로부터 벗어날 수는 없다. 향기는 호흡의 형제이기 때문이다. 호흡이 향기와 더불어 사람의 안으로 들어서려고 할 때, 살고 싶은 사람이라면, 그것을 막아낼 수는 없다. 사람의 안으로 들어선 향기는 곧바로 심장을 향하고, 그곳에서 애정과 경멸, 구역질과 쾌락, 사랑과 증오가 결정된다. 냄새를 지배하는 사람은 인간의 심장을 지배하는 것이다."

그 누구라도 세계적으로 유명한 소설 『향수』에서 파트리크 쥐스킨트가 보여준 이 묘사보다 더 정확하게 말할 수는 없을 것이다. 냄새는 호흡할 때마다 흡입되고, 그 정보는 코 점막을 거쳐 곧바로 뇌, 더 정확하게 말해서 대뇌변연계로 전달된다. 그곳은 우리의 의식작용과는 무관하게 우리가 행복한지, 편안하게 긴장이 풀린 상태인지, 즐거운 혹은 불쾌한 상대와 있는지를 결정한다. 누구의 냄새조차 맡기 싫다는 말을 알고 있을 것이다. 그 말은 맞는 말이다. 어떤 객관적인 이유도 없이 누군가를 거부하고, 특정한 사람의 곁에 가기가 참을 수 없을 만큼 꺼려지는 경우가 종종 생겨날 수 있는 것이다.

이 명작소설의 마지막 부분에는 사악한 여성살해범 그레누이유의 교수형 장면이 나온다. 교수형이 집행되는 자리에서 그가 살해한 여자들의 피부에서 추출한 향기가 마침내 육감적인 효과를 발휘하여 모든 구경꾼들과 군주들 그리고 사형집행인들이 갑자기 본능에 사로잡혀 뒤엉켜 뒹굴게 된다. 모두가 이성을 잃은 틈을 이용해 이 악당은 도주한다.

이 장면을 통해 작가는 다른 사람이 알아채지 못하게 하면서 그들의 행동을 조작하는 능력에 대한 인간의 오랜 두려움과 아울러 동경하는 마음을 표현했다. 그렇게 오랫동안 믿어온 여섯 번째 감각의 발견, 다시 말해 인간의 연애관계에 심대한 영향을 미치는 인간 감각 인지 능력의 공룡을 발견한 것은 이런 주제의 토론이 새로운 장을 여는 데 무엇보다 크게 기여했다.

속칭 모르몬 주라고 불리는 유타 주의 솔트레이크시티 대학의 생리학자 루이스 몬티 블로흐는, 인간이 파트너를 선택할 때 일종의 냄새를 통한 대화를 이용한다는 학설을 주장하는 대표적인 학자이다. 페로몬 혹은 성적 유혹 물질이라고 불리는 화학적 신호들을 통한 이런 의사소통은 많은 종류의 동물들에게 크게 발달되어 있으며, 분명하게 증명된 바 있다. 예를 들면, 좀나방은 암컷의 성적 유혹물질이 느껴지는 마분지 한 조각과 짝짓기를 하려고 끈질기게 시도한다. 쥐들 역시 거의 모든 번식 활동을 페로몬을 통해 조절한다. 우두머리 수컷들은 특정한 냄새를 이용해 경쟁자를 쫓아내기도 하고, 또 다른 냄새로는 실험실의 쥐 우리 안의 개체수가 과도하게 많아지려고 할 때 암컷의 배란을 최대한 막음으로써 출산을 조절하기도 한다.

페로몬은 흔히 말하는 의미의 냄새가 아니다. 그것은 아주 무거운 분자들로서, 어둡고 습기 찬 피부 주름 속에 자리를 잡고 육체에서 분비되는 호르몬으로 배를 불리는 박테리아가 식탁 위에 남기는 찌꺼기인 셈이다. 페로몬이 그 효력을 펼치기 위해서는 후세포가 아니라 이미 앞에서 언급한 적이 있는 서골기관을 필요로 한다. 멸종된 것으로 알려진 감각기관의 공룡이다.

루이스 몬티 블로흐는 인간 역시 이런 여섯 번째 감각을 이용할 수 있음을 발견했다. 그는 모든 실험참가자들에게서 약 1cm쯤 코 안쪽으로 코 격막의 양쪽에 바늘머리만하게 패인 곳이 있음을 발견했다. 그가 이 작은 곳에서 채취한 세포들은 후세포가 아니라, 완전히 다른 무엇이었다. 그러나 그 세포들은 절대 죽은 물질이 아니었다. 이 생리학자는 서골기관에서 채취한 그 세포들에 사람의 페로몬을 묻혔다. 놀라운 일이 일어났다. 세포들은 경련을 일으키며, 전기적 임펄스를 방출했다.

그의 연구에 소요되는 비용과 상상을 초월할 정도로 비싼 가격의 인공

페로몬을 일부 제공하고 있는 것은 에록스라는 이름의 향수 회사였다. 이 회사는 진정한 인간의 성적 유혹물질을 담고 있는 향수를 최초로 생산하고 싶었던 것이다. 그들의 계획은 성공적이었다. 여성용, 남성용으로 구분된 두 가지 향기로 90년대에 시장에 선을 보인 '렐름'이 바로 그것이다. 이 향수를 만든 의도는 이성을 성적인 분위기에 휩싸이게 하려는 것이었다. 그렇지만 이 향수의 작용은 제품 광고처럼 그렇게 놀라운 것은 아니었다. 과학자 몬티 블로흐 역시 한계를 인정하며, 페로몬을 함유한 이 두 가지 향수는 편안하게 긴장이 풀린 분위기를 만들어낼 뿐 그 이상은 아니라고 말했다.

타인의 이성을 훔치는 향기에 대한 향수업계의 탐색작업은 계속해서 지속될 것이다. 그러나 그 시작은 이미 많은 것들을 이루어냈다. 화학자들은 24가지의 인간 페로몬을 찾아냈고, 그것들은 모두 어떤 형태로든 사람의 분위기에 영향을 미치고 있다. 상당수가 향수 '렐름'에 포함된 페로몬처럼 긴장을 푸는 작용을 하고, 또 어떤 것들은 도취감, 스트레스, 두려움 등의 느낌을 가볍게나마 야기하는 것으로 나타났다.

주로 냄새가 없는 이 물질들 중에서 하필이면 악취를 내뿜는 것 하나가 남자의 심장을 심하게 요동치게 만든다는 것이 분명하게 드러났다. 방금 '하필이면'이라는 말을 썼다. 그 이유는 이 물질이 향수병 속에 들어가게 되는 일은 절대 없을 것이기 때문이다. 그것이 무엇인지는 독자 스스로 판단할 일이다.

안야 리코브스키의 동료로서 비엔나 소재 도시인성학 연구소에 근무하는 아스트리트 유테는 코퓰린으로 알려진 물질을 연구했다. 이 물질은 붉은 털원숭이의 질에서 처음 발견되었으며, 코를 훙훙거리는 수컷들에게 암컷이 배란기임을 알려주는 역할을 한다. 인간 여성 역시 이 물질을 생산한다. 아스트리트 유테는 이 물질이 남성에 의해 인식되는지, 그리고 인식된다면 어떤 영향을 미치는지를 알아내고 싶었다. 그녀는 실험실에서 106명의 남성을 대상으로 냄새 실험에 돌입했다. 압력솥 형태의 기구를 이용해 인공적으로 만든 코퓰린 혼합물을 남성들의 콧속에 불어넣었다. 아스트리트 유테는 실험참가자들을 네 그룹으로 나누었다. 첫 번째 그룹은 배란기의 질 냄새를 흉내 낸 코퓰린 냄새를 맡았다. 두 번째 그룹은 월경 중 질의 냄새를 모방한 코퓰린, 세 번째 그룹은 월경주기의 세 번째 단계에 있는 질에서 생성된 코퓰린 냄새를 맡았다. 그리고 네 번째 그룹은 단순한 수증기의 냄새를 맡았다. 물론 실험대상자들은 그들이 무엇의 냄새를 맡고 있는지 몰랐다. 어떤 결과가 나타났을까?

아스트리트 유테가 실험 이후 곧바로 실시한 검사를 통해 코퓰린의 냄새를 맡은 세 그룹의 남성들 모두에게서 혈중 테스토스테론 수치가 상승했음이 밝혀졌다. 그러나 배란기 동안 생성된 코퓰린이 남성들의 테스토스테론 수치를 50% 이상 급격하게 증가시키는 반면에, 나머지 두 그룹의 경우엔 이 남성호르몬의 증가량이 미미한 정도에 그쳤다. 수증기의 냄새를 맡았던 남성들의 경우엔 심지어 테스토스테론 수치가 후퇴하는 것으로 나타났다. 이것은 상당히 흥미로운 발견이다. 남성들이 비록 무의식중이라 하더라도 여성이 언제 임신 가능한 상태인지를 인지하고 있으며, 따라서 속수무책으로 그 은밀한 배란에 기대지는 않는다는 것을 의미하기 때문이다. 이미 몇 번을 강조한 것처럼, 우리 종족의 남성에게 그것은 번식이라는 측면에서 커다란 약점인 것이다. 남성들이 명백하게 그들 자신의 의지보다는 그들이 지닌 원초적 코가 이끄는 방향으로 움직인다는 것은 아스트리트 유테가 실시한 냄새 실험의 속편을 통해 더욱 잘 드러난다.

그녀는 압력솥 모양의 기구를 이용한 냄새 실험을 반복했다. 이번에는 다른 과제와 함께였다. 남성들에게 여성들의 사진을 주고, 매력적인 정도에 따라 여러 등급으로 점수를 주도록 했다. 그러자 흥미로운 결과가 나타났다. 테스토스테론을 증가시키는 배란기 코퓰린의 냄새를 맡았을 때, 남성들은 여성들의 사진을 보며 훨씬 부드러운, 내지는 너무 과장된 평가를 내렸다. 먹음직스런 냄새가 여성의 아름다움을 두 배는 더 밝게 비추도록 했던 것이다.

다시 말하자면, 아스트리트 유테가 타액 검사를 통해 증명했던 테스토스테론 수치의 생리학적 변화는 얼굴을 보는 주관적 판단 속에서 놀라운 방법으로 그것의 심리적 영향력을 보여주고 있는 것이다.

사랑하는 사람들과 서로 냄새 맡고, 응시하고, 껴안으면서, 짝을 이루어 함께 살아가고, 결국엔 한 가정을 일구도록 만드는 모든 이런 생물학적 구조들을 감안할 때, 남녀관계가 언젠가 더 이상 존재하지 않을 수도 있다고 상상하기는 어려운 일이다. 그렇지만 사랑을 속삭이는 고전적인 남녀관계에 몰아치게 될 폭풍의 징후가 분명하게 드러나고 있다.

3 남자, **선택**을 기다리다

여성은 오랫동안 잊혀졌던 힘을 손 안에 쥐고 있다.

동화 속 공주처럼 느니어 여성은 만 년을 이어온 깊은 잠에서 깨어났다.

여성이 어떤 놀라운 능력을 가지고 있는지, 그리고 이런 그들의 능력이

인간 상호 간의 관계를 위해 얼마나 절실하게 필요한 것인지 드디어 있는 그대로 드러나고 있다.

여자는 남자 없이도 자립이 가능하다. 그러나 여자 없는 남자는 놓일 바닥이 없는 닻과 같다.

남성이 사회의 가장자리로 밀려나는 것을 막아주는 것은 바로 여성이다.

여성의 뜻에 맡겨 둔다면 남성은 언제나 그녀 곁에서 빈 자리를 찾을 수 있을 것이다.

선택
남자는 없어도 된다

　얼마 전에 나는 〈레스비언과 게이 부모〉라는 미국의 한 잡지에서 4년에서 9년까지 관계가 지속되고 있는 서른 일곱쌍의 레스비언 가정에서 자라나고 있는 아이들에 대한 기사를 읽었다. 이른바 레스비언 베이비붐의 결과로 탄생한 아이들이었다. 심리학자인 패터슨 박사는 그 아이들의 행동발달 상태를 이성 부모로 구성된 일반적인 가정의 또래 아이들과 비교했고, 그 결과 전혀 차이가 없음을 확인했다. 눈에 띄는 돌출행동들은 어머니가 정신적으로 병적인 상태에 있는 아이들에 국한되었으며, 그런 경우는 동성 부모와 이성 부모 양쪽에 골고루 분포되어 있었다. 그 기사가 사실들을 다루고 요약하는 과정에서 보여주는 정확성은 감탄할 만한 것이었다. 이 기사가 언급했던 것은 결국 남자가 없는 가정이었다. 나는 과연 아버지 없는 가정이 앞으로 대세를 형성할 수 있을지 깊이 생각하기 시작했다. 꼼꼼히 따져보면 핵심적인 가족으로 두 명의 여자도 필요치 않다. 여자 한 명과 아이 한 명이면 충분한 것이다. 그리고 주위를 둘러보면, 이런 가족 형태는 두드러지게 증가하고 있다. 꼭 원했다거나 저절로 그렇게 된 것은 아니지만, 스스로 선택하는 경향이 점점 더 빈번해지고 있다.

그들 역시 모든 것을 가질 수 있다는 것을 알면서부터 모든 것을 가지려하고 있다. 좋은 교육, 경력, 자기 실현 그리고 아이들. 많은 여자들이 처음에는 '언젠가'이라고 말한다. 박사학위, 대학졸업장 혹은 MBA학위를 받아들고, 직업적으로 자기 자리를 공고히 할 때까지 대부분의 여성들은 남자동료들과 마찬가지로 서른이 훌쩍 넘어버린다. 그들은 자의식이 강하고 경제적으로 독립했다. 행복이라고 말하기에 아직 부족한 것이라곤 단 하나, 자기자신의 가정뿐이다. 30대 중반이 되고 나면 더 이상 낭비할 시간이 없다. 그러나 이런 고등교육을 받고 내로라하는 경력을 쌓은 여성에게 알맞은 짝이 순식간에 발견될 수 있을까? 그들의 삶에 있어서 잘못된 남자는 어려운 문제를 일으키고, 결국에는 순전히 낭비에 불과한 것일 수도 있는 에너지의 소비로 이어진다. 짧게 말하면, 곧장 오르는 수직 등반 대신에 시간만 빼앗기는 옆길을 가는 모양새가 되는 것이다. 그래서 많은 여성들이 배우자 없이 아이를 갖기로 결정한다. 심지어 성행위 없이 아이를 갖는 경우도 적지 않다.

오늘날 그것은 너무나 손쉬운 일이다. 정자은행이 이런 일을 맡고 있다. 눈동자의 색깔, 혈액형 혹은 졸업한 대학을 보고 마음에 맞는 대상을 선택할 수 있다. 여성들은 통신판매용 카탈로그에서 최신 유행의 봄옷을 선택하듯이 개인 취향에 맞게 주문할 수 있다. 물론 은행들이 정자 제공자들의 정직을 신뢰하는 것처럼 여성들 역시 은행의 신중함에 의존하는 수밖에 없다.

그렇지만 그 학위가 위조된 것이라든지, 아니면 그 밖의 어떤 정보가 미화된 것이라 해도 여성들이 그 결과에 만족한다면 무슨 문제가 있겠는가? 〈엘턴(ELTERN)〉이라는 잡지는 인터넷을 통해 서로 알게 된 세 여자의 이야기를 전하고 있었다.

삶을 즐기는 이 여성들은 같은 운명의 길을 걷고 있었다. 세 사람 모두 늦게야 엄마가 된 사람들이고, 누구도 고정된 배우자를 갖고 있지 않았다. 또한 세 사람 모두가 동일한 한 남자의 정자로 아이를 낳았다. 그들 모두가 그 남자를 알지는 못했지만, 등록번호를 통해 그 사실을 확인할 수 있었다. 세 여성들은 곧 개인적으로 만났고, 거의 같은 또래인 아이들도 서로 알게 되었다. 그들은 서로를 잘 이해했고, 외모 역시 비슷했다. 결국 반쪽은 형제들이었던 것이다. 세 여자는 인공수정의 결과에 대해 크게 만족했기 때문에, 각자가 같은 남자의 정자를 통해 아이 한 명씩을 더 낳기로 결정했다.

그들은 정자은행과 접촉해서, 그 유전형질에 대단히 만족했던 번호 5027에 대해 문의했다. 불행하게도 그 번호의 정자 제공자는 그 사이 이런 일을 그만 둔 상태였다. 그러나 이들 여성들은 그 정도로 물러서지 않았다. 적지 않은 돈으로 정자의 주인을 다시 끌어들여 정자를 제공하게 만들었다. 실제로 그의 정자를 이용해 세 여자들은 인공수정을 했다. 그들 중 두 명이 다시 임신에 성공했다. 임신이 되지 않은 한 여자는 또다시 시도해 보았지만, 결국 임신에는 실패하고 말았다. 그렇지만 세 엄마들과 그 사이 다섯이 된 배다른 형제들의 관계는 여전히 밝고 명랑하다. 그리고 그들의 공동 아버지에 대해서는 아직도 정자은행 등록번호밖에는 아는 바가 없다.

여성들은 이제 드디어 선택의 기회를 갖게 됐지만, 익명의 정자 제공자는 속일 수 있는 가능성을 다분히 숨기고 있다. 네덜란드의 한 기발한 영상 제작업체인 'Joop van den Ende Producties'는 이런 시장의 허점을 공략하려 한다. 이 회사는 〈너의 아이를 갖고 싶어〉라는 제목의 쇼를 기획했다. 대상 그룹은 40세 전후의 여성들로, 이 방송을 통해 자신이 원하는 아이를 출산하기 위해 정자 제공자를 선택하면 되는 것이었다.

　이 기획은 네덜란드에서 격렬한 반대에 부딪혔고, 심지어는 회사경영에서 물러나 있는 창업주까지도 '끔찍하고 한심한 아이디어'라고 평했다. 그렇지만 과연 누구의 입장에서 끔찍하고 한심한 것일까? 더 이상 익명일 수 없이, 마치 과일처럼 시장에 쌓여 전시되는 정자 제공자에게 그렇다는 것일까? 아니면 팔 수 있는 것이라면 무엇이든 거래되는 사회의 절망적인 도덕성이 그렇다는 것일까?

　우리는 남성을 파는 시대의 문턱에 서 있다. 여성들은 이제 사회의 주도권을 쥐기에 이르렀다. 여성은 더 이상 남편의 뒤로 숨지 않는다. 오늘날 그들은 남편이 없다는 이유로 그 무엇도 포기할 필요가 없다. 가부장의 시대는 가고, 그 잔재는 미디어를 통해 싸구려로 판매되고 있다. 남성의 가치가 그저 유전자의 전달에 국한될 만큼 축소된 것이다. 이것은 사회적 혁명이자 운명의 아이러니이다. 남성이라는 피조물은 과거에 그들이 이른바 약하다는 성별에게 범했던 것과 똑같은 모습으로 격하되고 있다. 오로지 고깃덩이로서 전시되고 있는 것이다. 부양자와 보호자의 역할에서 벗어나 남성은 이제 단 몇 밀리리터의 체액으로 축소되고 있음을 느끼게 된다.

정자은행들은 새로이 붐을 일으키며 성장하고 있다. 캘리포니아 크리오뱅크는 25년의 경험과 엄격한 관리 그리고 업계 최대의 정자 선택폭을 자랑하고 있다. 미국이라는 다인종 사회는 다양한 상품 목록을 요구하며, 따라서 그들이 보유한 시험관들은 제공자의 혈통을 보여주는 흰색, 검정색, 노란색, 붉은색 마개로 구분된다. 이 클리닉의 원장인 로스만 박사는 죽은 사람에게서 정자를 추출하는 것으로 유명해졌다. 시신의 고환을 조금 절개하여 정자를 추출하였고, 그 결과 미망인이 후에 다시 임신을 할 수 있게 되었다. 미망인이 없을 경우엔 죽은 이의 부모들이 그들의 목적에 맞는 대리모를 구해볼 수도 있었다.

그렇지만 가장 큰 이윤을 얻는 부분은 역시 생존하고 있는 정자 제공자들과 연관된 사업이었다. 정자은행이 엄숙하고 고급스런 이미지를 갖도록 하기 위해 정자 제공자들에 대해 엄격한 선발 기준과 규칙들을 적용했다. 돈을 받고 정자은행에 정자를 제공하려는 남자는 자신과 가족의 건강상태에 대해 스물 여섯쪽에 달하는 보고 양식을 작성해야만 한다. 결국 정자은행의 평가 기준에 부합되어 합격한 사람은 일 년 동안 매주 두 번에서 세 번 정자를 제공한다. 이 은행의 고객들은 정자 제공자의 교육수준에 큰 가치를 둔다. 때문에 스탠포드, 하버드, 케임브리지, MIT 등의 유명한 대학 근처에는 이 은행의 지점들이 들어서 있다.

은행금고에 저장된 정자들은 온 세상의 우체국을 통해서 발송된다. 한 달에 약 2천 건의 주문이 있으며, 이들 중 40%가 남편은 없이 아이만을 원하는 여자들의 주문이다.

미래의 남자들에게는 끔찍한 전망이 아닐 수 없다. 현재의 상황을 더 지속해나간다면, 남자와 여자 사이의 파트너십은 과거의 일이 되어버릴 것이다. 책임이나 의무와는 아무런 관계없는 오로지 껍데기뿐인 성관계만 존재할 것이다. 여성들은 건강하고, 현명하고, 날렵하고, 매력적인, 그러면서도 익명인 정자 제공자의 냉동 정자를 이용하여 아이를 낳고, 그 애들을 혼자 힘으로 키우게 될 것이다.

아버지가 없는 사회, 과연 그것이 이상적인 사회일까? 동부 베를린에서는 이미 두 아이 중 하나가 그리고 서부 베를린에서는 네 아이 중 하나가 혼외관계에서 출생하고 있으며, 그 비율은 점점 증가하고 있는 추세이다. 헤센주 녹색당의 선거 플래카드는 바로 이 점을 지적하고 있다. 빈 보온병 그림 아래 이런 글귀가 쓰여 있다.

"남자는 대체 가능한 존재이다."

유전공학의 진보와 더불어 멀지 않은 시기에 남자는 심지어 정자 제공자로서의 역할에서 은퇴하게 될 수도 있다. 물론 말도 안 되는 것처럼 보인다. 포유류의 난자는 남성과 여성 개체의 유전자가 결합할 때에만 태아로 발전하기 때문이다. 그렇지만 파충류와 양서류의 경우엔 때에 따라 난세포가 정자와는 아무런 관련없이 증식하기도 한다. 이런 알에서는 자연적으로 어미의 복제동물이 생겨난다. 과학자들은 이런 경우를 처녀생식이라고 부른다. 포유동물의 난자에는 그러한 처녀생식을 불가능하게 만드는, 계통발생학적으로 볼 때 비교적 새로운 안전장치가 있다. 그러나 이제 그 안전장치를 뛰어넘을 수 있게 되는 것이다.

MIT의 미국 과학자 루돌프 박사는 자연을 조롱할 수 있는 위치에 이르러 있다. 화학적 봉쇄를 이용해 자연이 만들어놓은 장벽을 무력화시킬 수 있는 것이다. 실험용 쥐에게서 성공한다면, 사람에게 실험을 하기까지의 과정은 그리 길지 않을 것이다. 여성의 난세포를 정자의 유전 정보 대신에 다른 여자의 유전자를 이용해 수정시킬 수 있을 것이다. 그 후엔 같은 여자의 두 번째 난세포를 효과적으로 수정시키기 위해 첫 번째 난세포에서 유전물질을 추출하는 것도 가능해질 것이다.

완전한 유전자 교환 역시도 가능할 것이다. 모든 체세포에서 한 사람의 모든 유전물질을 추출할 수 있다. 이 정보를 난세포에 정착시키고 이 세포가 분열, 증식하도록 만들면 그 사람의 유전적 복사판이 탄생한다. 동물 실험에서 이런 복제는 이미 성공한 바 있다. 사람의 경우에는 아직 윤리적 장벽이 가로 놓여 있다. 그러나 결국 오래지 않아 이런 사회적 책임의 장벽도 무너질 것이다.

그렇게 되면 여성은 더 이상 남성에게 의지하지 않을 것이고, 익명의 정자 제공자에게 의존할 필요도 없을 것이다. 여성은 원하는 만큼 스스로를 재생산할 수 있다. 그들의 난자를 외부의 유전자와 결합시키는 위험을 감수하는 대신에 오로지 자기자신의 유전자를 지켜나갈 수 있는 것이다.

더 나아가 미래에는 심지어 엄마의 난세포에 포함된 반쪽 유전자로 아이가 생겨나는 것이 가능해질 것이다. 체세포와는 달리 난세포는 핵 속에 한 사람의 유전 물질 중 절반만을 포함하고 있다. 다른 절반은 이른바 감수분열의 과정에서 잃게 된다. 마찬가지로 감수분열 중에 유전자의 절반을 잃은 정자와의 수정을 통해 비로소 유전 물질은 다시 꼭 필요한 만큼으로 증가한다. 로스앤젤레스에 위치한 재생의학 및 유전학 연구소의 연구원인 제리 홀과 양링 펑은 이미 난세포 자체에 포함된 유전 물질을 배수로 만드는 데 성공했다. 엄마의 유전자 전체를 난자에 심어서 정확한 엄마의 복사판을 얻는 복제방법과는 달리, 이 기술의 경우에는 유전 정보의 절반을 거울에 비추는 듯이 배수로 만든다. 아주 위험한 시도이다. 대부분의 유전병이 상대 유전자의 건강한 부분에 의해 억제되기 때문이다. 다시 말해 유전 정보를 단순하게 배수로 만드는 것은 비정상적인 유전자를 보완하는 것이 아니라, 두 배로 넘겨주게 되는 것이다. 이렇게 되면 질병이 상대 유전자의 건강한 부분에 의해 억제될 수 없게 된다.

그렇지만 현대의 유전학은 이런 경우에 대해서도 만반의 대비를 하고 있다. 이른바 유전자 가위를 이용해 병든 유전자 구역을 건강한 부분으로 대체할 수 있다. 만일 그렇게 된다면 여드름, 작은 키, 낮은 지능 그리고 지방 섭취 욕구 등 원하지 않는 유전인자들까지도 제거할 수 있다. 부모들 중 12%는 자식에게 후일 체중문제가 생길 것이 분명하다면 낙태를 하고 싶어한다. 미국에서 시행된 한 설문조사의 결과이다.

꿈꿈꿈

미래의 모습은 그런 모든 과학적 신기술들을 어떻게 윤리적으로 다룰 것인가에 따라 달리 나타날 것이다. 태아를 인공적으로 옮겨 정착시키는 일이 가능하기는 하지만, 여성의 육체는 아직까지 대체 불가능하다. 남성에게는 어느덧 다가온 생식 역사의 마지막 장에서 더 이상 단역배우의 역할도 주어지지 않을 가능성이 있다.

남자를 대체하는 일에 누가 관심을 가질까? 수천 년간 가부장적 사회구조 속에서 압박받아온 여자의 복수일까? 그것은 너무나 단순하고 남성의 입장에서 본 일면적인 설명이 될 것이다.

분명히 여성들은 대개 이런 새로운 생식방법을 선택하게 될 것이다. 자식을 키우는 데 더 이상 남편이 필요없다면, 여성들은 이런 가능성을 이용할 것이다. 만족스런 부부관계를 갖고 있는 여성들은 그들의 여자 조상들이 얼마나 힘들게 살아갔든 본래의 방법을 지키려 할 수도 있다. 그러나 남편과 함께 살아가는 것이 생존을 위해 꼭 필요치 않다면 행복하지 않은 많은 관계들은 쉽게 중단될 것이다. 여성들은 이미 전부터 혼자 힘으로 아이를 키워왔다. 단지 예전에는 국가의 지원을 받지 못하는 미망인이거나 '타락한 여자' 로서 많은 힘든 조건들을 감수해야 했지만, 오늘날엔 훨씬 더 쉬워졌다.

　여성들은 설사 남자가 함께 살지 않는다 하더라도 가족을 얻을 수 있다. 그렇다면 남자는 어떻게 되는 것일까? 점점 더 많은 젊은 남성들이 가족 사회에 편입되지 못하고 있다. 그것은 무엇보다 빈곤계층에서 심하게 나타난다. 그들은 현대적 발전의 패배자들이다. 여성들은 남자 없이도 이미 충분히 힘든 상황이기에 기꺼이 그들을 포기했다. 여성들은 자식의 유치원비를 지불하기 위해 돈을 벌어야 한다. 작은 집에는 더 이상 공간이 없다. 어떤 남성을 더 맞아들이고 그의 빨래를 떠맡아야 하는 것은 많은 여성의 힘과 능력을 넘어서는 일이다.

　몇몇 나라에서 여성들은 남편 없이 살 때 더 많은 국가의 지원을 받기도 한다. 혼자 아이를 키우는 어머니들에게 더 많은 경제적 여유 공간을 제공해주는 고마운 제도가 아닐 수 없다. 물론 동전에 뒷면이 있듯이 이 제도를 통해 남성들은 사회의 가장자리로 더 바싹 밀려나게 된다. 무엇보다 남자들이 경제적으로 좋은 위치에 있지 않을 때는 더욱 심하게 나타난다. 세 아이를 두고 있는 내 친구는 자신이 혼자 아이들을 키우면 국가 보조금을 얼마나 받을 수 있는지를 생각했다. 물론 그녀는 결혼한 상태이기 때문에 그 돈을 받을 수 없다. 그런데 그녀의 남편은 국가에서 받을 수 있는 보조금보다 적은 수입을 벌어들인다. 그래서 신앙심이 깊은 이 부부는 법적인 혼인관계를 끝낼 것을 깊이 고려했다. 그들의 신앙에 있어서 법적인 부부관계는 별 의미가 없기 때문이다.

남자 없이 더 잘 지낼 수 있다면, 도대체 누가 결혼하려고 하겠는가? 미국의 인류학자인 라이오넬 타이거는 서구 사회에서 아버지의 부양 의무를 점점 더 국가가 떠맡고 있다고 본다. 이런 의미에서 그는 생식 사회의 새로운 형태를 '뷰로가미(bureaugamy)'라고 부른다. 한 명의 여성과 공무원이 오랫동안 유지되어 온 부부관계, 즉 일부일처의 형태를 대신한다는 것이다.

이런 경향이 사회에 미치는 영향은 아직 완전히 드러나고 있지 않지만 점점 더 많은 남자들, 특히 사회적으로 좋지 않은 위치에 있는 남성들이 혼자 살아가고 있고, 그들 중 상당수가 결국 타락의 길로 빠져들게 된다는 것은 분명한 일이다. 독신 남성들은 안정된 부부관계 속에서 살아가는 동년배 남자들보다 마약과 알코올 중독에 빠져들거나 불법적인 행동을 할 가능성이 높다.

그것은 어떻게 설명해야 할까? 젊은 남자들은 부인이 이끌어주지 않으면 방향을 상실할 정도로 그렇게 불안정한 것일까? 아니면 더 이상 남편을 갖지 않으려는 젊은 현대 여성들 탓일까? 홀로 아이를 키우는 여성들은 이미 좋은 길로 인도하는 아버지의 손길을 느끼지 못한 젊은이들의 실패에 대해 충분히 책임을 뒤집어쓰고 있다. 이들이 범하는 마약중독, 자살, 범죄의 이유를 흔히 홀어머니의 자식이라는 사실에서 찾는 것이다.

이런 편견이 쉽게 생겨나는 것은 일반적으로 여자들, 특히 어머니들이 자기 자식이 범한 잘못의 책임을 스스로에게 지우려 하기 때문이다. 젊은 남성들이 비정상적인 궤도로 이탈하는 것 역시 그 남성들을 가정에서 축출한 여자들에게 책임이 있는 것처럼 보인다. 아버지의 모범을 보고 자라지 못한 젊은 남성들이 제대로 성장하기 힘들다고 생각할 수도 있다. 사회에 책임이 있다고 보는 것은 그래도 가장 합리적인 사고가 될 것이다. 사회가 젊은 남성들에게 일자리를 제공하지 않았기 때문이다. 남성들은 직업을 바탕으로 여성들에게 매력적인 배우자로서 흥미를 끌 수 있다. 그렇지만 실제로 젊은 남성들을 그렇게 궁지로 몰아넣은 것은 일련의 불행한 환경과 상황들이다.

첫 번째 불행은 젊은 남성들이 어떻게 해서든 자기를 과시하려는 욕구를 지니고 있다는 데 있다. 그렇게 해서 여자들의 관심을 끌어보려는 것이다. 두 번째 불행은 자기를 과시하는 일반적인 수단과 방법에서 유발된다. 명예와 존경으로 이르는 사회적으로 용인된 확정된 방법이 없다면, 젊은 남성들은 이른바 문명 사회에서조차도 서열 조정을 위해 육체적인 충돌을 피할 수 없다. 경제적으로 어려움을 겪고 있는 많은 나라에서 젊은 남성들은 목숨을 걸고 전쟁에 참가해서라도 명성을 얻으려 한다. 여성들에게 깊은 인상을 심어주는 유일한 방법이기 때문이다. 세 번째 불행한 상황은 대부분의 사회가 젊은 남성들에게 상대와 경쟁할 수 있는, 사회적으로 용인된 기회들을 충분히 제공하지 않는다는 데 있다.

그런 기회들 중 하나가 스포츠이다. 직접 뛰어들어 활동하든 아니면 관중으로 참여하든 스포츠 시합은 모든 연령의 남성들을 강력한 힘으로 끌어들인다. 젊은 남성들은 그들의 스포츠 영웅과 자신을 하나로 느끼며, 자기가 속한 클럽의 기쁨과 고통을 함께 한다. 한 학문적 연구에서 축구시합 이후 승리한 팀의 팬들이 패배한 팀의 팬들보다 테스토스테론의 수치가 훨씬 높다는 것을 증명했다. 그들 자신이 승리하기라도 한 것처럼, 팬들은 자기 클럽의 승리에 고무되었고 그들의 남성성을 강화시켰던 것이다. 마녀의 솥단지처럼 끓어오르는 스포츠 경기장을 들여다보면 누가 그런 분위기를 주도하고 있는지가 곧 드러난다. 젊은 남성들은 자기 클럽 색깔의 옷을 입고, 술로 부끄러움을 털어버리고, 몸뚱이 저 깊은 곳에서 영혼을 토해낸다. 이미 시합 자체는 중요한 것이 아니다.

한 아이스하키 게임을 관람하면서 내가 받았던 인상은 절대 잊혀지지 않을 만큼 놀라운 것이었다. 비엔나의 클럽 WEV가 그라츠의 클럽 ATSE와 시합을 벌였다. 나는 그라츠 클럽의 골대 뒤에서 WEV의 팬들과 뒤섞여 앉아 있었다. 너무나도 엄청난 팬들의 소란 때문에 나는 도대체 무슨 일이 벌어진 것인지 알 수 없었다. 한 번은 갑자기 내 주위에 앉아 있던 사람들 모두가 자리에서 벌떡 일어나 추잡한 말로 소리를 질러댔다. 나는 유달리 크게 울부짖으며 욕을 해대는 내 옆자리 젊은 남자에게 무슨 일이 벌어졌느냐고 물었다. 그는 어쩔 줄 모르고 나를 바라보기만 했다. 그 스스로도 무슨 일인지 전혀 모르고 있었던 것이다.

그러나 이 젊은 남성들이 이런 전쟁놀이의 가능성, 비교적 해를 끼치지 않는 방법으로 자신을 발산할 수 있는 가능성을 갖고 있지 않다면, 무엇을 할 것인가? 그렇다면 진짜 전쟁이 벌어질까?

두 명의 캐나다 학자들이 바로 이 점에 관심을 가지고 있다. 요크 대학의 심리학자인 비너와 메스퀴다는 전체 인구 중 젊은 남성의 비율에 근거해서 어느 한 나라가 전쟁에 휘말릴 수 있는 개연성을 측정했다. 여기서 경계를 이루는 마법의 숫자들이 탄생했다. 15세부터 29세 사이의 젊은 남성이 모든 남성의 35% 이상 최고 55%에 이르게 되면, 폭력의 루비콘강을 건너게 된다는 것이다. 그런 사회에서는 전쟁 발발의 위험이 크다.

대부분의 서유럽 국가들은 사회통계학적으로 볼 때 완전히 노화되어 있다. 특히 스웨덴(26%), 러시아와 캐나다(31%) 그리고 미국(32%) 등지에서 젊은 남성들의 비율은 낮게 나타난다. 캄보디아, 소말리아, 우간다(이상 세 국가 모두 55%), 콩고와 가자(53%), 이라크(54%)와 같은 국가들에서는 젊은 남성이 차지하는 비율이 특히 높다. 비너와 메스퀴다의 관점은 전쟁을 시작하는 것이 지도자가 아니라, 그 지도자를 추종하는 젊은 남성들로 이루어진 회색 집단이라고 말한다. 그 추종자들은 전쟁이라는 충돌 상황에서 자기 존재를 증명할 수 있는 기회를 주기 때문에 그 지도자를 선택했고, 그 지도자의 말에 따르는 것이다.

이런 경향은 계통발생학적 뿌리를 가지고 있는 오랜 전통이다. 하지만 오늘날에도 그런 전통이 계속 남아 진행되고 있다는 것은 불안한 일이 아닐 수 없다. 종족과 씨족들 간에 공격하는 일은 언제나 있어왔지만, 현대의 전쟁 기술은 점점 더 강력하고 완벽해지고 있다. 현대의 전쟁에서는 과거보다 많은 사람들이 죽음을 당한다. 20세기에만 1억 명이 넘는 사람들이 전쟁으로 목숨을 잃었다. 이와 비교해서 19세기에는 전쟁 사상자의 숫자가 약 1천 8백만 명에 불과했다.

비너와 메스퀴다가 언급한 것처럼 사회가 노화되었기 때문에 비교적 평화로운 서구 사회에서 이제 점점 더 많은 젊은 여성들이 남편 없이 가정을 구성하기로 결심하고 있다면, 자동적으로 젊은 미혼 남성들의 숫자는 증가하게 된다. 그렇다면 지금 현재는 좁은 지역에서 불안을 야기하고 있는 이런 비교적 비조직화된 무리들이 전 국가를 전쟁 상황으로 몰아갈 수 있는 세력을 형성하는 것 역시 시간문제일 뿐이다.

여기에서 하나의 악순환이 시작된다. 젊은 남성들이 사회에 더 많은 불안을 야기할수록, 사회에 대한 그들의 기여도는 낮게 평가될 것이다. 젊은 남성 한 사람 한 사람이 자신의 능력보다 너무 낮게 인정받고 있다고 생각할수록, 어떤 방법으로든 자기자신을 증명해보이고 싶은 충동은 더욱 강력해진다. 그렇지만 이런 악순환을 인식할 수 있다면, 그 고리를 끊기 위한 작업을 시작할 수 있다. 비너와 메스퀴다는 여러 가지 조치들을 제안하고 있다. 우선 젊은 남성들이 가족에 결합될 수 있는 자극을 창출해야 한다. 모든 정부는 자신이 속한 사회에서 꼭 필요한 부분이고 싶다는 젊은 남성들의 소망을 뒷받침하는 데 목표를 두어야 한다. 스스로 가정을 만들고, 최소한 일부분이라도 그 가정을 부양할 수 있는 위치에 있고 싶다는 것 역시 남성들이 바라는 것이다. 그런 것이 불가능하다면, 젊은 남성들이 큰 규모로 모이지 않도록 사회통계적인 면에서 예방조치를 취해야 할 것이다. 이민 정책이 그런 예가 될 수 있다. 오늘날 세상은 아주 좁아졌다. 복지국가들 역시 자기 국민들의 진정한 평화를 지키려고 한다면 그런 책임에서 슬그머니 벗어나기를 바랄 수 없는 것이다. 이민 정책을 이런 관점에서 새롭게 고려해보는 것은 아주 의미 있는 일이 될 것이다.

많은 정부들이 계속해서 가장 쉬운 길을 가려고 할 것이고, 불안한 젊은 청년들에게 무언가 몰두하도록 만들기 위해 그리고 결국 10분의 1은 없애기 위해 차라리 전쟁을 택하게 될 것이다. 무엇보다 군수 산업이 전쟁을 통한 이익 확보를 고려하는 한 그런 선택은 멈춰지지 않을 것이다. 그들의 힘이 얼마나 강력한지는 매일 저녁 뉴스를 통해 증명되고 있다. 진정 올바른 길을 걷는 것이 지금 당장은 그렇게 간단한 일처럼 보이지는 않는다. 우리 모두가 어디로 가야 할지, 어떤 사회 시스템을 추구해야 할지 알고 있는데도 말이다. 구성원 모두가 인정받고, 무언가 가치 있는 기여를 할 수 있는 사회야말로 우리가 추구해야 할 바가 아니겠는가. 대량 살상무기가 고도로 발달하고, 아무런 감정없이 그저 스위치를 누름으로써 예전보다 훨씬 많은 사람들을 죽음과 고통으로 밀어넣을 수 있는 지금 시대에, 남성의 역할에 대해 깊이 생각해보는 것은 아주 절실한 일이다.

현대 사회의 강력한 개인화는 여성들에게 자기자신의 길을 가는 것을 허락했다. 한편으로 그것은 자연스럽게 남성들로 하여금 불필요한 존재라는 느낌을 갖도록 만들었고, 다른 한편으로는 젊은 남성들이 여성들의 새로운 독립 의지를 완전히 새로운 관점으로 대해야 한다는 것을 말해주고 있다. 여성들의 점진적인 독립으로 빈 공간들이 점점 더 증가하고 있다. 예를 들면, 집 안일, 아이보기, 친구나 가족과의 관계를 돌보는 일, 이웃을 돕는 일, 노인을 보살피는 일 등이 소홀해지고 있는 것이다. 거기에는 더 많은 손길이 필요하다. 아마도 우리 종족은 남성들이 아주 당연하게 이런 역할을 맡는 데에서 커다란 사회적 발전의 추진력을 발견하게 될지도 모른다.

이를 위해서는 물론 전제조건이 따른다. 여성과 남성들이 계속해서 서로에게 관심을 갖는 것 그리고 경제적인 압박, 성 역할의 변화, 생식과정의 놀라운 과학화에도 불구하고 서로에 대한 그들의 감정이 사그라지지 않아야 한다는 것이다.

낭만을 통한 구원
개성화, 진정한 사랑을 위하여

우리에게 구원의 손길로 다가서게 될 것은 사랑이다. 공격성, 이기적인 속성 그리고 물질만능 중심의 사고는 두 사람을 하나로 묶어주는 강력한 감정의 위력 앞에 꽁무니를 뺄 수밖에 없다. 순수하고, 영예롭고, 숭고한 감정은 삶을 계획하는 합리적인 계산들을 뚫고 나아간다. 우리는 최소한 그렇기를 바란다. 그렇지만 어떻게 그럴 수가 있을까? 이미 '낭만적인 사랑 – 행복의 무아경'에서 말했던 것처럼, 사랑에 빠진 사람은 판단 능력을 거의 상실하게 된다. 우리는 이성보다는 광기에 가까운 그런 감정에 완전히 우리 자신을 맡겨놓아야 하는 걸까?

우리는 합리적인 사고에 너무 많은 의미를 부여하고 있다. 언제나 그래 왔듯 우리는 감정의 노예이다. 우리의 이성은 코르크 마개처럼 감정이라는 거대한 바다 위에서 춤을 추고 있다. 문제들에 대해 합리적으로 접근하는 자신의 이성과 능력에 자부심을 느끼고 있는 사람들은 이 말에 동의하지 않을 것이다. 하지만 그럼에도 불구하고 그 말은 옳다. 우리에게 이성적으로 보이는 것조차도 결국엔 우리의 모든 행동들을 나중에서야 정당화하고 설명해보려는 뇌의 시도일 뿐이다.

시칠리아로 여행하는 도중에 나의 어머니는 한 교통경찰을 보았다. 저녁 시간 밀려드는 차량들로 인해 완전히 지쳐버린 모습이었다. 그는 교차로 한가운데 있는 교통정리 신호대 위에 서서 그저 자세를 잃지 않으려 애쓰는 형편이었다. 더위와 먼지, 여기저기서 울려대는 경적, 부릉거리는 엔진 소음들 속에서 그는 완전히 손을 놓고 있었다. 그런데 우연히 몇 대의 자동차가 이 방향 저 방향으로 움직이기 시작하자, 그는 다급하게 차의 뒤꽁무니를 가리키며 호루라기를 불어댔다.

우리가 감정을 다스리며 살아가는 생활 역시 아주 비슷하다. 의식의 신호대 위에 서 있는 우리의 이성은 끊임없이 우리가 왜 이런저런 충동에 따라 행동했는지를 설명하느라 당황하고 있는 것이다. 다이어트를 하면서 밤마다 다시 아이스크림 상자 앞에 서 있게 되는 사람들은 아이스크림을 포기하고 곧바로 침대로 돌아가지 않아도 되는, 그들의 고분고분한 노예인 이성이 만들어준 갖가지 이유들을 알고 있다.

많은 이들이 실망스러워 할 것이다. 인간을 비천한 동물의 세계에서 솟아오르게 하여, 세상을 지배하도록 만들어준 것이 이성이 아니었던가? 그런데 감정이 우리에게 그렇게 막강한 힘을 행사한다는 사실을 어떻게 이해해야 할까?

이를 이해하기 위해서는 우선 감정이 어떻게 발생하는지부터 알아야 한다. 다시 말해 감정은 영화의 배경음악처럼 특정한 상황에 맞추어 적당한 시간에 나타나는, 우리 대뇌의 단순한 생산품에 불과한 것이 아니다. 우리의 온몸이 감정의 발생에 참여하고 있는 것이다. 감정이란 신체의 상태, 무의식적인 상황 인식 그리고 우리의 의식을 통한 이런 정보들의 해석이 서로 교환작용을 하는 가운데 발생하는 것이다. 감정의 발생은 아주 복잡한 과정을 거친다. 신체적인 느낌이나 이런 느낌에 대한 대뇌의 해석뿐 아니라 혈액 속의 호르몬 농도 역시 그 과정에 참여하게 된다. 더위와 추위 같은 아주 일상적인 느낌들이 우리의 감정에 영향을 미친다. 배고픔과 두려움 같은 일차적인 감정들은 이차적인 감정들을 압도한다. 일차적인 감정이 충족되기 전에는 다른 감정의 흔적은 인지되지 않는다. 감정의 인지는 해석의 문제이며, 개인적인 경험과 사회적 규범의 영향을 받는다.

어릴 때 우리는 우리의 감정이 무엇을 의미하는지를 배우게 된다. 그렇지만 고집쟁이가 되는 나이에는 분노, 절망, 실망, 기쁨, 호기심, 만족감을 어떻게 느끼고, 그것들이 무엇을 의미하고, 어떻게 그것들을 다루어야 할지를 배워야 할 뿐 아니라, 추위 혹은 더위와 같은 단순한 느낌들도 해석할 줄 알아야 한다. 이 말은 다음과 같은 놀라운 일이 가능하다는 뜻이다. 사람의 보살핌을 받지 못한 아이들, 즉 추운 날에 자그마한 외투를 들고 뒤를 쫓아다니는 사람이 없었던 아이들은 추운 날씨와 따스한 날씨를 구별하는 법을 배우지 못한다. 그들은 영하의 온도에서도 벌거벗고 집 밖을 다니게 되는 것이다.

육체적 느낌들이 인지되기 위해서는 대뇌에 의해 올바로 해석되어야 한다. 이를 통해 이런 느낌들은 우리가 의식적으로 그 느낌들을 불러낼 수 있을 만큼 우리 이성과 밀접하게 얽히게 된다. 북아메리카의 인디언들은 전투를 시작하기 전에 그 유명한 전쟁의 포효를 통해 공격의 분위기를 조성한다. 어려운 전쟁에 나서다보면 종종 분노와 공격성 같은 감정들이 가라앉을 수 있다. 그러면 실제 공격이 이루어지기 전에 새롭게 그런 감정을 북돋워야 하는 것이다. 실제로 육체는 그런 자극에 대해 대뇌를 통하여 즉시 반응하고, 상황에 알맞는 호르몬을 뿜어낸다. 의식을 통한 결정 역시 언제나 우리의 감정상태를 기초로 내려지게 되며, 거꾸로 우리 신체의 화학적 상태 역시 의식적인 사고를 통하여 쉽게 영향받는다. 이런 방법으로 우리에게 정신적, 신체적 질병들이 유발될 수 있고, 심지어 사망에 이를 정도로 심한 병으로 발전하기도 하는 것이다.

사춘기의 요동치는 상태는 몸속의 호르몬 상태가 변화하면서 야기되는 새로운 충격들의 혼합으로 이해할 수 있다. 그들의 문제는 성인이 되어가는 과정에서 새로운 감정들을 해석하고, 이성을 통해 그런 감정들을 처리하면서 느끼게 되는 불확실성에 기인한다. 젊은이들은 이런 모든 새로운 감정들을 어떻게 감지할지 배워야 할 뿐 아니라 해석하기도 해야 한다. 경험이 많은 사람에게는 육체가 만들어준 격앙된 감정들을 위한 자리가 이미 만들어져 있다. 그래서 그는 적어도 겉보기에는 더 편안하고 합리적으로 반응한다. 젊은이는 우선 그의 감정들이 무엇을 의미하고, 그가 그 감정에 어떻게 반응해야 할지를 알기 위해 경험을 쌓아가야 한다.

그렇지만 성인들 역시 아주 강력한 감정들 앞에서는 어찌할 바를 모르게 된다. 이성은 오로지 최악의 것을 막기 위해 존재할 뿐이다. 우리가 알고 있는 가장 강한 감정들 중에서도 가장 첫 번째로 꼽게 되는 것이 다른 사람을 향한 사랑의 감정이다. 사랑에 빠지는 것은 나이와 무관한 일이다. 어린아이라도 사랑에 빠질 수 있다. 아이들은 남자친구 혹은 여자친구를 완전히 소유하고 싶어하고, 그래서 많은 아이들이 자기가 좋아하는 대상을 놓치지 않기 위해 안간힘을 쓴다. 세상 그 무슨 일이 있어도 자신의 동무를 다른 아이와 나누려 하지 않고, 그래서 누군가 그 사이에 끼어들려고 하면 질투하고 공격적으로 반응한다.

사랑은 확실하게 최고의 우선권을 누리고 있는, 아주 기본적이고 제어 불가능한 감정이기 때문에 오히려 무서운 것인지 모른다. 다른 것은 아무 것도 생각할 수 없어서 우리는 완전히 사로잡힌 듯 행동하게 된다. 심지어 밥 먹고 잠자는 것 같은 기본 욕구들마저 이 근원적 폭력 앞에서는 슬그머니 모습을 감춘다.

사랑이 어느 한 사람의 인생에서 어떤 가치를 가지게 될 것인가는 이 감정과 함께 진행된 경험에 따라 달라질 수 있다. 이런 경험들은 부모와 함께 했던 시기에 형성된다. 부모들이 사랑의 감정을 어떻게 처리했었는지, 부모가 서로를 부드럽게 대했는지 아니면 차갑게 대했는지, 사람들 앞에서 포옹하고 입을 맞추었는지 아니면 부모의 침실에서 일어나는 모든 일들이 완전한 비밀이었는지. 아이들은 이런 모든 일들을 가슴속에 담아 두고, 어떤 방법으로 사랑의 감정을 표현해야 하는지 배운다.

아이가 자라나면 점점 더 사회로의 방향을 잡아나가고, 우선적으로 그의 또래 집단을 통해 모습을 드러내게 된다. 사랑을 표현하는 것을 허락할 것인가, 아니면 그의 감정과 관련된 것을 가능한 한 감추도록 해야 할까?

이와 관련해서는 문화마다 취하고 있는 입장이 매우 다양하다. 예를 들면, 유럽에서는 북방과 남방의 차이가 분명하게 나타난다. 북쪽으로 가면 갈수록 강한 감정들에 대해서 냉담한 입장을 취한다. 감정에 충만한 목소리보다 냉철하고 실용적인 목소리를 더욱 선호한다. 남쪽 나라들에서 강한 감정의 표현은 허용되는 정도가 아니라 꼭 필요한 것이다. 지중해 지역에서 시장 아줌마 두 명이 자유분방하게 떠들어대는 수다는 중부 유럽 사람들의 귀에는 격렬한 싸움처럼 들린다.

감정은 여러 가지 방법으로 사라지기는 하지만, 결코 억눌려 제거되지는 않는다. 그래서 모든 문화는 사랑에 특별한 가치를 부여하고 있는 것이다. 종교가 힘을 쓸 수 없는 자리에 사랑의 감정이 튼튼하게 자리잡는다. 우리 사회에서 낭만적인 사랑은 심지어 교리가 되어버렸다. 마르크스주의가 자본주의를 비판했던 점들 중 하나가 사랑과 관련된 자본주의의 입장이었다는 것은 특히 흥미롭다.

"자본주의는 사랑을 왜곡한다"라고 칼 마르크스는 말했다. 남녀관계는 점점 더 타인에 대한 순수한 감정 대신에 시장경제적 사고를 통해 지배되고 있다. 에리히 프롬 역시 소비 사회의 인간은 파트너를 선택하면서 파트너의 시장가치를 끊임없이 관찰하고 있다고 하였다. 그것은 분명한 사실이다. 그렇지만 그 문제는 잠시 후에 다루기로 하자.

그럼에도 불구하고 사랑은 바로 그 자본주의적 국가들에서 아주 높은 가치를 지니고 있다. 사랑이 없는 관계는 존재의 이유가 없다고 본다. 어떻게 해서 이렇게 되었을까?

낭만적인 사랑이라는 이상은 중세에서 유래한다. 12~13세기 기사시대에 이른바 '민네'라고 부르는 연애가 생겨났다. 젊은 귀족들이 감히 접근하기 힘든 높은 신분의 여자, 심지어는 유부녀를 자신의 연인으로 만들기 위해 구애했다. 한 여인을 향한 동경을 육체적으로 실현할 수 없다는 고통으로 인해 그들의 연모는 더욱 강하게 표출되었다. 젊은 남성들이 순수한 정신적 사랑을 추구하는 자신의 존재에서 진정한 멋을 느끼도록 만드는 상류 사회의 독창적인 기술이었다.

가슴에 품고 있는 여인을 위해 전투에 나서고, 운동경기에서 서로 죽일 듯 경쟁하고, 말할 수 없는 사랑의 아픔에 시달린다. 이 모든 것은 오로지 여인에게 인정받기 위한 노력이다. 비단처럼 보드랍고 긴 속눈썹 아래 촉촉하게 반짝이는 눈빛, 실수로 떨어뜨리는 자그마한 손수건 한 장, 은은하게 풍겨 오는 약속의 향기가 그들을 사로잡는다. 연모하는 여인을 위해, 그 사랑이 결코 실현될 수 없음을 누구보다 잘 알면서도 그녀의 총애를 얻기 위해 희생하는 것은 고귀한 행동으로 받아들여졌다. 이 시기의 문학작품들에선 젊은 남성들의 고통만이 묘사되어 있다. 그들의 연인들은 자신이 얼마나 찬란하게 추앙받고 있는지를 전혀 모르는 경우가 빈번했다.

여성들에게 사랑과 동경의 감정을 고백한 것은 나중의 일이었다. 여성들 역시 이루어질 수 없는 사랑으로 고통받기도 했다. 이 시대에 저술된 『트리스탄과 이졸데』, 『로미오와 줄리엣』과 같은 이야기들은 불가능한 사랑으로부터 벗어나기 위한 사회적으로 용인된 유일한 출구는 오로지 동반자살이었음을 보여준다.

물론 이런 이야기들은 낭만적인 사랑이 어떤 사람들에게 해당되는 것이었는지를 보여주기도 한다. 말하자면 상류계층이다. 온 마음으로 간절히 바라는 것과 사회적인 책임 사이에서 방황하는 격렬한 사랑에 빠진 연인들에게 남아 있는 것은 오로지 사회를 떠나는 것, 즉 죽음뿐이었다. 지체 높은 여인의 깨지기 쉬운 명성을 위태롭게 하는 것은 결코 해서는 안 되는 일이었기 때문이다. 그렇지만 최소한 이들 상류계층은 일상의 빵을 둘러싼 생존투쟁으로부터 해방되어 자신들의 감정을 과도하게 해석할 수 있는 위치에 있었다. 배고픈 거지는 아마도 다른 걱정을 가지고 있었을 것이다. 농촌 여성 역시 마찬가지였을 것이다. 양식을 마련하는 데 온 힘을 쏟아야 했기 때문이다. 낮은 사회계층에서는 낭만적인 사랑을 위한 여유가 거의 없었다. 배우자 선택의 과정에서 올바른 혹은 잘못된 결정 한 번이 자기 가족의 번영과 몰락을 좌우했던 것이다.

오늘날 상류계층의 사생활을 다룬 흥미위주의 잡지들에 대해 독자들이 보이는 큰 관심은 중세 이래로 크게 달라진 점이 없다는 것을 보여준다. 왕자와 공주의 결혼은 현대를 살아가는 사람들에게도 여전히 일반 시민의 결혼보다 더욱 낭만적으로 느껴진다. 상류층에게 있어서 사회적 책무와 감정의 이끌림 사이에서 균형을 잡아가는 행동은 특히 중요한 문제이다. 계급과 이름에 대한 책임감이 우위에 있을까, 아니면 사랑이 그것을 누르고 승리할까? 독자들은 마치 자기의 일이라도 되는 양 공감하며 감정의 파도에 몸을 싣는다.

시간이 흐르며 사회는 더욱 다양화되었다. 중간계층이 형성되었고, 그들은 문화적 가치관과 전통의 중심 계승자가 되었다. 그들에게도 사랑을 통한 결합은 추구할 만한 가치를 지니게 되었다. 낭만이라는 관념은 일상의 의무에서 해방되는 것과 관련되어 있다. 빅토리아시대에는 자기 소유의 집에서 살아가는 것 자체가 낭만이었다. 편안한 집을 만드는 것은 여자에게 주어진 최우선의 과제였다. 가정주부라는 것은 중간계층의 여자에게 있어서 지위와 명예가 되었다. 가정주부는 자신의 가족을 위해 휴식과 만족의 오아시스를 만들었고, 외부세계로부터의 무거운 짐과 위협을 피할 수 있는 피난처를 제공했다.

현대의 중간계층은 낭만에 대해 다른 관념들을 가지고 있다. 이런 관념들이 상류층이 아니라 노동자계층에서 관찰되는 것은 정말 흥미로운 일이다. 사회적으로 특권을 가지지 못한 계층은 피난처를 만들어낼 수 있는 위치에 있지 않다. 협소한 거주지와 낭만적일 수 없는 노동 환경은 사랑을 공개적인 일로 만들어버렸다. 아무 것도 비밀이 되지 않는다. 적어도 오랫동안 감춰질 수는 없다.

서구 사회의 오락 산업은 아주 다양한 여가 활동들을 만들어냈다. 그래서 오늘날엔 중산층에게도 역시 자기 소유의 집에 틀어박혀 있는 것이 더 이상 낭만적이지 않다. 오히려 외출이 낭만적이다. 사랑은 공개되었다. 낭만과 소비가 결합되었다. 여가 활동들이 이루어진다. 극장에 가고, 연극을 구경하고, 그저 맛있는 음식을 먹으려고 찾아다니기도 한다. 휴가는 온갖 종류의 압박과 책임으로 가득 찬 일상으로부터의 도피, 일상 탈출의 상징이 되었다. 또한 돈이 그리 많지 않은 사람이라도 낭만적인 분위기의 술집에 자리잡고 앉아 있다거나 짧은 휴가를 계획하는 것이 가능해졌다.

그리고 여기서 우리는 다시 원론적인 비판의 자리에 이르게 된다. 우리는 낭만을 소비한다. 아주 작은 술집이나 아주 짧은 여행이라도 비용을 요구한다. 소비 사회는 무언가를 소비하려는 인간의 욕구가 존재할 때에만 제대로 움직이게 된다. 우리는 알아채지 못하는 사이 쉴 없이 우리 앞에 나타나 우리가 무엇으로 행복해질 수 있는지를 달콤하게 속삭이는 광고 산업에 의해 조종되고 있다. 광고가 전해주는 가장 핵심적인 요소는 새로운 것이 헌 것보다 더 많은 가치를 가지고 있고, 남는 것이 모자란 것보다 언제나 더 좋은 것이며, 인간은 원하는 제품의 구매를 통해서만 행복해질 수 있다는 것이다. 원하는 만큼 충분하게 소비하지 못하는 사람은 불행한 사람이라는 생각이 우리에게 강하게 주입되어 있다. 그렇지만 사랑과 낭만이 소비의 가능성에 달려 있다면, 그런 사랑이 실제로 얼마나 자유로울 수 있겠는가.

우리 사회에 존재하는 사랑의 관념에 대한 에리히 프롬의 비판은 바로 이 점을 지적하고 있다. 우리는 자기자신이 지닌 시장가치에 비추어 선택 가능한 대상 중 최고의 짝을 원한다. 그 과정에서 토지를 구매하는 것처럼 과연 그 짝이 장래에 얼마만큼의 수확을 가져다줄 수 있는지 등의 특성을 계산하게 된다는 것이다. 이런 비판을 그저 쉽게 부인할 수는 없다. 왜냐하면 합리적인 사고는 앞에서 언급한 바 있듯이 감정의 발생과정에 철저하게 영향을 미치고 있기 때문이다.

이런 사회는 우리를 미성숙한 상태로 머물게 한다. 젖먹이 아이처럼 사회의 커다란 가슴에 매달려 먹을 수 있는 만큼 오래 그리고 충분히 빨아먹을 때 행복은 저절로 오는 것이라 믿게 만든다. 그것이 소비의 기본이념이며, 그것은 이미 남녀관계에까지 전이된 상태이다. 우리는 파트너에 의해 보완되기를 기대한다. 그 또는 그녀가 우리를 찾아주고, 우리가 원하는 것 그리고 우리에게 부족한 것이 무엇인지 알아주기를 원한다. 우리는 계속해서 무언가 받기를 기대한다. 사랑, 보호, 애정 그리고 그 밖의 많은 무언가를 줄 수 있는 배우자를 찾는다. 우리는 배우자로부터 보충받기를 기대한다. 즉, 우리 자신에게 부족한 것을 그 또는 그녀에게서 받으려 하는 것이다. '거기선 얻을 게 하나도 없다'는 말은 우리를 특징짓는 말이다. 아무 것도 주지 않는 것은 그것이 무엇이든 전혀 가치가 없는 것이다.

프롬의 시각에서 이런 사회구조로 인해 가장 큰 문제가 되고 있는 것은 바로 개성화이다. 성인이 되는 길의 마지막 단계라고 할 수 있다. 우리가 어린아이일 때까지는 단지 우리 자신에 대해서만 생각한다. 바로 '일차적 자아'이다. 어린아이들은 자신의 욕구에 곧바로 굴복한다. 자기자신을 모든 상황의 중점에 두고, 원하는 모든 것을 즉시 충족시키고 싶어한다. 조금 더 나이를 먹은 아이는 서서히 다른 눈으로 세상을 보기 시작한다. 길게 지속되는 과정을 이해하면서 아이는 자신의 욕구를 다른 사람의 욕구 뒤에 놓는 법을 배우게 된다. 그와 동시에 자기자신과 자신의 행동들이 다른 사람들에게 어떻게 받아들여질까를 생각하기도 한다. 그리고 필요할 때마다 이런 새로운 인식들을 머릿속에 떠올린다. 이와 병행하여 새로운 자아가 형성되기 시작하는데, 이것이 이른바 '이차적 자아'이다. 아이는 그의 근원적, 일차적 자아를 여전히 보유하고 있고, 그래서 언제나 자신의 본능적 소망과 욕구를 생각하지만 자신이 어떤 모습의 사람이 되고 싶은지도 잘 알고 있다. 이 두 번째 자아는 그 아이가 살아가는 사회로부터 형성된 모습이다. 즉, 아이가 자신의 모범을 찾고 그 모범을 뒤따르면서 만들어지는 것이다. 아이는 자기가 기꺼이 갖고 싶은 특성들을 골라내고, 그것을 바탕으로 두 번째 자기 모습을 형성한다. 이런 새로운 이상에 알맞게 행동할 수 없을 때, 아이는 절망과 수치심을 느끼게 된다.

물론 성인도 이런 두 가지 자아를 가지고 있으며 이들 각각을 구별할 수 있다. 그렇지만 사회로부터 형성된 자기 모습, 즉 그의 두 번째 자아를 완벽하게 만들기 위해 끊임없이 노력한다. 이때 중요한 것은 그런 노력을 통해 점차 그가 따르고자 하는 모범의 본질적 특징들이 내면화된다는 점이다. 결국에는 자신이 지닌 충동적인 일차적 본성에 대한 완전한 주도권을 갖기 위해 점차 자기 조절 능력이 성장한다. 소비 사회의 인간들은 이런 마지막, 그러나 가장 중요한 단계를 넘어서지 못하는 경우가 많다. 더 이상 그의 모범과 같은 모습이 되기를 원하는 것이 아니라, 그 모범보다 더 많은 것을 가지고 싶어할 뿐이다. 우리가 훌륭한 그리고 고분고분한 소비자가 되는 것, 즉 원하는 것을 생각없이 구매하는 것은 다른 한편으로 우리가 성숙하고 독립된 성인으로 발전하는 데 방해가 된다. 인위적으로 어린아이들의 감정적 수준에 머무르게 되면서, 다시 말해 소비 사회의 윤활유라는 역할을 떠맡게 되면서, 우리는 스스로 가장 본질적인 발전단계를 포기했다. 개성화에 이르는 길의 마지막 발걸음을 내딛지 못하게 된 것이다.

이 마지막 단계를 넘어서지 못한다면 진정한 사랑도 있을 수 없다고 프롬은 생각한다. 스스로 결정할 수 있는 능력이 없다면 사랑은 서로가 서로에게 종속되는 수준에 머물게 된다. 프롬은 사랑에 대한 우리의 관념에서 특징적으로 나타나는 세 가지 오류를 발견했다. 첫 번째 오류는 다른 사람에게서 사랑받는 것이 가장 중요한 문제라는 우리의 생각에서 기인한다. 그래서 우리는 스스로를 가능한 한 사랑스럽게 표현하려 시도하고 그런 모습을 인정해주는 누군가를 발견하게 되기를 기대한다. 두 번째 오류는 사랑이 하나의 대상이지 능력이 아니라는 우리의 믿음에서 기인한다. 우리가 불행할 때면, 우리는 단순히 아직 제 짝을 발견하지 못했을 뿐이라고 생각한다. 진정으로 사랑할 수 있는 대상을 만나면, 그에 알맞은 감정들이 저절로 생겨나게 될 것이라고 믿는 것이다. 세 번째 오류는 격렬하게 누군가에게 빠지는 첫 번째 경험을 사랑과 혼동한다는 것이다. 특히 예전에 아주 외로웠던 사람들은 그들의 애정에 응답하는 누군가를 발견하게 되었을 때, 완전히 자신의 감정에 압도 당하게 된다. 그러다가 더 가까이에서 서로를 알게 되면서, 그 첫 번째 감격이 뿜어냈던 빛이 바래고 그 기적은 마법의 힘을 잃게 되며, 결국 실망하고 다투는 또는 서로를 지루하게 느끼는 남녀가 남게 되는 것이다.

사랑은 주는 것임에도 불구하고 끊임없이 무언가를 받아야 한다고 믿는다. 사랑이 다른 한 사람에 대한 존경심을 느끼는 것임에도 불구하고, 우리는 소유의 권리를 가지고 있다고 믿는다. 사랑이 다른 한 사람의 욕구를 이해하고 그 사람과 함께 하는 것을 의미하는데, 우리는 그 사람을 지도하고 돌봐야 하는 것으로 생각한다. 또 우리가 실제로 원하는 것을 파트너가 알고 있기를 기대한다. 직접 그것을 찾으려 하지는 않는다. 불만족한 상황에 처하면 우리는 파트너가 무엇인가 잘못했을 것이라고 생각한다.

개성화된 인간으로의 발걸음을 제대로 내딛지 못한다면 우리는 감정의 노예로 남게 된다. 그렇게 되면 우리는 수동적으로 쫓기는 사람에 불과하게 될 것이다. 우리의 이성은 마치 앞에서 말했던 시칠리아의 교통경찰관처럼 멀리 있는 가능성을 포착하지 못하고 무엇인가 벌어지고 나면 그 뒤를 쫓아 가리키기에 급급하게 될 것이다.

사랑은 분명 계산과 이기주의와 강한 자에 의해 지배되고 있는 세상을 다시 휴머니즘의 땅으로 만들 수 있는 올바른 수단임에 틀림없다. 그렇지만 우리 모두가 이를 위해 노력하려는 자세를 갖추었을 때, 그런 시도는 비로소 성공하게 될 것이다. 누구나 자기자신에게서부터 시작해야 한다. 왜냐하면 자신의 개성화를 향한 마지막 발걸음을 거침없이 내딛을 수 있을 만큼 성숙하게 성장한 사람들만이 사랑을 줄 수 있고 느낄 수 있기 때문이다.

그 길을 가로막고 있는 것이 무엇인지, 그 정체를 마르크스는 벌써부터 올바로 추측하고 있었던 것이다.

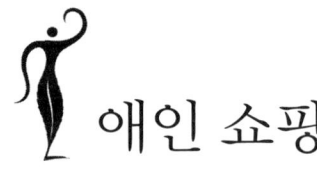

애인 쇼핑

감정의 싸구려 판매대에서

생식과 관련된 기술의 발달처럼 남녀관계에 점점 더 크게 영향을 미치는 외적인 위험요소들을 생각할 때, 사랑은 분명 올바른 치료약이다. 그렇지만 현대의 남녀관계를 위협하는 함정은 완전히 다른 성질을 가지고 있다.

때때로 우리의 원시적 본능은 너무나 달라진 현대의 생활방식 속에서도 그 모습을 드러내는 경우가 있다. 그런 본능이 잘못된 방향으로 진행되고, 그래서 공동생활을 위협하는 경우도 드물지 않다. 우리는 오늘날까지도 사냥꾼이고 채집자이다. 대도시의 정글 속에서 새로운 옷을 입고 있기는 하지만, 우리의 본질적인 사냥본능은 사라지지 않고 생생하게 전해지고 있으며 계속되는 도전을 받고 있다. 마케팅 전문가들은 이런 점을 잘 알고 있다. 그래서 그들은 원시적 사냥꾼들의 수색감각과 사냥한 동물을 딛고 서서 승리의 외침을

토할 때 사냥꾼들이 느꼈던 기쁨을 매장에 전시된 상품으로 우리를 유도하는 데 이용하고 있다. 우리는 특별할인판매와 재고처분의 제국을 헤매는 사냥꾼이며 채집자이다. 싼 가격을 사냥하는 동굴 인간인 셈이다.

물론 문명 속에서 무엇인가 사냥하거나 채집하는 것은 전혀 문제가 되지 않는다. 그 뒤에는 거대한 공동의 이상, 즉 소비의 철학이 숨어 있기 때문이다. 그리고 이 소비의 철학은 자체적으로 위험을 내포하고 있다. 예전에 사냥을 할 때처럼 육체와 생명을 지불해야 하기 때문이 아니라, 우리 감정생활 속에서 지나치게 넓은 부분을 차지할 수 있기 때문이다. 남녀관계는 우리가 정말로 지켜내고 싶어했던 바로 그 부분, 사랑의 안전한 항구라고 말할 수 있는 그 지점에서 공격받게 된다.

우리의 감정은 우리의 내면적 상태에 의해서만이 아니라 우리의 이성에 의해 결정된다. 감정은 고조되는 충격들을 의식이 해석하는 과정을 거쳐 생겨나는 것이다. 감정을 해석하고 표현하는 것은 살아가면서 점차 배워야 한다. 우리는 우리가 선택한 모범을 통해 어떻게 감정을 지배하고 또 어떻게 해소해야 할지를 배운다. 그렇게 해서 우리가 기꺼이 되고 싶은 모습, 즉 이차적 자아는 우리의 감정생활과 행동에 영향을 미치게 된다. 그것은 한편으로 아주 긍정적이다. 우리가 우리의 유전자, 우리의 일차적 느낌, 우리의 호르몬 상태가 명령하는 것으로부터 완전히 자유로운 상태라는 증거가 되기 때문이다. 그렇지만 다른 한편으로 이런 자유는 특별한 위험들을 감추고 있기도 하다.

무언가를 배울 수 있다는 가능성은 다시 말해 항상 무언가를 배워야 한다는 필요성을 내포하고 있는 법이다. 이를 위해 우리의 어린 시절엔 특별히 민감한 시기가 존재하고 있다. 예를 들면, 언어 발달은 2살부터 6살 사이에 이루어진다. 만일 이 나이에 아이와 말을 나누지 않으면 그 아이는 영원히 말을 할 수 없을지 모른다. 성인이 된 사람은 더 많이 애써가며 더 오래 배워야 하지만, 그럼에도 결코 제대로 말할 수 있게 되지는 않는다.

감정의 해석과 관련해서 이것은 어떤 의미가 있을까? 커가는 청소년의 경우, 배움의 시기에 적합하지 않은 모범을 선택하거나 아니면 아예 잘못된 모범을 뒤쫓게 되면 이차적인 자아는 비정상적인 모습이 될 것이고 원하지 않았던 방향으로 성장하게 될 것이다. 텔레비전의 번쩍이는 유리를 통해 모습을 보여주는 만화의 등장인물과 액션영웅들은 전혀 의사소통의 상대가 될 수 없다. 아이들이 그들을 모범으로 삼게 되면, 아이들의 감정세계가 메마르게 된다. 뿐만 아니라 자신의 감정을 해석할 줄 모르는 상황에서 다른 사람의 감정을 이해한다는 것은 전혀 불가능한 일이다. 그 결과 우리는 자신의 감정을 인지하고 그 감정들과 직접 부딪혀보도록 용기를 주고 지도해주는 누군가의 도움에 의존하고 있다.

우리가 어떤 방법으로 사랑을 느끼게 되는지, 이런 감정에서 무엇을 기대하는지, 그 감정들에 어떻게 대처할 것이며, 어떤 연애상대를 상상하고 있는지 하는 것들은 우리의 개인적인 경험에 의해 좌우된다. 물론 그런 경험들역시 우리를 둘러싼 사회적 상황에 의해 각인된 것이다. 사랑은 결국 단순히 생물학적 특수상태에 그치는 것이 아니다. 육체의 화학적 상태, 의식을 통한 그것의 인식 그리고 자신이 살아가고 있는 사회 속에서 존재를 인정받고 싶어하면서 갖게 되는 자기자신에 대한 기대. 이런 여러 가지 요소들이 끊임없이 상호작용을 하면서 사랑이 생겨난다.

많은 사람들이 독립적인 개인으로 향하는 마지막 발걸음을 내딛지 못하고 있는 이 시대에는 아무런 생각도 없이 다른 사람의 견해나 입장, 유행의 물결에 마구 휩쓸리기 쉽다. 프롬은 이런 문제를 이미 인식하고 있었고, 그래서 외부지향적인 유형에 대해 말했다. 언제라도 아무 조건없이 새로운 경향을 쫓을 수 있는 유형을 가리키는 말이다. 내적인 성숙을 위한 어떤 일관성도 가지고 있지 않은 것이다. 그런 사람은 자신이 추구하는 모범 같은 모습을 원하는 것이 아니라 다른 사람들이 가지고 있는 것을 가지려 하고, 다른 사람들이 하는 것을 하고 싶어한다. 이들에게 그것이 필요한지 혹은 진짜로 원하고 있는지를 생각하는 것은 오로지 시간 낭비일 뿐이다.

자아를 찾아가는 과정에 있는 청소년들은 특히 쉽게 영향을 받고, 가진 것이 부족한 상황에서 아주 쉽게 스스로 희생자가 되어 이른바 유행의 선도자들에게 빠져든다. 그렇지만 성인들 역시 시대의 유행이 저지르는 테러의 쉬운 사냥감이 된다.

그래서 섹스도 수행 능력이 된다. 어느 한 관계의 완전함을 측량하는 척도인 것이다. 섹스는 종종 서로 간에 얼마나 많이 사랑하는지를 보여준다. 이제까지 한 달에 두 번 성교를 가져온 부부는 중년의 부부들이 평균 일 주일에 두 번 성관계를 갖는다는 통계를 보면서 자신들이 과연 행복한 부부인지를 생각하게 된다. 남녀가 동시에 오르가즘을 느끼는지의 문제는 아직 미결인 채로 남아 있다. 상대에게 만족을 주는 각 개인의 형태들이 그런 경우와 비교되면서 가치를 잃고 만다.

이미 말했듯이 요즈음 우리 사회는 그 구성원들을 가능한 한 미성숙한 상태로 남게 만들고 싶어하는 것처럼 보인다. 말 잘 듣는 소비자는 계속해서 무언가를 사야겠다는 욕구를 가지게 된다. 주체적이고 독립적인 개성은 그 점에서 방해가 될 수 있다. 우리에게 정말로 더 빠른 자동차, 더 좋은 텔레비전 혹은 유명 메이커의 청바지가 필요한 것일까? 우리는 갈수록 많은 장난감을 원하는 우리 아이들에게 미소를 짓는다. 그들은 원하는 것을 기어이 살 때까지 부모를 괴롭힌다. 결국 처치 곤란한 장난감으로 가득 찬 아이방에는 빈 공간이 거의 없다.

그렇지만 시장경제는 거기서 이윤을 얻는다. 수천 명의 근로자가 그 상품들을 생산하고, 포장하고, 시장에 내놓아 유통시키고, 결국 폐기처분까지 한다. 이것은 끝없는 놀이이다. 그리고 우리는 결국 그 놀이의 덕택으로 우리가 행복이라고 생각하는 생활을 영위하게 된다. 이런 놀이는 어린아이의 마음으로 놀 때 가장 잘 진행된다. 따라서 구성원의 미성숙으로부터 자본을 얻는 사회가 각 개인의 성숙과정에 특별히 도움이 되어줄 것이라 기대할 수는 없는 일이다.

거대한 그리고 익명의 대중 사회에서는 덜 성숙한 개인에게도 쉼터와 안전을 제공해주었던 과거의 가치관과 전통들이 소멸되기에 이른다. 무엇보다 산업 국가들의 대도시에서는 한 세대에서 다음 세대로 전해지는 전통이 거의 남아 있지 않다. 사람들은 아주 활발하게 움직인다. 많은 이들이 한 나라에서 태어나 다음에는 학교에 가고 그리고 나서 제3의 장소에 정착하게 된다. 이웃들 역시 마찬가지로 멀리서 모여든 사람들이다. 다양한 인종이 모여 사는 사회에서 현재 이웃의 선조들이 어떤 전통에 매달려왔는지는 분명하게 알 수 없다.

모든 새로운 세대는 자신들만의 관념과 생활 형태를 발전시킨다. 이들에게 전통은 늙은 세대에게 그랬던 것처럼 중요한 의미를 지니고 있지 않다. 전통은 나이든 사람들이 젊은이들을 속박하거나 괴롭히기 위해 만든 발명품이 아니다. 그것은 결정을 내리는 데 도움이 되는 장치이기도 했다. 주변 어느 남성에게서 모욕을 받았다고 느꼈을 때 중세의 귀족들은 긴 장갑을 휘둘렀다. 상대의 뺨에서 울리는 작은 소리 그것으로 충분했다. 순식간에 결투가 시작된 것이다. 그 당시와 마찬가지로 오늘날 우리는 사랑, 질투, 기피, 절망과 같은 강한 감정들 때문에 힘들어한다. 전통이라는 사회적 배려가 없는 상황에서는 각 개인이 완전히 각자의 방식으로 반응할 수 있는 가능성을 가지고 있다. 속박과 규칙으로부터 자유롭다는 것은 불확실성을 만들어낸다. 전통은 그런 종류의 상하고 감정직인 체험들을 치리하기 위해 미리 규정된 행동규칙이라 할 수 있다. 그런 전통이 존재하지 않는 곳에서는 대개 최대한 자연스런 행동을 촉구하는 목소리가 커지게 마련이다.

그런데 자연스런 행동이란 어떤 것일까? 우습게도 그런 행동에 특별한 가치를 부여하는 사회들이 정작 그것에 대해서는 잘 알지 못한다. 그래서 과학을 대중적으로 다루는 글들이 붐을 이루게 된다. 정신과학, 자연과학의 여러 분야에서 전문가 수준까지 공부하지 못한 학자 지망생들이 대중의 커다란 관심에 고무되어 자신의 생각을 대중에게 전파하는 소명을 부여받았다고 느낀다. 그러면서 각 저자가 상당히 주관적인 그리고 지극히 개인적인 사고와 경험에서 얻은 삶의 자세들을 전달하게 된다. 시장에는 수많은 조언자들이 저마다 주장하는 행복 찾기, 배우자 찾기 혹은 이상적인 연인 찾기의 방법들이 수도 없이 많이 나와 있다. 이런 다양한 제안들은 역설적으로 우리 시대의 방향 상실이 얼마나 심각한지를 보여주고 있기도 하다.

어떤 사람들은 스포츠 활동을 연관지어 그 문제에 접근하려 시도하고 있다. 우리는 조깅을 하기도 하고, 에어로빅, 요가 또는 요즘 한창 유행하는 아시아의 여러 격투기들을 배운다. 이런 활동들을 통해 우리는 신체적 균형을 얻는 것은 물론이고, 동시에 더 높은 단계의 존재로 발전할 수 있다고 한다.

의사이자 휘트니스의 전도사인 울리히 슈트룬츠 박사는 그의 저서 『영원한 젊음』에서 육체적 건강의 증진으로 매력적인 모습, 정신적 활력의 증가, 자신감의 신장은 물론, 더 나아가 영원한 청춘을 보장할 수 있다고 말한다. 그의 조언에 따르기만 한다면 독자를 새로운 사람으로 만들어 주겠다고 슈트룬츠 박사는 약속하고 있는 것이다. 그러나 그는 이 책에서 정작 달리는 기술과 영양섭취에 대해서 말하고 있을 뿐이다.

숨이 막힐 정도로 무수히 쏟아져나오는 다이어트에 관한 책들은 날씬한 몸매에 맞는 작은 사이즈의 옷에서부터 아름다움, 충만한 사랑의 기쁨, 주위로부터 뿜어져오는 사랑이 가득한 눈길, 심지어 직업적인 성공까지 수많은 것들을 약속하고 있다. 여기서 우리가 진실로 원하는 것이 무엇인지가 드러난다. 우리가 원하는 것은 날씬함이 아니다. 우리는 사랑받기를 원하고, 많은 친구들, 직장에서의 인정, 행복한 남녀관계를 원하는 것이다. 우리는 다이어트에 관한 책을 사서 대개는 지속적인 효과를 볼 수 없는 다양한 다이어트 방법들을 시험해보지만 우리가 원하는 것은 실제로 완전히 다른 것이다.

우리는 우리의 시장가치를 극대화하고 싶어한다. 아름다워지고 싶어하며, 연인이 그리고 자신의 주위사람들이 탐내는 사람이 되려고 한다.

이런 시장가치는 아주 쉽게 변하는데다가, 끊임없이 새롭게 매겨진다. 우리는 우리 자신과 다른 이들을 매일 새롭게 평가한다. 그 평가과정에서 우리는 우리의 가치를 항상 다른 남녀와 비교하게 된다. 여성들은 특히 외모에 대해 비판적이다. 여성들은 잘 가꾸고 젊게 보이는 것에 큰 가치를 둔다. 그들은 자기자신의 시장가치를 주위 여성들의 매력과 비교하여 결정한다. 한 연구에서 여자들이 덜 매력적인 여자의 사진을 보고 난 이후 자기자신의 가치를 더 높게 평가하는 것을 확인할 수 있었다. 실험참가자들에게 아주 매력적인 여성의 사진을 보여주면, 그들은 자신에 대해 그다지 긍정적인 평가를 하지 않았다. 결국 매일 수많은 광고를 통해 완벽한 몸매의 여성들이 뿜어내는 매력이 우리 시대 여성들의 자기 평가에 부정적으로 작용하리라는 것은 쉽게 짐작할 수 있는 일이다.

이와는 달리 남성들은 자신의 능력과 성격적 특성을 다른 남성들과 비교하면서 자신을 평가한다. 성격적 특성은 얼굴과 육체의 매력보다 조정하기가 쉬운 편이다. 더불어 잘 생긴 외모보다는 긍정적인 성격이 더욱 꾸며내기 쉽다. 주로 여자들이 자기 가치에 대한 자신감을 잃고 절망감에 시달리게 되는 이유가 바로 여기에 있다.

그렇지만 여성들은 자신의 외적인 매력을 고칠 수 없다는 사실 때문만이 아니라, 성장하는 과정 중 가장 예민한 시기에 자기 가치에 대한 자신감의 상승에 기껏 남자 한 명이 영향을 미친다는 사실에 절망하기도 한다. 사춘기의 청소년들은 점점 더 이성에 끌리게 된다. 그때까지 서로 킥킥거리며 뒤엉켜 놀던 아이들이 이제는 이성이 좋아하는 것이 누구이고, 누가 그렇지 않은지에 관심을 갖는다. 그러면서 남자아이들과 여자아이들 내부에 일종의 서열이 급속하게 형성되어 간다.

좌우로 뻗친 귀가 빨개서 언제나 놀림을 당하고, 가끔은 바지에 실례를 하기도 했던 작은 프란츠가 갑자기 여자아이들에게서 인기를 얻는다. 그는 소위 '쿨하다'고 말하는 옷을 입고 멋진 오토바이를 타고 다닌다. 최신 유행의 헤어스타일은 그의 빨간 귀를 아주 멋지게 보이게 한다. 갑자기 프란츠는 조롱받는 아이가 아니라 누구나 친구로 삼고 싶어하는 아이가 되었다. 프란츠가 가는 곳마다 예쁜 여자아이들이 모여들기 때문이다.

여자아이들 사이에서도 수지는 이제 인기를 끌고 있다. 그때까지 그녀는 덥수룩한 머리에 찢어진 바지를 입고, 여자애들과 소꿉장난을 하기보다는 남자아이들과 인디언 놀이를 하곤 했다. 그렇지만 지난번 파티에서 대부분의 남자아이들이 수지에게 많은 관심을 보였다. 이제 다른 여자아이들도 수지와 같은 헤어스타일을 하고 있으며, 수지의 친구가 되려고 애쓴다. 수지와 프란츠 그리고 그들의 친구들은 이 시기에 계속해서 변하고 있으며, 매번 변화할 때마다 자기 가치에 대한 자신감은 오르락내리락하게 된다.

다만 수지와 그녀의 여자 친구들에 비해서 프란츠를 비롯한 남자아이들은 그런 과정을 훨씬 쉽게 받아들이게 된다고 율리아 온켄은 그녀의 책 『아버지인 남자』에서 말하고 있다. 소년들은 자기 가치에 대한 느낌을 어머니로부터 얻는다. 프란츠의 경우 언제나 어머니에게서 최고의 존재가 될 수 있었고, 사춘기가 되어서도 어머니를 통해 아주 특별한 존재로 인정받는 느낌을 가질 수 있었다. 대부분의 어머니들이 자기 아들을 멋지다고 생각하기 때문에 남자들은 적지 않은, 가끔은 자신에 대해 과대평가라고 할 만한 자신감을 가질 수 있다. 그런 이유로 이런 저런 토크쇼에서 배불뚝이 못생긴 남자들이 확신에 찬 목소리로 자기자신에 대한 찬가를 불러대는 것을 듣게 되는 것이다.

소녀들의 경우엔 어떨까? 그들의 자신감도 어머니에게서 얻게 되는 것일까? 만일 그렇다면 여성은 자기자신에 대해 남자들만큼 커다란 자신감을 갖게 될 것이다. 그렇지만 사춘기 초기에는 서로 반대되는 성별의 부모가 자녀의 자신감 신장에 결정적인 역할을 한다. 산업 국가의 아버지들은 대개 자리를 비움으로써 빛이 난다. 우리는 아버지가 없는 사회를 만들었다. 아버지들이 어쩌다 집에 있다손 치더라도, 딸은 아들이 어머니에게서 경험하는 것과 같은 자유로운 분위기를 즐길 수 없다. 무엇보다 드물게 집에 있는 아버지들은 딸이 필요로 하는 만큼 딸을 인정하는 모습을 보여줄 수 없다. 여자아이들의 자신감은 딸에 대한 아버지의 자세에 매우 크게 좌우된다. 아버지의 입장이 완전히 긍정적이지 않으면, 크게 눈에 띄지는 않아도 심한 괴로움을 안겨주는 자기 의구심이 평생 딸의 뒤를 쫓아다니게 된다. 그런 이유로 많은 여성들은 적합한 배우자를 찾는 경쟁에 분명한 핸디캡을 안고 참여하게 된다.

여성들은 그래서 남자들이 그러는 것보다 훨씬 자주 자기자신에 대한 의구심을 갖게 된다. 그래서 주로 여성들을 대상으로 자신감의 발견을 조언하는 책들이 홍수를 이루고 있는 것이다. 그러나 여성들은 자기자신에 대해서만이 아니라, 이미 자신의 남녀관계에 대해서도 의구심을 갖고 있다. 그들은 설사 어려운 일이라도 해도 그 관계를 유지하고 더욱 발전시켜 나가기 위해서 남자들보다 훨씬 자주 정보를 원한다. 그래서 남녀관계에 대한 상담 역시 주로 여자들이 청하게 되는 것이다.

뉴욕의 심리치료사인 낸시 굿은 그녀의 저서 『까다로운 남자를 사랑하는 법』에서 여자들이 자신의 배우자를 어떻게 다루어야 할지에 대해 상세한 내용을 제시하고 있다. 배우자가 비이성적인 반응을 보일 때, 여성이 처음부터 그에 맞서서 화를 내고 소리를 지르지 말 것을 낸시는 권고하고 있다. 우선 남자에게 그가 비이성적으로 행동하고 있다는 것을 분명하게 이해시키려 노력해야 한다. 두 번째로 그가 자신의 방식대로 느끼고 말할 권리가 있다는 것을 항상 인정해야 한다. 마지막이자 세 번째 조언에서는 방향까지 제시해주는 대화가 실려 있고, 단어 선택에서부터 구두점에 이르기까지 모든 점을 모방할 것을 추천하고 있다. 이런 종류의 지시는 세탁기의 사용설명서를 떠오르게 한다. 그러나 작가는 자신이 추천한 방법이 함께 살기 힘든 남편을 잘 다룰 수 있도록 여성들을 도와줄 것이라 확신한다. 그리고 여성 독자들은 아주 고마워하며 그들에게 제공된 빨대를 선뜻 잡아든다.

이 과정에서 과학은 허용되지 않은 힘을 손에 쥐게 된다. 과학 저널리스트이자 부부관계 치료사인 매기 스카프는 자신의 저서 『자율성과 유사성』에서 본래 타인이 어떤 남녀관계에 대해 가르치는 것은 허용될 수 없는 일이라고 쓰고 있다. 모든 관계들이 두 사람의 지극히 독자적인 결합이기 때문에 빗으로 길이를 맞추어 머리칼을 자르듯 일률적으로 적용할 수 없다는 것이다. 너무나 개인적인 일이어서 단순한 행동 규칙들에 의해 조종하는 것이 불가능하다. 타인이 한 관계의 형태를 그려내고자 한다면 그 유일한 관계의 본질을 파악하기 위해 수많은 시간을 투자해야 한다는 것이다.

우리의 청소년들은 익명성이 주도하는 대도시 사회로 보내져 방치된다.

성장해가는 그들을 자율적으로 사고하는 성숙한 인간으로 만드는 데 우리 사회는 별다른 관심을 가지고 있지 않다. 젊은 세대가 확실하게 알고 있는 유일한 것은 그들의 윗세대가 모든 것을 그르쳤다는 것이다. 그 결과 많은 성인들 역시도 방향을 상실하고 불확실성의 세계를 살아가고 있다.

2천년 전 팔레스타인에 살고 있던 사람들과 비슷하게 소비와 성과의 사회에 살고 있는 사람들은 그들의 구세주를 원하고 있다. 그렇지만 시장에는 자신을 성자이며 현자라고 부르짖는 수많은 외침들이 난무하다. 그들은 자신의 지혜를 폭력적으로 대중에게 전하려 한다. 그 속에서 어떻게 진정한 메시아를 알아볼 수 있겠는가? 자신이 지혜의 돌을 발견했다고 믿고, 자신의 인식이 가지고 올 축복을 무지한 대중에게 어떻게든 나눠주고 싶어하는 사람들의 숫자는 옛날 그때와 마찬가지로 너무나 많다.

그 당시의 사람들은 진정한 신앙을 가져다줄 종교적 지도자의 구원을 원했다. 오늘날 사람들은 지식 속에서 신성을 찾고, 과학이 그들을 이끌어주기를 기대한다. 우리는 정신과학과 자연과학 그리고 의학적 지식들을 통해 삶의 방향을 설정한다. 그런 지식들의 정확한 방법론들이 우리가 기꺼이 안주하고 싶어하는 그런 확실성을 가장하고 있기 때문이다.

의학은 우리의 삶 속에 어떠한 표준을 적용하려 한다. 우리는 건강한 식욕과 배고픔의 느낌보다는 칼로리 도표에 우리의 식생활을 맞추고 있다. 분위기보다는 규정에 따라 행동하고, 모든 질병과 심리적 장애를 약으로 극복하고자 한다. 우리는 의사가 우리의 문제들 중 어느 하나라도 확실하게 답해주지 못하면 몹시 실망한다.

우리는 생물학이 우리의 행동에 대해, 왜 특정한 사람들이 부자가 되고 다른 사람들은 그렇지 못한가에 대해 설명해주기를 기대한다. 우리는 행복을 만드는 설명서를 원한다. 우리가 꿈에 그리는 짝을 찾기 위해 얼마나 날씬하고, 얼마나 멋지고, 얼마나 중요한 사람이어야 하는지를 알고 싶어한다. 그렇지만 부자와 미인들 역시 가난하고 못생긴 사람들보다 더 행복하지 않다는 것을 보여주는 현실은 계속해서 우리를 실망시킨다. 그럼에도 우리는 여전히 우리에게 행복의 길을 보여주는 밝은 지식을 얻게 되기를 소망한다.

심리학은 우리의 영혼이 어떻게 움직이는지를 설명해주어야 한다. 왜 모든 것을 가지고 있어도 행복하지 않을까? 우리가 어머니 뱃속에서부터 이미 해로운 영향들에 노출되었던 것일까? 부모들이 너무 자주 싸우기나 하면서 우리를 위해 충분히 배려해주지 못했던 것일까? 그렇다면 어린 시절 어떤 것 하나 부족하지 않았던 사람이 불행한 성인이 되는 반면, 좋지 않은 환경에서 자라나야 했던 사람이 개인적인 행복을 발견하는 일은 어떻게 설명해야 할까?

이 세상에 60억 명이 넘는 인구가 무리지어 살고 있다 해도 우리 모두는 각자 무언가 특별하고 완전하면서도 유일한 존재이다. 우리의 발전 역시 마찬가지로 독자적으로 진행된다. 자연이 우리에게 무수히 많은 가능성을 열어놓았기 때문이다. 이것이 바로 그리도 정확한 과학의 인식들이 아직까지 어느 한 개인의 현상들을 충분히 해명할 수 없었던 것에 대한 이유이다. 한 사람 한 사람 각각은 결코 자료와 사실을 통해 파악될 수 없을 것이다. 그것은 좋은 소식이다. 다만 나쁜 점이 있다면, 우리가 우리의 행복에 대해 스스로 책임을 져야 한다는 사실이다. 그저 단순하게 유전자의 상태와 주위 환경의 영향에 책임을 떠넘길 수 없다. 우리는 이 별에 사는 다른 모든 생명체들과의 차이 속에서 우리 자신에 대해 의문을 던질 수 있는 능력을 물려받았기 때문이다. 그렇게 자기 존재에 대해 의문을 가지는 만큼 우리는 우리의 삶을 함께 만들어가는 위치에 올라서게 된다. 우리가 연인을, 부인을, 남편을 선택하면서 얼마나 행복한지, 우리가 어떻게 관계를 만들어가는지, 사랑과 행복을 어떻게 느끼는지 하는 것은 어느 정도 우리 자신의 의지에 달려 있다. 그리고 그것은 잘 생각해보면 결코 나쁘지만은 않은 소식이다.

"자기, 연락해!"
현대적인 속임수

　지금 이 커뮤니케이션의 시대에 함께 대화를 나누는 것보다 간단한 일이 또 있을까? 오늘날 우리는 생각할 수 있는 모든 상황에서 우리의 생각을 교환할 수 있다. 아무리 멀리 떨어져 있어도 전화선이 우리를 연결해준다. 설사 유선전화로 연결되기 힘든 상황이어도 서로 연락을 주고받을 수 있는 핸드폰이 있다. 연극을 보러 가면 막이 오르기 전 핸드폰을 꺼달라고 부탁하는 것은 자연스런 일이 되었다. 우리는 카페에 홀로 앉아 있는 사람을 보게 되지만 그들은 결코 혼자가 아니다. 쉼없이 핸드폰이 울리고, 좋든 싫든 주변 사람들이 그 자리에 있지 않은 어떤 사람과 큰 목소리로 나누는 대화의 증인이 된다. 특히 젊은이들은 핸드폰으로 통화하고 문자메시지 주고받는 것을 즐긴다.

인터넷을 통해서 우리는 온 세상과 연결되어 있다. 시차만 없다면 우리가 사랑하는 사람이 어떤 대륙에 있든지 아무 문제될 것이 없다. 언제든지 키보드나 마우스를 한 번만 누르면 연락이 가능하기 때문이다.

우리는 우리가 주위 세계와 잘 결합되어 있다고 생각한다. 어디서나 함께 대화를 나눌 수 있고 브라우저가 데리고 가는 곳이면 어디든지 갈 수 있다. 언제나 연락을 가능하게 해주고, 원하는 곳을 볼 수 있게 해주는 기술의 모든 축복을 함께 누리고 있는 것이다. 광고들은 이런 상황을 이용하여 우리에게 최면을 건다. 한 아버지가 핸드폰을 통해 아이가 잠들 때까지 책을 읽어준다. 다른 사람은 회사에서 회의를 하면서 아들로부터 문자메시지를 받는다. 아이의 연이 날고 있는 것이나. 멋진 일이다! 우리는 더 이상 어떤 일도 포기할 필요가 없고, 그 일로 양심의 가책을 느끼지 않아도 된다. 부모들은 아이를 재우거나 아이와 놀아주기 위해 물리적으로 꼭 그 자리에 있을 필요가 없다. 우리는 직장에서 제대로 일을 하면서 동시에 가정생활을 함께 나눌 수 있다. 부인은 핸드폰을 베개 옆에 놓고 평소처럼 남편의 코고는 소리를 듣는다.

이동전화 회사는 심지어 이런 커플들을 위해 특별한 요금제를 제공하고 있다. 이른바 '마음을 잇는 줄'을 통해서 시시덕거리고 속삭이며 아주 의미있는 진실한 대화를 나누기도 한다. 가장 값이 싼 요금제이기 때문이다. 내가 알고 있는 한 노부부도 이 요금제를 이용하고 있었다. 그렇지만 그것은 일초라도 서로의 목소리 없이 살 수 없을 만큼 너무나 절실한 사랑 때문이 아니었다. 완전히 그 반대였다. 그들이 전화로 말해야 했던 대부분의 것들은 대개 좋지 않은 일이었고, 그들의 대화는 퉁명스러웠다. 이 요금제를 이용하는 이유는 순전히 경제적인 이유였다. 그들은 떨어져 살고 있었기 때문에 만날 수 있는 기회가 거의 없었고 그래서 이런 방법으로 연락해야 했던 것이다. 그리고 바로 여기에 결정적인 문제가 숨어 있다. 기술이 과연 진정한 의미에서 우리를 연결해주고 있는 것일까?

지금 당장 처해 있는 환경과 상황은 사람의 기분에 직접적으로 영향을 미친다. 대화 상대를 직접 마주하고 있으면 그의 기분을 한 눈에 알아볼 수 있다. 얼굴, 특히 눈 그리고 몸짓은 말보다 더 많은 것을 말해준다. 눈을 찡긋하는 것과 같은 아주 작은 몸짓도 말의 의미를 완전히 반대로 바꾸어놓을 수 있다.

특히 연인이나 부부 간의 대화는 가장 섬세한 느낌에 의존하게 된다. 주로 전화를 이용해서 대화를 나눈다면 오해가 생기는 것은 당연한 일이다. 전화벨이 울리면 쉽게 필요없는 말을 지껄이게 되고 원치 않았던 상황에 빠져들게 되는 것이다. 오랜 시간 따로 떨어져 있는 부부들이 이런 함정에 빠져든다. 그들은 전화로 나누었던 대화를 몇 시간 후에 분석하기 시작한다. 왜 그렇게 짧게 통화를 했을까? 이 시간에 사무실은 분명 한가할 텐데. 그녀가 이제 자야겠다고 말했을 때 뒤에서 남자의 목소리가 들리지 않았던가?

모든 기술적 발전은 우선은 긍정적인 효과를 보이더라도 최소한 그 만큼의 부정적인 영향을 남긴다. 우리는 더 많이 서로 연락하고 있지만 그 대화는 형식적인 수준에 머무른다. 리버풀 대학의 심리학 교수인 로빈 던바는 수다를 떨고 싶어하는 우리의 욕구를 서로 털을 손질해주려고 하는 유인원들의 욕구와 비교한다. 유인원 세계에서 이른바 '손질해주기 관계'는 넓게 퍼져 있다. 원숭이 무리에서 우정의 정도는 누가 누구의 털을 얼마나 오래 손질해주는가에 따라 결정된다.

인간은 서로를 말로 손질해준다. 우리는 작은 친근함을 서로 교환하고 우리의 존재를 다른 이들과 나눈다. 이 과정에서 특징적인 것은 대개 대화의 내용은 별로 중요하지 않다는 점이다. 사소한 대화를 나누는 사람들의 대부분은 수다 떠는 목소리로 자기자신에 대한 무언가를 말하는 사람들이다. 그들의 이야기는 별로 관심을 끌 만한 내용이 아니어서 5분만 지나면 듣고 있는 이들은 무엇에 대한 이야기였는지 까맣게 잊어버리곤 한다. 마치 지금 이런 대화에 대해 나쁘다고 말하고 있는 것처럼 들릴 것이다. 하지만 절대 그렇지 않다. 던바는 사람이 정말 중요한 것을 말해야 할 때만 입을 연다는 것은 불가능하다고 생각한다. 엄숙한 침묵은 깨져야만 한다. 많은 사람들은 누군가가 어떻게 지내냐고 안부 인사를 던지지 않고 그저 마주 보며 가만히 침묵하고 있다면 심한 모욕감을 느끼게 될 것이다.

예의상 하는 인사말은 말로 서로를 손질해주는 셈이다. "안녕하세요? 잘 지내셨어요?", "아, 잘 지냅니다. 선생은 어떠세요?", "저도 잘 지냅니다. 가족들은 모두 건강하세요?", "네, 덕분에 모두 건강하게 지내고 있지요. 선생 댁도 그러시겠죠?", "네, 아주 좋습니다. 그럼, 즐거운 하루 보내십시오", "선생도요. 가족 분들에게 안부 전해주세요", "선생 가족께도 안부 전해주세요". 매일 수백만 번 반복되는 너무나 일상적인 대화이다. 특별한 내용을 말하거나 경험하지 않았지만 그럼에도 친근한 대화를 나누었던 것이다. 그저 아는 사이에는 그 정도면 충분하다. 물론 평생을 함께 보내기로 한 부부의 경우, 형식적인 미사여구 정도로는 분명 너무도 부족하다. 서로에게 예의를 지키는 자세는 물론 필요하지만 말이다.

외국에서 일하면서 주말에만 집에 오는 남편을 둔 내 친구는 남편과 자기가 주말에 다시 만나기만 하면 아주 격렬하게 다투게 된다고 말했다. 주중에는 서로 몹시도 그리워하고 수화기에 대고 달콤한 사랑을 속삭이면서 초조하게 주말을 기다린다. 그런데 막상 남편이 집에 돌아오면 곧바로 너무나 심하게 격한 말다툼을 하는 것이다. 그가 직장을 그만두고 다시 자주 집에 있게 되자 그런 싸움은 몰라보게 줄어들었다. 물론 여전히 말다툼이 벌어지고 싸움을 할 때도 있었지만 싸움이 훨씬 짧아지고 더욱 빨리 화해하게 되었다. 왜였을까? 아주 분명하다. 말다툼은 자신에게 중요한 의미를 갖는 상대와 의견을 다투는 것을 의미한다. 아무 상관도 없는 사람과는 싸울 이유가 없다. 매일 의견의 차이에 대해 말할 수 있다면 그런 문제는 금방 그 자리에서 해결될 수 있다.

오랜 시간 떨어져 있는 배우자들은 각자 서로의 다른 체험들을 가지고 말하게 된다. 몇 날, 몇 주가 가면서 불일치, 불안, 불만족이 쉽게 해소될 수 없을 만큼 쌓여간다. 부부가 집중적으로 함께 이야기를 나눌 기회를 규칙적으로 갖지 못한다면 더 이상 허물기 힘든 근거없는 원망이 생겨날 수 있다. 그들은 서로에게 스치듯 말을 건넨다. 어떤 한 사람이 다른 한 사람에게 자신의 생각을 전하는 것을 소홀히 한다. 어느 누구도 다른 한 쪽에게 무엇이 정말로 중요한지 모르고 배우자와 도저히 일치될 수 없는 자기자신의 생각을 세워간다.

내가 알고 지내는 한 노부부는 자극적인 말 한마디가 격렬한 말다툼을 일으키기에 충분한 이유가 되는 상태에까지 다다라 있었다. 두 사람 모두 상대가 정말로 말하고 싶어하는 것을 말할 때까지 기다려주지 않았다. 한 사람이 말을 하기 시작하면 다른 한 사람은 상대가 무엇을 말하려고 하는지 자기가 이미 알고 있다고 생각했다. 곧바로 두 사람이 신경을 곤두세우고 달려들었다. 완전히 중립적인 제3자도 전혀 중재할 수 없는 상태였다. 두 사람 모두 자신이 상대에 의해 더 많이 괴로움을 당하고 있고, 더 심하게 오해받는다고 느꼈다. 각자 자신의 위치를 정돈하고, 동시에 다른 쪽의 위치를 이해하는 것을 배우는 건설적인 의견 교환이 이미 불가능한 단계에 이르러 있었다.

매기 스카프는 저서 『자율성과 유사성』에서 그런 안 좋은 상황에 빠져 있는 부부들에게 이렇게 조언하고 있다. 그들을 싸우게 만들 만큼 부정적으로 작용하는 주제에 대해 두 사람이 함께 말할 수 있는 정확한 시간을 정하라는 것이었다. 그 주제를 언급한 사람은 주중에 하루를 택해 한 시간 동안 어떤 점이 그렇게 우울하게 만드는지에 대해 말할 수 있는 기회를 갖는다. 이 주제에 대해 화가 나는 다른 한 쪽은 아무 말도 하지 않고 경청해야만 한다. 그리고 말이 끝나고 나서도 그 주제에 대해 말을 덧붙이거나 토론을 벌이려 해서는 안 된다. 그 주간의 나머지 날들에도 그 주제를 절대 언급할 수 없다. 이렇게 해서 그 주제에 대해 말하고 싶지 않은 사람은 보호를 받고, 마음에 담고 있는 무언가를 말하고 싶은 사람은 그 주제에 대해 마음껏 말해볼 수 있는 것이다. 비록 일 주일 동안 단 한 번, 그것도 한 시간에 불과하지만.

이런 방법을 위한 전제조건은 부부가 문제를 공동으로 해결하는 데 진지한 관심을 보여야 한다는 점이다. 스카프는 남편이 예전 여자친구와 가진 관계로 인해 계속 싸움을 하게 되어 결국 도움을 요청한 한 부부에 대해 다음과 같이 보고한다. 이 부부는 스카프가 제안한 치료방법에 따르는 데 동의했다. 부인은 첫 번째 주에 한 시간 동안 자신의 마음을 압박하는 것을 모두 털어놓았다. 남편은 깜짝 놀랐다고 고백했다. 부인의 마음을 어둡게 만들었던 모든 것들에 대해 세세하게 알 수 있을 만큼 그녀의 말에 귀를 기울여본 적이 없었기 때문이다. 두 번째 주에 부인은 자신의 고통에 대해 말하면서 한 시간을 채우지 못했고, 벌써 세 번째 주에는 이미 그 일을 잊고 있었다.

모든 부부가 다르다. 당연히 누구에게나 적용될 수 있는 방법은 없다. 그렇지만 모든 경우에 해당되는 것이 있다. 문제에 부딪히지 않는다면, 의견이 엇갈리는 문제에 공동으로 부딪혀서 극복하려는 시도가 없다면, 그 문제는 절대 해결될 수 없다는 점이다. 이런 문제는 언제나 머리 한 구석에 꼭 붙어서 적당하지 않은 순간에 다시 출현하곤 한다. 이런 완전히 처리되지 않은 문제는 사소한 의견의 차이, 아주 작은 불일치에도 기억에서 되살아나고, 감정의 파도는 생각보다 훨씬 높게 밀어닥치게 된다. 종종 아무 것도 아닌 일에 무섭게 반응하는 자신의 모습에 스스로 놀라게 된다.

통신의 시대는 이와 관련하여 아무 것도 변화시킬 수 없었다. 오히려 그 반대였다. 우리는 매일 여러 번 핸드폰을 통해 대화를 나누고, 부인이나 남편에게서 메일을 받으면서, 서로 의사를 교환하고 있다고 믿는다. 그렇지만 그럴 시간은 거의 없다.

그리고 설사 시간이 있다손 치더라도 대화 상대를 위한 아주 본질적인 정보들은 전해지지 않는다. 불행하게도 현대의 텔레커뮤니케이션은 성공적인 대화를 위해 필수적인 정보의 흐름을 중단시킨다. 말이 아닌 정보가 완전히 사라지는 것이다. 결국 느낌을 표현하는 섬세한 뉘앙스가 전달될 수 없다. 그런데 바로 이 영역은 줄곧 여성의 능력이 발휘되고, 여성에게 중요한 부분이었다. 말로 표현되지 않은 정보들을 대화 속에서 인지하고 고려하는 여성의 능력은 직관 혹은 직감이라고 부를 수 있을 것이다. 신비하다거나 비범하다고 말할 수 있는 재능인 것이다. 이런 능력은 생물학적인 근거를 가지고 있다. 여성은 후각, 미각, 촉각, 시각, 청각의 모든 감각적인지 능력이 남성보다 뛰어나다. 이는 수많은 실험과 연구들을 통해 완전하게 증명된 사실이다. 이런 능력들 중 상당 부분이 에스트로겐 수치의 증감에 따라 크게 변한다. 여성의 혈중 에스트로겐 수치가 최고에 이르는 월경주기 중간에 여성들은 모든 언어 실험에서 최고의 능력을 보인다. 그러나 월경 바로 이후, 즉 에스트로겐 수치가 최저 수준일 때도 역시 평균적으로 여성들은 남성보다 더 나은 실험결과를 보여주었다. 이는 아마도 여성들이 수백만 년 동안 전달 능력이 부족한 아이들의 욕구들에 대해 세심하고 예민하게 반응하는 능력을 키워왔기 때문일 것이다.

그것은 광고판을 내건다거나 크게 소리를 질러대지 않아도 함께 살아가는 사람의 아주 미세한 감정의 변화끼지 감지하는 재능이다. "너무 우울해서 기분전환을 해야 할 것 같아. 외롭고 쓸쓸한 생각도 들고. 어쨌든 영 편치가 않아." 여성들은 그들이 상대하는 사람이 어떤 불편한 느낌들을 가지고 있는지, 불안하게 의자에 앉아 몸을 이리 비틀고 저리 비틀고 하면, 긴장을 한 것인지 화가 나 있거나 침울한 상태인지를 금세 알아챈다. 남성들이 원활한 대화가 시작되지 않아 상처를 받거나 점차 짜증을 내는 반면에, 여성들은 벌써 한참 전에 상황을 유연하게 만들기에 적당한 말과 몸짓을 발견한다.

이런 상호교류의 유연함이 컴퓨터와 전화의 사용으로 점차 사라져가는 반면, 대기업들은 간부들을 대상으로 현대적인 통신 훈련과 수사학 세미나를 통해 감수성을 개발하면서 그러한 직감적인 능력을 확대시키고자 하고 있다. 유명한 컨설턴트인 마티아스 호르크스는 자기자신의 경험을 바탕으로 이런 경향을 인정하고 있다. 그 스스로도 노동력과 회사의 구조에 대한 그림이 직관적으로 머릿속에 그려지지 않은 채로는 절대 상담을 하지 않고 있다. 말하자면 통신에 대한 최근의 현상들은 근본적으로 가장 오래된 그리고 말할 필요도 없이 가장 인간적인 욕구가 부활한 것이라 볼 수 있다. 그리고 그런 요구를 해결해줄 열쇠는 여성의 손에 있을 것이다.

※

여러 가지로 부를 수 있겠지만 이제 그 특성을 그냥 쉽게 직감이라고 부르기로 하자. 직감은 여성이 남녀관계를 더욱 조화롭게 만들 수 있게 했을 뿐 아니라, 기업 같은 커다란 단체에서 대화의 분위기와 상호교류의 유연함을 개선하는 역할을 한다. 그런 이유로 여성적인 의사소통의 방법이 인재 개발 회사와 기업 인사 책임자들에 의해 점점 더 강조되고 있는 것이다. 감정적 차원을 가급적 회피하려는 남성의 경우와는 달리, 여성의 대화 문화는 결코 그 차원을 완전히 벗어나지 않기 때문이다. 사람으로서 대접을 받고, 자신의 감정을 존중받을 때 누구나 더 나은 능력을 발휘할 수 있다는 것은 물론 증명된 사실이다.

여성과 남성의 다양한 경영스타일을 조사한 여러 연구에서 놀라운 차이를 확인했다. 남자들은 주로 상호작용 리더십을 발휘한다. 즉, 남성 경영자들은 자신의 직업을 자기자신과 부하직원들 사이에서 이루어지는 일련의 상호작용으로 생각하는 것이다. 그들은 훌륭한 성과를 인정해주고, 부족한 결과를 문책한다. 이와는 달리 여성들은 이른바 변화 지향 리더십을 통해 사업체를 매끄럽게 이끌어간다. 여성 경영자는 직원들의 관심을 기업의 관심으로 변화시키려고 시도한다. 그들은 직원들에게 개인적인 차원에서의 동기부여를 하려고 시도하고, 그들에게 자신이 중요하다는 느낌을 갖도록 하며, 힘을 나누어가질 수 있게 했다. 예로부터 전해진 권위적 경영스타일을 벗어나려는 이런 시도를 통해 여성들은 직원들이 주인의식을 가지고 기업을 위해 최선을 다할 수 있는 환경을 조성했다. 그렇게 오랜 세월 동안 직장에서 여성들을 힘들게 만들었던 이런 여성의 특성이 이제는 크게 요구되고 있는 것이다.

또 다른 한 연구는 이런 현상을 연구하면서 아주 인상적인 부분을 다루었다. 여성과 남성은 서로 다른 언어를 사용한다. 직업적으로든 개인적으로든 그들은 서로 다른 단어와 어구, 몸짓을 사용한다. 여성은 보통 가정법, 즉 가능성의 형태를 더 많이 사용한다. 그것은 대개 압도당하거나 무시당하고 있다는 느낌을 대화 상대에게 주지 않으려는 친절에서 우러나오는 것이다. 그럼으로써 그들은 대화 상대가 체면을 잃지 않고 자신의 생각을 말할 수 있는, 곧바로 대립 국면으로 가지 않고 다른 입장으로 주장을 펼칠 수 있는 기회를 준다. '~라면', '~일 수 있다면' 혹은 '~해야 한다면'과 같은 작은 배려가 상대에게 힘을 줄 수 있다.

앞의 연구에서도 밝힌 바 있듯이 남성들은 이런 예절바른 형태를 나약함으로 치부하려는 경향이 있다. "이 여자는 분명히 자기가 말하는 것에 대해 잘 알지 못하고 있어", "자기 일에 확신하지 못하고 있군", 많은 남성들이 이렇게 생각한다. 설문조사에 참여한 남성들은 가정법을 자주 사용하는 여성들은 경쟁력이 없거나 자신감이 부족한 것으로 느껴진다고 대답했다. (지금 이 글에 어울리는 내용은 아니지만 이 조사에서 재미있는 내용을 찾아볼 수 있다. 남성들은 어떤 여성에게서 자신감이나 경쟁력이 없다는 느낌을 강하게 받을수록 그 여자를 더욱 매력적으로 느낀다. 활달하고 남성적인 모습의 여자 동료를 능력 있는 여성으로 인정하기는 하지만 매력적이라고 느끼지는 않는 것이다.)

왠지 익숙하게 느껴지는 내용이 아닌가? 새로운 시대에 가장 많이 요구되는 경영자의 특성은 남녀관계가 삶 속에서 가져야 하는 바로 그 특성이 아닌가? 여성들은 물론 그들이 이룬 부부라는 기업에서 기업가의 역할을 맡고 있다. 그들은 배우자에게 중요하다는 느낌, 쓸모 있는 사람이라는 자부심을 심어주고, 남자의 관심을 가정이라는 기업의 관심과 일치시키려고 노력한다. 그들은 힘을 나누고, 다른 이의 성과를 인정하려는 자세가 되어 있다. 그들은 절대적인 요구들을 지양한다. 물론 결정적인 순간이 되면 자기 목소리를 내지만, 그 역시 '동료'가 하급자로서 무시당하고 있다는 느낌을 갖지 않게 한다.

그렇지만 국제적인 경영인력 헤드헌터들이 고위 경영직을 위한 조건으로 점점 더 여성적 특성들을 강조하고 있지 않다면, 파트너십과 관련된 이런 여성의 장점은 완전히 무시되고 있거나 대개의 직장에서 그렇듯이 비극적으로 오해받고 있을 것이다. 동료의 감정에 대한 여성의 뛰어난 감수성은 여성으로 하여금 자신의 문제들을 언어적으로, 즉 대화를 통해 극복하도록 이끌고 있다. 여성은 진심으로 자신의 걱정을 말한다. 남자들은 그렇지 않다. 그것은 꼭 제거되어야 할 진짜 커다란 결함이다. 이미 말했듯이, 대화는 하나의 관계를 이끌어가는 중심요소들 중 하나이다. 더 이상 할 말이 없다거나 함께 대화하지 않는 부부는 불행하게 살아가거나 곧 헤어지게 된다. 그러므로 게으른 입을 가진 남편을 대화로 끌어들이려는 여성들의 집요함은 감탄스러울 뿐만 아니라, 파트너십을 제대로 유지하기 위해서도 절대적으로 필요하다.

물론 대화의 자세를 갖추고 있는 부부들의 경우에도 종종 남녀 간의 차이로 인한 오해가 생겨날 수 있다. 하지만 그런 오해 역시 원인을 찾아낼 수 있다면 그리 크게 문제가 되지 않는다.

여성들은 자신의 문제에 대해 말하면서 서로를 돕는다. 다른 누군가의 상황에 공감하면서 함께 체험할 수 있는 기회를 갖게 되기 때문이다. 그들은 조언이나 의견을 주지 않으며, 애초에 그런 것들을 기대하지도 않는다. 남편들도 역시 여성들의 가슴에서 불타오르는 소리에 귀를 기울여야 한다. 부인의 하루가 어떻게 지나는가를 이해하기 위해서이다. 그러면 남편은 부인이 어떤 감정 상태에 있는지를 알 수 있게 된다. 두 사람이 하루 종일 헤어져 있다가 다시 만나는 경우에는 이런 정보의 공유가 더욱 중요하다.

이와는 달리 남성들은 자기 부인에게 무언가를 가르치고, 다음번에는 더 잘할 수 있도록 조언을 해야 한다고 생각한다. 남성들은 가치를 교환하기 위해서 말하기 때문이다. 여성과는 반대로 그들은 듣는 사람에게서 충고와 행동을 기대한다. 한 여성이 남편에게 자신의 스트레스에 대해 말한다. 아기가 몇 시간을 칭얼대다가 간신히 잠이 들면, 하필 꼭 그때 우편배달부가 초인종을 누른다는 것이다. 그러면 남편은 이렇게 말한다. "왜, 초인종을 꺼놓지 그래." 여자는 남편이 자기를 이해하지 못했다고 느낀다. 무언가를 배우기 위해 말한 것이 아니었기 때문이다. 그녀는 단지 자기가 왜 피곤하고 힘든지를 남편에게 말하고 싶었던 것이고, 남편이 공감하거나 최소한 이해해주기를 기대했던 것이다. 남편 역시 기분이 썩 좋지 않다. 퇴짜를 맞았다고 느낀다. 자신의 '훌륭한 조언'이 그에 걸맞은 감동을 불러일으키지 못했기 때문이다.

남성들은 현실에서 벗어난 기분일 때 더욱 쉽게 긴장을 풀 수 있다. 많은 남자들이 텔레비전 앞에 놓인 푹신한 소파에 기대고 앉아 시원한 맥주를 마시는 것을 최고의 스트레스 해소법으로 생각한다. 실제로 그럴 수도 있다. 그렇지만 종종 여성은 그런 남성의 모습을 자기를 거부하는 행동이라고 느끼기도 한다. 남편이 그의 일상에서 생겨난 걱정과 체험을 함께 나누려고 하지 않는다는 것이다.

여성과 남성이 서로의 일상에 대해 안다는 것은 결코 나쁜 일이 아니다. 남성과 여성이 언어를 다양하게 사용할 수 있고, 감정 표현과 문제 해결을 위한 여러 가지 다양한 방법들을 알고 있다면 많은 고통과 싸움을 피할 수 있다. 이렇게 되면 누가 누구의 위에 있다거나 아래에 있다는 말은 의미가 없어진다. 두 사람 모두 목표를 향해 접근한다. 그렇지만 각자 자기만의 방법이 있다. 돌부리가 어디에 솟아 있는지 알고 있다면, 그것을 피할 수도 있고, 부부관계 속에 남녀 각자에게 맞추어진 빈 공간을 만들 수도 있다.

이때 중요한 것은 그 혹은 그녀에게 의미 있는 것이 무엇인가를 인식하기 전에 자기자신의 상황부터 정확하게 알아야 한다는 사실이다. 내가 정말로 여기저기 놓인 빨랫감 때문에 화가 나는 것일까? 내가 원하는 만큼 자유시간을 가질 수 없어서 내가 불편을 느끼고 있는 것일까? 내가 집에 돌아왔을 때, 아이들이 텔레비전 앞에 앉아 인사조차 하지 않는 것이 정말 나를 짜증나게 하는 것일까? 직장상사가 내가 한 일을 동료의 것보다 낮게 평가했기 때문에, 진짜 오로지 그 이유로 내가 침울해져 있을까? 자기자신에 대해서 분석을 시작한 사람은 커다란 발전을 거둔다. 자기 스스로 해명할 수 있는 모든 문제들은 더 이상 파트너에게까지 전달되지 않기 때문이다.

어떤 배우자도 해고의 위험에서 벗어나게 해줄 수는 없다. 그런 두려움 때문에 직장에서의 불쾌감이 부부관계로 옮겨오게 되는 것이다. 무엇이 두려운지를 알고 있다면, 그것에 대해 대화를 나누면서 그 또는 그녀가 자신의 문제를 이해해주기를 기대할 수 있다. 만일 본인 스스로도 명확하게 알고 있지 못한다면, 그 어떤 파트너라 해도 상대가 원하는 것을 알아맞출 수는 없을 것이다.

스트레스
소리 없는 킬러

　　행복한 남녀관계의 발목을 잡기 위해 잠복하고 있는 모든 것이 위험한 얼굴을 하고 있지는 않다. 더구나 그것들은 상상하기도 힘든 자리에 숨어 있다. 우리가 문명의 발전을 통해 어렵게 얻어낸 보호구역 속에서 특별히 편안하고 안전하다고 느끼는 바로 그 자리도 절대 안전하다고 말할 수 없다. 예를 들면, 현대 텔레커뮤니케이션의 세계가 그러하다. 그 세계는 정보의 소유자를 바꾸어가기는 하지만, 정보를 받아들이는 사람의 감정세계는 조금도 고려하지 않는다. 우리들이 가장 즐겨 시간을 보내는 일인 소비 역시 위험이 잠복하는 자리이다. 소비는 우리를 영원히 성숙하지 못하고 칭얼대는 꼬마로 남도록 가르치며, 모든 파트너십을 위협하는 무거운 짐으로 작용한다. 남녀 간의 직업적 불평등은 사랑하는 두 사람을 쓰라린 라이벌 간의 싸움으로 몰고

가기도 한다. 남성이 권리를 갖는 반면, 여성은 온갖 의무를 떠맡아야 하는 자식의 양육 부분도 빼놓을 수 없는 요소이다. 이외에도 질투, 바람, 못된 시어머니, 매력적인 남녀 경쟁자 등등은 남녀관계의 상자에 상존하여 언제든 튀어나올 수 있는 것들이다. 이미 앞에서 몇 가지를 상세하게 관찰하기도 했지만 이런 함정들의 목록은 얼마든지 길어질 수 있다.

그 중에서도 남녀관계를 망치는 가장 큰 원인은 지금까지 언급하지 않고 아껴두었다. 그것은 예전에는 남자와 여자가 관계를 만들고 키워가는 정글 속에서 크게 고려할 가치가 없는 위험이었다. 하지만 그것은 점차 이혼의 사유 중 첫 번째 자리에까지 올랐다. 우리 시대의 문제이기 때문이다. 그것은 아주 나직한 걸음걸이로 접근한다. 은밀하게 다가서서 눈에 띄지 않는다. 지난 수백 년 동안 아주 서서히 우리의 충실하고 자연스런 동반자로 자리잡았기 때문이다. 그것의 이름은 바로 스트레스이다.

⁂

그저 잠시만 우리가 사는 모습, 호모 사피엔스의 한 존재가 보내는 전형적인 하루를 자세히 들여다보기로 하자.

정확한 시간에 일어나서, 아이들을 학교에 보내고, 어김없이 사무실에 모습을 드러내고, 약속시간을 놓치지 않으려 애쓴다. 톱니바퀴에 맞물린 듯 움직이는 시간이다. 공납금을 내야 한다. 벌써 두 번째 경고장이다. 주차장을 찾는다. 경적이 울리고, 짜증이 난다. 작은 주차 사고가 일어난다. 핸드폰이 울린다. 사장이 시정을 요구한다. 잘못된 서류가 제출된 것이다. 빨리 빨리,

빨리 먹다가 옷에 음식을 흘렸다. 회의에 늦게 도착하고 동료들 앞에서 사장에게 무안을 당한다. 늦게야 집에 돌아와 울고 있는 아이를 안아 든다. 이제 잽싸게 장을 본다. 그러는 동안 작은 아이는 울어대고, 큰놈은 짜증을 낸다. 그리곤 화장실에 가야 한다고 칭얼거린다. 슈퍼마켓은 사람들이 꽉 들어차 움직이기조차 힘들고, 계산대에서 길고 긴 기다림을 참아내야 한다. 큰놈이 결국 바지에 볼일을 본다. 그것도 새 자동차 안에서. 집에서 정신없이 저녁을 만든다. 시어머니가 전화를 한다. 아이들 교육에 대해 질책을 한다. 말을 그치지 않는다. 핸드폰이 울린다. 남편이다. 집에서 친구들과 그렇게 오랫동안 전화하지 말라며 투덜거린다.

과연 이런 상황에서 즐거운 저녁시간을 기대할 수 있을까?

이런 날이 계속된다면 앞으로 관계가 어떻게 진행될지는 심리학자나 스트레스 연구가가 아니어도 충분히 알 수 있다. 남편이 귀가한다. 최소한 그녀만큼은 지쳐 있는 상태다. 그는 오늘 월급 인상을 기대했었다. 그런데 그것은 남의 차지가 되었다. 그리고 나선 현금출납기가 카드를 다시 토해냈다. '한도 초과'라는 메시지와 함께. 그 밖에도 해외에서 오는 손님을 위한 연주회 입장권을 사야 한다는 사실을 잊었다. 그리고 결국 그는 부인과 마찬가지로 꽉 막힌 도로에서 답답함을 참아내야 했다.

집에서 두 사람이 서로 만난다. 폭발할 듯한 분위기다. "설마 그 연주회 입장권 사는 걸 잊진 않았겠지?", 아니면 "애들이 왜 저렇게 날뛰는 거야?", 이런 별 것 아닌 이야기들이 오가면 결국 폭풍처럼 거친 싸움이 시작된다. 부인은 벌써 몇 주 전부터 그 입장권을 사다달라고 부탁했다. 이제 마지막 기회를 놓친 것이다. 남편은 부인에게 반나절 일을 하면서 최소한 아이들은 제때에 유치원에서 데려올 수 있지 않느냐고 말한다. 이미 대화는 이성적, 논리적 차원을 벗어났다. 그들은 서로를 모욕하기 시작한다. 서로가 서로를 극단에 이를 때까지 끓어오르게 만든다. 왜일까? 두 사람 모두가 상대방이 하루 동안 어떤 고통을 당했는지 전혀 모르기 때문이다. 두 사람은 각자 자기의 스트레스와 싸워야 했고, 집에 돌아와서는 배우자의 어깨에 기대어 위로와 격려를 받게 되기를 기대했다. 그렇지만 그것은 희망사항이었을 뿐이다. 이제 두 사람은 거침없이 상대를 난도질하고 있다.

이런 장면들이 계속해서 반복되면, 관계라는 수레바퀴에는 어느새 파국의 그림자가 드리워진다. 이런 전개과정은 은밀하고 조용하게, 서서히 이루어진다. 실제로 당하는 부부는 그 파괴적인 힘을 거의 느낄 수조차 없다. 부부심리 연구학자 구이 보덴만은 이 과정을 부식 현상과 비교한다. 관계라는 수레바퀴는 어느 날 완전히 녹이 슬어 무너져 내리는 날까지 오랜 시간에 걸쳐 서서히 부식되어 간다. 종종 당사자들은 그들에게 무슨 일이 벌어지고 있는지를 전혀 모른다. 그저 어느 날 아침 갑자기 배우자가 마음에 들지 않고, 그들의 관계가 더 이상 만족스럽지 않다. 그렇지만 그 이유는 어렴풋이 추측할 수 있을 뿐이다.

가장 빈번하게 제기되는 이혼의 이유들은 대개 내용이 불분명하다. 흔히들 파트너에 대한 불만족, 의사소통의 어려움, 성적인 문제 그리고 성격 차이 등을 이유로 내세운다. 부부와 가족의 심리를 연구하는 안네테 시나는 그 상황 속에서 불만의 선언이 이별을 최종적으로 결정짓는다는 생각은 하지만, 이별의 진정한 이유로 여기지는 않는다. 그녀의 견해에 따르면 많은 결혼을 파국으로 이끄는 가장 큰 원인은 스트레스다. 그리고 실제로 이혼에 이른 부부보다 훨씬 많은 이들이 스트레스로 문제를 일으키고 있다. 이혼 법정에 나서게 된 전체 부부의 3분의 1 외에도, 또 3분의 1에 해당하는 부부들이 커다란 불만에도 불구하고 함께 사는 형편이다. 다시 말해 죽음이 그들을 갈라놓을 때까지 불행 속에서도 하나로 살아가는 것이다.

❧

정말로 모든 부부의 3분의 2가 일상의 스트레스 앞에서 희생양이 되고 있을까? 프라이부르크 대학의 심리학자들은 최소한 그것을 가능한 일로 여기고 있고, 그래서 여러 가지 스트레스의 종류와 그것들이 부부관계에 미치는 영향을 연구하는 데 집중하고 있다. 그리고 이 연구를 통해 아주 흥미롭고도 놀라운 결과를 얻었다.

스트레스는 자신이 해결할 수 있는 양보다 더 많은 기대와 요구를 받게 되면 언제든지 생겨나게 된다. 능력과 성과가 최고의 평가 기준이 되는 현대 사회에서 우리는 이리저리 굴리는 데로 굴러가야 하는 작은 바퀴에 불과하다. 약간 초과되는 요구는 성장과 발전을 위한 자극제가 될 수 있다. 우리는 이를 경험으로 알고 있다. '유스트레스(eustress)'로 불리는 이 긍정적인 스트레스는 삶의 원동력으로 느껴지기도 하는 가벼운 신경 자극이다. 지루함과 일상의 반복을 벗어나는 계기가 되는 것이다. 다른 스트레스 유형은 사람을 압박하기만 하는 무거운 짐이다. '디스트레스(distress)'로 불리는 이 부정적 스트레스는 처리하기가 불가능하다. 이와 같은 두 가지 구분은 아주 잘 알려져 있다. 하지만 부부의 수레바퀴를 부식시키는 원인을 분석하기에는 모호한 점이 없지 않다. 이제 언급하게 될 아직 잘 알려져 있지 않은 두 가지 스트레스는 보다 명확한 근거를 제시해준다.

전문가들은 마이크로스트레스와 매크로스트레스에 대해 말하고 있다. 작고 의미없는 스트레스와 크고 생존을 위협하는 스트레스로 그 대강의 의미를 해석할 수 있다. 예전에는 후자 쪽이 많았다. 더 이상 치료할 수 없을 만큼 심하게 병든 아이들, 흉작, 기아, 기상 이변 그리고 전쟁 등등. 우리의 선조들은 이런 넘어설 수 없는 장벽들을 헤쳐나가며 사는 법을 배웠다. 난방이나 선풍기, 냉장고, 병원 또는 UN 없이 살아가야 했던 것이다. 현대 문명의 아이들은 더 이상 우연에 의존하지 않는다. 우리는 생명을 위협하는 커다란 위협과 위험요소들을 제거하는 데 성공했다. 따라서 오늘날 우리들 각자는 매크로스트레스에 대해서는 상당 부분 보호를 받고 있다. 그리고 그런 보호를 서글프게 생각할 사람도 없을 것이다. 물론 이런 과정에서 우리는 점점 더 크게 마이크로스트레스의 영향을 받고 있다.

'좋아', 어떤 사람은 이렇게 말할 것이다. 주차할 장소를 찾고, 핸드폰 소리나 시간 약속으로 인한 스트레스 조금 받는다고 무덤으로 직행하는 것은 아니니까. 그렇지만 우리 인간의 육체적, 정신적 구조는 생명을 좌우하는 커다란 위기에 비해 이런 종류의 스트레스에 대해서는 잘 적응되어 있지 않다. 여전히 우리는 처음부터 삶을 위협하는 상황과 마주하며 싸워나가야 했다. 그런 위험들은 우리에게 현재 우리가 가지고 있는 장점들을 만들어주었다. 울려대는 전화벨, 거리의 소음, 시간의 압박 등의 마이크로스트레스는 비교적 새로운, 말하자면 문명 사회의 문제이다. 그것은 모든 가능성을 올바로 처리할 수 있는 우리의 자연적인 능력을 넘어서는 무게를 가지고 있다. 이 작은 스트레스들이 각각 우리에게 미치는 영향은 별로 문제가 되지 않는다. 다만 그것들의 총합은 우리를 파괴하는 힘을 가지고 있다.

의학은 진작부터 마이크로스트레스가 우리의 육체와 정신을 병들게 한다는 것을 알고 있었다. 과다한 스트레스는 수면장애, 우울증, 심장마비, 심지어는 암까지 유발할 수 있다. 그리고 한 개인에게 해당되는 문제는 자연히 두 사람이 이루어낸 사회로까지 확대된다. 불행하게도 마이크로스트레스는 점점 쌓여가며 힘을 모으는 성질이 있다. 한나절 각자의 생활을 하고, 저녁이면 극복되지 않은 짜증스러움을 작은 가방으로 하나 가득 짊어지고 집으로 돌아온다. 따라서 점점 더 많은 부부들이 일상의 스트레스에 억눌리게 되는 것은 당연한 일이다.

마이크로스트레스가 부부관계를 파국으로 이끈다는 것은 사실 흥미로운 일이 아닐 수 없다. 분명히 한 부부에게 일어날 수 있는 더 나쁜 일들이 있을 것이다. 물론 옳은 생각이다. 하지만 부부관계의 폐허는 문명의 작은 스트레스가 만들어낸다. 신기하게도 많은 부부들이 존재를 위협하는 커다란 문제를 마주하면 더욱 협력하며 지낸다. 재앙이나 끔찍한 시련들이 한 부부를 정말로 굳건하게 결합시키는 경우가 적지 않다. 여기에는 분명한 이유가 있다. 매크로스트레스는 공동의 위험이며, 공동의 시련으로 느껴진다는 것이다. 그 경우에 해당되는 부부는 이제까지보다 더욱 강하게 서로를 감싸고, 서로를 도와주게 되는 것이다. 매크로스트레스는 그 무엇보다 강력하게 '우리'라는 감정을 고조시킨다. 최근 역사의 잊을 수 없는 사건 중 하나가 이런 사실을 구체적으로 보여준다.

2001년 9월 11일, 뉴욕 세계무역센터 쌍둥이 빌딩이 온 세상이 지켜보는 가운데 무너져 내리고 수천 명의 사상자가 발생했던 그 날, 누구도 이 끔찍한 악몽이 삶을 긍정하는 어떤 감정을 불러일으키게 되리라고는 기대하지 않았을 것이다. 적어도 사랑과 연애감정이 파도처럼 밀려들 것이라고는 상상조차 할 수 없었을 것이다. 그러나 테러가 있고 며칠이 지나자 이미 뉴욕의 한 신문은 작은 그러나 아주 흥미로운 기사를 실었다. 설문조사 결과 미국인들이 그 무서운 사건 직후 더 많은 성관계를 가졌다는 내용이었다.

9개월 후, 이 기사를 뒷받침하는 인상적인 증거가 나타났다. 텍사스 일간지 〈포트 워스 스타 텔레그램(Fort Worth Star—Telegram)〉 2002년 5월 20일 판에, 북텍사스 병원들의 임산부 숫자가 전년대비 30~50% 증가했다는 기사가 실린 것이다. 뉴욕, 위스콘신 그리고 사우스캐롤라이나 역시 비슷한 숫자들을 알려왔다. 9.11사태가 뜻하지 않게 미국에 베이비붐을 불러일으킨 것이다. 심리학자들에게는 이런 현상이 낯설지 않다. 자연재앙이나 전쟁 이후에 빈번하게 관찰되는 현상이다. 심리학자들은 즉각적으로 1년 전 테러 공격과 눈에 띄게 증가된 출산율의 연관성을 지적했다. 분명 이런 종류의 스트레스 체험은 압박과 위험의 시대를 이겨내고 종족을 번식시켜온 인간의 위기 돌파 프로그램을 작동시킨다. 커다란 위험을 극복하고 다시금 안전과 번영을 이룩하기 위한 프로그램이다.

일단은 사악한 테러와 의미없는 파괴를 딛고 선 삶의 승리로서 기쁘게 생각할 일이다. 좀 더 깊이 생각해보면 어떤 엄청난 육체적, 정신적 부담이 오히려 여성과 남성 사이의 관계를 더욱 단단하게 만든다는 것을 알 수 있다. 그런데 그런 무지막지한 재앙에도 불구하고 유지되고 강화되었던 군건함이 어떻게 별 것도 아닌, 말할 가치조차 없는 자그마한 일들, 즉 마이크로스트레스에 의해 물러지고 결국엔 파괴되기에 이르는지 여기서 묻지 않을 수 없다. 실제로 그 많은 부부들이 세금 내는 것을 잊는다든지, 전화벨을 너무 자주 울리게 했기 때문에 헤어지는 것은 아니지 않겠는가! 믿기 힘든 얘기지만 그것은 사실이다.

구이 보덴만은 그런 이유로 마이크로스트레스와 그것이 부부관계에 미치는 영향을 연구했다. 부부들이 이런 보이지 않는 위험을 제거할 수 있도록 돕기 위해서다. 그러나 인위적으로 만들어진 연구상황에서 어떻게 스트레스의 영향에 대해 연구할 수 있을까? 구이 보덴만은 조금 사디스트식의 생각이기는 하지만 정말 효과적인 방법을 떠올릴 수 있었다. 그는 연구에 참여하는 부부들에게는 연구 목적을 '부부의 지식 테스트'라고 해두었다. 그럼으로써 실험참가자들이 여러 가지 계획적인 문제들에 대해 시간에 쫓기듯 수다스럽게 대답하려고 노력하게 만들었고, 그들은 너나없이 최고의 자리를 차지하겠다는 생각으로 정신없이 달려들었다. 각 부분에서 부부들은 자기들이 특별히 자신 있다고 생각하는 영역을 선택할 수 있었다. 서로를 보완해줄 수 있는 부부가 가장 많은 지식 점수를 얻을 수 있다고 설명해주었다. 그렇지만 실험을 주관한 심리학자들의 관심은 대답의 옳고 그름에 있지 않았다. 그들이 주목한 것은 어려운 상황들 속에서 부부가 함께 취하는 태도와 모습이었다.

스트레스 실험은 의도한 대로 잘 진행되었다. 실험참가자의 96%가 분명하게 예민한 반응을 보였다. 여기에 또 한 가지 보완책이 추가되었다. 각 부부는 그들의 대답을 복잡하게 만들어진 통신장치를 통해 상대에게 전달해야 했다. 잘못 조작하면 벌점이 주어졌다. 세 번 실수하면 지능 테스트에 집중하지 않는다는 것을 구실로 실험을 중단했다. 테스트 결과는 물론 각 부부들이 기대했던 것보다 한참 아래로 나타나도록 했다. 실험진행자는 낮은 점수의 원인을 두 사람 중 어떤 한 사람이 지능 테스트를 너무 일찍 중단하게끔 했기 때문이라고 통고했다.

　이렇게 일부러 유도한 스트레스 상황에서 각 부부는 어떻게 반응했을까? 심리학 용어로 '부부 대처(Coping)', 즉 두 사람의 스트레스 해소법은 어떤 형태로 나타났을까?

　부부 각각이 자기자신의 스트레스에 대처하고 극복하는 전략을 이미 갖고 있는 경우, 두 사람 모두에게 해당되는 스트레스에 대해서도 분명 더 쉽게 대응하고 있었다. 무엇보다 잘못된 상황을 긍정적으로 돌려 해석하는 자세, 예들 들면 "뭐 아주 나쁘진 않군", "다음 번엔 잘 할 수 있을 거야"라든지, 또 다른 유머러스한 말들은 스트레스로부터 별 충격을 받지 않게 해주는 이른바 '테플론 효과'를 발휘했다. 자기자신이나 배우자를 비난하는 태도는 역시나 나쁜 결과를 보여주었다.

　거의 모든 부부들이 실험이 진행되는 동안 대화를 하면서 상당히 부정적으로 변했다. 자기자신이나 파트너뿐 아니라 실험진행자까지 비난하기 시작했다. 또한 말 이외의 의사소통 수단들에 있어서도 역시 부정적인 반응을 보였다. 미워하는 혹은 조롱조의 목소리, 고개를 가로젓고, 눈을 치켜 뜨고, 하품을 하는 등의 몸짓들이었다. 이런 종류의 부정적인 커뮤니케이션은 극단적으로 비생산적이며, 종국에는 부부 두 사람 사이를 연결하는 끈을 끊어놓는 계기가 된다. 특히 비언어적 요소들은 비생산적인 커뮤니케이션의 소용돌이를 일으키는 주된 원인이 된다. 두드러지게 안 좋은 대처 방법을 가지고 있는 부부들은 결국 심한 말다툼을 벌이고, 서로에게 혹은 실험진행자에게 잘못의 책임을 떠넘기게 된다. 일 자체, 다시 말해 함께 '지식 테스트'를 진행하는 것에 대해선 생각조차 하지 않는다. 이런 모습에서 우리는 무엇을 알아낼 수 있을까?

어떤 압력 하에서 자기자신뿐 아니라 파트너까지 고통스럽게 하는 사람은 스스로에게 문제가 있게 마련이다. 따라서 그 문제를 해결하거나 그 원인을 제거하는 것이 무엇보다 중요하다. 그래야만 어려운 상황에 대해 냉철하게 판단할 수 있다. 스트레스를 쉽게 극복하는 한 가지 방법은 두 사람이 공동으로, 즉 부부가 함께 문제를 해결해나가는 것이다. 두 사람이 어떤 어려운 상황에 대해 비슷하게 느껴야만 한 마음으로 뜻을 같이 할 수 있다. 남녀가 자기의 역할에 충실하게 행동하는 부부는 언제든지 힘든 상황들을 헤쳐나갈 수 있는 기회를 갖는다. 이런 올바른 태도를 함께 학습하려고 해야 한다.

그런데 결혼생활의 일상은 스트레스 하에서 어떤 모습일까? 시간적으로 제한되어 있고 인위적으로 야기된 실험실의 스트레스와 크게 차이가 날까? 실험을 통해 만들어진 규칙들이 실제 부부생활에 적용될 수 있을까? 보덴만과 그의 연구팀은 스트레스에 시달리는 부부를 대상으로 전례없는 장기간의 실험에 착수했고, 결국 두 사람이 힘을 합쳐 스트레스를 극복하는 정도의 차이가 남녀관계의 지속 기간을 결정하는 지표임을 밝혀냈다.

특히 많은 스트레스에 노출되어 있으면서, 대처 과정에서 특별히 세련되지 못한 부부들은 당연한 말이지만 가장 나쁜 카드를 갖고 있는 셈이다. 그들은 자신을 감추고 서로에 대해 담을 쌓으려 한다. 대화를 거부하고 거리를 두려고 하는 것이다. 어떤 부부가 더 이상 대화하지 않고 어떤 경우에나 자주 다투게 되면, 이미 12시 5분 전에 이르러 있는 셈이다.

실험에 참가한 부부들을 대상으로 심리학자들은 어떤 부부가 이후 5년 안에 헤어지게 될 것인지를 85%의 정확성을 가지고 예견할 수 있었다. 그들에게서 잘못되었던 것은 무엇이었을까? 그리고 어떻게 하면 부부관계를 일상의 수레바퀴로부터 보호할 수 있을까?

심리학자들은 자신을 스트레스로부터 보호하기 위해 할 수 있는 모든 수단을 동원해보는 것이 중요하다고 말한다. 계획을 잘 세우는 것은 많은 불필요한 부담을 덜어준다. 욕심을 조금 줄이는 것도 좋다. 공명심에 가득 차, 설정된 목표로 자기자신을 압박하는 일은 삼가야 한다. 쾌락을 추구하는 활동도 해야 한다. 다시 말해 가끔은 무언가 자기자신에게 좋은 일도 해야 한다는 것이다. 자기에 대한 사랑을 잃으면 안 된다. 감정의 의미를 해석하고, 안정시키고, 결국 해결책을 찾아가면서, 성낼 일도 별로 중요하지 않은 일로 받아들일 수 있도록 가치를 변화시킬 줄 알아야 한다. 그래야만 배우자에게 내용을 알리고 도움을 청할 수 있는 것이다.

대개는 바로 여기서 첫 번째 어려움이 시작된다. 많은 이들이 도움받기를 좋아하지 않는다. 무엇보다 남자들이 그렇다. 그들은 부인에게 자기의 문제에 대해서 속속들이 알려주고 도움을 청하는 것이 자기의 남성적인 자존심을 해치는 일이라고 믿는다. 그런 모든 사람들이 이렇게 말한다. "도움이 되기는 하지만 남자로선 못할 짓이다." 스트레스에 대처하는 데 도움이 되지 않는 또 다른 전형적인 남성의 특성이 있다. 부인의 스트레스를 알아채지 못하는 것이다. 그리고 바로 이 점에서 결정적으로 부부를 이루는 두 성별 사이에 커다란 가위가 모습을 보이게 된다. 여성이 느끼는 스트레스에 대한 남성의 인지 능력은 둔감하기 그지없다. 반면에 여성은 다른 사람의 스트레스에 대해서 대단히 민감하다. 여성은 다른 사람이 가슴 속에 무언가를 품고 있음을 즉각 알아챈다. 남편이나 아이의 경우엔 말할 필요조차 없다.

스트레스에 더 잘 대처하는 쪽이 남성이냐 여성이냐는 이미 많은 토론과 연구를 거친 문제이다. 물론 완전한 승자는 나오지 않았다. 그러나 한 가지는 분명하다. 여자들이 남자보다 더 많은 스트레스를 받는다는 것이다. 남성이 주로 직장의 어려움을 통해 압박을 느낀다고 호소하는 반면에, 여성이 받는 스트레스의 주 원천은 아주 다른 곳에 있다. 놀랍게도 여성들은 대부분 자기 남편에 대한 스트레스에 시달리는 것으로 나타났다. 직업과 가정의 이중부담이 여성 스트레스의 원인인 듯 보이지만 실제론 그렇지 않다. 여성을 정말 절망적으로 만드는 것은 다름 아닌 남편이다.

물론 이상한 말이기는 하지만 이는 논리적으로 설명할 수 있다. 우리가 직접 진행했던 연구의 결과는 한 여자와 한 남자가 만든 공동체이든, 부부와 많은 아이들이 이룬 공동체이든 여성들이 전체 공동체의 행복에 대해 책임감을 느끼고 있음을 보여주었다. 여성은 부부라는 공동체와 자신을 거의 동일하게 생각한다. 여성이 부부관계 자체가 되는 셈이다. 그리고 사랑하는 사람들 중 하나가, 물론 남편도 그들 중 하나이지만, 슬퍼하고, 불만족스러워하고, 언짢아 있으면, 여성은 마치 자기 몸인 것처럼 그것을 느낀다. 여성들은 어찌 되었든 남녀관계의 건축가이다. 그래서 일상의 무게에 눌려 그녀의 건축물이 부식되면, 책임감을 느끼고, 그 상황에 대처할 수 있는 방안을 모색한다. 귀를 기울이면 여성과의 대화에서 많은 자그마한, 크게 중요하지 않아 보이는 사실들을 엿들을 수 있다. 요새 그녀는 잘 지내지 못한다. 남편에게 걱정이 있고, 아이들은 불만이 많고 등등……. 여성은 사랑하는 사람들을 자기 밖의 사람이 아니라, 그녀 자신의 연장으로 느낀다. 남자는 일차적으로 자신에게 문제가 있을 때 불편함을 느낀다. 가족이 문제라면, 그것은 두 번째 자리이다.

그리고 또 하나, 남녀 간에는 우리가 이미 커뮤니케이션과 관련하여 언급했던 차이점이 있다. 남자와 여자는 서로 다른 대화 욕구를 가지고 있다.

특히 두 사람이 스트레스를 극복해야 할 때, 이런 차이는 마치 맞물려 돌아가는 톱니바퀴를 망가뜨리는 모래 같은 역할을 한다. 남자들은 터미네이터식 매너로 말하려고 한다. 그래서 남성은 사회성의 영역에서 형편없는 점수를 받는다. 아무래도 액션 영웅에게는 어려운 부분인 것이다. 대화 없이 지내는 것은 불가능하다. 이렇게 중요한 부부 간의 의사소통 영역에서 많은 여성들은 두 배의 짐을 지고 있다.

우선 여성은 남편이 왜 그렇게 좋지 않은 기분인지 알아야 한다. 남편에게 말을 건다. 정말 어려운 일은 이제부터 시작된다. 부인은 남편이 무엇 때문에 그렇게 괴로워하는지 말하도록 만들어야 한다. 그 일에 대해 부인과 대화하는 것이 도움이 된다는 사실을 남편에게 확신시켜야 한다. 원하지 않는 남편의 입을 열게 하는 것은 쉬운 작업이 아니다. 그런 노력 덕분에 종종 남편이 자기의 짐을 부인에게 덜어놓거나 부인의 힘으로 남편의 흥분과 긴장을 진정시키는 효과를 거두기도 한다. 유감스럽게도 남성은 남녀관계 속에서 여성에 비해 사교성과 융통성이 부족하다. 따라서 누군가 거친 모습을 보인다면, 그것은 대개 남성이다.

스트레스 해소와 관련된 이런 심한 불균형 상태는 여성의 스트레스를 더욱 가중시킨다. 결국 여성들이 삶의 질에 대해 인터뷰하면서 남성보다 더 많은 스트레스를 느낀다고 말했던 것 역시 거기서 이유를 찾을 수 있다. 이런 사실은 심지어 건강 통계에서도 증명되고 있다. 기혼 남성들은 심장마비, 우울증 등 스트레스로 유발되는 질병의 발병률이 독신 남성보다 현저하게 낮다. 기혼 여성과 미혼 여성의 차이는 전혀 없는 것으로 나타난다. 여성이 하는 일을 아는 사람은 누구나 경탄하지 않을 수 없다. 여성이 해야 하는 일은 직장, 아이들, 가정살림이 전부가 아니다. 이미 말했듯이 여성은 사랑하는 사람들의 행복에 대해 책임감을 느낀다. 어린아이들, 병든 이웃 여자 혹은 자리에 몸져 누운 할머니에 대해서도 책임감을 느낀다. 그리고 부부 간의 혹은 가족 간의 부조화에 대해서 누구보다도 큰 고통을 겪는다. 왜냐하면 여자는 행복한 가정의 직원이 아니라 사장이기 때문이다.

⁂

이런 불평등은 시정되어야 한다. 그렇지만 프라이부르크의 가정 심리학자들은 그 작업이 미래 세대의 과제가 되리라고 생각한다. 남자아이들이 어려서부터 자기의 문제를 말로 표현하도록 교육받는다면, 그들은 후일 남녀관계에 그렇게 큰 짐이 되지 않을 것이다. 이와 달리 여자아이들에게는 가능한 한 빨리 자신감과 자기 사랑을 심어주어야 한다. 여성에게 무언가 부족한 것이 있다면, 바로 그것이기 때문이다. 여성은 스트레스가 관계를 위태롭게 할 때, 혼자 그 책임을 떠맡으려는 속성을 갖고 있다. 여기 한 가지 좋은 정보가 있다. 스트레스에 대한 대처 능력은 훈련가능하다는 것이다. 그래서 구이 보덴만은 부부들에게 스트레스 극복 프로그램을 제공하고 있다. 예비부부들을 위한 일종의 육박전 훈련인 셈이다. 장기간 결혼생활을 한 부부들에게도 도움을 주고 있다. 여러 주 동안 저녁 프로그램에 참가하면서 부부들은 함께 스트레스 상황과 예측하지 못했던 상황늘에 대처하는 빙법을 배운다.

젊은 남녀에게 이런 프로그램은 아주 중요하다. 대부분의 남녀가 언제 주로 이별을 하게 될까? 가장 아름다운 시기, 그것도 휴가를 보내면서 인연을 끝내는 경우가 가장 많다. 함께 보내는 첫 휴가가 남녀관계의 가장 위험한 시간인 것이다.

세상 모든 일을 척척 해나가는 백마 탄 기사가 갑자기 가면을 떨어뜨리면서 사람을 무시하는 제국주의자나 이기적이고, 쩨쩨하고, 잘난 척하는 속물로 변하기 때문만은 아니다. 첫 번째 휴가는 젊은 남녀에게 혹독한 검증의 시간이다. 그런 이유로 장기간 지속되는 관계를 위한 이상적인 실험장이 되기도 한다. 첫 휴가는 한 부부가 나중에 겪어야 할 몇 가지를 아주 농축된 형태로 담고 있다. 한 방에서 지내고, 공동의 예산을 운영하며, 여러 가지 예상치 못했던 일을 겪는다. 작은 사고, 가벼운 불쾌감, 잃어버린 가방 등등. 숙소가 마음에 들지 않고, 바다가 더럽고, 며칠을 이질에 걸려 힘들어하면서도, 과연 남자가 유머감각을 잃지 않을 수 있을까?

모든 것은 훈련의 문제이다. 이같이 주장하며 구이 보덴만은 남녀관계를 위한 희망을 다시 불러일으킨다. 그가 프라이부르크에서 운영 중인 '부부를 위한 스트레스 예방 프로그램'은 성공적인 결과를 보여주었다. 프로그램 참가자들이 증가했다는 것뿐만 아니라, 실제로 부부관계의 질을 개선시키는 효과가 증명된 것이다. 훈련 이후 반년 만에 참가자들 중 74%가 더 행복한 관계를 이어가고 있다고 응답했고, 92%는 대화 문화가 개선되었다고 말했다. 82%는 스트레스에 공동으로 대처하게 되었다면서 기뻐했다. 이 정도면 충분히 성공적이라 말할 수 있지 않을까.

그렇지만 여기에는 사소한 듯 보이지만 결코 무시할 수 없는 요소가 한 가지 언급되지 않았다. 스트레스 예방 프로그램에 참가하는 남자는, 모두들 예상했겠지만, 거의가 여성의 손에 이끌려 나온다는 사실이다.

유토피아
미래의 전망

우리가 살아가고 있는 이 시대는 아직도 부부관계가 있다는 것 자체가 신기할 정도로 남녀관계를 위협하는 수많은 위험과 함정을 숨겨두고 있다. 미디어와 광고에 의해 세뇌된 우리는 성숙한 개성을 지니지 못한 채 소비와 오락, 여가 관련 산업에 온통 정신을 빼앗기고 있다. 우리는 가능한 한 시장 가치가 높은 파트너를 꿈꾼다. 이런 조건에 맞는 관계를 구성하는 데 성공하면, 그 다음부터 우리는 우리를 광기 근처까지 몰고 가는 강한 감정들에 의해 유지된다. 우리 인격의 발전이 여러 의미의 탈선을 통해 방해받으면서 우리가 쌓은 관계도 매일 많은 양의 마이크로스트레스로 위협받는다. 우리는 현대적인 의사소통 수단으로 잘 결합되어 있다고 느낀다. 그러나 그것이 실제로는 얼마나 파괴적인 힘을 행사하고 있는지 알아채지 못하고 있다. 떠돌이

쥐처럼 우리는 아무 생각도 없이 그때그때 유행을 좇아 뛰어다닌다. 이혼의 소용돌이는 모든 것을 박살내버린다. 사랑처럼 예전에 최고의 요새이자 최후의 보루 역할을 했던 것들마저 이 시대의 정신적 흐름 속에서 한없이 추락할 위험에 놓여 있다. 도대체 어떻게 해야 하는 것일까?

현대의 남녀관계는 어떻게 될까? 사랑과 애정의 씨앗으로 계속 남게 될까? 가정을 일구는 기초로서, 공동체의 사회적 결합을 위한 가장 기본적인 요소로서 남게 될까? 아니면 공동생활의 새로운 형태에 의해 소멸되고 말까? 성적으로 자유로운 관계들에 가려져 그림자처럼 뒤편으로 밀려나게 되는 것은 아닐까?

사랑이 없는 장기간의 섹스가 행복할 수 있을까? 작가인 볼프 본드라첵은 그의 시에서 함부르크의 유명한 매춘부인 도메니카 니호프의 장점들을 칭송한다. 한 토크쇼에서 두 사람이 서로 마주앉았다. 작가는 완전히 경탄과 호의로 가득 차 있었다. 그러나 도메니카는 자기 스스로에 대한 깊은 모멸감을 감출 수 없었다. 결국 작가의 시각은 비극적인 오해에 불과했던 것이다.

여성들은 남녀관계를 제대로 유지하기 위해 감정적인 참여가 얼마나 필요한지를 언제나 남성보다 더 잘 알고 있었다. 여성은 관계를 형성하고 그것을 가치 있도록 만드는 능력을 자연으로부터 받았다. 여성은 두 사람 사이를 이어주는 강력한 끈이 어떤 재료로 짜여지는지를 알고 있다. 이런 이유에서 순전히 성적인 관계는 항상 진정한 남녀관계보다 뒷자리로 밀려나지 않을 수 없었다.

그 밖에도 암수의 파트너 관계는 이미 아주 오랜 성공의 역사를 뒤로 하고 있다. 짝짓기는 수백만 년의 전통을 가지고 있다. 인간이 정주하여 살기 시작한 것은 기껏해야 만 년 전부터였다. 수많은 함정과 올가미를 숨겨둔 현대의 기술 사회는 더군다나 50년 밖에 되지 않았다. 암수가 관계를 맺게 된 것이 500만 년이라고 생각해보자. 어쩌면 더 오래되었을 수도 있다. 이제 이 500만 년을 하루라고 가정하면, 우리 인간이 정주하기 시작한 것은 이제 막 3분이 되었을 뿐이다. 최근 50년의 기술 사회는 그 하루 중에서 1초도 되지 않는다.

우리의 기술적인 진보와 발맞추어 가는 것을 허용하지 않는다는 이유로 그렇게 자주 한탄의 대상이 되는 진화의 게으름은 실제론 우리에게 커다란 도움이 된다. 진화의 물레가 천천히 도는 것은 그럴 만한 이유가 있기 때문이다. 환경 조건은 밤사이 변하게 된다. 한 번은 이것이, 또 한 번은 다른 조건이 장점을 가지고 있다. 길고 긴 날의 경험과 비교해서 일초도 안 되는 시간이 어떤 의미가 있겠는가? 정보시대의 요구들이 우리 종족의 짝짓기 전략에 영향을 미치기에는 아직 충분한 시간을 갖지 못했다.

꽃

남녀관계 속에서 안식처를 찾으려는 우리의 욕구는 다른 형태의 관계를 통해 쉽게 해소될 수 없겠지만, 몇 가지 변화를 기대할 수는 있다. 사회가 더 자유분방할수록 오히려 새로운 형태의 공동생활들이 생겨난다. 평생 동안 고정된 결합을 요구하는 부부관계 외에도 조금 더 헐거운 형태의 공동생활들이 생겨나고 있다. '삶의 일부분 동안의 배우자'는 새로운 유행어가 되어가고 있다. 그 말은 영원히 하나가 되는 것을 기대하지 않음을 의미한다. 많은 미혼의 혹은 이혼한 독신 남녀들이 파트너 시장을 풍성하게 만들고 있다. 많은 여자들이 결혼을 아예 포기하지만, 다만 아이만은 가지려고 할 것이다.

여성은 점점 더 많은 권리를 얻게 되고 남자들과 동등한 위치에 서게 된다. 그럼으로써 현대 사회에서 파트너십은 서서히 다시 그 명칭이 지닌 본래의 의미를 찾게 될 것이다. 어머니 자연이 우리에게 부여했던 만족스런 남녀관계는 단지 동등한 위치의 개성들만이 함께 누릴 수 있다. 남자와 여자가 동등한 권리와 기회를 갖는 평등한 사회에서 여성들은 그들의 재능을 다시 증명해보일 수 있다. 자신의 힘을 발휘할 때 비로소 여성들은 그들이 만들어낸 관계를 돌볼 수 있다. 그들에게 맡겨진 사람들의 행복을 위해 그리고 결국엔 사회의 행복을 위해.

남성들은 장래에 몇 가지 요구를 받게 될 것이다. 남성들은 자신과 동등한 위치의 파트너를 받아들이는 법을 배워야 한다. 여성의 새로운 역할을 수용하고 다른 한편으론 자기 심리에 내재된 여성적 측면을 발견해야 한다. 그럼으로써 그들은 성장할 수 있는 기회를 갖게 된다.

가부장제는 죽었다. 최소한 선진국에서는. 그리고 나머지 세계가 가부장제의 압박에서 해방되는 것 역시 그리 멀지 않았다. 이제 남은 가장 큰 문제는 남성이 새로운 역할을 찾아낼 수 있는가 하는 것이다. 사회가 허용하는 방법으로 같은 남성 동료들과 경쟁하고픈 본능적 욕구를 만족시켜주는 역할, 다른 사람들에게 고통을 준다거나 벌 받을 일을 하지 않고도 그에게 중요한 존재라는 느낌 혹은 지배자의 느낌을 가질 수 있게 해주는 역할, 결국 거절당하지 않고 자신의 감정에 이르는 길을 발견하게 해주는 역할이다.

직업 세계에서 성별 사이의 경쟁은 점점 심화되고 있으며, 그런 경쟁은 점점 더 남녀관계에 영향을 미치게 될 것이다. 남성과 여성은 양쪽 모두 돈과 권력에 관심을 갖고 있다. 자원이 똑같이 분배된다면, 남자들과 마찬가지로 여성들 역시 짧은 성적 모험을 즐길 것이다. 남자와의 관계가 너무 어렵게 느껴지면 그리고 또 다른 가능성이 있음을 인지하게 되면, 여자들은 혼자서 혹은 아버지 역할을 하는 국가의 도움을 받으며 자신의 아이들을 키울 수 있다. 혼자 살기로 결심한 여자는 남성 파트너를 선택하면서 평생을 함께 하고 싶은 상대를 찾는 여성과는 전혀 다른 요구들을 가질 것이다. 많은 여자들이 남자들이 여성에게 줄곧 해왔던 것처럼 파트너의 선택 기준을 외모에 두게 될 것이다. 미래의 남자는 아마도 잘 다듬어진 외모에 더 많은 가치를 두어야 할 것이다. 벌써부터 미용 산업은 이 새로운 시장을 향해 돌진하고 있다.

분명 남성은 육체적으로 점점 더 여성과 비슷해질 것이다. 아동화 되어가는 경향은 전혀 멈출 기미가 없다. 낮은 테스토스테론 수치와 관련된 남성의 어린 외모는 그의 신뢰성을 돋보이게 해준다. 계급과 이름에 큰 가치를 두지 않게 되면, 그들 스스로 그런 것들을 얻을 수 있으므로 남성들은 전래의 계급적 상징에 연연하지 않는다. 결국은 남성의 계급구조를 재편성하게 될 새로운 가치관이 전개될 것이다.

아마 여러 남성들이 생계를 책임져주는 여자를 원하게 될 것이다. 남성들이 매일 여러 가지 전략을 구사하려고 애쓰는 것은 당연한 일이다. 아이 같은 아버지는 자기 부인에게서 모성본능을 일깨우려 노력할 수도 있다. 착한 큰아들로서 보호받고 싶기 때문이다. 겉모습만 크지 속으로는 전혀 성장하지 않는 우리 애완고양이, 평생을 부양해주는 사람에게 적응할 뿐인 존재이다. 고혹적인 향기를 뿜어대며 마음을 끄는 예쁜 남성은 지배적 위치의 여성에 의해 선택되기를 기다릴 수도 있다. 우락부락한 마초 스타일의 남성도 완전히 사라지지는 않을 것이다. 그렇지만 그런 남자를 집으로 불러들이는 여자의 숫자는 점점 줄어들 것이다. 그러나 짧은 모험은 여전히 좋을 것이다. 마초 스타일 남자는 최소한 정자은행의 고객으로서 우리 종족의 유전자 창고에 남아 있을 수 있다.

그렇게 되면 여자들은 창끝을 돌려세우게 될까? 여성 역시 남성에 대해 무시하는 투로 말하기 시작할까? 여자들이 사냥에 나서서 남자들을 함정으로 유인하여 덫에 걸려들게 하고, 실컷 장난치다가 내던지게 될까? 남자들은 어떻게 반응할까? 그들이 여자의 감정상태를 알아채고서, 자기가 도구처럼 이용당하고 물건처럼 대접받고 있다고 느낄까? 정자은행을 통해 그들의 성이 상품화되는 것에 항의하고, 〈너의 아이를 갖고 싶어〉 같은 방송 프로그램에 대해 항의를 하고 인간으로 대접받아야 한다는 그들의 권리를 요구할 것인가? 혹시 벌써 오래 전에 있었어야 할 남성 해방 운동이 생겨나게 될까?

자기 아이에게 하는 친밀한 신체적 접촉마저도 즉시 색마로 의심받는 상황에 이른다면, 남자들은 결국 저항하게 될까? 그들은 현대 남성의 모습이 무엇으로 인해 병들어 있는지 이해하지 못하고 있다. 그들은 실제 문제는 완전히 다른 것임을 알아채지 못한 채 여성들과 주도적 위치를 다투고 있다. 그들은 여성들이 이룬 것에 대해 더 이상 왈가왈부할 수 없다. 여성들은 어느 영역에서나 일단 달려들기만 하면 남성 이상의 능력을 보여줄 수 있음을 증명했다. 그럼에도 남성들은 그들이 막다른 골목으로 행진하고 있다는 것을 알지 못한다. 자기 구역을 지키기 위해 설치한 위태롭고 변변치 못한 방어진지는 이제 더 이상 아무 소용도 없다. 그곳에서 남성은 갇혀버린 나무처럼 잃어버린 자기 자리를 바라보며, 더 이상 아무런 미래도 기대할 수 없는 자기의 가지를 잘라내고 있을 것이다.

여성적 역할을 규정한 상투어에서 벗어나는 일이 흔히 남성적이라고 규정하는 직업 영역을 더욱 힘들고 어렵게 만드는 것은 아니다. 남성 역시 새로운 영역을 개척하기 위해 마음을 열어야 한다. 비서, 유치원 교사, 가정부 등 이른바 여성의 직업을 자신 있게 할 수 있는 남자가 얼마나 될까? 개척자로서 뛰어들 수 있는 용기 있는 남자들이 필요하다. 강 건너 신천지로 가기 위해선 돌투성이 험난한 길에 발을 내딛어야 하는 것이다.

내 아들이 다니는 유치원의 원장이 내게 아주 은밀하게 말했다. 한 남자가 그 유치원에 자리를 얻으려 했다는 것이다. "그 사람은 정상이 아닐 거예요. 무언가 꿍꿍이가 있지 않고서야 어떤 남자가 어린아이들을 보살피며 지내려고 하겠어요?" 원장이 생각한 꿍꿍이는 물론 성적인 것이었다. 그 원장은 절대 남자를 고용하지 않을 것이다.

남성들은 이것이 별로 손해볼 일 없는 문제라고 생각할 수도 있다. 한 남자에게 유치원 교사가 되는 일은 커다란 성취가 아닐 것이다. 보수가 그리 매력적이지 않기 때문이다. 그러나 나는 그것이 인류를 위해 커다란 득이 될 것이라고 생각한다. 여성이 남성과 마찬가지로 우리 사회의 지도적 위치에 적합하다는 것을 보여주고, 남성이 어떤 다른 꿍꿍이 없이도 사회적, 감성적 역할을 수행할 수 있음을 증명하는 것이기 때문이다.

이제까지 남성들에게 그런 능력은 별로 중요하지 않았다. 그러나 이것은 남성이 새로운 사회구조로 재편입되기 위해 통과하는 유일한 작은 문이 될 수도 있다. 말하자면 여성이 주도권을 쥐었을 때 경제, 과학, 정치, 문화 등 모든 영역이 더욱 번성하고 발전할 수 있음을 증명한다면, 남성들은 그들이 미래에 사회를 위해 무슨 쓸모 있는 일을 할 수 있는지를 생각해내야 하는 궁색한 처지에 몰리게 된다. 공격성과 경쟁의 논리는 이미 오래 전에 가치를 상실했다.

여성은 미래를 디자인하는 책상 앞에 앉아 있다. 어떤 방향으로 남녀관계가 진행될 것인지는 무엇보다 여성이 남성의 어떤 특성을 받아들이려 하는가에 달려 있다. 과연 여성은 미래에 어떤 점을 중요하게 생각하게 될까? 어떤 기준에 따라 선택을 하고, 누구와 함께 아이들을 낳을 것인가? 이 것이 바로 남녀관계의 발전을 위한 결정적인 문제들이다.

남녀 간의 신체적인 차이는 계속해서 줄어들게 될 것이다. 반면에 여성 과 남성이 가질 수 있는 직업의 범위는 점점 넓어진다. 그와 함께 사회적 인식도 변화될 것이다. 가정부, 유치원 교사부터 정상급 스포츠 스타나 경제계 거물에 이르기까지 모든 일들이 당연한 남성의 모습이 될 수 있을 것이다. 성장하고 있는 남자아이들에게 긍정적인 영향을 미치는 일이다. 직업적인 선택의 폭이 넓을수록 개개인이 자신의 야망과 기호에 맞추어 자기를 위한 빈 공간을 찾는 것이 쉬워진다.

여성들은 이미 그런 삶을 연습하기 시작했다. 그들은 전폭기 조종사부터 유전공학자를 거쳐 대기업의 총수에 이르기까지 자신의 새로운 역할을 편안 하게 받아들이고 있다. 뿐만 아니라 그들 본래의 영역이었던 간호사, 유치원 교사, 미용사 혹은 가정주부의 자리도 잘 지켜나가고 있다. 그리고 누가 과연 유전공학자가 사회교육원 교사보다 더 많은 책임을 갖는다고 말할 수 있겠는 가? 각자가 자신의 영역에서 커다란 책임을 지고 있는 것이다.

단지 여성은 그들이 행하는 일의 가치를 부풀려 소리치며 다니지 못했 다. 그래서 우리의 후손들을 돌보고 교육하는 것은 별로 크게 인정받지 못했고, 결국 그렇게 형편없는 대접을 받아야 했다. 아직도 유전공학자보다는 여선생님이 우리 사회의 운명을 훨씬 많이 좌우하고 있다. 아이들 교육에 남성이 참여하는 것은 우리의 미래에 아주 긍정적인 영향을 미치게 될 것이다. 우선 아버지 없는 사회에서 공연히 남성의 모범을 찾아 헤매는 일이 없어질 것이고, 둘째로 아이들을 위한 노력에서 성인들이 얼마나 커다란 이익을 얻을 수 있는지 남성들이 인식하게 될 것이고, 셋째로 자신의 활동에 대해 사회적 인정을 받으려는 남성의 욕구가 교사직의 위상을 높이게 될 것이다. 주로 여성들이 맡아 하는 활동들은 '여성화' 된다. 다시 말해 감성적이고 정서적인 색채를 띠게 된다는 것은 누구나 알고 있는 사실이다. 새로운 천년을 꿋꿋하게 살아남고 싶은 남자라면, 어떻게 해서든 이런 흐름으로 뛰어들어야 한다.

여자는 남자 없이도 자립이 가능하다. 그러나 여자 없는 남자는 놓일 바닥이 없는 닻과 같다. 수컷 없이 종족을 유지하는 동물들이 있다. 그러나 암컷 없이 그럴 수 있는 동물은 없다. 남성은 여성에게 봉사하면서 만들어진 형상이다. 그들이 오늘날 보여주는 모든 행동방식은 여성들 앞에서 자신을 돋보이게 하고, 섹스 파트너로서 혹은 심지어 생의 동반자로서 관심을 끌기 위한 행동에 기초하고 있다. 정치, 경제, 문화, 과학의 분야에서 그들이 이룬 모든 것은 남성들을 서로 경쟁하도록 만드는 거대한 추진력의 덕택이었다. 파트너의 선택에 있어서 여성들이 쉽게 자신을 선택할 수 있도록 남성들은 다른 남성들보다 더 잘해보겠다는 욕구를 끊임없이 분출한다. 이런 프로그램은 이미 부부관계로 맺어진 남성들 혹은 독신을 서약한 남성들조차 벗어날 수 없을 만큼 남성의 내면 깊숙이 자리잡고 있다.

공명심은 주로 다른 남성들을 향하고 있다. 여성을 밀어젖히고, 여성을 능가하여 자신을 드높이는 것으로는 크게 얻을 것이 없다. 여성은 남성들과 섹스 파트너를 놓고 경쟁하는 것이 아니기 때문이다. 이런 이유에서 건강한 남성들은 여성을 공격하는 일에 대해 자연스럽게 거북함을 느끼게 된다. 그래서 많은 남자들이 직장에서 여성과 마주하게 될 때 혼란에 빠져들게 된다. 순전히 당황스런 마음에서 많은 남자들은 성적인 표현과 마초 스타일의 행동을 통해 여성을 자기 영역에서 쫓아내려 한다. 같은 수준에서 그녀와 함께 경쟁하는 것을 피하려는 것이다. 많은 여성들은 어떻게 해서든 남자들에 의해 직장동료로 인정받기 위해 억지로 꾸민 남성적인 모습으로 나서게 된다. 〈부모〉라는 잡지의 한 논설은 출산과 육아를 위해 직장을 쉰 엄마들이 직장생활로 돌아가는 일을 다루고 있다. 여기서는 되도록 여성적인 복장을 하지 말 것 그리고 아기의 사진을 책상 위에 올려놓지 말 것 등을 권고한다. 정말 기가 막힌 충고이다. 그렇지만 여기선 무언가 본질적인 것을 잊어버리고 있다. 여성의 힘이다. 다시 말해 여성은 사회적 긴장을 우회하는 비범한 힘을 가지고 있으며, 그런 능력을 창피해 할 이유는 전혀 없다. 그러므로 직장에서 여성적 특성은 희화화가 아니라, 오히려 강조해야 할 대상이다.

　한 컴퓨터 회사에서 고위직을 차지하고 있는 아주 매력적인 친구가 오로지 남성들만을 대상으로 진행해야 했던 중요한 프레젠테이션 때에 있었던 일을 말해주었다. 그녀는 미니스커트를 입고, 가터 없는 스타킹을 신었는데 그만 강단에 나서는 순간에 미끄러져 내렸다. 그때까지 프레젠테이션에 별 관심을 보이지 않던 청중들이 갑자기 최면에 걸린 듯 눈을 반짝이기 시작했다. 잠시 동안의 소란이 있은 뒤 내 친구는 기술적인 문제를 일으켰다며 용서를 구했고, 강단 뒤에서 스타킹을 바로잡고는 빛나는 강연을 했다. 청중들은 그녀의 말에서 귀를 떼지 못했다. 당연한 일이었다. 스타킹과 관련된 아주 여성스러운 '기술적인 문제'가 그녀를 여자로서 인식하게 했던 것이다. 남성 청중들 사이에 흐르던 공격적이고 모호한 분위기는 그녀가 여성임을 고백하면서 완전히 반대로 전환되었다. 남성들은 그제야 남성의 역할을 수행하는 한 지배적인 여성에 의해 공격받는다는 느낌을 가지지 않고 강연의 내용에 집중하게 된 것이다.

이 이야기는 또한 남성이 자신이 맡은 일을 수행할 때 여성의 힘이 얼마나 크게 작용하는지를 보여주기도 한다. 여자들은 이성의 영역에서 활동할 때, 남성의 경우처럼 그렇게 이성의 동의에 연연하지 않는다. 직업 세계는 현대적인 남녀관계를 위한 연습의 장이 된다. 말하자면 수천 년 동안 지속되어 온 남성이 지배한 세계는 진정한 힘의 상태를 감추고 있었을 뿐이다. 남성역할과 여성역할의 사회적 불균형은 여성들로 하여금 그들이 지닌 사회적 책임을 더 이상 기억할 수 없도록 만들었다. 그들이 젓고 있던 노를 떨어뜨리고 난 후부터, 여성은 점점 빠른 속도로 나락으로 밀려갔다. 오늘날 주로 남성들이 사회적 생활을 결정하는 곳에서는 전쟁, 기아, 인구과밀의 문제가 심각하고, 인권은 무참히 짓밟히고 있으며, 아이들은 노예처럼 다루어진다.

서구 사회의 상황이 더 나은 것은 우연이 아니다. 여성 스스로 생식과 출산을 결정할 수 있다면, 그 순간 인구과밀의 문제는 사라진다. 기아 문제 역시 자취를 감출 것이다. 세상은 더욱 친근하고 편안하게 변할 것이다. 약자를 배려하기 때문이다. 누구나 살 만한 가치를 제공하는 무언가를 가지고 있다면 전쟁은 더 이상 필요치 않다. 어떤 사회를 진정으로 규정하는 것이 무엇인지 진지하게 생각해보라. 국민총생산 아니면 평균 순이익? 아니다. 삶의 질이란 평화, 가족 그리고 친구들, 여기에 깨끗한 환경과 살아갈 수 있을 만큼의 수입으로 규정된다.

어떤 사회가 갖는 가치는 가장 약한 사람들을 얼마나 잘 보듬고 가는가에 달려 있다. 거지들이 길가에서 자야 하는 대도시는 문명화되었다고 말할 수 없다. 다른 나라 사람들, 다른 종교를 가진 사람들이 완전히 평등한 권리를 갖지 못하는 그런 나라는 선진국이라 떠벌일 수 없다.

여성은 오랫동안 잊혀졌던 힘을 손 안에 쥐고 있다. 단지 한 부분이라도 힘이 발휘되는 곳에서 사회는 순식간에 꽃피우고 번성한다. 그런 힘을 갖는 것은 커다란 책임을 갖는 것을 의미한다. 인류의 가야 할 길을 조종하는 그 힘이 여성의 손에 있어야 한다면, 여성은 고삐를 단단히 쥐어야 한다. 남성을 역사의 무대에서 밀쳐내기 위해서가 아니라, 이 무대에서 남성을 위한 구원의 문을 열어주기 위해서이다. 여성은 남성의 새로운 역할을 인정함으로써 미래를 만들 수 있다.

동화 속 공주처럼 드디어 여성은 만 년을 이어온 깊은 잠에서 깨어났다. 우리 종족의 발전을 위해 여성이 어떤 기여를 했는지가 마침내 밝혀지고 있다. 여성이 어떤 놀라운 능력을 가지고 있는지, 그리고 이런 그들의 능력이 인간 상호 간의 관계를 위해 얼마나 절실하게 필요한 것인지가 드디어 있는 그대로 드러나고 있다. 비단 한 쌍의 남녀라는 작은 범위만이 아니라, 우리가 살아가고 있는 세상 전체를 위한 능력인 것이다.

사회가 이런 기여의 가치를 인정하는 것은 시대적 현실이다. 갓난아기, 어린아이를 돌보는 여성들의 엄청난 성과와 능력은 이미 누구나 알고 있다. 대부분의 문명국가들이 육아비용 지급제도를 도입하고 있는 것은 올바른 방향으로 가는 첫걸음으로 평가할 수 있다. 이를 통해 젊은 엄마들이 직장에 대한 두려움없이 자식을 돌볼 수 있게 되었다. 일관된 논리로 생각한다면 여성에게 '남성부양비'도 지급되어야 할 것이다. 남녀관계에서 감성적 균형을 책임지는 쪽은 여성이며, 그것은 분명 희생적으로 어린아이를 돌보는 일만큼이나 중요한 사회적 기여이기 때문이다. 남성들이 눈치채지 못하는 사이에 여성은 남성을 행복하게 만든다. 왜 그런지 말할 수 있는 남자는 거의 없어도 그들은 두루두루 행복을 느낀다. 남성이 사회의 가장자리로 밀려나는 것을 막아주는 것은 바로 여성이다. 여성의 뜻에 맡겨 둔다면 남성은 언제나 그녀 곁에서 빈 자리를 찾을 수 있을 것이다.

옮긴이 배인섭

1963년생. 중앙대학교 독문학 박사. 독일 부퍼탈 대학에서 수학했으며 〈하인리히 뵐의
앙가주망과 미학〉, 〈하인리히 뵐의 풍자, 'Es wird etwas geschehen' 연구〉 등의 논문
을 발표했다. 역서로는 《칭기즈칸》, 《레고 스토리》, 《소비에 중독된 아이들》 등이 있다.

남자의 행복을 결정하는 여자
여자의 선택을 기다리는 남자

초판 1쇄 인쇄 2004년 4월 12일
초판 1쇄 발행 2004년 4월 15일

지 은 이 사비나 리들, 바바라 슈베더
옮 긴 이 배인섭
펴 낸 이 성의현
펴 낸 곳 미래의창

등   록 제 10-1962 (2000년 5월 3일)
주   소 서울시 마포구 합정동 411-2 평화빌딩 3층
전   화 325-7556 (편집), 338-5176 (영업)
팩   스 338-5140
홈페이지 http://www.miraebook.co.kr (한글주소: 미래의창)
이 메 일 edit@miraebook.co.kr
        miraebook@miraebook.co.kr

ISBN 89-89353-66-1 03850